超好看
28

超好看
28

灵飞经·灵曲卷

I

凤歌 ◎著

百花洲文艺出版社
BAIHUAZHOU LITERATURE AND ART PUBLISHING HOUSE

图书在版编目（CIP）数据

灵飞经 / 凤歌著. — 南昌：百花洲文艺出版社，
2017.1
ISBN 978-7-5500-2069-6

Ⅰ.①灵… Ⅱ.①凤… Ⅲ.①侠义小说—中国—当代
Ⅳ.①I247.5

中国版本图书馆CIP数据核字（2017）第002158号

出 版 者　百花洲文艺出版社
社　　址　南昌市红谷滩世贸路898号博能中心20楼　邮编：330038
电　　话　0791-86895108（发行热线）　0791-86894790（编辑热线）
网　　址　http://www.bhzwy.com
E－m a i l　bhzwy0791@163.com

书　　名　灵飞经
作　　者　凤歌
责任编辑　童子乐　邹　婧
经　　销　全国新华书店
印刷装订　北京嘉业印刷厂
开　　本　700mm×980mm　1 / 16
印　　张　19
字　　数　361千字
版　　次　2017年4月第1版
印　　次　2017年4月第1次印刷
书　　号　ISBN 978-7-5500-2069-6
定　　价　42.00元

"天下第一人，世间无双道！"

一方苍青石碑，镌刻十个金字，雨水冲刷已久，字迹斑驳陆离。

一个道人站在碑前，注视良久，抬头看向前方大宅，那里青瓦连云、壮丽不凡，门首上写了"释府"二字。

"牛鼻子！"门前的家丁望着道人，只觉其形迹可疑，"你想干什么？"

"化缘！"道士答道。

家丁嗤笑一声，回头叫道："要饭的来了！"

"贫道不要饭！"道人轻轻摇头。

"你当然不要饭，"家丁两手叉腰，面露讥嘲，"你要的是钱。"

"贫道也不要钱。"

"不要钱？"家丁疑惑起来，"那你要什么？"

道人笑了笑，指着石碑上的一个"道"字。

"什么意思？"家丁莫名其妙。

"道可道，非常道，既有世间无双之道，身为道士，贫道想要请教请教。"

家丁脸色一变："牛鼻子，你是来挑衅的？"

"论道而已，何来挑衅？道人稽首了，烦请通报释印神释大先生。"

"你不走运，"家丁摇头，"我家老爷上开封去了。"

"何时回来？"

"不知道。"家丁大不耐烦，"牛鼻子，我家老爷天下无敌，若要挑衅生事，我劝你还是省一省！"

"天下无敌？"道人低眉一笑，伸出右手，指节瘦硬修长，骨棱棱有如竹枝。他信手一挥，指尖所过，碑上的石屑簌簌而落，"一"字上方多了一横，变成了一个大大的"二"字。

这一指惊世骇俗，家丁张口结舌，不知所措。道人若无其事，又将石碑上的"双"字抹去，跟着指尖探出，如走龙蛇，唰唰唰写下了一个"足"字。

这么一来，石碑上的文字一下变为"天下第二人，世间无足道"！尽扫狂傲之气，成了十足的讽刺。

家丁盯着道人，脸色发白："牛、牛……你、你是谁？"

道人抬起头来，一双眸子淡淡有神："贫道灵道人，山野无名之辈，久闻释先生自号无双之道，特来与之参详。我在十里外的乘黄观借住，释先生如若回来，还请屈驾观中，一论至道。三日为期，过时不候！"说完以后，扬长而去。

马蹄声划破清晓，释印神纵马扬蹄，眺望前方的府邸，眉间挂着一丝倦意。

"父亲！"一个少年飞步赶来，拜倒在地，"您到底赶回来了。"

"跑死了两匹马。"释印神跳下马来，拍了拍马背，那匹良驹口吐白沫，已是摇摇欲毙。

"燕之！"释印神目光一转，投向儿子，"那件事当真吗？接到飞鸽传书的时候，我正在大相国寺与智清老和尚下棋。"

"若非不得已，孩儿绝不敢惊扰父亲的雅兴。"释燕之低下头，轻声说道，"您若不信，可见石碑。"

释印神走近石碑，凝目注视。

"刚极反柔！"释印神抚摸那个"足"字，"好厉害的指力！"

"厉害"二字从他口中说出，释燕之有生以来从未听过，忍不住问道："何为刚极反柔？"

"此字入石甚深，要想办到，非得极刚劲的指力不可，但若是至刚的指力，笔画四周必会留下裂纹，但你看这一个'足'字，笔画圆润，轮廓柔滑，就像是有人用极柔韧的狼毫在豆腐上所书写，笔锋所向，无所凝滞。"

释燕之听得失神，喃喃问道："父亲，您能做到吗？"

释印神笑了笑，问道："道士还在乘黄观？"

"他进入道观以后，始终待在一间静室，除了一日三餐，根本不见外人。"释燕之说到这里，深感迷惑，"也不知道他打的什么主意？"

"风雨将至，天地必以静！"释印神合上双目，幽幽说道，"他这是蓄势待发！"

释燕之忙问："父亲休息过了吗？"

"我在马上睡过了。"释印神掸了掸衣袖，"我这就去乘黄观瞧一瞧。"

释燕之稍一迟疑，低声说："不知谁走漏了风声，乘黄观外来了许多武林人士。"

"那又如何？"释印神看他一眼，"你以为我会输？"

"不会！"释燕之激动起来，"父亲天下无敌。"

"天下无敌不过是虚名。"释印神漫不经心地说，"燕之，你认为我为何要立下这块碑？"

"彰显父亲的盖世武功。"

释印神摇了摇头："这块石碑，不过是一个鱼饵。"

"鱼饵？"释燕之一愣。

"不错！"释印神纵声长笑，"我要用这个鱼饵，来钓天下高手。"说完一面大笑，一面大步流星地向北走去。

他徒步而行，快过奔马，一晃眼，骑马的家人全被抛在后面。

路过一间酒舍，释印神想起一天两夜不曾进食，当即走上前去，拍开大门。店主人见了是他，不胜惊奇。释印神也不多说，叫来烧酒牛肉，放开肚皮，痛吃快饮。

释印神的"释"字并非他的本姓，他无父无母，自幼出家，可是天生气魄雄强，好酒喜肉、千杯不醉，身在空门之中，却耐不住清规戒律，终归入世还俗，成为一代强人。

释印神以释为姓，以示不忘出身，并且常常对人夸口，他与佛祖同姓，如来上天入地、唯我独尊，他释印神不求上天，但求落地，不求超越三界，只求天下一人。

家人赶到之时，他已连尽两坛烈酒，吃光数斤牛肉，面不改色，走到乘黄观外。

道观大门紧闭，门外站了一百多人，不乏州县豪客，也有败给释印神的仇家，更有无事生非的江湖闲人，来自四面八方，乱纷纷聚在一起。

释印神还俗以来，二十年横行天下，北至大辽，南至大理，西至西夏、吐蕃，东至大宋边境，纵横四方五国，求一敌手而不可得，因此孤独寂寞，立碑门外，傲视武林。多年以来，释府门前那一方石碑，好比王者之印、帝者之冕，自有神圣在焉，无人胆敢轻犯。谁知道，突然来了一个山野道士，居然刻石成字，贬得释印神一无是处。

见了释印神，众人低眉垂目，让出一条路来。释印神到了观前，朗声叫道：

"灵道人何在？释某人赴约来了！"声如洪钟，屋瓦皆震。

半晌不闻人应，道观之内鸦雀无声。一众江湖豪客心中犯疑："莫非那道士虎头蛇尾，见到释印神本尊，就吓得落荒而逃了？"

正猜测间，黑漆大门"吱呀"一声徐徐打开，众人应声望去，门中走出一个小小道童，唇红齿白，面孔稚嫩，望着一众豪客，惊慌道："释印神……释先生在吗？"

"我就是。"释印神踏前一步，他体魄奇伟，举手投足之间，一股气势自然涌出。小道童为他气势所迫，不自禁后退一步，脚下绊着门槛，"扑通"一下坐倒在地。

众人哄然大笑。释印神也是莞尔，说道："小道长，你叫我干什么？"

道童爬起身来，哭丧着脸说："小道修月，受灵道长所托，向你转述几句话。"

释印神道："但说无妨！"

道童说道："灵道长他说，'神人无功，圣人无名，贫道不敢自诩神圣，但身为出家之人，不愿扬名立万，所以辟出一间静室，只容释先生与贫道两人证道。今日无论胜负高低，双方均是不必声张。释先生如果答应，便请入室一叙，如不然，还请掉头回去！'"

众豪客一听，大失所望，心想这灵道人古怪透顶，如他所说，两人闭门交手，众人看不了热闹，岂不是白跑一趟？

数百双眼睛盯在释印神脸上，释印神沉吟片刻，点头说道："灵道长说得是，小道长，请带路吧！"

释燕之忙道："父亲，这里面只怕有诈！"

"有诈又如何？"释印神笑了笑，大踏步进入道观。

修月当先引路。一路走去，观中空无一人，释印神心生疑惑，不由暗暗提防。

转过一道回廊，来到一扇门前，修月躬身让过，说道："道长就在里面！"

释印神注视门户，并不推门入内。修月心生讶异，忍不住问道："释先生，你……"话没说完，释印神双眉一挑，身上涌出一股煞气，山崩海啸一般向他压迫过来。

刹那间，修月就像是陷入了一只无形的大茧，口鼻窒息，呼吸艰难，但觉那股气势不住攀升，从四面八方向内挤压。修月不自禁步步后退，背靠墙壁，汗如雨下。他望着释印神，心中莫名恐惧，这男子俨然化身为山岳，巍然高耸，上接日月，自己在他面前，就如蝼蚁一般。

修月几乎昏了过去。就在这时，忽觉清风徐来，吹拂面颊，身心为之一轻，跟着一股柔和的劲气绵绵送来，有如一团棉絮，将他团团裹住。

修月缓过一口气来，但觉周围的气机一变为二，忽刚忽柔，往来争锋。释印神的气势刚猛霸道，守如金城千里，攻如万军一向，那一股柔和之气看似一无所争，可是绵绵不尽、后招无穷。刚猛之气纵然凌厉，却如虎咬刺猬，全无下嘴之处；又如百战猛将陷入生死阵中，空有绝世武力，但却一无所用。

修月背靠墙壁，双腿一阵阵发软，那两股无形之气此来彼往，非但肉身压迫，更是精神摧残，刚柔二气像是两只巨手，将他握在手心恣意揉弄，不过片刻工夫，修月两眼发赤，口角流涎，脸上流露出癫狂之意。

"哒！"释印神双目圆睁，突然发出一声大喝，修月仿佛挨了一记闷棍，两眼一黑，昏了过去。

喝声一过，门前陷入一片死寂。过了良久，门内传出一声叹息，灵道人幽幽叹道："释先生何苦连累他人？"

释印神笑道："我本意试探，不想道长神通了得，使我欲罢不能。你我一旦交手，这小家伙也就走不了啦！"

灵道人沉默时许，叹道："释先生武功虽强，可惜太过霸道。"

释印神笑道："圣人曰，'柔弱胜刚强'。道长的武功以柔见长，笃定能胜过我这霸道的武功了。"

"先生说笑了！"灵道人说道，"还请入内一叙。"

"好说！"释印神跨出一步，木门自行洞开。

室内空无一物，席地坐着一个道士。定睛看去，道士年不过四十，相貌清癯，须发如墨，双目灿如星斗，于昏暗之中闪闪发亮。

两人目光相接，便如磁石一般牢牢吸住。灵道人寂如木石，释印神的衣发却无风而动，旋风平地而起，刮得门扇来回晃动，突然"吱嘎"一声，门户终于关上。

释印神洒然坐下，笑道："灵道长，你约我证道？"

"不错！"灵道人点了点头。

"敢问道长，是论口中之道，还是论手中之道？"

"何为口中之道？"灵道人微微皱眉。

"口中之道，吞山河，吐星斗，呼吸六合，笑纳百川，以沧海为佳酿，借天地为酒杯，食龙肝，饮凤髓，服不死之药，与日月同辉。"

"何为手中之道？"

"手中之道，持神剑，分九州，动摇五岳，超越七海，以昆仑为砥柱，振电光为缰绳，缚春秋，挽日月，系过隙之驹，如北斗之恒。"

"好大的气魄！"灵道人拊掌叹道，"纳万物于襟怀，运天地于诸掌，这就是释先生的道吗？"

"相去不远！"释印神微微一笑。

"这么说，先生另有其道？"

"周天日月，不过是万物之表象，此乃有形之道，不是无形之道。"

灵道人敛眉一笑，点头说："贫道明白了，小象有形，大象无形，先生的道藏于山河天地之间，无所不在，又一无所见。"

"好个'无所不在又一无所见'。"释印神拍手笑道，"那么道长的道又是什么？"

灵道人笑道："释先生的道有手口之别，我的道也有手口之别。"

"好啊，说来听听。"

"口中之道，唱大风，决青云，引吭九霄，声动万里，以乾坤为肺腑，化虹霓为喉舌，吐龙吟，鸣鸾歌，听无韵之雷，得钧天之乐。"

"好啊，那么手中之道又是什么？"

"弹瑶琴，动八荒，颠倒六欲，勾引七情，以江河为丝竹，变洪洞为鼓吹，理阴阳，分参商，掬明珠之泪，映皓月之光。"

"有意思。"释印神笑道，"道长的道，莫非是音律？"

灵道人笑笑说道："相去不远。"

释印神点头道："小音可听，大音希声，道长的道藏于江海风云之间，我等身在其中，却又了无知觉。"

灵道人默然。释印神笑道："灵道长，嘴皮子的功夫你我差不了多少，若要分出胜负，只怕还要再比一场。"

"释先生请了。"灵道人一手垂地，一手竖在胸前。

释印神哈哈一笑，左手紧握成拳，徐徐向前送出。他出手缓慢，但却带起一股劲风，势如龙蛇盘走，似左而右，似上而下，似直而曲，似慢而快，平平淡淡的一拳，却包藏了无穷的变化，足以克制天下间任何武功，对手无论如何应对，释印神都能抢先一步，将其牢牢克制。

灵道人眯起双眼，竖掌于胸，拳风及身，道袍随风起伏，忽涨忽缩，势如波浪。拳风遇上他的身子，仿佛激流漱石，滚滚流淌而过。灵道人神色不改，笑着说道："释先生，这一拳可有名号？"

释印神笑道："随机而发，谈不上什么名号，道长不嫌释某狂妄，就叫它'大象无形拳'好了。"

"好一个'大象无形拳'！且看我'大音希声指'如何？"灵道人伸出五指，有如弹琴鼓瑟，轻轻向前一挥，送出一股柔和劲力。释印神见过石碑上的指力，不敢托大，收回拳招，挡住来指。

两股劲力相遇，释印神忽觉不妙，灵道人的劲力看似柔和，实则绵密无穷，起初似乎易与，可是一旦向前逼近，就会生出极大的阻力，势如绷紧了的强弓，蓄满了极大力量，一旦放手，立刻反弹回来。

释印神身经百战，遇上过不少高手，这些人一拳一掌，往往含有数重劲力，一重紧跟一重，势如江涛叠浪，使人应接不暇，可是这样的劲力难以持久，六七重已是极限，一过此数，势必衰竭。

灵道人的劲力却大不相同，何止六重七重，简直千重万重，每一重劲力均很柔和，可是前后相续，连绵不断，释印神冲开一层，又来一层，好比滴水穿石，逐点逐滴地消磨他的拳劲。

不多久，释印神内劲衰减，灵道人登时反击，一指点向他拳劲上的破绽。

释印神沉喝一声，第二拳呼地送出。灵道人反手格挡，两股劲力凌空相接，静室中起了一阵狂风。两人身形未起，双双向后滑出，瞬息之间，拳指密如急雨，交换了一百余招。

如此隔空交手，两人越退越远，不觉靠上墙壁，眼看墙穿屋破，两人忽又停了下来，双双低眉垂目，坐在那儿沉思默想。刚才一百余招，几乎穷尽了天下武功的变化，两人纵然武学渊博，一时也觉技穷，心中动念如飞，拼命思索对手的破绽。

两人陷入深思，生机内敛，静室仿佛一座墓穴，落一根针也能听到。过了一刻，释印神徐徐站起，右臂抢了一个半圆，一拳向前送出，拳劲凝固如山，向着灵道人徐徐推进。

灵道人飘然纵起，点出数指，指尖所及，释印神的拳风一阵扰动，一股内劲穿透拳风，直抵拳头，循着经脉冲向脏腑，释印神只觉浑身发麻，真气突突乱跳，似要破脑而出。

灵道人掌中带指，挥洒又来。释印神无法可想，全力反击，双方劲力相接，释印神又是一震，灵道人的指力余劲绵绵，几乎冲散了他体内的真气。

灵道人一占上风，不容对手喘息，奇招妙招层出不穷，身子犹似穿花蝴蝶，快中带慢，飘逸不群，招法绵密无间，势如流瀑飞泻，他的指掌掠空而过，风声中带着一股动人心魄的颤鸣，释印神身处其间，有如置身于一口嗡嗡鸣响的铜钟，心为之摇，神为之动，若非定力绝高，几乎把持不住。

静室横直不过两丈，释印神步步后退，很快退到墙角。灵道人的攻势却如江南五月的梅雨，飘飘洒洒，不甚猛烈，但却绵绵持久，不歇不休。

释印神出道以来，从未如此落魄。他倚在墙壁，高大的身躯缩成一团，苦苦支撑了二十余招，灵道人的攻势终于有所减弱。释印神一声沉喝，拳脚飞出，猛烈如山奔海立，迅疾如电闪星驰，可是无论多快多沉，遇上灵道人的劲力，就如一块巨石落了万顷湖水，水花猛烈，可也很快淹没。

释印神心生骇异，但觉生平所遇之敌，比起这个道人，统统都是三岁童子。更离奇的是，直到此时此刻，灵道人依然未尽全力。道人举手投足，潇洒写意，暗合一种极微妙的节奏，这节奏好比一张网罗，释印神不知不觉地落入其中，由对方牵着出手，不但毫不别扭，反而有一种说不出的快意。

释印神心里明白，处处反其道而行，竭力摆脱灵道人的节奏。相持数招，他缚手缚脚，不但没能摆脱困境，反在那网中越陷越深。灵道人趁势而上，唰唰唰指掌齐出，一缕劲风扫过释印神的脸颊，半张脸麻木一片。

如此下去，必败无疑，释印神深吸一口气，转身出拳。灵道人觉出一丝破绽，欺身而上，一掌拍向释印神的后心，行将得手，忽觉一缕劲风射来，锐如钢针，正中他的手腕。

灵道人飘然后退，落在一丈之外，望着手腕不胜诧异："释先生，这是什么武功？"

"无相神针！"释印神笑了笑，"三年之前，释某偶然悟出这门武功，不过今日之前，还未对人用过。"

灵道人沉思一下，点头说道："你从穴道中逼出真气，真是一大创举，如此一来，你全身上下均可伤人，仿佛刺猬之刺，叫人无从下手。"

释印神笑道："道长好见识，一眼就看穿了释某的底细。"

"虚室生白，无中生有，本就自古相传的大道。所谓大道至简，许多事到了顶尖儿，其中的道理也相差无几。"

"说得好！"释印神纵声大笑，"但不知，道长的武功是否也跟道理一样精妙？"说着踏上一步，手不抬，足不动，虚空中响起嗖嗖风声，真气化为千丝万缕，冲出他的周身百穴，粗粗细细，虚虚实实，有的如针如刺，冲开灵道人的掌力，有的仿佛绳索，凌空化为一张网罗，铺天盖地般笼罩下来。

劲气布满静室，灵道人站在原处，纹丝不动，面孔有如止水，袖袍鼓荡而起，形如一只傲岸不群的飞鸟，迎着漫天劲气，口中吐出两字："灵飞！"

话音未落，狂风大作，两股绝世大力撞在了一起，尘屑冲天而起。烟尘中，两道人影越来越淡，化为流光幻影，直到完全消失。

金陵歌舞

第一章

花开花落，云逝云飞，宋、辽、金、元走马即过，四朝兴亡、万民生死，数百年光阴流转，不经意间，已是大明洪武二十七年。

乘黄观一战早已化为陈迹，天下换了主人，独有长江奔流一如昨日，江涛滚滚，连接秦淮河水，蜿蜒绕过京城脚下，河水静如不流，就像是一片碧绿的翡翠。

河畔响起了一阵歌声：

"绿丝低拂鸳鸯浦，想桃叶，当时唤渡，又将愁眼与春风，待去；倚兰桡，更少驻。

金陵路，莺吟燕舞。算潮水，知人最苦，满汀芳草不成归，日暮；更移舟，向甚处？"

卖唱的一老一少，唱曲的老者六十许，枯瘦精神，吹笛的少年不过十四五岁，鼻挺目透，肤色白润，浓黑的长眉左右飞挑，一股锐气洋溢眉梢。

丁零当啷，铜盘里掉下来几枚制钱，闲汉们嘻嘻哈哈地一哄而散。老者拾起铜钱，数了数，抬起头来，望着远空悠悠出神。少年放下笛子，奇怪地道："老爹，你看什么？"

老者沉吟不答，少年循他目光看去，西天尽头，一片长云火红带紫，宛如火焰中凝结的血块，他心头一动，轻声说："这云怎么了？颜色可真怪！"

"天在烧呢！"老者长叹一声，站起身来，"今天散了吧！"

"这几个钱？"少年皱一皱眉，"还不够吃饭！"

"我累了。"老者嗓音嘶哑，背过身子，"这几文钱，你先拿着！"

少年接过铜钱，目送老者远去，轻轻欢叫一声，两眼左顾右盼。忽听有人叫道："乐之扬！"墙角里跳出来一个少年，八字眉，尖下颌，一双眼溜溜乱转，见面就嚷："乐之扬，我等你老半天了，就听你呜呜呜地吹个没完！"

乐之扬笑道："江小流，急什么？天还没黑呢！今晚干吗，去夫子庙看戏，还是上悬河楼听书？"江小流咳嗽一声，说道："今晚有《单刀会》，关老爷的大刀耍得痛快！"乐之扬掂了掂手里的铜钱："看戏不够，还是听书吧！"

"扯你娘的臊！"江小流两手叉腰，"谁说看戏要花钱？你问问这河边的人，哪一个敢收我江爷的钱？"

乐之扬探头一看，惊叫："啊哟，你妈来了！"

江小流头也不回，拔腿就跑，跑了几步，忽听乐之扬哈哈大笑，醒悟过来，回头怒骂："乐之扬，你狗东西骗人……"

"我骗你干吗？"乐之扬笑道，"你妈刚才还在，怎么一眨眼就没了？糟糕，没准儿掉河里了。江小流，你快点儿跟下去，要不然，伯母可叫王八驮走了！"

江小流的父亲在河边的青楼里打杂，乃是下九流中的末等，大号"龟公"，小名"王八"。江小流一听这话，张牙舞爪地扑了上来。怎奈乐之扬身手灵活，闪身让过一扑，脚下使绊，江小流炮仗似的蹿了出去，一头撞在墙上，登时头晕眼花。正要转身，忽觉头皮生痛，头上的丫髻落到了乐之扬手里，他反手要打，乐之扬轻轻让过，从腰间摘下竹笛，狠揍他的屁股。

江小流无从躲闪，痛得连连跳脚："哎哟，别扯头发，哎哟，轻一些，别打重了……"

乐之扬又揍了两下，才将他放开。江小流左手挠头，右手揉弄屁股，心里一半是惧，一半是怒，粗声大气地说："乐之扬，你爹也是个臭卖唱的，大家都是下九流，谁也强不过谁！"

乐之扬摇头说："我没爹！"江小流怒道："骗鬼，乐老头不是你爹，难道是你儿子？"乐之扬漫不经心地说："他是我义父，我是他捡来的！"

江小流一呆，两人结识以来，这事儿倒是第一次听说。他盯着乐之扬，心想自己出身微贱，终归有爹有妈，撒谎精是个孤儿，真真叫人意想不到。

夕阳落山，秦淮河喧闹起来。一叶小舟披着薄霭从两人身边驶过，一个白衣文士站在船头，面如冠玉，须似墨染，腰间一枚翡翠玉佩，上面镶了一颗鸽子蛋大小的明珠。

"好家伙！"江小流见识不凡，"这一块玉，一颗珠子，买得下半座群芳院了……"话音刚落，白衣文士掉头望来，目光凌厉如电，在他脸上转了一转。江小流只觉面皮发麻，心里一阵恶寒，这时文士又回过头去，观望两岸的风景。

江小流回过神来，低声说："这酸丁看我干吗？"乐之扬笑道："你的贼心贼胆挂在脸上，任谁一瞧，就知道你心怀不轨！"

"放屁！"江小流啐道，"少爷我又不是三只手！"

乐之扬笑道："你是八只手，跟元阳观的八臂哪吒差不多！"

江小流听他将自己比作哪吒，先是一喜，跟着又是大怒："乐之扬，你才八只手，你他娘的才是螃蟹呢！"

到了夫子庙，天已黑尽，月出东山，浅浅淡淡，弯如蛾眉。戏园子里张灯结彩，一个老生的声音远远飘来，咿咿呀呀，苍凉不胜："大江东去浪千叠，引这数十人，赴西风，驾着那小舟一叶……"

戏园门前人潮进出、华服俊彩。两人囊中羞涩，不走正道，一溜烟过了乌衣巷，绕到戏园子背后的小巷，巷子里有一棵大树，年代久远，轮困如盖，想必是当年谢安石乘过凉、刘寄奴聚过赌的。

两人手足并用，一口气儿爬上树，坐在枝丫中间，前面的戏台一目了然。

望着树下乌压压的人头，江小流只觉痛快，低声笑骂："这些狗东西，有钱看戏就了不起吗？哼，我起身一泡臭尿，把他们统统淹死！"乐之扬笑道："这就叫'关老爷单刀赴会，江小流水淹七军！'"

"不敢当！"江小流摆了摆手，"水淹七军那也是关老爷，嘻，我比他可差得远！"

乐之扬笑了笑，目光投向戏台。台上的关公红脸长须，一口大关刀使得流光滚雪，一边周仓的胡子也被刀风刮得凌乱飞舞，看到精彩处，下边的看客连声叫好。

江小流眉飞色舞，手肘拐了拐乐之扬，低声说："我看那是纸糊的假刀，关老爷的真刀八十一斤，凡人哪能舞得动？"

乐之扬说："真刀假刀，你挨一刀不就知道了？"

江小流怒道："要是真刀，小爷我不死透了！"

"不见得！"乐之扬说，"你身上有一个地方，真刀也无可奈何。"

"什么地方？"江小流奇怪地问。

"脸皮啊！"乐之扬笑道，"你这张脸又厚又硬，什么宝刀也砍不进去！"

江小流大怒，正想回骂，忽听"叮"的一声，微微刺耳。台上的关公脚步一乱，手中关刀向左偏出，险些砍中了身后的周仓。周仓吓得一哆嗦，慌忙倒退两步。

江小流"咦"了一声，说道："邪了门了，关公砍周仓，这唱的是哪一出？"

"这算什么？"乐之扬接口说道，"我还见过张飞借东风呢！"

江小流瞅他一眼，哼了哼道："你见过老虎打武松没有？"

"没见过！"乐之扬摇头晃脑地说，"陈世美铡包公，我倒是见过一回！"

"扯你娘的臊！"江小流怒道，"我是江小流，你就是乐大牛，大话的大，吹牛的牛……"

忽听"叮"的一声，台上刀光回旋，"噗"，血泉迸出，周仓没了脑袋，无头的身子挺立一下，"扑通"一声向前趴倒。

园子里鸦雀无声，看客们看呆了眼，喝彩声全堵在了嗓子眼儿上。江小流拍腿说道："真他妈神了，刀是纸糊的，人也是纸糊的吗？过瘾，过瘾，《单刀会》老子看了十几次，这砍头的戏码第一次看到！"

"不太对头！"乐之扬大皱眉头，"这血流得哗啦啦的，跟真人没什么两样！"

又听"叮"的一声，大关刀忽向右偏，"咔嚓"，将一根台柱拦腰砍断。

"哎呀！"戏台下尖叫起来，看客纷纷跳起，向着园门狂奔，才跑几步，天上星星点点，似有急雨飞过，几十人僵直不动，维持奔逃姿态，仿佛木偶泥塑。

江小流心眼儿虽粗，也看出形势不对，微微张嘴，刚要叫喊，乐之扬伸手将他嘴巴捂住。台上的关刀舞得更急，叮叮声不绝于耳，大关刀上火星迸溅。"关公"脚步踉跄，发出一连串低沉的吼叫，他突然向后跳开，横刀厉叫："暗器伤人算什么？滚出来，跟爷爷见个高下！"

江小流奇怪地道："邪了，戏文里没这一句！"乐之扬低声说："别出声，叫人听见，你这一张嘴可就没了！"江小流奇怪地道："嘴怎么没了？"乐之扬冷冷道："脑袋都没了，嘴还在吗？"

忽听"呵"的一声，假山后走出一人。江小流几乎叫出声来，这人正是站在船头的白衣文士，玉佩上那颗明珠在黑暗中闪烁着幽光。

"你是谁？"关公盯着文士，眼神困惑。

白衣文士笑道："赵世雄，二十八年不见，你就不认得我了？"关公眼珠一转，忽地张口结舌："你、你……"

"我什么？"文士笑了笑，"我是不是很像一个人？"赵世雄浑身发抖，指着文士颤声道："你、你……"文士笑道："想起来了吗？吴王张士诚，是不是跟我很像……"

"你……"赵世雄狠咽了一口唾沫，终于缓过气来，"张天意，你早该死了！"

"我也奇怪呢！"文士阴森森一笑，"齐云楼的大火没把我烧死，平江里的江水也没把我淹死，那时候我就想啊，家里人都死了，我干吗还要活着呢？可是活着，就是天意，老天爷要我做一点儿事情。赵世雄啊赵世雄，我找了你好多年，我本想，你当年出卖了我爹，又砍了我哥的脑袋，早应该飞黄腾达，不说封侯拜相，怎么也得纡朱曳紫、享尽荣华。谁知道，从那以后再也不见你的影子。

起初我净往深山大泽里寻找，可那全是白费工夫。我就想啊，小隐隐于野，大隐隐于市，你赵世雄人如其名，也是一世奸雄，没准儿异想天开，来个大隐于市，于是我又向名都郡县里寻找，找来找去，真没想到，你胆大包天，居然就在朱元璋的眼皮子底下唱戏。更可笑的是，你还敢演关老爷。关云长忠义两全，你呢，你是个什么东西？"

"我没杀你哥！"赵世雄沉默了一下，"吴王的死也与我无关，他是上吊自尽！"

"你怕了吗？赵世雄！"张天意面皮抽动，笑得比哭还难看，"我问过平江（按：今苏州）守城的士卒，大伙儿众口一词，平江城的西门是你开的，我也问过王府里幸存的婢女，城破后第一个冲进王府的也是你。至于我大哥，嘿，你杀他的时候，我就躲在一边的大水缸里，我看不见你，你的声音我却听得一清二楚，你问他要那东西，他不给，你就使刀砍他，呵，那惨叫声我至今记得，二十八年来，每一晚做梦，那声音就在我耳边响呢……"张天意的面庞一阵扭曲，"我还记得，你一共砍了他二十一刀……"

赵世雄站在台上，重枣色的面孔一派木然，过了一会儿，笑道："这么说，你要一刀一刀地砍回来啰？"

"不！"张天意一抖手，掌心碧光吞吐，"我用剑！"

赵世雄冷冷道："你的金针也很厉害！"张天意笑道："那是夜雨神针！"

"夜雨神针？"赵世雄浑身一抖，"你是东岛弟子？"

张天意笑道："你别忘了，我爹出身东岛，我再不成器，仗着先父余荫，也忝为东岛一员。赵世雄，你别害怕，我不用神针射你，你二十一刀杀了我哥，我也刺你二十一剑，你若侥幸不死，咱俩恩怨两清！"

赵世雄关刀一顿，忽地朗朗大笑。张天意盯着他，目光冷冰冰的，仿佛一对蛇眼。赵世雄笑了一阵，卧蚕眉向上一挑，厉声道："张天意，我人老了，刀可没老！"

"不敢！"张天意轻轻抚过剑锋，一股冷意透指而入，"'快哉刀'赵世雄，当年横行三吴，刀下从无一合之将。平江之战，你单刀突阵，几乎斩了开平王常遇春，他的淮西十八铁骑，一战之后只活了三个。我始终猜想，是不是因此缘故，你不见容于大明，后来一想又觉不对。朱元璋那时未得天下，务在收买人心，陈友谅的儿子他都不杀，又怎么会怪罪于你这员虎将？你销声匿迹，怕是别有隐情……"

"闲话少说！"赵世雄横刀大喝，"赵某不才，领教一下东岛绝学！"

"好说！"张天意长剑斜指，漫步走向戏台。

树上的两人均是背脊生汗，大气也不敢出。这儿距离戏台甚远，张、赵二人武功虽高，也没发现此间有人。

戏园子外面灯火映天、人声鼎沸，远处的河面上飘来清婉的歌声。

一阵疾风扫来，屋檐下的铁马叮叮鸣响。眨眼间，戏台上已经腾起了一片刀光。

赵世雄的大关刀货真价实，当年他倚仗此刀，冲锋陷阵，斩将夺旗，尽管流落梨园，这一口刀却没搁下。八十一斤的钢刀轻若无物、任意东西，白茫茫的刀光好似隆冬腊月的飞雪，不只是快，而且又准又狠。传说当年，这一口大刀削得断人头上的苍蝇，而不伤及一根头发，尽管赵世雄年迈，快字上略逊当初，狠准上却更胜一筹，势如惊雷掣电，凌空掠来掠去。

张天意的剑是一口三尺长的软剑，青光流转，薄如蝉翼。他的身法快得离奇，转动起来，好似一团苍白色的烟雾，白雾中青芒吞吐，若隐若现，仿佛一叶小舟，在惊涛骇浪似的刀光中上下起伏。

"快哉刀"共有七十二路，赵世雄深知对手厉害，故而七分守，三分攻，大开大合之余，不乏小巧腾挪的妙处。两人以快打快，赵世雄七十二路刀法转眼使完，却连张天意的影子也没捞到，对手压根儿不像是人，飘忽来去，倒像是一个鬼魂儿。

赵世雄的心里起了一股寒意，鬓角微微见汗，一股酸软不经意间涌上双臂。这一路刀法名为"快哉"，一是迅快，二是痛快，必须一鼓作气，以横扫千军之势压住对手，如果久战无功，气势一衰，难免疲倦乏力。赵世雄天生神力，使关刀如拈草芥，到了这个当儿，也觉大刀变沉，使起来不如先前顺手。

眼前青光闪动，青锋剑刺到胸口。赵世雄一惊，收回关刀，横着格出，软剑如烟似雾，轻飘飘绕过刀杆。赵世雄正要后退，忽听张天意喝一声"着"，跟着左胸一凉，似有微风扫过，他低头望去，左胸到肩头，多了一条长长的剑痕，鲜血喷涌，登时染红戏服。

"开门见红，好彩头。"张天意语中带笑，赵世雄却是心头冰冷，这一剑再深数分，就能取他性命，可是张天意凝而不发，划出的伤口不过一分来深。

赵世雄瞧着伤口，心里升起一股悲愤。对手如此玩敌，根本将他视为待宰的羔羊，不禁大吼一声，大刀抢成一团圆光，声如风雷，向着张天意滚滚扫出。

树上的两人看呆了眼，只觉看过的任何戏文也不如眼前的厮杀凶险离奇。乐之扬好似中了定身法儿，嘴里发酸发苦，耳边的叫卖声却穿云绕街。转眼望去，广场上旗斗高处，挑着一盏硕大的走马灯，灯如轮转，光影变幻。桂花糕的香气远远飘来，其间夹杂着羊肉煎饼的葱油味儿。乐之扬忽觉一阵饥饿，禁不住咽了一口唾沫。紧跟着，耳边传来咚咚咚的打门声，转眼一看，几个纨绔子弟站在戏园门口，嘴里骂骂咧咧，冲着园门连踹带踢。那扇门不知何时已经关上，守门的仆役也不知去向。

不过一墙之隔，墙外十丈红软，墙内却是刀剑地狱。忽听张天意轻喝一声："着！"跟着响起一声压抑的惨哼。乐之扬收敛心神，凝目望去，赵世雄的大腿上多了一条伤口，鲜血淋漓，皮肉翻卷，好似一张大嘴，微微抽动不已。江小流看得如丧魂魄，口中连连抽气。

"第二剑！"张天意笑如春风，白衣胜雪，手中一片青蒙蒙的剑影，好似夏夜的流萤，吞没了冷白色的刀光。

赵世雄步步后退，两处伤口血流不止，随着他旋身出刀，星星点点地向外飞溅，落在张天意的白衣上面，好比三春桃花，分外炫目惊心。

赵世雄大腿受创，身法慢了下来，张天意出剑越来越快，一转眼，赵世雄的后背腰间又多了两道剑伤。

"咄！"赵世雄虚晃一刀，看似斫向对手，张天意转身之际，忽又向后扫出。"咔嚓"，台柱再断一根，戏台摇摇欲坠，栋梁间发出"吱嘎嘎"的怪响。

张天意看出他的心意，纵身急上，唰唰两剑，接连刺中他的左胸右腿。赵世雄刀法一乱，关刀贴地扫出，张天意纵身跳开，笑道："还剩十五剑！"话音未落，关刀抢一个圆，"咔嚓"，第三根台柱折断，戏台哗然倒塌，一时烟尘四起。垮塌声震响数里，不只园门外的看客听见，远处大街上的游人也纷纷侧目。

烟尘中响起一声长长的惨呼，一个身影跟跄踉蹿出。树上的两人均是呼吸一紧，定睛望去，赵世雄站在戏台下方，帽子不知所终，长发四散披落，一道剑伤从左眼划到后颈，不但眼珠迸裂，耳朵也被削了下来，左耳连着皮肉，挂在腮边一摇一晃。

"你想惊动别人，好趁乱逃命？"张天意笑语晏晏，从烟尘中漫步走出，白儒衫不染点尘，青锋剑光亮胜昔，点点鲜血顺着剑尖滴落，在地上聚成了小小的一洼。这时乐之扬才发现，赵世雄的身上多了不止一道剑伤，若干处皮肉消失，森森然可见白骨。突然间，乐之扬明白了张天意的居心，他怨毒太深，杀死对手不足以解恨，非得一剑剑剐了仇人，方能称心如意。

乐之扬心生恻隐，几乎不忍再看，可是张天意不容对手喘息，剑尖毒蛇般蹿了起来。赵世雄摇晃后退，挥刀横斩，这一刀拖泥带水，全没了之前的气势。张天意"呵"地一笑，轻轻让过刀锋，青锋剑向左斜出，洞透了对手的肩窝。赵世雄虎吼一声，伸手去抓，青锋剑退如闪电，顺势向外一带，五根手指也齐刷刷落在地上。

"还有十二剑！"张天意两眼放光，鼻孔开合，脸上涌起一片红光，好似垂钓的渔夫望着一条上了钩的大鱼。呜，青锋剑画了一道明亮的光弧，刺向赵世雄的小腹。

赵世雄尽力向后一跳，落到一个看客后面，那人被夜雨神针刺中了穴道，心里十分明白，身子动弹不了，忽觉后心一凉，青锋剑穿胸而过，登时浑身瘫软，死在当场。

张天意抽出长剑，忽觉疾风扑面，转眼望去，赵世雄单手挥刀，挑起一个看客向他压来。张天意转身让过，那人以头抢地，登时脑浆迸溅。他立足未稳，赵世雄又挑来一人，张天意躲闪不开，剑锋上挑，来人齐腰而断，鲜血泼墨似的落在雪白的衣襟上。

赵世雄一瘸一拐，可是身法如风，他在人群中穿梭，园子里的看客戏子全都成了他挡剑的靶子，张天意长剑挥洒，残肢断臂漫天乱飞。

两人均是心狠手辣之辈，一个但求复仇，一个只为逃命，势如两团疾风卷来荡去，园中的人非死即伤。树上两个少年望着这人间惨象，只觉头脑麻木，嗓子发干，心里尽是逃命的念头。

园内刀光剑影，园外的人也越聚越多，敲门撞门声此起彼伏。

张天意心里暗自后悔，只恨戏台上一心玩敌，没有一鼓作气杀掉仇人。想到这儿，他左手出掌扫开人体，右手执剑招招狠辣，直取赵世雄要害。

赵世雄借着人体遮挡，步步后退，靠近一处围墙。张天意忽觉不妙，低喝一声，纵剑飞刺。赵世雄向后一跳，闪到一棵垂柳后面。张天意剑锋一绕，柳树断成两截，这时忽听一声大喝，赵世雄跳到半空，一抹刀光呼啸落下。

这一刀声势惊人，强如张天意，也不由纵身躲闪。赵世雄一刀落空，扑，砍入地面半尺有余。张天意正要上前，忽听一声轻笑，赵世雄以长刀为撑杆，腾身跳起，形如一只大鸟，越过二丈高的围墙。

挥刀斩人是假，借力逃走才是他的本意。张天意料敌失算，惊怒交加。他纵身跳上墙头，凝目望去，一个人影一瘸一跛地冲出小巷，突入人群之中，惹起了一片惊呼。

张天意手段再高，也不便当街杀人。他迟疑一下，扭头看去，戏园里横七竖八，尽是残损的躯体，受伤的人还没断气，在地上挣扎扭曲。他皱了皱眉，一扬手，空中星芒闪动，挣扎者纷纷断气。

乐之扬一呆，转眼看去，墙头空空荡荡，没有了张天意的影子。

两个少年仿佛做了一场噩梦，对望一眼，双双滑下大树。这一条巷子毗邻秦淮，少有人来，两人刚一落地就发足狂奔。跑到河边，回头望去，巷子里火光闪动，人声喧哗，约莫有人看见赵世雄自巷子里冲出，跑过来一瞧究竟。两人的心子怦怦狂跳，刚才如果慢了少许，一定叫人逮个正着。

河风悠悠吹来，两人回想刚才的见闻，均是浑身发冷。江小流颤声说："乐、乐之扬，接下来怎么办？"

"还能怎么办？"乐之扬翻起白眼，"各回各家！"

江小流哆嗦道："死了、死了好多人……"乐之扬道："那又怎么样？你抓得住凶手吗？"

"呸！"江小流面有怒气，"捉凶手，那不是送死吗？那两个人，不，那两个根本是妖怪。"

乐之扬笑笑，掉头就走，走了十来步，取出笛子，呜呜咽咽地吹了起来。笛声曼妙飞扬，仿佛千百柔丝在江小流的耳边撩拨，脚边的河水静静流淌，在笛声之中越发沉寂。波心一轮小月，仿佛鱼龙吐珠，一艘画舫从旁经过，兰桨击破月色，荡起一片清光。

乐之扬家在秦淮河尾，一路走去，身后灯火渐少，前路越来越黑。刚转过一处墙角，一只大手从旁侧伸来，忽地扼住了他的脖子。

乐之扬只觉气紧，不由得连打带踢，可是那只手强壮有力，说什么也挣脱不开。他随着那人步步后退，退出灯火映照，进入了一条漆黑的小巷。

乐之扬只觉脖子快要断了，忙乱间，他摸到长笛，反手戳向那人，不料大手忽地松开，对方后退两步，沉沉坐在地上。

乐之扬拔腿就跑，跑了几步，忽觉无人追来，忍不住回头望去，但见墙角里蜷缩着一条黑影，呼哧呼哧地大喘粗气。

"呀！"乐之扬脱口叫道，"是你？"

那人扬起脸来，惨白的月光下，半张面孔不知所终。

"你认得我？"赵世雄嗓音嘶哑，眼里透出一丝疑惑。

"我……"乐之扬呆了一下，心想戏园子的事情万不能说，于是答道，"我见过你唱戏！"

"唱戏？"赵世雄呵呵惨笑两声，低头叹道，"不错，我这一辈子都在唱戏……"说到这儿，忽又抬起头来，"小家伙，你可以逃走的，怎么又回来啦？"

乐之扬道："你伤得很重……"赵世雄冷哼一声，说道："我是活不长了，可惜心事未了，实在有些遗憾。"

"什么事？"乐之扬话一出口，便暗暗恼恨自己，眼前这人心肠歹毒，根本不值得怜悯，可是不知怎的，看他遍体鳞伤，又觉有些难过。

赵世雄看穿了他的心思，笑道："我化名不少，本名只有一个，叫作赵应龙，做过张士诚的大将，后来又将他卖了，帮助朱元璋破了平江，还杀了他的大儿子张天赐。唉，那小子性子太倔，倘若痛痛快快地交出那样东西，我也不必砍他那么多刀了……"

乐之扬心头怒起，几次想要开口呵斥，可是话到嘴边又咽了回去。只听赵世雄接着说道："许多人以为，我背叛张士诚，为的是加官晋爵，可他们小瞧人了，别说朱元璋的官儿不好做，就算他真的封我爵位，我也没有多大兴趣。"

乐之扬见他大言不惭，没好气地道："那你对什么有兴趣？"赵世雄笑了笑，一字字地说道："武功！"乐之扬一愣："武功？"

"不错！"赵世雄长吐一口气，"这世上有人要财宝，有人要权势，至于我，要的是天下无敌的武功！"

"天下无敌？"乐之扬越发奇怪，"那有什么好的？"

赵世雄说道："你无怨无仇，当然没什么好的，但若你有一个大仇人，武功天下罕有，要报仇，除了武功高过他，实在没有别的法子！"

他忽地沉默下来，抬起头，呆呆看了一会儿天，幽幽地说道："我本是泰州虎威镖局的镖师。家父赵师彦是镖局里的镖头，一口'斩风刀'远近闻名，生平护镖从无闪失。家父母生了三男一女，我排行第二，在我十八岁的时候，这天下已经乱了，道上越发不太平。

"那一年，家父带着我押送一批红货前往平江，刚出泰州不远，忽然有人拦道。一开始，家父只当是劫镖的蟊贼，拿出几两银子，打发他们让路，谁知领头的劫匪接过银子，就地一扔，笑着说：'赵师彦，我知道你亲自出马，押送的东西一定非比寻常，我近来手头紧，你行个好，分我一半红货，我拍马就走，决不与你为难！'这匪首明知家父的来历，一出口还要一半的红货，家父有些吃惊，询问他的来历，那人只是笑而不答。有镖师不忿，上前挑战，却敌不过他的快剑，两个照面伤了两人。我瞧得愤怒，正想上前，但被父亲拦住，对那匪首说道：'足下好剑法，可惜招式眼生。赵某刀下不斩无名之辈，你报上名来吧！'那人笑道：'我拦道打劫，也是形势所迫，说出名字，有辱师门。久闻"斩风刀"之名，一刀既出，斩风断云，鄙人仰慕已久，今日正好一并讨教！'

"家父看他剑法精妙、谈吐不俗，分明不是寻常的劫匪，于是抽刀出鞘，说道：'些微薄名，不足挂齿，足下剑法高明，区区很是佩服，可你伤了我的镖师，可不能这样算了！'说完两人动上了手。那人剑法虽快，却不够老辣，不过二十招，他的左腿、右臂各中了家父一刀，长剑也落在地上。我一边瞧着，本当家父下一刀必要取他性命，谁知家父向后跳开，说道：'你伤了我两名手下，我也砍了你两刀，你我两方扯平，大伙儿各走各的！'那人盯着家父，古怪地一笑，说道：'赵师彦，你不杀我，将来可别后悔！'家父慨然答道：'赵某正道直行，从不后悔！'那人哈哈大笑，说道：'好个正道直行！'说完扯下腰带，丢在地上，一瘸一拐地带人走了。

"我看得着急，埋怨父亲说：'这人如此张狂，为何不一刀杀了他？'家父摇头说：'他的剑法十分高明，只是学艺未精，所以才败于我手。这个人来历不凡，我杀了他不难，若是惹出他的后台，只怕不易对付！应龙啊，你千万要记住，咱们走镖的人，头一个字是忍，第二个字才是武，若是遇匪杀匪、遇寇杀寇，这天下的匪寇你杀得完吗？'我无话可说，又见地上那条腰带，一时好奇，捡了起来，只见腰带上用银线绣了一只小小的夔龙，于是拿给父亲。父亲看了一眼，忽然脸色大变，一把揣进怀里，招呼镖师们赶路。

"一路上，家父十分沉默，我见他心事重重，几次询问，他总是找话岔开。不久到了平江，交割了货物，家父将我叫到面前说：'我方才又接了两笔生意，一笔去扬州，另一笔是走远镖，前往江西九江。我琢磨过了，这两批货都很紧要，常言道，打虎亲兄弟，上阵父子兵。我不放心交给别人，应龙啊，你年纪虽小，但已得了我的真传，故而我想让你独当一面。你看，扬州、九江，你走哪一路？'

"我听了这话，欣喜若狂，我随家父走过几趟镖，可是从未独当一面。大丈夫任职以难，若要走镖，当然越远越好，于是慨然回答：'我去九江！'家父点头说：'有志气！不愧是我赵家的儿郎。'说完捧出一个匣子。这匣子楠木嵌玉，入手甚沉，我猜想里面不是金珠宝玉，就是贵重古董，一时捧着匣子，欢喜得浑身发抖。父亲拍了拍我肩，说道：'这匣子五月初八必须送到，收货人是九江北大街吉祥宝行的陈井生陈老爷，你可记住了？'我心念几遍，牢牢记住，父亲又说：'你头一次保镖，我把几个心腹镖师派给你，他们都是老江湖，一路上你要多多请教！'我满心欢喜，只想立马出发，答应一声，转身就走。出门的时候，我回头看了父亲一眼，忽见他呆呆地望着我，眼里闪动点点泪光……"

说到这儿，赵世雄独眼里透出一丝茫然。乐之扬忍不住问道："令尊为什么难过？"

赵世雄沉默了一下，轻声说道："我当时只顾高兴，见了家父神色，也没仔细思量，只当他年老心软，感伤离别。那一路镖又十分紧迫，我不敢虚耗时日，故而星夜出发。那时饥疫横行，盗贼蜂起，一路上遭遇了不少坎坷，好在我的刀法小有所成，帮手的镖师又十分得力，五月初六下午，终于赶到九江，谁知到了地面上一问，只叫一声苦，不知高低！"

"怎么？"乐之扬忙问，"有人劫镖吗？"

"不是！"赵世雄摇了摇头，"九江有一条北大街没错，可是街上却没有吉祥宝行，更无一个陈井生陈老爷！"乐之扬说："令尊大概记错了。"赵世雄叹道："他没记错，他只是说了谎！"

乐之扬更加糊涂："他干吗说谎？"赵世雄道："我也纳闷，家父一向行事方正，怎么会开这样的玩笑？又想起临走前他的样子，我的心里越发不安。这时有镖师说道，既无收货之人，不妨看一看押送的货物。这一语点醒了我，我打开匣子一看，里面齐整整全是银锭金条，金银之上，还有一封家父的亲笔书信！我心下奇怪，拆开信封一瞧，几乎昏死过去。"

"上面写了什么？"乐之扬问道。

"家父信中说，我看到这封信的时候，他也许已经死了。当日在泰州城外劫道的是泰州盐帮的盐枭，那一枚银鼍龙正是他们的标记。盐帮本身不足为惧，可背后的势力非同小可，相传盐帮的主脑均是出身东岛……"

"东岛？"乐之扬疑惑道，"那是什么东西？"

赵世雄道："这名字如今说来陌生，三十年前，却是如雷贯耳。当年起事反元的韩山童、徐寿辉、彭莹玉均是出身东岛，他们以红巾缠头，也是沿袭了'红带军'的遗风。红带军本是当年云殊云大侠创立，他本是宋朝大将，于宋灭元兴之际起事抗元，屡克强敌，威震华夏，后来用兵失利，被元军围困在浙江雁荡山，苦战不屈，壮烈殉国。东岛弟子秉承他的遗志，一直以驱逐鞑虏为己任，但因为势单力薄，故而广收弟子。可惜弟子一多，难免良莠不齐，我上面说到的三位，韩、徐、彭光明磊落，都是一代豪杰，可惜不善于争权夺利，结果都死在了东岛的败类手里。后来与朱元璋争夺天下的几个，陈友谅、张士诚、方国珍、明玉珍，虽说也是东岛弟子，但个个阴险歹毒、好杀无度，当时的岛王云灿又为人糊涂，是非不明，偏听偏信，为一群败类裹挟，祸害苍生，流毒不浅。"

赵世雄回想着当年群雄逐鹿的情形，心潮起伏难平，沉默良久，才说道："这些事说来话长，暂且不提。泰州盐帮本是一群私盐贩子，不知何故攀上了东岛，登时耀武扬威，不可一世，在扬州、泰州一带，可说臭名远扬。但因势力庞大，官府也不敢深究。东岛的标记是金鼍龙，盐帮身为分舵，便以银鼍龙为号。那时盐帮为恶，大多与私盐买卖有关，从无劫镖之事。照我猜想，之所以拦截镖车，必是帮中人做了赔本的买卖，对上峰无法交差，故而出此下策。谁知家父不识相，他们劫镖不成，铩羽而归。这一帮人气量狭小、睚眦必报，曾因为一笔欠债，杀光了对手满门。以家父的武功，盐帮高手未必能胜，可是东岛高手一来，镖局绝无幸免。家父看到了银鼍龙的标记，自知劫数难逃，故而预作安排，以走镖为名，将我远远骗走，以免盐帮斩草除根。他知道我一向心气高傲，两镖之中必选九江，等我到了九江，发觉不妙，赶回泰州也来不及了。他在书信上还说，随我同来的镖师多年来跟随他出生入死，不应受他牵连，命我将匣子里的金银分给众人，大家各奔东西，千万不可再回泰州！

"看完书信，大伙儿无不悲愤，个个放声痛哭，都要赶回泰州，与家父同存亡。倒是我最先清醒过来，暗想敌人势大，这些镖师武功有限，去了也是白白送死，于是喝止众人，分了金银，将他们遣散，而后一人一刀潜回泰州。谁知入城一探，当真是五雷轰顶，不但家父遭难，镖局中人也全都一夜而亡，镖局的房屋被一把火烧成了白地，就连远嫁扬州的家姐也没能幸免，姐夫一家十二口，无论男女老少，全都死于非命……"

说到这儿，赵世雄一阵喘息，雄壮的身躯缩成一团，身上创口迸裂，鲜血流得满地。乐之扬望着这个汉子，想到他的血海深仇，心中不胜怜悯，忍不住说道："你伤得太重，我带你去看大夫……"说完伸手去扶，不防赵世雄出手如电，一把扣住他的手腕。

乐之扬手腕欲裂，痛得几乎昏厥。这时赵世雄眼里的凶光忽又暗淡，松开他的手，苦笑说："我失血太多，脏腑也受了重伤，华佗再世也救不了我。人之将死，其言也善，这一段往事在我心底埋藏多年，若不说出，死不瞑目。小兄弟，你是个好人，好人做到底，听我把话说完！"

乐之扬无可奈何，只好点头。赵世雄喘息一会儿，接着说道："我当时愤怒发狂，只想报仇雪恨，于是蒙面更衣，潜入盐帮总堂，暗杀了两个盐帮首领。盐帮又惊又怒，派出爪牙满城搜捕，更有两名东岛高手赶来，我与之交手，几乎丧命，负伤逃入深山，承蒙一位高僧收留，调养了数月方才痊愈。可是等我出山，红巾军已在中原起事，南方义军也纷纷响应，盐帮摇身一变，成了一支义军，赶走了大元的官吏，霸占了泰州、扬州。

"仇人越来越强，报仇的事也越发渺茫，其时天下大乱，到处都是逃难的百姓。我混在难民中间，浑浑噩噩过了数月。这一日，来到高邮城外，忽听有人叫嚷：'张士诚张大帅来了！'跟着就听号角开道，行来一支人马。这些日子，我也久闻张士诚的大名，听说他神威了得，屡败元军，于是抬眼望去。但见领头一人金盔银甲，跨了一匹白马，望见城外百姓，笑嘻嘻抱拳行礼。看清此人容貌，我几乎气炸了肺。这厮不是别人，正是当日劫镖的匪首，只怪家父一念之仁，没有将他一刀砍死。现如今，这狗贼沐猴而冠，居然做了江淮义军的首领。我当时气愤填膺，手已按上了刀柄，可是目光所及，忽又看见张士诚身后的两名骑马老者。这两人均是东岛高手，那日打伤我的也是他们。我见这情形，知道杀不了张士诚，只好暂时隐忍下来。

"当天晚上，我反复思索报仇之计，想来想去，想起了家父说过的一句话：'我们走镖的人，头一个字是忍，第二个字才是武。'如今凭武力无法报仇，那么只有在这'忍'字上下功夫。当年越王勾践舍身为奴，侍奉吴王夫差，而后十年生聚、十年教训，终于吞并吴国，报仇雪耻。面对如此强敌，我却只想一朝报仇，岂非不自量力？想到这儿，我豁然开朗，第二天卖了祖传的宝刀，打造了一口八十一斤的大关刀，化名赵世雄，投入张士诚麾下，从小卒做起，冲锋陷阵，屡建奇功。过了一年有余，'快哉刀'之名传开，引起了张士诚的注意，那时我容貌有变，使的又不是祖传的单刀，张士诚非但没有认出我来，反而给我加官晋爵。也是天意昭昭，到后来，他鬼迷心窍，居然把我视为心腹，让我做了他帐下亲军的统领。"

乐之扬忍不住说道："你刺杀他了吗？"

"没有！"赵世雄摇头说，"那时我要杀他，真是易如反掌，但杀了他一个，其他的盐帮头子又可以取而代之。况且我的仇人不只是盐帮，还有东岛，真要报仇，只有让张士诚家破帮亡。即便如此，也不过毁了泰州盐帮，后面的东岛还是毫发无伤。存了这个念头，我继续隐忍待机，就在这个时候，来了一个天赐的机会。"

"什么机会？"乐之扬好奇地问道。

赵世雄自得地一笑，说道："张士诚在高邮击退元军以后，隐隐然已是南方义军的共主。他志得意满，乘胜攻占了平江，此人多有权谋，可惜胸无大志，不知听了谁的鬼话，居然打算定都平江。平江府水道纵横，步骑不易展开，敌方水军一到，可说无险可据。自古除了吴王夫差，从无一朝一代定都于此，夫差败亡之君，根本不足取法。我以勾践自许，心怀破吴之志，明知此举欠妥，可也并不点破。没过多久，张士诚在平江自称吴王，就在他称王的第二天，来了一个年轻道士，神色倨傲，开口要见吴王张士诚。

"我身为禁卫统领，见他言辞无礼，本想将他轰走，不料那人拿出一封信说：'你把这封信交给吴王，他看了信，必会见我！'我见他自信满满，心下奇怪，于是让人看住道士，自己持信入宫，到了僻静处，偷偷拆信观看……"

"糟了！"乐之扬叫道，"信封一破，张士诚不就发现了吗？"

赵世雄摇头道："我为复仇之计，但凡紧要书信，均要一一过目，所以自有一套法子，既让信封不毁，又可看见书信。当时我拆信一瞧，里面只有一张信纸，上面写了四个字：灵道石鱼！"

"灵道石鱼？"乐之扬心生疑惑，"那是什么？"

赵世雄慢吞吞说道："当时我也不知这四字的意思，于是原样封好，交给了张士诚，谁知他展信一看，先是吃惊，继而喜透眉梢。我在一旁瞧见，心中十分纳闷：此人一向喜怒不形于色，为何见了这四个字，偏偏惊喜流露？张士诚看了又看，郑重收信入怀，命我召那道士。见了道士，又破天荒将我遣开，过了好一阵子，方才遣出道士，唤我入内，张口就问：'世雄，我待你如何？'我说：'陛下待我胜似父母，小将死一百次也报答不了。'我为报仇，刻意吹捧拍马，可是张士诚听了十分入耳，他说：'世雄，你代我做一件事，这件事你知我知，不可让第三人知道！'我说：'陛下但有差遣，小将在所不辞。'张士诚说：'那道士你也见过了，今天夜里，你带兵跟他一起去城外虎丘的玄天观，给我取一样东西回来。事成之后，杀光所有道士，连带门外那个，一个也不要留下！'我忍不住问道：'要取的东西是什么样子？'张士诚迟疑一下，小声说：'是何模样，我也不知，门外的道士一定知道。切记，事后杀人灭口，道士一个不留！'"

乐之扬怒道："这个张士诚，还真不是东西！"

赵世雄说："成大事者不拘小节。若非心狠手辣，他一个私盐贩子，又凭什么脱颖而出、裂土称王？说起来，这类事情，我也替他干过不少，唯独这件事情最为蹊跷。我带着道士兵马，乘夜直奔虎丘，将玄天观团团围住。小道士见了玄天观的观主，张口就要他交出'灵道石鱼'。那观主道号映真，是个有道之人，他见这情形，自知无法抗拒，于是捧出一个红木匣子，对我说道：'劣徒利欲熏心，泄露本观秘密，真是可叹可恨。但这东西不过是前代高人的遗物，吴王就算得到，也无实际用处。为这无用之物伤生害命，智者不为，还望将军得到此物，不要再与本观为难。'

"映真道人说这话时，神情哀切忧伤，足见他洞悉世情，明白来者不善。我拿到盒子，展开一看，里面放了一只鱼形石雕，看模样并无出奇之处，为了此物杀光道士，未免小题大做。但那时我大仇未报，不便违抗王命，就问小道士：'就是这个吗？'小道士眉开眼笑，连说：'对，对……'话没说完，我大刀一挥，把他的脑袋砍了下来……"

乐之扬听到这儿，忍不住脱口轻呼，赵世雄看他一眼，叹道："接下来就是杀人放火，观里一百多名道士，几乎没有逃脱一个。只有映真道人武功不弱，奋力杀出重围。我故意遣开将士，亲自追赶，赶到虎跑泉边，老道身受重伤，不支昏倒。我见四周无人，将他藏在一个隐秘处所，自己返回王宫交差。交出石鱼以后，张士诚又千叮万嘱，命我不得泄露此事。我假意答应，事后悄悄离开王宫，找到映真道人藏身之地。赶到之时，老道已经醒了。我问他石鱼来历，他起初神情冷淡，绝口不答，后来，我无奈之下，只好说出与张士诚的仇恨。他默默听我说完，半晌才说：'令尊师彦公与我有一面之缘，他的惨事我也有所耳闻，足下

如果没有说谎，你为家人报仇，含恨忍辱，真有上古侠士之风。也罢，你立一个誓，将来时机来到，杀了张士诚，为本观道士报仇。'

"我听了这话，跪地立下毒誓。映真这才说道：'这只灵道石鱼，源自宋朝初年。那时东岛还未创立，岛上始祖释印神，打遍天下，全无敌手。他志得意骄，在家门前立下一块石碑，上面写道：'天下第一人，世间无双道'。"

乐之扬脱口而出："好大的口气。"

"他口气虽大，武功实在厉害。过了一年有余，释府门前来了一个道人，他对着石碑看了又看，伸出手指在'一'字上面添了一横，又将'双'字抹去，改成了一个'足'字，这么一来，就变成了'天下第二人，世间无足道'……"

"只用手吗？"乐之扬失声叫道，"这不可能！"

赵世雄叹道："于常人而言，空手刻石，似无可能，但据我所知，当今之世，就有两三位高人可以办到。道人刻字之时，释印神并不在家，但他家里人个个识货，看见道人的手段，便问他来历。道人自称灵道人，云游至此，在附近的乘黄观借住三日，三日之内，释印神如能赶回，可来乘黄观和他一会。

"说完以后，道人扬长而去。释印神收到飞鸽传书，昼夜兼程，赶到乘黄观赴约。他还没进大门，一个道童迎上来说道：'灵道长托我带话，身为出家之人，不愿扬名立万。所以辟出一间静室，只容释先生与贫道两人证道。今日无论胜负高低，双方均是不必声张。释先生如果答应，便请入室一叙，如不然，还请掉头回去！'

"释印神当即答应。许多江湖中人来瞧热闹，听了这话，大失所望，只好守在外面，目送释印神走入静室。本想两人交手必然惊天动地，谁知听了半天，静室寂无声息。足足过了半个时辰，释印神方才走了出来。他神情淡漠，不见喜怒，径直走回家中，闭门不出。在场的武人纷纷猜想两人谁胜谁负，可是谁也猜不出个所以然来。到了第二天，有人突然发现，释府门前的石碑变成了一堆碎石，府内人去楼空，释家上下数十口全都不知去向。从那以后，江湖上再也听不到释印神的消息，直到数十年以后，江湖中人才知道，释家离开中土，远走海外，去了东海的灵鳌岛。"

"释印神输了？"乐之扬忍不住问道。

"说不清！"赵世雄轻轻摇头，"只因两人有言在先，所以这一战的胜负，成了一件武林悬案。那日以后，释印神远走海外，灵道人也销声匿迹，直到百年之后，有人在王屋山的石洞里无意中发现了他的遗蜕，遗蜕旁边搁着一只石鱼，地上以指力刻下两行大字：'囊括天地之宝，希夷微妙之道'。灵道石鱼出世以后，惹起了一阵腥风血雨，可是得到石鱼的人，从无一人能够勘破石鱼的秘密，它与'纯阳铁盒'并称玄门两大秘宝。后来几经辗转，此物不知所终，直到玄天观出了叛徒，想借此物升官发财，灵道石鱼方才再度出世……"

说到这儿，赵世雄连声喘息，好一会儿才缓过气来，说道："当时我听了这一席话，心中喜极欲狂。东岛历代首领，释印神的武功数一数二，灵道人如果胜了释印神，那么我练成了他的武功，必能与东岛高手一争高低。想到这儿，我盯着映真道人一言不发。老道惨然一笑，说道：'我知道你的念头，我活在世上，难免泄露你的秘密，赵老弟，记住你的誓言，为本观的弟子报仇！'说完奋力挣起，一头碰死在了一块巨石上面。"

乐之扬听到这儿，心中凄惨，不由得叹了一口气，只听赵世雄接着说道："我掩埋了映真的尸体，匆匆赶回王宫，一路上猜想，张士诚身为东岛弟子，当然知道'灵道石鱼'的来历。他让我来取石鱼，又不愿外人知道，其中的居心，无非是想练成灵道人的武功，一举摆脱东岛的辖制。而他的心腹之中，只有我与东岛无关。换在以往，我一定泄露消息，挑唆两方厮杀一场，但为了得到石鱼，我再一次隐忍不发。可是得到石鱼之后，张士诚收藏甚秘，我几次潜入他的内室，均未发现石鱼的踪迹。

"此后又过了几年，朱元璋陆续扫灭群雄，打败陈友谅以后，又向张士诚用兵。张士诚连战连败，不久平江被围，陷入了绝境。城破之前，他将家眷赶到齐云楼上，亲手点火，将妻妾儿女统统烧死。哼，这一套把戏，他瞒得了别人，却瞒不了我，他烧死的多是女眷，两个儿子张天赐和张天意根本不在其间。张士诚不愿断了香火，找了两个替死鬼充数，烧得面目全非，暗地里却把儿子藏在民间，等到战事平息，伺机逃出平江。平江城破之后，我搜遍王宫，不见'灵道石鱼'，心想张士诚将石鱼视为至宝，城破之际，必然交给儿子带走。于是我找到两人的藏身之所，却只见到了张天赐。后来才知道，张天意也在屋内，就藏在一边的大水缸里。可惜时间紧迫，我没有仔细搜索，只向张天赐逼问石鱼的下落。那小子抵死不说，我只好一刀一刀地剐了他，割到二十一刀的时候，他受苦不住，终于吐露了真情……"

乐之扬听到这儿，心中不胜厌恶，重重冷哼一声。赵世雄看他一眼，淡淡地说道："我本以为这件事无人知晓，但世上无不透风的墙，石鱼的事还是传到了朱元璋的耳朵里。那时我也十分不解，如今猜想，这消息必是张天意传出去的。朱元璋要我交出石鱼，我只好连夜逃走。朱元璋满天下抓我，可他万料不到，我胆大包天，就在他的眼皮子底下唱戏。呵，我唱了二十年的关公，今夜之前，并无一人知道我的底细。"

说到得意之处，赵世雄呵呵直笑，笑了两声，突然一阵气紧，拼命咳嗽起来。

乐之扬问道："张士诚呢，这一次你杀了他吗？"

"没有！"赵世雄面露狰笑，脸上血肉挤成一团，"我忍了十多年，一刀杀了他太过便宜。他当时穷途末路，想要上吊自尽，但他越是想死，我越不让他如愿，我砍断了白绫，将他生擒活捉，交到了朱元璋的手上。朱元璋折磨了他足足两天，方才下令将他绞死。可惜得很，那时我已弃官逃走，没有亲眼看到他临死前的嘴脸。"

乐之扬心想张士诚一代枭雄，死得如此窝囊，真是可悲可叹，又想他滥杀无辜，活该受此报应，想了想，问道："灵道人的武功你也没学会吧？要不然，怎么会落到这个地步？"

赵世雄哼了一声，说道："起初我自负才智，心想日子一久，必能破解石鱼之秘，谁知过了三十年，仍是一无所获，可是练不成灵道人的武功，我就无法向东岛寻仇，这是我生平憾事，也是我告诉你这些事的原因！"

乐之扬不解道："这跟我有什么关系？"赵世雄挤出笑来："孩子，我把灵道石鱼送给你，你要答应我，将来有朝一日，练成石鱼武功，代我向东岛报仇！"

乐之扬一呆，摇头说："我不要石鱼，更不会帮你杀人！"

"为什么？"赵世雄大怒，"你不想天下无敌吗？"

乐之扬笑了笑，转身便走，忽听赵世雄发出一串呻吟。乐之扬想他浑身是伤，心软道："赵先生，你别逞强了，还是找个大夫要紧。"

"好！"赵世雄喘气说，"你扶我起来。"

乐之扬伸手去扶，冷不防赵世雄一把扣住他的手腕，向前用力一带。乐之扬身不由己，一头撞进他的怀里，来不及挣扎，就听赵世雄在他耳边轻笑："你越不肯要，我越要给你。告诉你，石鱼就在……戏园东南方的墙角底下！"说完放声大笑，笑了几声，把头一歪，靠在墙上死了。

乐之扬奋力挣脱那手，只见赵世雄双眼大睁，嘴角挂着一丝诡笑，看上去虽死犹生，说不出的狰狞可怕。

乐之扬的心子突突狂跳，转身冲向巷口。才跑几步，眼前多了一人，白衣染血，玉面长须，腰间一颗明珠，冷冷映射月光。

乐之扬望着来人，不由倒退两步，张天意正眼也不瞧他，目光落在赵世雄身上，默默看了一会儿，忽道："他死了？"

"他"字出口，人还在巷口，语声未落，张天意已经到了赵世雄的尸体前面。

乐之扬心中害怕，支吾道："我不知道！"张天意"哼"了一声，抽出软剑，削断赵世雄的双腿，断口齐齐整整，并无血水流出。

血已流尽，人也死透，张天意望着生平仇敌，流露出失望的神情。他目光一斜，忽见乐之扬挨着墙角，一步步向外挪去，不觉冷笑一声，低声道："想逃吗？你试试看！"

乐之扬手脚僵硬，心子狂跳。张天意的目光又转向尸体，长剑挑破衣服，俯身摸索一阵，可是一无所获，思索一下，问道："小家伙，他临死之前，跟你说了什么？"

乐之扬按捺住心跳，说道："他的身世。"

张天意哼了一声，又说："那么你知道我是谁了？"乐之扬听他口风不善，越发心惊肉跳。张天意又问："除了这些，他还说了什么？"

乐之扬正想说出石鱼之事，可转念一想，赵世雄抓看客挡剑，本意出于自保，这个姓张的却将幸存者全数杀死，比起赵世雄还狠毒十倍，如果石鱼上真有绝顶武功，此人一旦练成，还不知要害死多少人。想到这儿，支吾地说道："没说什么！"

"撒谎！"张天意掉过头来，目透锐芒，"你撒谎！"乐之扬强笑道："你不信就算了！"

张天意皱了皱眉，打量少年一眼，漫不经心地说："这么说，你活着也没什么用处了。你知道了我的身份，断不能留你活在世上！"乐之扬吃了一惊，忙道："他只说了自己，可没有说你！"张天意冷笑道："我会信吗？"

乐之扬心念急转，灵机一动，大声说："我想起来了，他说有一件紧要东西，藏在紫禁城里！"

"紫禁城？"张天意一愣，"他说在紫禁城？"

"对呀！"乐之扬用力点头，"千真万确！"

张天意冷笑道："好小子，还敢说谎？"乐之扬心子一跳，冲口而出："我没说谎。"

张天意见他急得面红耳赤，神态不似作假，又想他小小年纪，仓促间也编不出紫禁城的说法。赵世雄狡诈百出，没准儿真的将"灵道石鱼"藏入皇宫，那儿禁卫森严，难以出入，倒真是一个藏东西的好地方。

张天意先信了几分，又问："他说了没有？在紫禁城什么地方？"乐之扬笑道："说了！"张天意问道："在哪儿？"乐之扬接口笑道："你刚才还要杀我，我说了地方，岂不是马上就没命了吗？"

张天意大怒，盯着乐之扬笑嘻嘻的面孔，恨不得一掌将他拍死，可他一心得到石鱼，赵世雄一死，这少年已是唯一的线索，想来想去，忍气吞声，挤出笑脸说道："我方才说笑话儿呢，好孩子，你说出藏物的地方，我马上放你走。"乐之扬嘻嘻一笑，学着他的口气说："我会信吗？"

张天意长剑一抖，乐之扬胸口刺痛，低头看去，剑尖挑破衣衫，深入皮肉半分，只听张天意森然说道："老实说出地方，要不然，我把你的心子挑出来喂狗！"

剑气森森涌来，乐之扬热血一冷。他见过张天意的手段，心知真话出口，马上长剑穿胸，当即颤声说道："说也是死，不说也是死，反正、反正都是一死，与其这样，我、我宁可不说！"

"是吗？"张天意冷笑一声，"我刺一剑问你一次，看你能挨几剑。"

乐之扬说道："你哥哥挨了二十一刀，受不了说了，结果还是丢了性命。我年纪小，人可不笨！"

张天意两眼喷火，面皮发青，本想一个黄口孺子，连哄带吓，一定能够叫他乖乖吐露实情，谁知这小子奸猾过人，始终不肯上当。张天意患得患失，害怕一剑下去，真的断了线索，心中尽管恼怒，却慢慢收起长剑，说道："小家伙，你要怎么才肯说？"

乐之扬笑道："进了紫禁城我就说！"这一句话大大出乎张天意的意料，一时盯着少年，心头捉摸不定。

乐之扬脸上带笑，心中却很焦急，面对这个煞星，几乎生路全无，如今之计，只有拖一时算一时。皇宫守卫森严，讨债鬼本领再高，也决计无法进去，他一时不能入宫，一时就不能杀死自己。

两人沉默相对，心里各转念头，张天意忽道："小子，你说话算数？"乐之扬笑道："算数！"

张天意点了点头，收起长剑，手掌忽地一翻，拍中乐之扬的心口。少年只觉刺痛入体，忍不住发出一声惨叫。

"小滑头，这滋味如何？"张天意呵呵冷笑，"我在你的膻中穴附近钉入了一枚夜雨神针，如果老实听话，事后我给你起出金针。要不然，哼，这一枚金针不断钻入，终归刺破你的心包。"

乐之扬脸色惨变，但觉中针处发痒发麻，怪怪的不是滋味。张天意瞅他一眼，笑道："你若害怕，说出地点，岂不一了百了？"

乐之扬强打精神，也笑道："你若不要那东西，更加一了百了！"

张天意大怒，欲要动手教训，可一想到"灵道石鱼"，又把打人的念头按住，心中暗暗发誓，拿到石鱼，非得一剑一剑剐了这小子不可。

想到这儿，他右手突伸，抓住乐之扬的肩膀，左手向上一扬，衣袖里飞出一条细长的铁索，索端铸有铁爪，"咔"的一声扣住了屋檐。

乐之扬不及转念，双脚离地，身子如飞上升。张天意轻捷如一缕飞烟，飘飘然蹿上房顶，将乐之扬夹在腋下，踩着屋脊飞奔，遇上高墙大厦，稍矮的纵身跳过，较高的使出飞爪，钩檐挂壁，飞腾直上。

张天意只管飞檐走壁，乐之扬却觉忽上忽下、烦恶想吐。突然间，前方涌现出一面高墙，笔直兀立，不见墙头。乐之扬只觉张天意不住攀升，似无穷尽，忽然"叮"的一声，两人向下一沉，乐之扬一颗心蹿到嗓子眼儿上，抬眼望去，张天意右手的软剑刺入墙壁，颤悠悠地挂住两人。

"去！"张天意吐气开声，借着剑身弹力，奋力向上一跃，两人凌空翻腾，一个筋斗落在墙头。乐之扬回头看去，只觉一阵头晕，他已经到了京城的顶端，下面的房舍小如道具，密密层层，形似波浪起伏，其间的灯火星星点点，只疑一阵微风，也能将之吹散。

张天意翻腾向前，时用飞爪，时用软剑，起起落落，翻过一处高墙，飘然落在地上。他放下乐之扬，呼呼直喘粗气。少年爬了起来，掉头望去，四面古木森森，掩映飞檐巨柱，许多房屋之中，黑沉沉全无光亮。

"这是哪儿？"乐之扬好奇地问道。

"紫禁城！"张天意冷冷回答。

乐之扬吓了一跳，张嘴要叫，张天意一把捏住他的脖子，将他到嘴的惊叫堵了回去。

"紫禁城到了！"张天意低声喝问，"那东西呢？"

乐之扬张口结舌，他本是信口胡诌，对于紫禁城一无所知，一时使劲挠头，讷讷地说不出话来。

张天意疑云大起，厉声说："小子，你不会骗我吧？"

乐之扬见他神情，心头一动，暗想自己没有来过紫禁城，讨债鬼怕也没有来过。事到如今，胡乱编一个名字，骗过眼下再说，想到这儿，他一拍脑袋，叫道："我想起来了，群芳殿，不错，就是群芳殿！"

"群芳殿？"张天意一愣，这名字十分俗气，不像是皇城宫殿的称呼。但正如乐之扬所料，他初来乍到，对于宫中的情形也不甚明了。张天意万万料想不到，这个无赖小子，胆敢欺骗自己，只把妓院的名号篡改了一字，硬生生地套用在皇宫上面，于是又问："大抵在什么方位？"

"大抵……"乐之扬寻思所谓群芳，不是女人，就是花草，想着灵机一动，"赵世雄说了，在御花园里面！"

乐之扬说谎的时候，目光闪烁，话语吞吐，如果换了成年人，张天意早就起疑心了，可是乐之扬年纪太小，张天意先入为主，总想着小孩子心眼儿不多，更没有胆子欺骗自己。

这么一盘算，张天意冷笑说："御花园，群芳殿，莫非是宫里妃嫔祭奠花神的地方？但若是祭奠之所，也应该叫作'群芳祠'才对。哼，朱元璋乞丐出身，胸无点墨，起个殿名也是狗屁不通。"他的父辈败给了朱元璋，心中耿耿于怀，故而逮到机会，就要尽情挖苦一番。

乐之扬一边听着，心想："狗屁群芳祠，群芳院才对呢！朱元璋狗屁不通，你这讨债鬼的狗屁也通不到哪儿去。"

"走吧！"张天意转身就走，乐之扬叫道："上哪儿去？"张天意道："当然是去群芳殿。"乐之扬心子一跳，忙问："你知道御花园在哪儿？"张天意道："人长一张嘴，不会问路吗？"

乐之扬暗暗叫苦，恨不得掉头就跑，如果当真遇上宫人，他的谎言立马会被拆穿，讨债鬼一生气，就算不杀他，也得砍手砍脚，纵不砍手砍脚，削几块皮肉也是免不了的。一想到赵世雄的惨状，乐之扬连打了几个冷战。

"磨蹭什么？"张天意回过头来，目光阴森。

乐之扬无计可施，只好一步步挨上去，心里拼命转念，两眼左顾右盼，寻找逃生之路。

深宫如海，黑沉沉不见灯火，沿途花木纵横，假山敧斜，如怪兽，似飞龙，若奔若走，森然相向，池沼间枯荷衰败、乱萍飘零，突然蹿起一只鹤鸟，扑翅的声音吓得乐之扬浑身打战。

转过一条长廊，一盏灯火冉冉飘来。张天意快步迎上，忽见两个华服男子迎面走来，掌灯之人大喝："谁？"

"我！"张天意闪身扑上，"扑通"两声，那二人同时摔倒。张天意拎起一个，扒了衣服头冠，丢给乐之扬道："换上！"

乐之扬糊里糊涂地换上衣裤。他身量尚未长足，衣袍上身，略显肥大。这时张天意又将另外一人的外套扒了下来，穿在身上，拍开那人的穴道笑道："敢问御花园怎么走？"

那人魂不附体，手指远处："一直、一直往、往东走！"张天意笑道："谢了！"正要把人放下，忽又想起一事，"群芳殿在御花园里吗？"

"群芳殿？"那人一呆，"那、那是什么地方？"

张天意脸色一变，回头望去，忽地不见了乐之扬的影子。他又惊又怒，慌忙跳到假山顶上，举目一看，廊庑交错，木石掩映，夜色漫如海水，吞没了无数房屋，别说是人，连一个鬼影也没看见。

紫禁深深

第二章

　　张天意呆站了一会儿，跳下假山，踢死地上两人，抓起尸体丢入一边的池塘，低头想了想，拎起灯笼向前走去。

　　灯光消失不见，道边的一丛灌木沙沙晃动，乐之扬抖抖索索地冒出头来。刚才他见谎话被拆穿，一时心急，钻入道边树丛。张天意杀人抛尸，他都看在眼里，吓得浑身发冷，只求离张天意越远越好，故而与之背道而驰，发足狂奔不已。

　　前方回廊曲折，歧路无穷，忽而草木丛生、花枝缠人，忽而高墙壁立、耸列两旁。也不知跑了多远，乐之扬双腿发软，心肺似要炸开，只好停了下来，弯着腰大口喘气。喘息了一会儿，他掉头望去，屋宇重重，永巷无尽，夜色一望无边，也不知身在何处。

　　乐之扬只觉泄气，颓然坐在地上，受了一夜惊吓，此刻一脱险境，睡意如潮。这时间，忽听远处传来一阵琴声，弹的是一首《乌夜啼》。操琴者手法精妙，世间少有，所弹的古琴音色醇厚，润如珠，泠如泉，时如松涛鸣壑，时如空谷传响，抑扬之间，了无一丝杂音。

　　乐之扬性好音乐，听到琴声，精神一振，困倦烟消。《乌夜啼》是南朝大乐师王义庆谱写，琴声清旷中暗生幽怨。操琴者技艺高妙，将那一股离愁别恨演绎得刻骨铭心。

　　乐之扬少年心性，只觉技痒，忘了身在险境，琴声刚一结束，忍不住横了长笛吹起一支《海青拿鹅》。这支曲子出自北方，专道驰骋大漠，放海东青，捕天鹅的种种趣事，曲调豪迈俊爽，开人襟怀。乐之扬吹到兴起，一支长笛变出了两般调子，一如俊鹘飞天，一如天鹅穿云，一个灵动猛锐，一个愤然冲霄，两般调子忽上忽下，翩翩相逐。

笛声一起，琴声悄然沉寂，等到乐之扬吹完，琴声又起，弹的是一首《平沙落雁》，调子轻快明朗，好比秋雁横江，波光潋滟，江边长沙如带，飞雁时起时落、上下交鸣，弹到高妙之处，真如数十只大雁同时鸣叫。

乐之扬听得舒服，沉浸其中，直待雁群飞散，孤雁哀鸣，一曲《平沙落雁》归于沉寂，这才横起笛子，吹起了一首《鹤鸣九皋》，笛声有如万里长空中一只孤鹤，引吭长鸣，声闻于天。

吹笛时琴声又歇，乐之扬刚一吹完，琴声立刻接上，奏起了一曲《龙翔操》，宛如飞龙腾空，飘逸变幻之余极尽华彩。

乐之扬静静听完，应了一首《秋鸿》，调子潇洒不拘，好似孤鸿飞逝，任意东西。但还没吹完，琴声忽又响起，奏的是一曲《渔歌》，洋洋洒洒，大有小舟一叶，遨游江湖之气概，潇洒之处，更胜《秋鸿》。

乐之扬就是一个傻子，也听得出对方在跟自己较劲，他年少气盛，琴声一完，马上回了一首《樵歌》，清高旷达，颇有天不拘、地不管、坐看风云、笑傲日月的襟怀。

不待《樵歌》曲尽，琴声叮咚，大有古风。乐之扬微微一愣，听出这是古曲《高山》，这一曲是上古琴圣俞伯牙谱写，较之后世颇为简单，可是大道至简，调子越简单，越是不易出彩，可是到了操琴者手里，一股雍容之气天然流露，穆穆如高山耸峙，浩浩如长风吹林，欺日月，凌霄汉，大有登凌绝顶、一小天下的气势。

乐之扬不甘示弱，琴曲一完，抚笛吹起了《流水》。高山流水，自古并称，上善若水，无物可以羁绊，与乐之扬性情相合，故而神与意合，吹得意兴洋洋，令人凝思遥想、听而忘倦。

曲子吹到大半，琴声忽又响起，听其旋律，竟是一曲《渔樵问答》，调子温柔款款，竟有求和的意思。乐之扬心中惊讶，笛声悄然一转，也变成了《渔樵问答》。他与操琴者素未谋面，此时琴笛合奏，竟是异常默契，到了"问答"一段，琴声主问，意思深长，笛声主答，神情洒脱，一如山之巍巍，一如水之洋洋，飘扬在宫城上空，大得山水之趣，让人心生出世之想。

一曲奏罢，余韵不绝，乐之扬放下长笛，耳边沉寂无声，方才的乐曲还在心间久久盘旋。他站在宫巷深处，呆呆地一动不动，月光如银如水，在他的身后拖出一道长长的影子。夜风微微，夜气冷冷，乐之扬俨然置身于梦幻，忘了自己身在何处。

忽听脚步之声，乐之扬回头看去，远处飘来两盏气死风灯，灯火照出两个华服男子，神色冷冰冰的，似乎不大高兴。乐之扬看见二人，心子狂跳，本想转身逃走，可又提不起逃跑的勇气。

两人停了下来，左边的人目光一转，落在乐之扬手中的长笛上，犹豫一下，问道："刚才你在吹笛？"

乐之扬无奈地点头，那两人对视一眼，右边那人说道："跟我们走一趟！"不由分说，一左一右地把乐之扬夹在中间。

乐之扬满心沮丧，暗想擅闯禁宫是死罪，如今落入人手死也活该，可惜义父一无所知，恐怕还在痴痴地等待自己回去。

迂回走了一会儿，茂密的林木中飘出一缕檀香，夹杂着幽幽花气。乐之扬转过一丛木槿，忽见一座沉香小亭，四根柱子各挑一盏风灯，灯光下坐了几人，就在亭子前方，横了一张黑黝黝的古琴。

忽听有人"咦"了一声，一个娇软的声音说道："什么？吹笛的是个小孩子？"

乐之扬应声望去，说话的是一个黄衫少女，与他年纪相仿，坐在古琴后面。少女下颌尖尖，面颊丰润，娇嫩如初开荷花，一双杏眼光亮如水，盯着乐之扬惊奇打量。

"敢情是个太监？"少女左边的中年男子哼了一声，很是不屑，他年近四十，方脸浓眉，目光凌厉，一把苍黑美髯随风飘拂。

"奇怪了！太监里也有这样的人物？"接口的男子二十出头，容貌清俊，风流蕴藉，脸上似笑非笑，使人心生亲近。

两人口口声声称呼太监，乐之扬心中奇怪，低头一看，恍然大悟，原来他身上的袍服跟两个掌灯男子颜色不同，样式却是一般。想起来，张天意杀的也是两个太监。

忽听中年男子笑道："十七弟，骑马射箭你不如我，操琴弄笛我不如你。但你说这小太监的长笛京城无对，未免夸大其词。京里的笛手成千上万，他这么一点儿年纪，又能强到哪儿去？"

清俊男子笑道："我不过随口说说，十三妹跟他斗过曲子，她的话最为可信！"少女看了乐之扬一眼，轻轻笑道："四哥，小妹见识有限，我听过的笛手，似乎都不如他！"

"是吗？"那四哥目光一转，盯着乐之扬说道，"笛子吹得这样好，来宫里当太监干吗？"

他目光慑人，乐之扬心怀鬼胎，低下头去。只听少女笑道："四哥，你别吓着人家。是了，小太监，你姓什么？在哪个公公手下做事？"

"我……"乐之扬额头见汗，浑身发软，话从嘴里飘出，就像是蚊子哼哼，"我姓乐……是、是……"他对宫里的太监一无所知，想破脑袋，也想不出一个人来。

"罢了！"十七弟面露失望之色："这小太监笛子吹得洒脱，性子可不怎么样！"四哥咧嘴一笑，粗声大气地说："他少了两个卵子，还有什么狗屁性子？"

刚说完，忽听一个沉静的声音道："四叔，男女有别，十三姑面前，还请留些口德！"

乐之扬听了这话，才发现那四哥身后的花荫下坐了一个年轻男子，身着华服，神态拘谨，说话时有些不安，揉搓一下双手，两眼盯着别处。

四哥看他一眼，微微冷笑，拖长声音说道："太孙殿下有言，区区敢不从命？"转向黄衫少女，淡淡说道，"十三妹勿怪，四哥我是粗人，粗人说粗话，你别往心里去！"十七弟接口笑道："好一个粗人，只凭这两个字，什么都混赖得过去！"

"那可未必！"四哥一半是笑，一半认真，"皇太孙天纵英明，我这点儿小把戏怎么混赖得了？太孙殿下，要不然我给十三妹磕头下跪，以赎口孽如何？"

拘谨男子慌忙摆手："四叔多心了，侄儿不过随口说说。"四哥笑道："这个'叔'字万不敢当，太孙殿下只要高兴，叫我朱棣也行。"拘谨男子连说："不敢，不敢！"

"怎么不敢？"朱棣声音一扬，"我痴长一辈，也不过是个藩王，你一人之下，亿万人之上，来日承袭大宝，还望手下留情！"

拘谨男子沉默一下，涩声说："四叔这话怎讲？你我辈分不同，可都是朱氏子孙，难道说我还会对你不利？"朱棣笑道："君无戏言，殿下来日登基，别忘了今日之言！"

拘谨男子盯着朱棣，似有不快。十七弟忙道："太孙殿下，四哥爱开玩笑，你又不是不知道。"黄衫少女也说："是啊，你们都是为我来的，千万别伤了和气。"

忽听有人说道："谁伤了和气啊？"声音沙哑苍劲，众人无不变色，纷纷掉头望去，远处花荫之下，静悄悄站了一个白发老者，身穿灰布袍，头戴六合帽，下颌向外凸出，脸颊又瘦又长，大约年少时害过天花，年纪一老，黑斑密布脸上，越发森严可怖。

在场众人纷纷跪下，拘谨男子正要开口，老人一摆手，迈步走来，身后的黑暗里悄然浮现出一个年老太监，形容枯槁，白衣晃眼，手持一柄拂尘，随着老人亦步亦趋。

乐之扬盯着老人发呆，不觉身边的太监跪倒在地，其中一人拉扯他的衣襟，低声说："作死吗？快跪下！"

乐之扬来不及动作，灰衣老人目光射来，问道："你姓乐？"乐之扬略略点头，老人长眉一扬："乐韶凤是你什么人？"

乐之扬一愣，冲口而出："是我义父……"话一出口，追悔莫及。心想潜入皇宫已是大罪，没准儿株连九族，这一下倒好，不打自招，连老爹也搭进去了。

"你义父？"老人盯着乐之扬，冷笑道，"他还没死吗？"

这一问十分无礼，乐之扬瞪着老人，心生怒意。老人也不理他，转身坐下，曼声问道："调教新晋太监的是谁？"

一个太监颤声答道："倪明宝倪公公。"老人点一点头，淡淡说道："传我旨意，小太监举止怠慢，眼神无礼，足见倪明宝疏于职守、调教不力，打他一百廷杖，如果不死，送到琼州充军。"那太监浑身发抖，低声问："小太监呢？"老人冷冷道："我另有安排！"

太监连滚带爬地退了下去。老人气势夺人，一语断人生死，乐之扬盯着他心子乱跳，脑海里灵光一闪，忽地冲口而出："你、你是朱元璋？"

这句话好比巨石落水，"大胆！""放肆！"……一连串呵斥冲了过来，乐之扬面如火烧，手脚却是冰冷，他紧紧咬着嘴唇，心想自己直呼皇帝之名，这一下可真是死定了。

朱元璋一扬手，漫骂声沉寂下来，沉香亭畔好比幽坟古墓，只听促织低唱，瑟瑟有声。

"没错！"朱元璋盯着乐之扬，似笑非笑，"我就是朱元璋，不过说起来，二十多年没人叫过这个名字了。"

乐之扬张了张嘴，一股冷气堵在胸口，心里只感绝望。久闻这老皇帝杀人如麻，自他懂事以来，不知看见多少人头落地。

"名字吗，取来就是给人叫的。"朱元璋漫不经心地说了下去，"不敢叫的人，要么讨好我，要么害怕我，成天万岁来、万岁去，真是无聊透顶。人又不是乌龟，谁又能活到一万岁？上个月有个炼丹的方士，送来一瓶丹药，说是不死之药，服之可以长生，你们猜猜，我是怎么对付他的？"说着微微一笑，目光扫过众人。众人心有顾忌，均是不敢回答。

朱元璋微感失望，目光落到乐之扬身上："换了你是我，你会怎么做？"拘谨男子应声色变，急忙道："祖父，这小太监什么东西，怎能与您相提并论？"

朱元璋摆了摆手："说说而已，何必较真。允炆，你仁孝可嘉，就是不够潇洒。"朱允炆面色一黯，无奈点头。

朱元璋望着乐之扬，笑道："不用怕，但说无妨。"

乐之扬少年心性，见他气度和蔼，胆子登时变大，想了想说道："换了是我，先用不死药喂猪，再用刀刺猪，看那头猪会不会死。"

朱元璋一笑，回望朱棣："老四，你呢？"朱棣笑道："我先让那道士吃药，再让他饿饭，饿上一月两月，瞧他死也不死？"

这一招何止是试药，根本就是杀人。乐之扬听得心头发冷，朱元璋却点了点头，说道："果然是老四，法子跟我一样。可惜那道士不经饿，七天不到就饿死了。相比起来，秦始皇、汉武帝、唐太宗一代雄主，却迷恋仙道长生，岂非是愚不可及？"朱棣笑道："父皇驱逐鞑虏，功盖华夏，如今世界升平，万方来朝，功德之著，远迈汉唐！"

朱元璋笑了笑，不置可否，又冲乐之扬说道："乐韶凤与我有旧，你沦落到这个地步，他可知道吗？"乐之扬摇头，朱元璋又问："你的笛子是他教的？"乐之扬无奈点头。

朱元璋沉默一下，问道："小家伙，你会吹《飞龙引》吗？"

《飞龙引》又名《起临濠之曲》，本是颂扬朱元璋起于微末、平定天下的颂歌。照乐之扬看来，这曲子正大有余，灵动不足，算不上什么好曲调，于是答道："会吹！"

"很好！"朱元璋点了点头，"你吹一曲给我听听！"

黄衫少女笑道："爹爹，你好偏心，只听笛子，不听琴吗？"朱元璋掉头望她，流露出慈爱的神情："微儿，为父倘若偏心，也只会偏着你呢！方才我听你们琴笛合奏，大有逸趣，也好，你们俩再合奏一曲！"

黄衫少女抿嘴一笑，看了看乐之扬，皱鼻努嘴，做了一个小小的鬼脸。乐之扬心头一乱，面红耳赤，长笛送到嘴边，接连吹错了两个音符，忽见朱元璋皱眉望来，慌忙振作精神，吹起前调，黄衫少女也调弦弄琴，与之应和。

《飞龙引》是大明雅乐，恢宏浩大，一声百应。十七弟挺身站起，笑道："父皇，孩儿不才，敢请高歌一曲，为父皇助兴！"朱元璋点头道："准了！"

十七弟挺胸拔背，扬声唱道："千载中华生圣主，王气成龙虎。提剑起淮西，将勇师雄，百战收强虏。驱驰鞍马经寒暑，将士同甘苦。次第静风尘，除暴安民，功业如汤武。"

他嗓音清越，一缕中气发自肺腑，声如黄钟大吕，响彻渺渺夜空。

朱元璋坐在亭间，微微闭眼，应着节奏，右手轻轻拍打膝盖，冷峻的神情无影无踪。眉梢眼角，种种神情如水淌过，时而欢喜，时而温和，时而振奋，时而感伤。一时间，这个七旬老人不再是无情的君王，变成了一个回顾平生的寻常老者。他由贫贱中崛起，为了活命而搏杀，历经了几多生死，割舍了七情六欲，终于削平了群雄，坐稳了江山。可惜好景不长，光阴催迫，一代命世之杰终于垂垂老矣，一头白发，满脸皱纹，别人并不知道，他费了多少力气才能在人前挺直腰板。只因年深日久，就连记忆也在消失，许多故人往事常常模糊不清，仿佛一片清冷月光，每每午夜梦回，便从指缝间悄悄地溜走。

《飞龙引》奏完，乐之扬正想放下笛子，琴声轻轻一转，忽又变成了《风云会》的调子。他看了少女一眼，硬着头皮吹了下去。十七弟也跟着唱道：

"玉垒瞰江城，风云绕帝营。驾楼船龙虎纵横，飞砲发机驱六甲，降虏将，胜胡兵。谈笑掣长鲸，三军勇气增。一戎衣，宇宙清宁。从此华夷归一统，开帝业，庆升平。"

这一首曲子，又名《开太平之曲》，讲的是鄱阳湖大战，朱元璋驾乘楼船大破陈友谅的往事。那一战凶险百出，胜败几经反复，朱元璋起兵以来，以这一仗最为险恶，自此之后，一统天下已是坦途。故而乐曲大开大合、波起浪涌，起初如涛如风，又如金戈铁马，渐渐合并如一，仿佛奔鲸入海，万里一空。

朱元璋受了曲调感染，拍打膝盖更加急促，就像是再一次跨马上阵，只不过面对的不再是顽强的宿敌，而是渺茫难测的天意。这一次，他注定战败。鄱阳湖上，他舍生忘死，只为夺取江山，可是谁又知道，此时此刻，他宁可用这锦绣山河再换来数十年的寿命。

老皇帝忽觉一阵孤独，好似衰老的猛虎，从前啸傲山林、不可一世，现如今筋疲力尽、屈爪俯首，四周尽是择机而噬的豺狗。

豺狗？在哪儿？我杀光他们！朱元璋猛地睁开眼睛，凶光迸出，扫视四周。他的目光落到朱允炆身上，忽又变得柔和起来。他久久地望着孙子，恨不得透过这双老眼，将所有的才智注入他的身体，火尽薪传，等他撒手西去，这个后生就能够担负起他的江山。

"持黄钺，削平荆楚清吴越。清吴越，暮秦朝晋，几多豪杰。幽燕齐鲁风尘洁，伊凉蜀陇人心悦。人心悦，车书一统，万方同辙……"十七弟唱到了《削群雄之曲》，一刹那，陈友谅、张士诚、方国珍、明玉珍、王保保，一干对手的面容从眼前掠过，个个愁眉不展、神情凄凉。

"胜出的人终归是我！"朱元璋不胜欣慰，嘴角露出一丝笑容。

"呵……"不远处的假山后面，传来一声轻笑，笛声戛然而止，跟着琴声也停了下来。十七弟应声望去，只见假山背后徐徐转出一个人来。

乐之扬望着那人，一颗心几乎蹦了出来。张天意脱去了宦官衣衫，一身白衣斑斑染血，血渍凝成紫色，有如繁花交缠。

"你是谁？"朱元璋注视来人，不动声色。

张天意轻轻拍手，哼唱道："削平荆楚清吴越。清吴越，暮秦朝晋，几多豪杰？好厉害，好威风，朱重八，你还记得故人否？"

　　"重八"是朱元璋的本名，张天意随口道出，语气中大有嘲谑。朱棣站起身来，目光生寒，一手按上了腰间的剑柄。朱元璋却笑了笑，示意儿子不要妄动，一边说道："恕朱某眼拙，足下是哪位故人？"

　　"我姓张，平江人！"张天意微微眯眼。

　　"张士诚！"朱元璋流露讶色，盯着张天意，"你是他的儿子？"

　　"是啊。"张天意一挥手，从腰间抽出软剑，笑吟吟说道，"朱重八，接下来，我且代家父跟你叙叙旧！"挥袖漫步，向沉香亭一步步走来。

　　"慢来！"朱棣呵呵一笑，横身拦住去路，"有道是，父对父，子对子，若要叙旧，可别乱了辈分！"

　　张天意看他一眼，目光冷若冰霜："你是谁？"

　　"燕王朱棣！"朱棣朗声答道。

　　"朱棣？"张天意目光闪动，"听说你威震北方，鞑虏畏之若虎，若是骑马用兵，区区甘拜下风。"他顿了顿，面露诡笑，"不过这一次，可与打仗不同！"说到这儿，扬起手中长剑。

　　朱棣一笑，也拔剑出鞘。较之常剑，他的剑长了五寸，宽了一寸，明如雪练，映月生寒。

　　"好剑！"张天意注视那剑，"可有名字？"

　　朱棣笑道："剑名决云！三尺六寸！"

　　"上决浮云，下决地圮吗？哼，口气不小！"张天意目光微微一斜，落在一边的十七弟身上。朱棣随他转眼望去，刹那间，冷风扑面，青光映入眼帘。

　　张天意自知身在虎穴，一心速战速决，不耐与朱棣纠缠，假意看向十七弟，引得对手分心，杀手突出，打算一剑刺死这人。

　　叮，两人剑锋相交，迸出点点火星。张天意一剑失手，微感诧异：朱棣回剑之快，竟是少有的剑道高手。情势不容他多想，张天意占了先机，放手抢攻，一片青蒙蒙的剑光仿佛天河倒卷，几乎将朱棣笼罩其中。

　　朱棣步步后撤，决云剑东一挑，西一挽，防守密不透风。对手软剑近身，要么刺中剑身，要么巧被挑开，一转眼，朱棣退了十步。张天意刺出一百余剑，可惜骤雨不终朝，至此剑势已衰。张天意正想放慢剑招，忽听朱棣一声锐叫，双手握剑，斜往上挑，"叮"的一声挑中软剑，一串火星闪过，张天意只觉虎口发热，软剑向左歪斜。

　　"呵！"朱棣大剑横挥，闪电般向他腰腹扫来。

　　张天意气贯剑身，软剑逼成弧形，"叮"的一声点中决云剑。剑刃相接，张天意借力一转，绕到朱棣身侧，剑尖急吐，刺他左胁。

"呵！"朱棣旋身挥剑，决云剑直奔张天意咽喉，这一剑角度离奇，张天意即便刺死对手，也难逃断喉之祸。他志在朱元璋，不肯与之同归于尽，放弃伤人，回剑格挡，呛啷啷一阵响，两人电光石火间拼了十剑，张天意忽然纵身跳开，叫道："席应真是你什么人？"

"半师半友！"朱棣微微一笑。

张天意轻哼一声，跃身急上，作势欲刺。朱棣后退半步，凝剑不发，他的剑法名叫"弈星剑"，出自玄门，以群星为棋子，以天穹为棋盘，法于天象，暗合弈道。朱棣虽不出剑，剑锋所指，尽是张天意出剑的死角，只消张天意进入剑圈，立刻化为星斗烂漫、天河落影之象。

张天意身到半途，忽地晃了一下，左手一扬，一蓬光雨向亭中飞去。

猛然间，朱棣明白了张天意的伎俩，他作势佯攻，吸引自己的心神，本意却是用飞针射杀父皇。暗器去如飞电、阻拦不及，朱棣悲愤交加，运剑如风，纵身向张天意刺出。

张天意含恨出手，不留活口，夜雨神针细如牛毛，数以百计，随风潜入，破物无声，月光下精芒一片，笼罩了那座沉香小亭。

乐之扬也在亭前，几乎呆了傻了，只见针雨扑面，根本不知发生了什么。这时白影晃动，蹿出一人，正是那个年老太监，他来得快，拂尘更快，迎着针雨一扫，漫天针雨便无影无踪。

老太监收了暗器，枯槁的面容上神采一闪而过，像是炭火余烬，又慢慢地暗淡下去，跟着伛偻腰背，身子后缩，一眨眼，又消失在了朱元璋的身后。老皇帝端然静坐，饶有兴趣地继续观看斗剑。

"弈星剑"是道门剑术，讲究后发制人。朱棣纵剑抢攻，中了张天意的奸计，他发针之前已收回软剑，见状剑势一圈，一股柔劲挑开决云，身随剑出，直取朱棣的心口。

朱棣忙以"天门式"回守，决云剑的剑锷挂上软剑，"叮"的一声，软剑向右弹开，剑锋掠过朱棣的肩膀，带起一溜血花。

"呀！"黄衫少女惊叫起来。张天意正感得意，闻声却是一愣，侧目望去，亭中诸人安然无恙，登时心头一沉。

他稍一分神，朱棣缓过气来，使一招"天冲式"，大开大合，锐意反击，唰唰唰一连数剑，逼得张天意连连后退。

呼吸之间，两人攻守逆转，身法均是快得惊人，来去如鬼魅潜行，起落如夜枭冲天，两道剑光时而纠缠，时而分开，跳荡起落，变化莫测。

朱元璋忽道："项庄舞剑，意在沛公。张生舞剑，意在寡人。既是舞剑，岂可没有伴奏？微儿，你跟小太监合奏一曲，为你四哥壮一壮声势！"

黄衫少女笑道："奏什么曲子？"朱元璋冷笑道："《十面埋伏》！"

黄衫少女点了点头，双手疾风骤雨般扫过琴弦，指间飘出杀伐之音。乐之扬定一定神，也吹起笛子，笛声激昂，如猛士拔剑、铁骑飞驰。

朱棣气势大壮，出剑更加迅猛。决云剑本是一口战剑，临阵可斩奔马，这时使得兴发，每出一剑，就带起一阵狂风，扫在张天意身上，不但肌肤生痛，剑势也大受压制。

又交数剑，曲子吹到了"别姬"一段，霸王别姬，调子凄凉，张天意叫那曲子勾起往事，想起当日苏州城中与父母生离死别的情形，心中登时一阵烦乱。心一乱，剑法也乱，朱棣看出破绽，决云剑连挑带刺，叮叮叮攻破张天意的剑幕，锐喝一声："着！"剑锋划过张天意的左胸，皮肉翻卷，鲜血涌出。

张天意吃痛，向后一跃，右手长剑乱挥，抵挡朱棣的追击，左手一扬，针雨飘然飞出。朱棣心中凛然，刚要退让，忽觉一阵风从旁吹来，千百银丝如流光飞雪，隔在了两人之间，哧哧声不绝于耳。针雨落入银丝，好比泥牛入海。

张天意向后跳开，盯着老太监一脸惊疑，叫道："你是谁？"

老太监淡淡笑道："深宫废人，名号不足挂齿！"拂尘轻轻一挥，向张天意迎面扫出，张天意挥剑抵挡，拂尘轻飘飘地搭上剑刃，好似蜘蛛吐丝，将剑刃紧紧缠住。

张天意虎口一麻，长剑活了似的向前挣脱，他慌忙运劲回夺，不防一股大力顺势涌来，潮水一般灌入体内。他不由撒开剑柄，向后跳开，可那一股内劲余势不衰，直冲肺腑，张天意胸口剧痛，"哇"地吐出一口鲜血。

他一招受创，自从艺成以来，这情形从没有过，心知遇上高人，当下向后跳出，双手此起彼落，射出两蓬针雨，一蓬射向老太监，一蓬向亭内众人射去。

这一下攻其必救，老太监不敢迟疑，拂尘急舞，扫落飞来金针，跟着手足不动，向后飞掠而出，去势之快，仿佛有人在后牵扯。众人眼前一花，他已到了亭子前面，拂尘卷起一股狂飙劲风，漫天金针簌簌而落。破了金针，老太监转眼望去，张天意身影一闪，消失在一面高墙之后。

老太监皱了皱眉，回头看了朱元璋一眼，后者脸色铁青，冷冷说道："不留后患！"老太监一晃身，忽地消失不见。

琴声忽断，黄衫少女起身说道："四哥，你的伤不碍事吗？"朱棣笑道："皮肉伤，不碍事！"朱元璋哼了一声，冷冷道："小伤大治，不可耽误，速传太医，给老四瞧瞧！"一边的太监应声退下。

朱棣叹道："惭愧惭愧。剑法不够厉害，没能将姓张的留下。"

朱元璋摇头道："剑法再厉害，也不过一人之胜，兵法厉害，才是万人之敌。"朱棣凛然道："父皇教训得是！"

朱元璋又说："老四，十七，你们明天一早，就回北方去吧！"

朱棣吃了一惊，忙道："明天可是十三妹的芳辰，我与十七弟特意赶来……"朱元璋打断他道："北方风烟未净，胡虏窥我燕云，你兄弟二人镇守北疆、责任重大。至于微儿，你们兄妹情深，固然很好，可她小小人儿，生日过不过也没什么关系！"

十七弟站起身来，还想说些什么，忽见朱棣目光射来，登时住口不语。朱元璋打量二人，又见黄衫少女怏怏不乐，不由笑道："微儿，怎么不高兴啦？"黄衫少女轻声说："孩儿不敢。父皇说得对，两位兄长当以国事为重！"

朱元璋叹道："你这孩子，越是懂事，越叫人心疼。也罢，他们走了，我与你庆生，比起两大藩王，为父这分量如何？"

朱棣与十七弟忙说："父皇至尊之躯，儿等岂敢相提并论？"黄衫少女展颜笑道："父皇说得好听，就怕到时候忙碌起来，又把此事忘了！"

朱元璋笑道："若我来不了，就让允炆来。既是庆生，不可没有礼物。老四，你送的什么？"

朱棣笑道："孩儿送的都是俗物，一对和田玉如意，九升合浦大珠，两件紫貂皮氅，还有十四支高丽老参！"

"十四支老参，一岁一支吗？"朱元璋回头道，"十七，你又送的什么？"

十七弟笑道："十三妹雅好音乐，孩儿费尽神思，制琴一张，送与妹子作为贺礼！"

"这一张吗？"朱元璋指着亭前古琴。

十七弟笑道："父皇明鉴！"

朱元璋站起身来，伸手拂扫琴弦，一串琴声涌出，铿铿泠泠，好似流泉滚珠，不由点头道："好琴，可有名号？"

"有！"十七弟答道，"名叫'飞瀑连珠'！"

朱元璋笑道："这名字贴切。"转向黄衫少女，"微儿，你两位兄长一雅一俗，把好处都占尽了。你说，为父送你什么礼物好呢？"

少女眼珠一转，笑道："父皇若要别出心裁，不如送我一个人！"朱元璋一愣，问道："什么人？"少女指着乐之扬："这个小太监！"

乐之扬大吃一惊，在场众人也觉诧异。朱元璋沉吟道："微儿，君无戏言。为父答应了你，可就变不了啦！那时候，你可不要后悔！"少女笑道："千金易得，知音难求，女儿决不后悔！"

朱元璋想了想，轻轻叹道："我诸女之中，就数你与众不同。很好，我就把这小太监赏给你，你好好调教他，下次见面，不可再对我无礼！"

乐之扬十分气闷，自忖大好男儿，被人当成太监也就罢了，现如今，更被当作礼物送给一个小姑娘，简直岂有此理。

这时朱元璋转身离去，朱允炆跟在祖父身后。朱棣受了伤，由十七弟陪着回宫就医。

曲终人散，亭中顿显冷清。两个宫女上前收拾琴桌香案，一个年长的宫女冲乐之扬喝道："死阉鸡，还不过来搬琴？"

乐之扬愣了一下，转眼看去，忽见黄衫少女背着手冲他微笑，她一笑起来，眼如月牙，嘴似红菱，白玉似的双颊上浮起一对浅浅的梨涡。

乐之扬双颊发热，低头去搬古琴。那张琴大漆涂面，摸上去布满断纹，或如流水，或如梅花。乐之扬摩挲琴面，不觉微微入神，忽听黄衫少女笑道："你也会弹琴？"

乐之扬心头一慌，古琴几乎掉在地上，支支吾吾地说："会一点儿，可弹得不好！"黄衫少女见他拘谨，不觉莞尔，年长的宫女见他呆头呆脑，又喝道："死阉鸡，当心一点儿，摔坏了琴，你十个脑袋也赔不起！"

乐之扬"唔"了一声，忽觉后腰一痛，被那宫女掐了一把。乐之扬几乎跳起来大骂，忽听那宫女又叫："呆什么？还不回宫去！"一听这话，乐之扬才省悟到这里不是秦淮河，而是紫禁城，只好垂头丧气，挟着琴跟在宫女后面。

忽然香泽微闻，一个温软的身子凑了上来。忽听黄衫少女轻声笑道："小太监，我把你要过来，你似乎不大乐意？"

乐之扬心想："我又不是一张琴、一管笛子，任你要来要去的，你做了公主就了不起吗？公主，呸，我看叫公猪还差不多！"想着笑嘻嘻说道："哪里话，公猪殿下，能够服侍你老人家，我高兴得快要死了！"

少女有些失望，她见乐之扬言行举止不同寻常太监，谁知说起话来还是陈腔滥调。她身处深宫，受惯了尊崇，万料不到这小子话里有话、暗地里骂人。

走了两步，少女又问："小太监，你姓乐，可有名字吗？"

乐之扬本想编个假名糊弄她，转念一想，大丈夫行不更名，坐不改姓，倘若连真名也不敢说，岂不如太监一样，成了无卵之人？当即答道："我叫乐之扬！"

"乐之扬？"少女沉思一下，忽而笑道，"小太监，你糊里糊涂的，大概也不知道我是谁吧？"

乐之扬笑道："你不是公猪吗？"少女笑道："公主也有好些个，我是宝辉公主，大号朱微，将来有人问起，你可别答错了！"

乐之扬"嗯"了一声，心想："大号猪尾，没错，她老子朱元璋是老公猪，带着一群小公猪，这个紫禁城，就是一个大猪圈，哼，不知这大号的猪尾巴长在什么地方？"想着掉过头来，冲着少女上下打量。

朱微见他眼神无礼，皱了皱眉低喝道："你看什么？"乐之扬慌忙垂下眼皮。老宫女破口大骂："死阉鸡，活腻了吗？公主，他方才可是对你无礼，我马上禀告李公公，打他三百皮鞭！"

朱微看了乐之扬一眼，冷冷说："算了，一点儿小事。"老宫女摇头道："公主，你就是心软，哼，再这么下去，这些狗奴才都要翻天了！"

朱微冷冷道："宋茶，翻天二字也是你该说的？"老宫女一颤，忙道："婢子口不择言，该死，该死……"反过手来猛打双颊。

朱微叹道："好啦，别打了。人谁无过，我要真那么狠心，你们这些人还能活吗？"老宫女的面皮红了又白，狠狠瞪了乐之扬一眼。

抵达宝辉宫中，夜色已深。朱微自去寝殿歇息。老宫女领着乐之扬来到一间狭小厢房，掷给他一床被子，冷冰冰地自顾去了。

床板又冷又硬，躺了一会儿，心口隐隐作痛。乐之扬猛然想起，讨债鬼的金针还在心口，讨债鬼说了，如不及时起出，必将扎穿心脏。乐之扬老大烦闷，怔怔地想了半天，也想不出拔针的法子，心想或许只是讨债鬼吓唬自己，一根小针哪来这么大的威力。这么一想，暂且抛在脑后，大被蒙头，遁入梦乡。

忽觉身上疼痛，乐之扬睁眼一瞧，但见老宫女宋茶站在床前，一手叉腰，一手拿着他的笛子，粉面含威，锐声叫道："死阉鸡，快起来抬水！"

乐之扬但觉手腿肩背无处不痛，也不知挨了多少抽打。再听这声喝骂，登时勃然大怒，劈手抢过笛子，狠狠抽在老宫女臀上。宋茶发出一声尖叫，眼看乐之扬再举笛子，吓得转身就跑，边跑边叫："杀人了，杀人了……"

乐之扬追出门外，恶狠狠挥舞长笛，一边的宫女太监前来阻拦，被他一人一下，打得缩头缩脑，眼睁睁望着他赶上宋茶。老宫女听见脚步声响，吓得魂不附体，脚下一绊，摔了一跤。乐之扬赶上去，手起笛落，向她身上抽去。

这时，从旁横过一柄带鞘长剑，轻轻一挑。乐之扬虎口一震，笛子"嗖"地飞出，他掉头看去，朱微俏脸苍白，黑幽幽的眸子喷出火来。

这一下，乐之扬清醒了过来，才想起自己身在禁宫，霎时间，他出了一身冷汗，盯着朱微张口结舌。

"宋茶！"朱微冲那宫女喝问，"出了什么事？"

"公主殿下！"宋茶抱着朱微的小腿抽抽搭搭，"我叫这死阉鸡起床抬水，他不但不听，还拿棍子打我！"

乐之扬又气又急，叫道："胡说，明明你先打我！"

"谁看见我打你了？你打我，大家可都看得一清二楚。"宋茶一边狡辩，一边抹眼泪，"公主殿下，你要为我做主呀！我跟了你十多年，人老珠黄，还要受这个死阉鸡的欺负！"乐之扬站在一边，苦于无人作证，心里急得要死。

朱微盯着宫女瞧了半晌，叹道："宋茶，你要怎样惩罚这小太监？"宋茶眼露凶光，恶狠狠地说道："交给李公公，打死了喂狗吃。"

"臭婆娘！"乐之扬冲口而出。

朱微脸一沉，喝道："你骂谁？"她素来温婉，可是一旦发怒，别有威严。乐之扬为她目光所逼，到嘴的话咽了回去。

朱微想了想，又道："宋茶，这惩罚是不是太狠了一点儿？"宋茶恨恨地道："这叫以儆效尤，宫里有宫里的规矩！"

朱微上前两步，拾起那根笛子，轻轻拭去灰尘，看了乐之扬一眼，低声说道："笛子是用来吹的，可不是用来打人的。"说完递给乐之扬，乐之扬接在手里，满心不是滋味。

宋茶眼看情形不对，忙说："公主，你干吗把凶器还给他？"

"宋茶，你跟了我八年，你是什么人，我还不知道吗？"朱微漫不经心地道，"你打小宫女、小太监，也不是一次两次了，以前有人向我诉苦，我碍于情面，不好说你。可我又不是傻子，这小太监初来乍到，给他个天大的胆子，也不敢无故打你。好啦，打死喂狗就免了，由你监工，罚他添满四缸水就行！"不容宋茶分说，转身出门去了。

水缸不过四口，都是黄铜大缸，添满一口，非得十桶井水。宋茶算盘落空，刻意报复，一板一眼地当起了监工，为防乐之扬反抗，还找来两个年长的太监。老宫女遍寻由头，连掐带骂，乐之扬怒气填膺，要不是对手人多势众，真想把一桶水淋在她头上。

四缸水添满，乐之扬累得两腿发软，心口中针处更是一阵阵刺痛。痛处先前不过指头大小，这一阵忙完，变成酒杯大小，乐之扬暗暗担忧，可又无法可想。

到了中午，吃了饭，正想小睡一会儿，朱微忽又派人来叫，乐之扬怒不可遏，心中大骂："臭公猪，死猪尾"，闷闷地进了寝殿，只见墙上挂了十余张古琴，式样有伏羲式、师旷式、灵机式、仲尼式、风势式、神龙式、连珠式，颜色有黑色、褐色、玉白色、金黄色，还有几张琵琶，曲颈的、直颈的、长颈的、短颈的，另有方响、铜磬、大小皮鼓、长短箫笛、胡笳筚篥，但凡乐之扬知道的乐器，寝殿里应有尽有，甚至还有一架青铜编钟，因为年代久远，上面积满了斑斑绿锈。

除此之外，桌椅床铺无不素简，萦绕着一股淡淡的女儿香气。朱微坐在"飞瀑连珠"后面，见了乐之扬，笑道："快来，我要练琴，你给我伴奏！"

乐之扬悻悻上前，他心中烦乱，吹起笛子也是走音串板。朱微听得皱眉，忽地止了琴声，吩咐宫女们道："你们先出去，把门带上！"

一转眼，寝殿里只剩下两人。朱微盯着乐之扬，乐之扬也怒目相向。两人对望一阵，朱微忽然咯咯地笑了起来，起初只是轻笑，跟着一手捧腹，一手扶着琴，笑得几乎直不起腰来。

乐之扬莫名其妙，问道："公猪，你笑什么？"

朱微直起腰来，微微喘气："想到早上的情形，我就忍不住要笑。宋茶那个样子，哎哟，打我认识她，从来没有见过！"

乐之扬更加惊奇，结结巴巴地说："公猪，你不生我的气吗？"

"我生气干吗？"朱微笑道，"这个老宋茶，本是母妃的贴身宫女，母妃去世以后又来服侍我，仗着资格老，一贯作威作福。因为母妃的关系，我不愿跟她计较，可是看着那些小宫女、小太监挨打，我的心里也很难受。如今可好了，遇上你这个愣头青，叫她吃了一只大甲鱼。"

"大甲鱼？"乐之扬一愣，想了想，失笑道，"你说吃瘪？"

"对，吃鳖！"朱微笑抿嘴道，"这些市井里的浑话，我总是想不起来。"

乐之扬哈哈大笑，说道："吃瘪的瘪可不是甲鱼。"当下蘸了茶水，将两个字在桌子上写了一遍。

朱微看了，自觉好笑，说道："敢情我想错了。"

乐之扬见她小女儿情态流露，心生亲近，笑着问道："公猪殿下，看你这个样子，一定没有去过宫外吧？"

朱微摇头说道："我生下来就待在宫里！"

乐之扬心生怜悯，叹道："看来当公猪也没什么好的。这地方一到晚上又黑又空，就跟一座大坟墓差不多！"

"大胆！"朱微变了脸色，"你敢说紫禁城是坟墓？"

"你急什么？"乐之扬笑嘻嘻说道："我不过打个比方！"

朱微盯着这个小太监怒也不是，笑也不是，暗暗佩服他胆大无忌，竟敢对着大明的公主诋毁大明皇宫。她想了想，故作冷淡地说："皇宫你也嫌不好，那什么地方才好？"

　　"秦淮河！"乐之扬脱口而出。

　　"大胆！"朱微气白了脸，"你、你把皇宫跟那种下流地方相比？"

　　乐之扬笑道："你去过秦淮河吗？"朱微面皮红涨，支吾说："没去过又怎样？那儿、那儿不是、不是……"声音越见低微，乐之扬接口说道："是妓院没错，可是比起这皇宫，热闹一百倍，好玩儿一千倍。"

　　朱微还没想好怎么训斥对方，一听这话，好奇心起，又忍不住问道："怎么热闹？怎么好玩儿？"

　　乐之扬抖擞精神，绘声绘色地讲起秦淮河的花船花灯、轻歌曼舞，夫子庙的说书唱戏、诸般杂耍，还有各种小吃玩物——糖人、面人、桂花糕、羊肉饼……添油加醋，说得天花乱坠。

　　朱微默默地听着，各种奇妙景物宛然就在眼前，心中热乎乎的，一时好不神往，听完许久，才叹道："这么说，那秦淮河，似乎，似乎真比皇宫好一些儿，可惜我没你的福分，不能亲眼去看一看。"

　　乐之扬笑道："你是公猪啊，什么地方不能去？"朱微摇头说："你不知道的，父皇定下规矩，公主嫁了人，才能离开紫禁城！"

　　"这还不容易？"乐之扬脱口而出，"你嫁个人不就成了吗？"

　　朱微白他一眼，说道："你胡说什么？一来我年纪还小，二来那些王孙公子，一个个十足讨厌。哼！像你跟十七哥这样的人，可是一个也没有……"说到这儿自觉失言，心想自己一定失心疯了，怎么能对一个太监说出这样的话。

　　乐之扬没有听出弦外之音，随口问道："这排行也真怪，他排十七是哥哥，你排十三倒是妹妹！"

　　朱微盯了他半晌，奇怪地道："乐之扬，你进宫的时候没人告诉你吗？父皇有二十五个儿子，十六个女儿！"

　　"哎哟！"乐之扬惊叫起来，"你老爹还真能生！"

　　朱微又好气又好笑，说道："什么你老爹？你该叫陛下，叫万岁！"乐之扬忙说："是，是，陛下还真能生……"

　　朱微只觉这话还是不对，如何不对却说不上来，只好接着说："十七是儿子里的排行，他单名一个权字，受封宁王。十三是女儿中的排行，我下面还有三个小妹。只不过，我与十七哥不同其他人，我们是一母所生，所以他才会不远千里，从塞外赶来给我庆生。别的兄弟姐妹送我的不外乎金珠宝玉，唯独他亲手制了这一张'飞瀑连珠'，只因他知道，天底下的金珠宝玉放在面前，在我眼里，也比不上这一张古琴！"说着轻轻抚弄琴弦，发出清越鸣响。

　　乐之扬心中佩服，说道："这张琴真不赖，我家里有一张唐代的'九霄环佩'，但论音色，比起这张琴可差远了！"

朱微心下奇怪，这少年出身音乐世家，为何沦落为阉人？但想此事太惨，不便细问，笑了笑说道："音色只是其一，难得的是这张琴出自王子之手，却无奢华之气，简素通脱，风流蕴藉，实为雅中之雅，琴瑟中的隐士，若非深谙古琴三昧，决然造不出来！"

乐之扬点头说道："这就叫作：'以无累之神合有道之器，非有逸致者则不能也！'"

朱微听得双眼发亮，又说道："十七哥与我性子相近，本是乐道中人，可惜呀，爹爹偏偏让他去带兵打仗！"

乐之扬奇怪地道："他带兵打仗？可是一点儿也不像！倒是那个燕王朱棣，凶巴巴的，一看就是打仗的样子！"

"你眼光不坏！"朱微点头说，"我听父皇提过，他的儿子里面，就数四哥最会打仗。"

乐之扬问道："他也是你一母所生的哥哥吗？"朱微瞪他一眼，没好气地道："宫里人谁都知道，他是孝慈皇后的儿子。你怎么问出这么无礼的话？"

"那他为何也来给你庆生？"乐之扬问道。

"他跟十七哥交情最好，所以对我另眼相看。他俩的藩镇很近，四哥在北平，十七哥在大宁。"

"大宁？"乐之扬搜肠刮肚，也想不出这么一个地方。

朱微笑道："无怪你不知道，大宁比北平还远，骑马出了刘家口，还要再走上两天。那是塞外的重镇，北控辽东，西临大漠，城中带甲八万、车骑六千，论到精兵强将，不比北平城少呢！"说到这儿，她迟疑一下，"不过，四哥跟十七哥不同，他来京城，不只为给我庆生……"

"还为什么？"乐之扬随口问道。

朱微轻轻叹道："这些事，不说也罢！"说着眉头微皱，信手弹起一曲《潇湘水云》。

乐之扬听她说了一席话，只觉这公主温柔可亲，竟是平生少见的女子，之前的怨气消了大半，于是吹起长笛，用心与之合奏。

两人曲调相合、心意相通，四周的景物俨然大变，仿佛携手并肩，沐浴潇湘灵雨，漫游洞庭之滨，忽见波起云涌，又见万里澄波，天光云影，浪卷云飞，无数奇妙境界随着乐声一一涌出，两个少年男女浑然忘我，不知身在何处。

次日凌晨，乐之扬从睡梦中痛醒，心口的刺痛大大扩散，前一日大如酒杯，现在足有碗口方圆。他辗转反侧，到了早晨，迷糊睡了一阵，朱微忽又派人来请。

到了寝殿，朱微浓睡方醒，正由宋茶服侍梳妆。她换了一身绯红软缎衣裙，俏脸白里透红，长发蓬松如云，看见乐之扬，冲他抿嘴一笑，娇美如春花吐蕊。

乐之扬见她笑容美丽，一时瞧着发呆。梳头的宋茶看见，厉声喝骂："死阉鸡，看什么？当心我把你的狗眼挖出来！"

乐之扬大怒，清了清嗓子，回骂道："臭婆娘，骂你爹吗？"

"少做梦了！"宋茶啐了一口，"你一个死太监，也想给人当爹？"

乐之扬笑道："谁说我给人当爹？你又不是人！"

宋茶变了脸色，丢下梳子伸手来抓。乐之扬低头让过，举起笛子抽在她腿上。宋茶惨叫一声，回头想找一件兵器，无意间把后背卖给了乐之扬，小泼皮趁势上前，对准肥厚多肉之处，啪啪啪狠揍三下。

宋茶又痛又怒，回头伸手抓他。乐之扬滑如泥鳅，逃到一边，笑嘻嘻地大做鬼脸。宋茶气得掉泪，一顿足，冲着朱微叫嚷："公主，你看这个死太监干的好事。从今天起，这宝辉宫里，有他没我！"

朱微脸色发白，看了宋茶一眼，轻声说道："前两天，十四妹还向我抱怨，说她宫里的人不得力，问我有没有好人儿给她。这样吧，宋茶，你去她那儿好了，我这里庙小，容不下你这尊大神！"

宋茶倚老卖老，本意胁迫朱微赶走乐之扬。谁知弄巧成拙，走人的竟是自己，只吓得脸色惨白，双腿一软，跪在地上颤声说："公主饶命，含山公主出了名的暴脾气，上次一言不合，把贴身的宫女活活打死。你让我去服侍她，那不是把羔羊往狼穴里赶吗？"

乐之扬听她自比羔羊，捂着嘴，险些笑出声来，朱微瞪他一眼，又说："好啊，宋茶，你说含山宫是狼穴，不是咒骂十四妹是狼吗？哼，十四妹听到了，还不打烂你的嘴？"

宋茶面如土色，吓得说不出话来，咚咚咚连磕响头，磕得额头一片乌青，朱微心生不忍，扶起她道："够了，以后不许说有谁没谁的话！"

宋茶眼泪汪汪，连连点头，朱微又说："乐之扬留下，你们全都出去！"宋茶忙道："这死阉鸡……"话没说完，朱微瞪眼望来，慌忙住口，领着宫女们退出寝殿。

待人走完，朱微合上殿门，横上门闩，回头盯着乐之扬，眼里透出一股嗔怪。乐之扬满不在乎，笑嘻嘻说道："公主，大清早你找我干吗？昨天吹了半天笛子，吹得我嘴也木了！"

"你不爱陪我吗？"朱微脸色一沉，"好啊，你这就走，我才不稀罕！"

乐之扬见她一脸愠怒，走也不是，留也不是，挠头说："公主，你吃错药了吧？今天有点儿不大对头。"

"闭嘴！"朱微血涌双颊，锐声喝道，"不对头的是你。你骂人很厉害吗？打人很厉害吗？宋茶是不对，你也好不到哪儿去！有本事，你也骂一骂我！"

乐之扬笑道："你没骂我，我为何骂你？要不然，你先骂我两句，我一定连本带利地骂回来！"

朱微一呆。她长在深宫，父亲是开国雄主，兄长是无双雅士，加上性子温婉，就算知道如何骂人，话到嘴边也难以出口，一时涨红了脸，气道："我不骂你，打你行不行？"

乐之扬眯眼瞧着她，忽地哈哈大笑，朱微怒道："你笑什么？"乐之扬笑道："公主，看你娇滴滴的样子，还要学人打架，那不是自讨没趣吗？唉，你真想打，我就让你打两下，不过别太用力，打痛了手可别怪我！"他两手叉腰，笑嘻嘻地望着少女，一副有恃无恐的样子。

朱微盯着他瞧了一会儿，脸上的怒气消散，嘴角浮起一丝笑意，忽地点头说道："这可是你说的！"转身从墙上摘下宝剑。

乐之扬大吃一惊，往后一跳，摆手道："停，你要打人还是杀人？"

"胆小鬼！"朱微白他一眼，抽出宝剑丢到一边，手里只拿剑鞘，"你不是很厉害吗？这样好了，我用剑鞘，你用笛子，大家公公平平地打一场，你只要打中我一下，就算你赢，要不然，你得答应我，从今往后，不许打架，更不许骂人！"

乐之扬心想，打你一下有什么难的，看你待人不错，我也不使劲，轻轻敲你两下，叫你知难而退。打定主意，笑道："说话算数？"

"算数！"朱微轻轻一笑，眼波流盼，双颊生晕，剑鞘斜斜一挽，轻松写意的模样，好似小女儿庭前斗草。

乐之扬见她如此托大，心中不快，目光一转，投向殿门，轻轻"咦"了一声。朱微当有人来，转眼去看，冷不防乐之扬纵身上前，举起笛子向她手背抽来。

乐之扬声东击西，眼看一击便中，不料眼前一花，失去朱微的形影，跟着肩头一痛，伴随空空闷响。乐之扬吃了一惊，转眼望去，朱微站在一边，嘴角含笑，五指漫不经心，轻轻把玩剑鞘。

乐之扬低吼一声，挥舞笛子扫向剑鞘，仗着气力，想要先把剑鞘击落。

朱微原地不动，伸出剑鞘一拨，乐之扬只觉虎口一热，笛子偏出尺许，眼睁睁望着剑鞘乘虚而入，"啪"的一声打中他的左腿。乐之扬只觉中招处热辣辣生痛，登时怪叫一声，飞腿踢向朱微的小腹，谁知少女飘然一转，轻轻躲开，口中笑道："学马儿踢人吗？"说话声中，乐之扬的腿上连挨三下。她看似娇弱，这几下却是痛入骨髓，乐之扬收回脚时，痛得连蹦带跳。

朱微站在不远处，笑道："乐之扬，你服不服？"乐之扬叫道："服你爹！"

"又骂人，该掌嘴！"朱微拎起剑鞘，点向乐之扬胸口，乐之扬慌忙举起笛子格挡，谁知朱微不过虚晃一招，剑鞘嗖地扬起，左右开弓，打了他两个嘴巴。

乐之扬只觉双颊剧痛，口中发咸，不由倒退两步，盯着朱微满心诧异。

朱微笑道："这一下服了吧？"乐之扬怒道："服个屁！"纵身上前，笛子虚晃一下，左脚忽地扫出，挑起一张镂花圆凳，嗖地飞向朱微。少女闪身让过，忽觉疾风涌来，乐之扬张牙舞爪地扑了上来。

朱微轻轻一笑，纵身跃起，轻如柳絮，落在一边的圆桌上面。乐之扬一头扑空，"咚"地撞在桌子腿上。桌子本是紫檀，质地十分坚硬，乐之扬眼前一黑，几乎昏了过去。他摇晃着爬起身来，抬头一看，朱微俏生生立在桌面上，一身水红衣裙，好似芍药怒放。她双颊含笑，背负双手，剑鞘横在身后，眼里透出一股顽皮。

乐之扬怒气上冲，长笛一挥，扫向少女足踝。还没扫中，突然虎口剧痛，"啪"，笛子不知怎的，竟被少女踩在脚下。乐之扬奋力一夺，笛子纹丝不动。朱微一边踩住笛子，一手举起剑鞘，来回敲打乐之扬的脑袋，边打边问："服了吗？服了吗？"

"不服，不服！"乐之扬连挨数下，深感屈辱，眼里又酸又热，几乎淌下泪来，一时蛮性发作，放开笛子，大喝一声，用力掀翻桌子。

朱微身轻如燕，桌子翻倒之前，她已飘然落下，飞也似的绕到乐之扬身后，"啪啪啪"连环三下，击中了他的臀部大腿。乐之扬嗷嗷怪叫，回头来抓，她又绕到后面，只听击打之声不绝，一转眼，乐之扬挨了十下不止。

乐之扬痛怒发狂，忘了对手身份，咬牙切齿，只想扳回一局。朱微却如一团清风，抓不住，摸不着，明明见她在前，晃眼之间又没了影子。乐之扬团团乱转，气喘吁吁，突然双脚一绊，横着摔了出去，撞翻了两把靠椅，四肢一阵抽搐，忽地不再动弹。

朱微吃了一惊，她本想待乐之扬认输就作罢，谁知小太监倔强过人，非但不肯服输，挨了敲打，反而越发凶悍。朱微骑虎难下，只好与之纠缠，起初出手甚重，到后来心慈手软，早已轻柔了许多。忽见对手失足摔倒，忍不住叫道："乐之扬，你没事吧？"

叫了一声，不闻动静，朱微担忧起来，走上前去，俯身查探，冷不防乐之扬翻身跃起，一手抓住剑鞘，向下狠狠一拽。朱微性子天真，全不知这世上还有诈败装死、诱敌深入的诡计，身子骤失平衡，一头撞向地面。

朱微剑法厉害，可是一旦到了地上，比的不是剑法，全是死缠烂打的本事。她只觉乐之扬一手拉扯剑鞘，一手拦腰抱来，心中惊慌不已，使劲想要夺回剑鞘，但乐之扬死攥住不放，两人纠缠之际，双双翻滚在地，朱微在下，乐之扬在上，两人四片嘴唇，紧紧贴在了一起。

这一下出乎意料，两人四眼相对，呼吸可闻，身子却似中了定身法儿，硬邦邦地无法动弹。这情形持续了一盏茶的时间，乐之扬只觉身下的少女软了下去，云絮似的身子温热滚烫，一股潮湿芬芳的气息扑面涌来，定睛看去，朱微双眼紧闭，两行晶莹的泪水从眼角流了出来。

这时殿外传来急促的拍门声，乐之扬如梦方醒，纵身跳了起来，可是还没站稳，一股剧痛从心口蹿起，上至头顶，下至会阴，整个人似被刀斧劈开。他不由惨哼一声，"扑通"摔倒在地。

朱微也是惊慌失措，爬起身来，只听拍门声更急。再看四周，桌凳歪倒，一片狼藉，处处都是打斗的痕迹。

"微儿！"拍门声稍稍一歇，一个苍劲的声音响了起来，"是我，快开门！"

来人竟是朱元璋，朱微眼前发黑，几乎昏了过去，再看乐之扬，少年双眼紧闭，面孔涨红发紫，似乎正在忍受极大的痛苦。刹那间，她口中苦涩，想要出声答应，偏偏唇舌发抖，说什么也不听使唤。她心里明白，父皇一贯冷酷严厉，又因为出身卑贱，得志之后，对于尊卑之分看得极重，如果知道自己与小太监嬉戏，纵不责罚自己，也非得把乐之扬剥皮抽筋、碎尸万段不可。

想到这儿，她纵身跳出，拾起那口长剑，跟着推开窗户，正想去扶乐之扬，忽听"砰"的一声，门闩断成两截，中门大开，朱元璋一脸怒气地跨了进来，身后跟着姓冷的老太监。

扫视屋内情形，老皇帝大为惊疑，转眼看向女儿，朱微脸色苍白，两眼失神，身子阵阵发抖，好似风中枯叶。

朱元璋疑心更重，方要盘问，老太监忽地抬头，两道冰雪似的目光刺在乐之扬身上。他一晃身，抢到少年身前，摸一摸脉门，蓦地直起身来，尖声高叫："张天意！"

朱元璋被这一声打断了思绪，盯着老太监大皱眉头。老太监一晃身，旋风般绕着内殿转了一圈，回到原处，两簇白眉紧紧皱起。朱微以为他看出此间奥妙，不由心往下沉，身子如坠冰窟。

"冷玄！"朱元璋徐徐开口，"你发现了什么？"

老太监应声一颤，垂头弯腰，轻轻咳嗽两声，说道："陛下，张天意来过！"

朱元璋双眉一挑："何以见得？"冷玄指着乐之扬："这个小子中了他的夜

雨神针！"

"夜雨神针？"朱元璋沉吟道，"你是说那种金针？"说到这儿，他有意无意地看了女儿一眼，少女眼神茫然，似有余悸，不由心头一紧，冷冷说道，"若是飞针射人，微儿怎么没事？"

冷玄叹道："这就得问公主殿下了！"

两人的目光投向朱微，少女仍是一言不发。朱元璋不觉有些担心，忽听冷玄叹道："公主料是受了惊吓，故而短暂失神。依奴才猜想，张天意此来，本是对公主不利。不料公主是席真人的关门弟子，'弈星剑'造诣不凡，凶手一时无法得逞，又听见陛下敲门，心中惊慌，故而发出飞针，翻窗逃走，小太监情急护主，挡在公主身前，挨了一记飞针！"

朱元璋听得不耐，锐声说道："冷玄，我前晚命你杀掉此人，怎么人没死，还藏在宫里作乱？"冷玄不动声色，慢慢说道："陛下见谅，那人轻功了得，宫深夜浓，捉拿不易。我怕他去而复返，再对陛下不利，所以不敢追得太远。"

朱元璋神色稍缓，点头说："他藏在宫里，总是祸胎！"

"陛下不必担心！"冷玄说道，"他被我的'扫彗功'所伤，脏腑受了重创。我刚看过小太监的伤势，飞针并未正中心脏，足见张天意伤势未愈，力不从心！"

朱元璋将信将疑，目光一转："微儿，果真如此吗？"

朱微的怀里好似揣了一只小兔，双鬓渗出细密的汗珠，看了看乐之扬，把心一横，低声说道："全、全如冷公公所说……"话没说完，眼泪已经滚落下来。她从小到大，从未向父皇撒过谎，这泪水一大半倒是出于羞愧。

朱元璋当她后怕，心生怜惜，又问："那为何关着门？"朱微道："我跟乐、乐公公在研读琴谱，怕人打扰，故而、故而合上门闩！"

朱元璋大皱眉头，厉声说道："此事可一而不可再，奴才总是奴才，万一祸起室内，门外人如何施救？"朱微低声说："孩儿会剑术，所以托大了！"

"谨记我言，不可再犯！"朱元璋的疑心并未尽去，可是乐之扬中了金针，性命危殆，他不信活人，对于将死之人却不便怀疑，想了想，神色缓和了一些，"微儿，我昨日太忙，没来给你庆生，本想今天补上，谁知遇上此事，足见福缘深厚。"说着转向冷玄，"小太监舍身护主，可嘉可勉，冷公公，你看他还有救吗？"

冷玄摇头说："难！"朱微闻语一颤，忙道："冷公公，你千万要救他！"

"公主见谅！"冷玄叹道，"'夜雨神针'不比寻常暗器，本是从百年前的大高手'穷儒'公羊羽（按：见拙作《昆仑》）的'碧微箭'化来，发射时用了阴阳二劲，阳劲为弓背，阴劲为弓弦，射入人体，立刻扭曲弯转，勾住骨肉经脉。须知发针的劲力几分阴、几分阳，以阳制阴，以阴克阳，将金针逼直，方可从容取出。"

朱微忙道："冷公公，你神功盖世，一定可以取出！"冷玄摇头道："金针蓄积阴阳二劲，如果用劲不当，非但不能起出，反而会向体内钻入。我若强行取出，一旦失手，金针刺破心包，小太监死得更快。"

朱微急得快要落泪："那谁能救他？"

冷玄道："一是发针之人，他知道阴阳二劲的虚实，二是小太监自己！"

"他自己？"朱微莫名其妙。

"他若是内家高手，如人饮水冷暖自知，凭借内功尝试，或能化解针上的劲力！"

朱微喃喃道："可他不会内功啊！"冷玄接口说："是啊，所以难救！"朱微只觉手脚冰冷，眼鼻发酸，前方模糊一团。

殿里沉寂时许，朱元璋忽道："这件事，解铃还须系铃人。"冷玄轻声问道："皇上的意思是？"

"清宫！"朱元璋一抬头，声如金石相击，"传我旨意，宫里人全到太和殿之前集合，禁军入宫搜索，一分一寸也不可放过，哼，只要逮住张天意，一切迎刃而解！"

朱微心跳加剧，如果张天意真在宫内，一旦被俘，自己的谎言必然会被拆穿，乐之扬非死不可；可是抓不住张天意，乐之扬还是难逃一死。一时间，她陷入了两难的境地，心乱如麻，抹了泪，低声说道："多谢父皇！"朱元璋瞅她一眼，冷冷不语。

冷玄俯下身子，伸出食指在乐之扬心口轻轻一点，后者登时呻吟起来。朱微惊道："冷公公，你干什么？"冷玄叹道："我救不了他的命，但可延缓他的死期！"

朱元璋哼了一声，冷冷道："实在救不了，赐他一口好棺材！"说罢看了朱微一眼，脸上大有愠色。

朱微原本心虚，被他一瞧，心子狂蹦乱跳，可是朱元璋并未多说，拂袖出门。朱微痴痴想了一阵，才明白父皇必是恼恨自己为了一个太监动情，不过碍于乐之扬护主有功，没有当场发作罢了。

她回头看去，乐之扬已经苏醒，瞪眼望着自己，眼里透出一丝感激。朱微俏脸一沉，别过头去，忽听乐之扬口气虚弱，轻声说："公主殿下，多谢了！"

朱微沉默一下，忽道："宋茶！"老宫女应声入内，朱微说："待会儿清宫，你扶乐之扬去太和殿！"说完一转身，匆匆出门去了。

宋茶瞅着乐之扬，那神情又鄙薄，又欢喜。乐之扬知道她一向仇恨自己，想必听了对话，知道自己死到临头，故而喜不自胜。方才老太监一指点下，膻中穴钻入一股寒气，乐之扬心口的灼痛稍稍减轻，他躺了一阵，渐渐有了气力，心想无论如何不能让臭婆娘笑话，于是慢慢爬起，双手握拳，冲着宋茶怒目而视。

这时钟声长鸣，众宫人纷纷赶往太和殿。宋茶假意忘了朱微的吩咐，丢下乐之扬自行离开。乐之扬性子倔强，自身可以行走，决不假手于人，有宫女好心扶他，也被他婉言谢绝。

走到太和殿前，黑压压尽是人头，人群分成三拨，一拨妃嫔公主，一拨宫女，一拨太监。众人议论纷纷，不时传出"刺客"二字。

乐之扬心里明白，刺客根本就是子虚乌有，清宫不过是白费工夫。他站在那儿，心口十分难受，刺痛一旦蹿起，寒气立刻涌出，将之压了下去。

人群安静下来，有人粗声大气地开始唱名。乐之扬抬眼望去，一个年长的太监站在石阶前面，手持一本名册，大声叫出姓名。点到的太监应声走出人群，站到一边。同时间，一边的宫女也开始唱名。原来，清宫不只是搜索宫内，还要一一确认太监宫女，以防外人假冒顶替。

乐之扬手脚冰凉。名册上绝无"乐之扬"三字，这一下可是到了绝境。他的额头上渗出冷汗，掉头望去，朱微水红衣裙，高挑白嫩，站在美人堆里也是卓尔不群。她说说笑笑，瞧也不瞧这边，对于乐之扬的困境，似乎一无所知。

唱名声接连入耳，乐之扬每听一个名字，身子就是一阵哆嗦，只觉身边的人越来越少，心里的恐惧也越来越深。

"乐之扬！"一声大喝突如其来，他应声一抖，几乎不敢相信自己的耳朵，抬头望去，四面空空荡荡，这一方只剩下他一个。唱名的太监看他一眼，神色不快，又叫一声："乐之扬！"

乐之扬恍然大悟，跳了起来，埋头冲了过去，偷眼一看，朱微若无其事，仍在那儿说笑。

乐之扬满心疑惑，仿佛正在做梦。又待了一会儿，禁军排列成行，退出宫城，跟着钟声鸣响，主仆会合，各自返回寝宫。一路上，乐之扬想要凑近朱微，可是小公主不待他走近，立刻远远避开，与宋茶混在一起。

直到回宫，两人也未曾照面。乐之扬坐在房里，昏昏沉沉，不明不白，寝殿里飘来低沉的琴声，调子断断续续，似有幽愁暗恨。他发了一会儿呆，想要吹笛应和，可是吹了两声，发现笛子走了音，不复往日清亮。仔细察看，竹管上多了一丝裂纹，回想起来，应是与朱微赌斗时敲坏的。

笛声一响，琴声便没了，从那以后，整整一天也没有响起。

乐之扬恍惚明白，朱微似乎生了气，立意不再理会自己。他大感无味，加上受伤疲惫，不到傍晚就昏昏入睡。

这一觉睡得很不安稳，做了一连串稀奇古怪的噩梦：一时梦见赵世雄浑身是血，冲着自己阴森发笑；一时又梦见落到了张天意手里，讨债鬼咬牙切齿，一剑剑割掉他的皮肉；一时又梦见自己站在朱元璋面前，老皇帝板着面孔，叫人脱掉他的裤子……

突然间，他只觉有人拍打自己，当下睁开眼皮，光亮直透过来，刺得他两眼发酸。

乐之扬揉了揉眼，发现朱微站在床边，一身墨黑软缎，手持白纱风灯，灯火影影绰绰，勾勒出她曼妙的身段，尽管还未长成，仍是叫人怦然心动。乐之扬想起白日间上下相对、口唇交融的情形，登时心口发热，盯着朱微痴痴发愣。

朱微见他目光古怪，微一转念，明白他心中所想，俏脸一沉，举起手来，手掌挥到他脸旁，停了一会儿，忽又无力垂下，轻轻叹道："呆什么，还不跟我来？"

她转身就走，乐之扬默默跟在后面。经过走廊，绕过一带宫墙，来到一个僻静角落，朱微吹灭灯笼，转过身来。浓夜之中，她的眸子晶莹若珠，透出一股莫名的哀怨，轻声说道："你……"话没说完，忽又别过头去。

乐之扬心神恍惚，喃喃说道："公主，我、我……"心里似有许多话说，事到临头，却又说不出口。

"乐之扬……"朱微转过来头，声音有如游丝，"你这个撒谎精，名册上没有你的名字，你、你根本不是太监！"

乐之扬一愣，脱口说道："名册上的名字，是你加上去的？"朱微默不作声，呆呆地盯着别处。

乐之扬心怀激荡，低声说道："公主，我的确不是太监，我、我是被张天意带进宫的！"

他见朱微疑惑，只好将前因后果说出。少女默默听着，时而满脸惊奇，时而若有所思，直到听完，才问："那个灵道石鱼，真的在紫禁城吗？"

乐之扬笑道："当然不在！"朱微啐了一口，骂道："我就知道，你这小子最会骗人。哼，还装太监，你装得了一时，装得了一世吗？秽乱宫廷可是大罪，把你千刀万剐也不为过！"

乐之扬忙道："我哪儿秽乱了！"朱微白他一眼，忽地矜持不住，咯咯笑了起来。

乐之扬皱眉道："你笑什么？"

朱微止住笑，盯着他心想："还好你不是太监。"这话只可在心里想想，不便宣之于口，若叫这小泼皮知道，还不知对自己怎么无礼，一想到白日的情形，朱微双颊发烫，不由狠狠白了乐之扬一眼，后者登时叫屈："你又瞪我干吗？我可什么都招了！"

朱微呸了一声，说道："什么招不招的，我又不是审你的大官，这些话，你去牢里面说啊！"乐之扬叹气道："公主，你真要揭发我了？"朱微斜眼瞅他，嘴角上翘。乐之扬见她神情，心子落回原处，大大松了一口气。

朱微想了想，又问："'灵道石鱼'究竟在哪儿？"乐之扬轻声说："在……"话没说完，朱微脸色微变，冲他一摆手，向一棵大树喝道："谁？出来！"

乐之扬转眼望去，树后黑漆漆全无动静，正奇怪，忽听"呵"的一声笑，一个人从树后慢慢转了出来，朱微看清来人，向后一跳，失声叫道："冷公公！"

冷玄佝偻着身子，笑容诡异，衣冠素白苍冷，恰似一只离索的孤魂。只听他笑道："太昊谷的内功有些门道，老夫稍稍凑近一些，就被公主发现了！"

两人魂儿丢了一半，对望一眼，只见对方的眼里尽是恐惧。朱微颤声说道："冷公公，你、你怎么在这儿？"冷玄笑道："路过此间，随便瞧瞧！"乐之扬叫道："你撒谎！"

"撒谎？"冷玄眯起双眼，眼里迸射寒光，"比起你这个假太监的弥天大谎，我可差得远了！如果我扒了你的裤子，丢到皇上面前，你倒是想一想会怎么样？"

朱微清醒过来，忙道："冷公公，你、你早就看出来了？"冷玄笑道："我在皇宫里待了多少年了，一个人净没净身我还看不出来？只不过，我这人历经两朝，见的事太多，如非万不得已，决不多嘴多舌。"

"这么说……"朱微定一定神，"你也知道张天意没有行刺我？"冷玄笑而不语。朱微疑惑道："你为什么撒谎？"

冷玄笑道："那天我追赶张天意，他百计逃脱不掉，告诉了我一个秘密，用这个秘密换他自己的小命儿！"他目光一转，盯着乐之扬，"你知道这秘密是什么吗？"

"灵道石鱼？"乐之扬脸色发白。

"是啊！"冷玄笑了笑，"我这样的阉人，美色是别想了，财富积累再多，也无传承之人。但随年纪增长，见惯了繁华枯荣，这争权夺利之心也灭了。只因如此，皇上才把我留在身边。不过但凡是人，必有所好，别的事我大可不理，但于武功一道，多少有点儿兴趣。武功练到我这个地步，寻常的神功秘诀，冷某并不放在眼里，唯独这灵道人的遗物，我多少有些好奇。想当年，释印神天纵奇才，不在后世的西昆仑之下，但与灵道人一战之后，居然远离中土，出走海外，如非吃了大亏，岂会如此作为？我老了，临死之前，若能看一眼'灵道石鱼'，倒也是一件赏心乐事！"

乐之扬疑惑道："张天意跟你说了什么？"冷玄笑道："他说要找'灵道石鱼'，先得找那吹笛的小太监！"

乐之扬心中暗骂，讨债鬼别的不学，偏学自己用"灵道石鱼"骗人。不过姓冷的阉鸡也觊觎石鱼，自己以石鱼为本钱，倒可以跟他周旋周旋，想到这儿，笑道："不错，这世上除了我，谁也不知道那石鱼在哪儿。冷公公，我死了，你也拿不到石鱼。"

冷玄摇头说："老夫拿不到石鱼也没什么，你中了'夜雨神针'，可是活不了几天的。"

乐之扬还没说话，朱微忍不住说："冷公公，你不是说没救了吗？"冷玄只是微笑，乐之扬呸了一声，说道："他的话也能信？"

朱微咬了咬嘴唇，眼里透出怒色，冷玄笑道："公主别急，冷某说的也不全是假话，'夜雨神针'出自'碧微箭'不假，金针入体扭曲也不假，只不过，于我而言，并非无法可救。小子，你把石鱼给我，我为你起出金针如何？"

朱微俏脸涨红，锐声道："你、你敢欺瞒父皇！"冷玄笑道："公主殿下，彼此彼此！"朱微道："你为了'灵道石鱼'，胆敢纵走要犯！"冷玄笑道："公主为了一己私情，不也藏匿男人吗？"朱微心头慌乱，说道："谁、谁有私情了？"冷玄笑道："公主说没有，那就一定没有。"

朱微言不由衷，心乱如麻，她为乐之扬欺骗朱元璋，心中不胜愧疚，可是眼睁睁看着乐之扬送命，也非她所愿。少女左右彷徨，似有一只无形大手将她的心揉成一团。

"石鱼不在紫禁城！"乐之扬忽道，"若要石鱼，先带我出宫！"

冷玄冷冷道："你小子说话不尽不实，我懒得跟你纠缠，你告诉我地方，我自己去取就是了。"

乐之扬笑道："冷公公，你不带我出宫，不妨去皇上那儿揭穿此事，我反正活不长了，大不了死得凄惨一些。可是临死之前，我会一口咬定，此事跟公主无关，全是你我串通一气，带我进宫的也不是张天意，而是你冷玄冷公公。"

"你敢？"冷玄变了脸色。他一身武功惊世骇俗，可是一生之中几乎都在深宫里度过，宫闱阴谋见过不少，如乐之扬这一类泼皮无赖倒是很少领教。他设好了圈套，本当套住二人十拿九稳，谁知乐之扬反而用之，居然套回到他的头上。换了别的情形，大可将这小子一掌毙了，可是"灵道石鱼"在他手里，杀了他也就丢了石鱼。

刹那间，老太监转了几十个念头，冷哼一声，说道："我带你出宫不难，但你无故失踪，后患无穷！"乐之扬道："能有什么后患？"

冷玄说道："小子，你不要小瞧人了。当今圣上是天底下数一数二的精明人物。张天意刺杀公主的鬼话，他顶多信了一半，所以未曾查验，全是看在你命不久矣的分儿上。若你无故失踪，他必定一查到底，那时一切水落石出，不知道会有多少人头落地。我有失察之过，公主有淫乱之嫌，宝辉宫的宫女太监一个也别想活命。"

乐之扬听得脸色发白，朱微忙问："冷公公，你有什么法子，既让乐之扬出宫，又不惊动父皇？"

"我自有法子！"冷玄漫不经心地说，"但你乐之扬得立一个毒誓，以性命换石鱼，不得反悔！"

乐之扬哼了一声，举起手来，闷声闷气地说："我乐之扬发誓，以命换鱼，不得反悔，若有违反，天诛地灭！"口中发誓，心里却想，以命换鱼，谁的命换什么鱼我可没说。我的命可以，你老阉鸡的命也可以，鱼么，石鱼是鱼，木鱼也是鱼，此外还有鲤鱼、鲇鱼、黄花鱼、比目鱼，到时候你老阉鸡随便挑就是了。

他一边想着，一边暗暗得意，忽见冷玄神色疑惑，忙说："光我一人发誓不够，冷公公你也要发誓！"冷玄说道："老夫一诺千金，我放得了张天意，还会对你失信不成？"

乐之扬随口道："谁知道张天意是死是活……"话没说完，冷玄怒目瞪来，朱微忙道："我信得过冷公公，冷公公，乐之扬发了誓，你说说怎么出宫？"

"这个容易。"冷玄笑道，"活着离开有后患，死了离开，便可一了百了！"朱微吃了一惊，横身拦在乐之扬前面，乐之扬心生感动，脱口叫道："公主……"

朱微不敢应声，盯着冷玄，呼吸一阵急促。冷玄打量她时许，忽而笑道："公主误会了，我说的死并非真死，而是假死。"

"假死？"两个少年均是一愣。

冷玄点头说："圣上先入为主，认为小太监中针必死。我有一个法子，六个时辰之内，能叫他生机内敛，形同死人。依照常例，宫人死后，不得在宫中过夜，必要装入棺木，运出宫外安葬，届时我掘开坟墓，破棺救人，自是神不知，鬼不觉！"

两人面面相觑，均是迟疑：别的也罢了，让人六个时辰形同死人，骗过太医、仵作，真如天方夜谭。

冷玄看出两人心思，笑道："公主放心，我还要留他寻找石鱼，决不会让他真死，如我心怀不轨，何必跟二位多说废话？"

朱微大觉有理，掉头看向乐之扬。乐之扬心乱如麻，咬牙点头道："就如冷公公所说！"

冷玄诡秘一笑，低声说："今日已晚，明日申时，我再来会合二位。"他边说边退，徐徐没入黑暗深处。

朱、乐二人呆呆伫立，四周死寂无声。突然响起一声猫头鹰的怪叫，两人齐齐打了个突，乐之扬低声说道："公主，这冷公公阴阳怪气的，到底是什么来历？"

"我也不太清楚！"朱微摇头说道，"只听老宫女隐约提过，冷公公本是元朝宫里的太监，后来不知何故，来到父皇身边。父皇受过几次暗杀，因为冷公公，刺客非死即伤，从未得逞过。"

朱微转眼望去，忽见乐之扬目望远空，眼里透出一丝期盼，她不觉心里一乱，轻轻哼了一声。乐之扬回头问道："怎么？"朱微冷冷道："你要出宫了，心里很高兴吗？"乐之扬眉开眼笑："是啊，高兴极了。"

朱微只觉一股酸气从胸口蹿起，眼眶微微一热，泪水突然涌出。乐之扬见她神情，不知所措，忙道："公主……"不待他说完，朱微一拂袖，转身跑远了。

第三章

东岛三尊

乐之扬回到住所，满心怅然，心里尽是朱微临别时的样子。他于男女之情一知半解，少女含泪双眼，却似一对烙印，深深烙在他的脑海。一想到出宫之后，再也见不到朱微，不觉有些失落，默默地坐在床边，直到雄鸡报晓。

第二天，朱微没有召见，她待在寝殿，足不出户，偶尔琴声飘来，声调凄冷婉转。乐之想要吹笛应和，可是拿出笛子，才想起竹管破裂，不堪再吹。他愁绪满怀，无从宣泄，恨不得破门而入，告诉朱微，石鱼也罢，生死也好，他全都不放在心上，只要她一句话，自己宁可留在宫里，天天与她为伴。

想到这儿，又觉心口绞痛。乐之扬恍然想起冷玄的话，神针发作在即，自己命不久矣，别说长相厮守，能否活过明天也是未知之数。

他无精打采地躺回床上，数日间的际遇从心间流过，好似做了一场糊里糊涂的迷梦。

用过午饭，朱微忽然召见。乐之扬抖擞精神，赶到寝殿。还没进门，一股奇香钻入鼻孔，远远望去，烟雾缭绕间，小公主双手合十，跪在一张供桌前面，桌上供奉了一尊白玉观音，面容圆润，衣带若飞。朱微双眼微闭，苍白的面孔似为玉像照亮。

乐之扬望着少女，几乎忘了呼吸，待他回过神来，宫女们已经悄悄地退走了。

朱微吐出一口气，站起身，回过头来。一夜不见，她的面孔憔悴了许多，眸子暗淡无光，透出几分迷茫。乐之扬登时心跳变快，身子里像是燃了一团火，他本想上前两步，可大约是熏香的缘故，身子软绵绵的，提不起一丝力气。

两人对望时许，朱微指了指琴案边的褥垫说道："坐吧！"乐之扬支吾两声，悻悻坐下。他偷眼看向少女，朱微的脸上冷冷淡淡，根本看不出心中所想。

小公主也坐了下来，面前放着那一张"飞瀑连珠"，手指放在弦上，目光却痴痴地望着屋顶。

乐之扬咳嗽两声，低声说："公主，我，我……"不知怎的，早已想好的话，此时一个字儿也说不出来。

"你的笛子呢？"朱微忽地问道。

乐之扬拿出笛子，少女扫了一眼，轻声说道："真是破了呀！"

乐之扬昨日吹了两声，朱微是知音之人，一听就知道笛子有了破损。她沉默一下，从身旁拿起一个长长的紫檀匣子，轻轻推到乐之扬面前。乐之扬接过匣子不明所以，只听朱微说道："你打开瞧瞧！"

乐之扬揭开匣盖，明黄色的软缎上面，放了一支翡翠长笛。寻常的笛子不过一尺八寸，这根笛子足有二尺有余，以一整块翡翠镂刻而成，雕工精绝，内外光润，笛身浓翠晶莹，仿佛一缕秋水。长笛的尾端镌刻了两个流云古篆，字体镶金，纤瘦有力，另有一行游丝小篆，乐之扬辨认不出，不觉微微皱眉。

"这两个大字，念作'空碧'，这一行小字，写的是'石季伦得之于苍梧仙府'。"朱微的声音十分恬淡，"这一支翡翠玉笛，本是晋代石崇送给宠姬绿珠的。绿珠姿容美丽，吹笛的技艺出神入化，石崇对她十分宠爱。后来车骑将军孙秀来石府做客，也对绿珠一见倾心，派了使者，请求石崇把绿珠送给他。"

乐之扬听得不快，心想："你们这些权贵人家，怎么老是把人送来送去？哼，了不起吗？"

朱微并未觉察他的脸色，接着说道："石崇听了以后，将府中的美人集合起来，说道：'这是我府中佳丽，任君挑选其一！'孙秀的使者说道：'我受命讨要绿珠，这些女子中谁是绿珠？'石崇闻言暴怒，厉声呵斥：'绿珠是我心爱的婢女，决计不会送人！'当时孙秀勾结赵王司马伦，权倾朝野，得到使者回报后大怒，向司马伦进献谗言，说是石崇谋反，当以诛杀。司马伦于是派出甲兵，包围了石崇的府邸。那时候，石崇正在楼上宴客，看见孙秀率兵破门，立刻知道发生了什么。他凄凄惨惨地看着绿珠，唉声叹气地说：'绿珠啊绿珠，我今日家破人亡，全都是因为你呀！'绿珠听了十分难过，流泪说：'绿珠不才，情愿死在大人的前面！'不待石崇阻止，带着这支'空碧'，腾空一跃，从数丈高楼跳下，摔死在了孙秀面前。"

乐之扬听得心惊，下意识地拈起玉笛，但觉入手冰凉，滑如凝脂，冷冷碧色之间，若有灵光流转，仿佛绿珠香魂未灭，就藏身在玉笛之中，他忍不住问道："后来呢？"

朱微苦笑道："后来石崇被抄家灭族，一家老少全数遇难。说起来，这个石崇富贵骄人，府中的姬妾，但凡忤逆他意者，一定无法幸免。《世说新语》里说，石崇当权的时候，宴会宾客，让府中美人劝酒，客人喝不完杯中之酒，便将劝酒的美人斩首，这样一来，宾客纵然不胜酒力，也会勉强喝下。后来大将军王敦赴宴，他也是一个心如铁石的人，固执不饮，想看石崇怎么应付。石崇为了此事，一口气杀了三个美人。唉，就是这样一个大恶人，事到临头，却为了一个吹笛的婢女送了性命，足见情之一物，真是说不明白！"

乐之扬心中感慨，放下"空碧"，抬眼看去，正与朱微四目相接。少女眸子幽黑，眼神凄迷，泪光若隐若现，好似深潭上笼罩了一抹烟雾。

刹那间，乐之扬的脑子一片空白，等他醒过来，朱微已经在他怀里。少女蜷在那儿，柔顺得像是一只小猫，仰着素白的脸儿，手指柔滑如丝，从乐之扬的鬓角抚摸到了嘴角，似要透过这手，把他的容貌镂刻在心底。

乐之扬紧紧地搂住她，双臂几乎用尽了气力，紫禁城、宫殿、生死、皇权，一切的外物尽已消失，这天地之间，只剩下了他们两人。

乐之扬沉迷在一种奇妙的情绪里，先是喜悦，继而沉醉，到后来，心底深处涌起了一股说不出的悲伤。他感觉怀里的女子在默默流泪，泪水顺着鬓发滑落，淌过他的手背，一直流进他的心里。

不知过了多久，忽听笃笃之声。两人悚然一惊，双双望去，窗纸上投映出一个人影，冷玄的声音飘了进来："公主殿下，时辰到了！"

朱微神色一黯，低声说："冷公公请进！"

话音方落，屋子里起了一阵微风，冷玄白衣萧索，仿佛无中生有，出现在二人面前，他手持拂尘，低头说道："公主殿下，一切安排妥当，只待施术假死了！"

朱微迟疑道："冷公公，此事真的没有风险？"冷玄笑道："公主放心，奴才以性命担保！"朱微点了点头，目光投向乐之扬。

乐之扬站起身来，面朝冷玄。冷玄右手食中二指并拢，向空中轻轻一挑，礼佛的蒲团活了似的跳将起来，翻滚着落到乐之扬面前。乐之扬见此神技，心中迷迷糊糊，耳听冷玄说道："请坐！"

乐之扬盘膝坐下，冷玄也对面而坐，神色凝重，双目微合。乐之扬正觉奇怪，忽见冷玄扬起手来，食指向他左边轻轻一点，乐之扬只觉一股寒流灌入体内，左腿膝盖以下登时失去了知觉。他吃了一惊，伸手摸了摸，木木的就像一块石头。

正奇怪，冷玄又出一指，点中左膝后方，寒流注入，膝盖以上也知觉尽失，乐之扬轻叫一声，挣扎欲起，冷玄出手如电，一指点中他的右腿足踝，寒流入体，右小腿以下也失去知觉。乐之扬挣起一半，"扑通"又坐了下来，两眼盯着冷玄，心里充满恐惧，忽觉朱微轻轻拍了拍肩膀，低声说："别怕，他只是封了你的经脉！"

"经脉？"乐之扬莫名其妙，只听朱微叹道："他先点了你的'三阴交'，再点中'阴陵泉'，均是'足太阴脾经'的要穴，承上启下，一旦被封，血凝不流，这一条腿自然动弹不了……"

冷玄出手时快时慢，忽左忽右，接连点中乐之扬的要穴，一旦点中，便失知觉。老太监的指尖寒气浓烈，一路点了下来，也将乐之扬的生机一点点抹去，朱微话没说完，乐之扬腰部以下均如枯木顽石，完全失去知觉。

这时冷玄丢下拂尘，站起身来，绕着乐之扬缓缓踱步，他越走越快，双手齐出，运指若风，先后点中乐之扬的前胸后背、左右手臂。乐之扬只觉一股麻痹感从双手食指生发，潮水一般涌向心口，转眼之间，小腹至双肩也失去了知觉。

冷玄出手越来越快，势如弩惊电发，身法疾如狂风，朱微一边瞧着，也觉眼花缭乱。忽听乐之扬呀呀直叫，冷玄一指飞出，点中了他的颈下"天突"穴，乐之扬的叫声戛然而止。

朱微心头一紧，"天突"是人身要穴，也是致命的死穴，想到这儿，忍不住冲上前去。还没冲近，一股寒气射来，正中丹田，朱微血为之凝，僵在当场。她直觉不妙，一个念头冒了出来："不好，冷公公要害乐之扬！"

忽见冷玄慢了下来，身如行云流水，绕着乐之扬转圈，慢慢出指点向乐之扬头部要穴。他出手变慢，朱微看得分明，所点穴道，均归"手少阳三焦经"，头为六阳之首，若要封闭生机，又不伤及脑颅，实在不是一件易事，故而冷玄两眼大张，神色颇为谨慎。

点完"三焦经"，又点"足少阳胆经"、任督二脉，这一次出手甚快，须臾点完。

乐之扬木呆呆坐在那儿，大半个身子失去知觉，耳边沉寂无声，鼻间不闻香臭，嘴巴也不知去了哪儿，只有双眼还能视物，可也模模糊糊、昏然欲睡。他努力睁开眼皮，忽见老太监双眉倒立，骈指如剑，向他眉心点来。嗖，一股冷气钻入额头，乐之扬脑子里嗡的一声，两眼漆黑，再无知觉。

突然一丝震动从下方涌起，乐之扬从虚无空寂中醒来，四周一团漆黑，弥漫着泥土腥气。他挣扎一下，手脚不听使唤，上方传来沙沙之声，不一会儿，声音渐渐消失，四周沉寂下来。

乐之扬自觉一股暖热之气从心口涌向四肢，热流所至，手脚有了知觉，酸麻的感觉从骨髓中冒了出来，让人难受得无法可想。又过了好一会儿，酸麻感退去，窒息又生，胸口好似压了一块大石。他蠕动一下四肢，自觉有了力气，双手摸索两侧，均是厚厚的木板，再摸上方，却是一块弧形板材，上面光光溜溜，涂了一层大漆。

乐之扬猛然明白过来，此时他正在棺材里面，之前的异响应是落土的声音，棺材上面就是泥土。

"我被活埋了？"乐之扬心头一急，用力敲打棺材板儿。咚咚的声音在耳边回荡，他只觉头晕眼花，可是棺材板儿纹丝不动，棺材中气息有限，挣扎之下，消耗更快，胸口的压迫越来越甚，呼吸越发困难，似有一双大手，将他的脖子死死扼住。

乐之扬的眼前金光迸闪，这么下去，恐怕冷玄还没赶来，他就已经窒息而死。绝望中，他摸到了一个长长的盒子，掀开盖子，里面放着的正是玉笛"空碧"，此间至幽至暗，就连稀世玉石也光芒尽失。他手握玉笛，心里冒出来一个可怕念头：这支玉笛不是礼物，而是一个陪葬品。

他胡思乱想，狂怒不禁，举起长笛敲打棺盖，翡翠坚硬得出奇，在木板上留下一道道深深的凹痕。

敲了十余下，乐之扬浑身瘫软，脑子迷糊，无数念头交织在一起，千头万绪，解之不开。

突然震了一下，棺材晃动起来。还没明白发生了什么，乐之扬一头撞上了盖板，一股冷冽空气灌入口鼻，乐之扬陡然清醒过来，张开双眼，忽见星辰漫天，于夜幕之下格外璀璨。

"出来吧！"冷玄声音尖锐，仿佛夜枭号叫。

乐之扬吸了一口气，手脚有了力气，弹身一跃，站了起来，目光扫去，冷玄就在不远处。老太监青衣小帽，双颊枯瘦苍白。

周围全是起伏的坟包，蔓草萋萋，在夜风中瑟瑟抖动，一片荒烟涌起，活似飘忽鬼影。

"乐之扬……"一个声音又轻又细，激动中带着迟疑。

乐之扬应声望去，老太监身后走出一个黄衣少年，手握一柄长剑，双肩瘦削，四肢修长，双颊光润如玉，眉如翠羽斜飞，一张脸半哭半笑，黑白分明的双眼蕴含泪光。

乐之扬惊叫一声，一阵风般冲到少年身前，伸手将"他"搂入怀里。少年略一挣扎，身子柔软下去，声音低不可闻，仿佛幽幽叹气："乐之扬，你还活着呀……"

"还活着，还活着！"乐之扬呵呵大笑，"公主殿下，你怎么到这儿来了？"

忽听冷玄怒哼一声，两人惊觉还有旁人，慌忙分开。老太监脸色阴沉，冷冷说道："公主殿下，别忘了你的身份。"朱微面如火烧，低下头去。冷玄又扫乐之扬一眼，怒道："小鬼，你也别太放肆！"

乐之扬笑笑，看一看四周，问道："冷公公，这是什么地方？"

"城北的乱葬岗！无家的宫女太监统统葬在这里，得宠的多一具棺材，无宠的不过芦席裹身，丢在坑里了事！"冷玄说到这儿，扫视四周坟茔，神色有些凄凉。

乐之扬心中余悸未消，说道："冷公公，你晚来一些，我就活不成啦！"冷玄哼了一声，说道："这个么，你得问一问公主殿下！"

朱微脸色绯红，小声说道："乐之扬，都怪我。我心中不安，缠着冷公公非要出宫，亲眼看你复活过来。冷公公受不了纠缠，只好带我出宫，这么一来，耽误了不少时辰。唉，怪我任性，几乎害你送了命……"想着不觉后怕，打了一个寒战。

"不碍事！"乐之扬连连摆手，"我还以为再也见不到你了呢。若能这样见到你，再死一次也无妨！"

朱微心甜如蜜，口中却呵斥："贫嘴，人还能死几次吗？"乐之扬笑道："有句话不是叫九死一生吗？看样子，人也许能死九次！"

冷玄看了看天，忽道："天色不早，'灵道石鱼'在哪儿？"乐之扬道："秦淮河附近！"

冷玄看他一眼，冷冷说道："现下是寅时，再过一个时辰，圣上就会起床，今日有早朝，最晚午时退朝，辰时我就得回去。至于公主，瞒得了别人，瞒不了宝辉宫的人，辰时之前也得回宫。如今满打满算，我们还有两个时辰，小子，你不要跟我敷衍，不然会把天也捅一个窟窿。"

"不敢。"乐之扬笑道，"冷公公武功盖世，料想什么事也难不住你。"

冷玄哼了一声，说道："武功盖世？谈何容易！这四个字，天底下只有一个人担得起！"

"谁？"乐之扬好奇地问道。

冷玄不答，眺望西方，那里冷月半缺，无声坠落。冷玄长长叹了口气，朱微忍不住问道："冷公公，你叹气干吗？"

"没什么。"冷玄拿起一个包袱掷给乐之扬，"换上这个！"

乐之扬一瞧，却是一套青缎衣裤。他落葬之时穿的太监服饰，被人瞧见，不免招摇，当下换过。冷玄封好棺材，填回土石，说道："走吧！"迈开步子，向秦淮河走去。

乐之扬看着朱微，后者巧笑如花，美目闪闪发亮。乐之扬心口一热，伸手拉住她的小手。少女手掌纤巧，柔软光润，握在手里，好似握了一段软玉。

朱微不料他如此大胆，愣了一下，抬眼望去，乐之扬笑吟吟地瞧着她，星月光芒勾勒出俊秀面孔，朱微瞧得入神，心想："原来他这么好看！"

乐之扬摇晃着玉笛说道："公主，你把笛子丢棺材里了。"朱微莞尔道："这笛子是送给你的！"

"那怎么行？"乐之扬大吃一惊。

"怎么不行？"朱微伸出手指，抚摸那一件古物，"这支笛子，是我十岁生日时，十七哥送给我的。我不擅吹笛，徒然埋没了它。宝剑配英雄，我转送给你，绿珠地下有知，想必也很欣慰。"她想起什么，取出一条金丝绦，穿过笛孔，系在乐之扬腰上，"金翡翠，金翡翠，翡翠配金，那才好看！"

乐之扬越发感动，还想再说，忽听冷玄咳嗽一声，掉头看向二人，白眉紧紧皱起。朱微面红耳赤，想要收回手去，冷不防乐之扬一把握住，拉着她大步向前。冷玄盯着两人一脸愠怒，但也无可奈何。

到了河边，天色微明，旭日光照之下，河水如青如蓝，好似一条洋洋洒洒的细丝软缎。两岸的秦楼楚馆夜里耗尽了神思，此时此刻，也自酣然入眠。

晨风清冷微寒，乐之扬的心里却似燃了一团火焰，迎着清风，精神格外焕发。他指点河边楼舍，向朱微诉说各种奇闻逸事：这儿谁夺过花魁；那里又有谁大宴群芳，是夜焰火漫天，又是如何瑰丽；这家的姑娘不只会吹拉弹唱，还会一手好杂技，身软如绵，钻得过小巧的金圈；那一段的河面七夕里赛过花灯，乐之扬运气好，猜中过几个灯谜，得了不少彩头。灯谜自要说给朱微一一细听，至于那一座灰白萧条的大屋，当年也是一等一的热闹，后来一位名妓情爱不遂，为恩客所骗，投河自尽，化为厉鬼，从此在屋里作祟，闹得那儿每年都有女子投水，所以一日日地冷清下去。

朱微生平第一次出宫游历，见了什么也觉新鲜，听到女鬼作祟一段，她小口微张，妙目睁圆，紧抓住乐之扬不放。乐之扬见她害怕，越发来了劲头，又杜撰了几个名妓受辱、化身厉鬼的故事，说得阴凄凄、惨兮兮，吓得小公主脸色发白，心里一阵紧，一阵松，下意识地挨近少年，一步也不敢落后。

乐之扬大为得意，暗想王公权贵来此寻欢的不少，可是带了大明公主游秦淮河的人物，自己恐怕是古往今来的第一个，只可惜白天河上冷冷清清，又有个冷心冷面冷姓的老太监跟着，不能大大地胡闹放肆。

他嫌老太监碍眼，冷玄也是满心怒气。本想寻宝后立刻回宫，谁知乐之扬沿河行走，只顾胡吹牛皮。冷玄忍耐再三，忽地低声喝问："臭小子，石鱼到底在哪儿？"

乐之扬听了这话，一拍脑门，笑嘻嘻说道："只顾说话，几乎把这件大事忘了，唔……"他左右瞧瞧，脸色一变，"不对，我记错了，石鱼不在这边，它在，它在……"边说边挠头，忽见老太监眉头一拧，面透杀气，忙笑道，"我想起来了，石鱼藏在夫子庙！"

"臭小子尔敢！"冷玄气得发抖，方才经过夫子庙，乐之扬视若无睹，这当儿要回去，又得将秦淮河重走一遍。老太监出手如电，扣住了乐之扬的左肩，那小子奇痛入骨，嗷嗷惨叫。冷玄厉声叫道，"臭小子，我能叫你生，也能叫你死，你再敢骗我，我要了你的小命儿！"

正咬牙发狠，不意素白纤手轻轻拂来，五缕劲风直透经脉，以冷玄之能，也觉手背酸麻，当下松开五指，冷冷说道："'拂影手'名不虚传，冷某情急出手，还望公主见谅！"

"冷公公！"朱微定了定神，勉强笑道，"乐之扬不是说了吗，他只顾跟我说话，一时忘了石鱼，人非圣贤，孰能无过，你何苦狠下毒手？"

冷玄按捺怒气，说道："这小子鬼话连篇，天知道他打什么主意？"

"鬼话连篇？"朱微看了乐之扬一眼，后者摸着肩膀，一脸委屈。朱微笑道："我看他很好啊，句句说的都是实话！"

冷玄怒道："你看他句句都是实话，只因你对他……"说到这儿，欲言又止，朱微瞧着他问道："我对他怎么？"冷玄哼了一声，说道："公主自己心里明白。"

朱微听出弦外之音，面孔发烫，小声说道："冷公公，你若伤了乐之扬。回到宫里，见了陛下，我就说你诱拐我出宫。"冷玄一呆，失声道："这可是天大的冤枉。"朱微笑道："你不伤他，我也不找你晦气。"

冷玄又惊又气，斜眼瞅去，乐之扬找到了靠山，笑嘻嘻的好不得意。冷玄怒目相向，恨不得飞起一脚，把这小子踢到河里喂鱼。

没奈何，三人掉头返回夫子庙，才走百十步，乐之扬又说："走了老半天，公主想必渴了。那边有个仙月居，茶水好，点心更妙，坐在楼上，秦淮河一览无余！"

冷玄几乎气破了肚皮，可又不便出手责打，只好大声说道："时间太急，拿到东西才是正经！"

乐之扬忽然成了聋子，笑眯眯地自言自语："公主难得出宫透透气，喝喝茶，吃吃点心，看看这一河的风景，也算是没有白来一趟。"

朱微明白乐之扬的心思，知道他不舍与自己分别，千方百计地拖延时间，这两个时辰说来不短，此刻竟是去如飞箭。自己一旦回宫，怕是再也出不来了，想到这儿，心中黯然，不顾冷玄脸色难看，强笑道："你一说，我也饿了，如你所说，就去喝喝茶，吃吃点心！"

冷玄急道："公主殿下……"朱微笑道："冷公公，你别着急，我自有分寸。"拉着乐之扬转身就走，冷玄尽管气恼，可也拗不过两个小的，无奈跟着两人来到仙月居。

仙月居高三层，朱栏青瓦，面朝一川烟波，甚是轩敞雅致。时当上午，楼头冷冷清清、茶客全无，三人在三楼面河处坐定，讨了一壶明前龙井，四样上等点心，虽然不如皇宫里那么精细，倒也别有一番风味。乐之扬笑指河上，说起若干风流趣事，朱微默默听着，只觉是耶非耶，如梦如幻。可惜但凡是梦，总有醒来之时，这样的时机，怕是不可再得了。她低头看着杯中的浮沫，生出身不由主、沉浮难知的伤感。

这时河面上传来一阵歌声：

"六代繁华，春去也、更无消息。空怅望、山川形胜，已非畴昔。王谢堂前双燕子，乌衣巷口曾相识。听夜深，寂寞打孤城，春潮急。

思往事，愁如织。怀故国，空陈迹。但荒烟衰草，乱鸦斜日。玉树歌残秋露冷，胭脂井坏寒螀泣。到如今，只有蒋山青，秦淮碧！"

这一支《满江红》唱得起伏跌宕，满河皆响，高昂处穿云裂石，低回处精钢绕指，一曲唱完，好似霜钟响于空谷，余音久久也不散去。

朱微不胜惊讶，应声望去，一叶小舟从上游漂流下来，船头站了一个年轻僧人，身形挺拔，风姿俊秀，一身月白僧衣随风飘扬，好似流云飞雾，遮掩一轮朗月。朱微不由暗暗喝了声彩："好歌喉，好风采！"

歌声惊动两岸，妓女们从水榭阁楼中一拥而出，见那僧人，均是挥手嬉笑。白衣僧也展眉一笑，左手袖袍飞卷，向那些女子频频示意。

朱微大为惊奇，问道："这和尚是谁？他出家之人，为何跟这些妓女这么相熟？"乐之扬道："他自号'情僧'，长年在这秦淮河边厮混，听说他琴棋书画，无不高妙，加上人才俊朗，歌喉动人，这河边的名妓，大多跟他纠缠不清。"

朱微听了这话，心生鄙夷，说道："他身为空门之人，怎能流连花街柳巷？什么'情僧'，哼，我看该叫'淫僧'才对！"口中鄙薄，心里却很惋惜，"可惜了他的好嗓子，十七哥比不上他！"

冷玄哼了一声，忽道："流连花街柳巷，未必就是淫僧，端坐庙堂之上，未必就是君子。吕洞宾在《敲爻歌》里说过：'道力人，真散汉，酒是良朋花是伴，花街柳巷觅真人，真人只在花街玩！'禁绝酒色，不过是第三流的道行，别看那些高僧大德，一脸的清高肃穆，满心的男盗女娼，一字为僧，二字和尚，三字鬼乐官，四字色中饿鬼！"

乐之扬听得有趣，笑道："道行还分高下吗？第三流如此，第二流又如何？"

冷玄道："第二流的道行，见酒思饮，见色思淫，常为世俗所诱惑，却往往能够悬崖勒马，于不可能之处守住本心，这就好比行于独木桥上，桥下就是滔滔浊世，一步踏错，便为世俗所吞没。这一流的人物，尽管行走艰难，但终究胜过那些伪君子、假和尚。"

"第一流呢？"乐之扬又问。

"第一流的道行，饮酒而不沉醉，见色而不滥淫，进得出得，来得去得，和其光，同其尘，出淤泥而不染，混同世俗而不沾红尘，就算流连于花街柳巷，也不会丧失赤子之心！"

乐之扬笑道："敢问冷、冷先生，这和尚算是第几流？"

冷玄抿了一口茶，淡淡说道："你们两个，喝够了没有？"朱微还没答话，乐之扬抢着说："没够！"冷玄看他一眼，出奇地没有动怒，叹一口气道："算了，反正也走不了啦！"

乐、朱二人面面相觑，朱微奇怪地问道："怎么走不了？"冷玄眉头一耸，沉默不答。

乐之扬心知有异，掉头看去，白衣僧袍袖潇洒，身如行云流水，向仙月居款步走来。

悄没声息间，他上了三楼，近了看时，这和尚身量甚高，超出常人一头，四体修长匀称，肤色莹白光润，至于面容五官，俊秀得不似男子，如描如画，顾盼有情。看见三人，他微微一笑，仿佛花开月明，整座茶楼也无端明亮起来。乐之扬纵是男子，见这笑容，也不由面红心跳，偷眼看向朱微，少女也盯着和尚，眉间透出一丝迷茫。

白衣僧在角落里坐下，说道："茶博士，来一壶君山碧螺春。"声音清朗如玉，十分动听。

不一时，茶博士奉茶上桌，白衣僧若无其事，自斟自品。冷玄却微微皱眉，手托茶杯，若有所思。

河岸边又起了一阵喧哗，乐之扬心生好奇，趴在窗边探头看去，河街上走来一个中年男子，身着银白儒衫，面容蜡黄透青，似乎有病在身，步子虚浮不稳。

在他身后不远，跟着一群男女。有的袒胸露乳，分明是个屠夫；有的腰系围裙，袖子油光光的，大约是个厨子。这些人一个个大呼小叫，跑得气喘吁吁，可是不论如何奔跑，也赶不上病恹恹的银衫男子。

乐之扬心中大奇，凝目细看，发现银衫男子身后，除了那群男女，还有许多奇奇怪怪的东西：杀猪的屠刀、挂肉的铁钩、炒菜的铁锅、烧火的铁棍儿，乃至于铁盆、铁铲、铁锚、铁锄……这些东西都如活了一般，有的连蹦带跳，有的噌噌滑行，还有的丁零哐啷向前翻滚，无论大小长短，全都围绕在银衫人身边。

银衫人若无其事，步子忽慢忽快，经过一家绣花铺子，铺子里嗖嗖嗖飞出一大蓬绣花细针，密密麻麻，好似群蜂出巢。乐之扬正要惊呼，银衫人手一扬，脚边的一口铁锅突地跳起，叮叮叮之声不绝，漫天针雨不知去向。绣花铺的老板娘不知发生了何事，给针上的丝线扯了出来，这一瞧，吓得目瞪口呆，扶着门框，双腿一阵发软。

银衫人带着一群铁器，走近仙月居，看了看招牌，举手遮口，咳嗽两声，左手向地画个圈儿，又是丁零当啷一阵响，满地铁器跳跃而起，横七竖八地抱成一个铁球。他漫不经心，伸手提起那个铁球，就像提了一篮子糖果，摇摇晃晃地走进大门。尾随之人见这阵势，个个驻足，不敢上前。

三楼众人只听咚咚有声，整座木楼吱嘎作响。不一时，银衫人冒出头来，扫了众人一眼，将铁球向前一滚，来到一张桌边坐下，有气没力地说："六安瓜片一碗！"

茶博士面色惨白，贴着墙根下楼取茶。银衫人坐在那儿，呼呼喘着粗气。乐之扬见那无数铁器黏合成球，聚而不散，心中一时好奇，死盯铁球不放，冷不防银衫人一掉头，双目冷冷看来，乐之扬跟他目光一遇，浑身一抖，慌忙垂下眼皮。

这时河岸边又是一阵惊呼，两岸房舍中冲出不少人来，冲着远处指指点点。乐之扬转眼望去，"呀"地惊叫起来，远处一艘乌篷小船离水数尺，向着这方冉冉飞来，船头趴了一个船娘，船尾趴着一个艄公，两人面如土色，向着两岸尖叫挥手。

天上飞舟！光天化日之下，出了咄咄怪事。乐之扬心子狂跳，仔细一瞧，看出奥妙，船下站了一个人，双手朝天，奋力托起船只，脚下踩了一对高跷，形如长脚鹭鸶，大步流星地向这边赶来。

乐之扬失笑道："这法儿有趣，有工夫我也试试！"

"不知天高地厚！"朱微轻轻摇头，"人家做来有趣，换了你一步也走不动。"

"那是为何？"乐之扬奇怪地问。

"你瞧！"朱微指着河上，"那高跷是大竹子造的，下了水一定漂浮起来。踩高跷的人一下水，双脚忽高忽低，一定东倒西歪，是以他扛了船只行走，连人带船足有一千多斤，好比压船的锭子，压得高跷深入水底。可是这么一来，比起平地又多了一层流水的阻力。高跷越长，阻力越大，没有千斤的气力，休想走得动一步！"

"光有力气也成不了事！"冷玄慢慢说道，"这里面还有极高明的内家功夫，没有一等一的巧劲，也是一步也走不动！"

这时银衫人哼了一声，乐之扬转眼望去，那人只顾喝茶，正眼也不看向这边。

高跷长得出奇，来人一步丈许，来到仙月居前，停下步子，将乌篷船轻轻一掷，丢在河上。高跷向上一跳，从河里弹了起来，那人借此浮力，腾空跃起，"笃"的一声，高跷落在茶楼前面，刺穿了下面的青砖，颤巍巍地插在地上。

那人"呵"地一笑，甩开高跷，跳进茶楼，丢下两根长竹竿在楼前来回摇晃。

乐之扬细看来人，但见他年约四旬，瘦脸长须，穿一身斑斓花衣，衣带松松垮垮，乍一看，倒像是街边卖艺的杂耍艺人，绝想不到他方才的惊世之举。

花衣人扫了众人一眼，笑道："施南庭，你来得挺早！"银衫人唔了一声，说道："怎么只有你一个？杨风来呢？"

花衣人笑道："我们来时打了个赌，我从河面上行走，双脚不能沾上一滴河水，他从屋檐上来，手脚不得碰到一片瓦甍，看谁先到此间。如今我先到一步，看样子，他的老毛病又犯了，这房屋层层叠叠，对他来说，简直就是一座迷宫！"说到这儿，他掉头一笑，"瞧，他也来了！"

众人转眼望去，一个黑衣人身如龙蛇，手里拿着两条细细长长的白绫，好似两样活物，轮番缠绕屋角飞檐，一缠一晃，就越过一座房屋，下方有人看见，纷纷惊呼起来。

转眼之间，那人来到茶楼对岸。花衣人笑道："好哇，看他怎么过河？"忽见那人左手的白绫绕住檐角，身子晃荡，穿空跃出，跳到河水上方，右手白绫射出，不长不短，缠住了花衣人插在楼前的两根高跷。高跷应力弯曲，化为了一张弹弓，白绫好比弹弓上的皮筋，"嗖"的一声，将黑衣人弹了进来。

"杨风来！"花衣人向黑衣人笑道，"你输啦！"

杨风来身量偏矮，两撇八字须稀稀拉拉，听了这话，两眼一翻，骂道："明斗你还有脸说，你跟我说仙月居在夫子庙，我绕着夫子庙转了一圈，别说仙月居，狗日楼也没看见一座。你把我骗到夫子庙，自己却颠颠地跑过来。这是使诈，不算，不算。"

明斗笑道："两年前你不是来过吗？谁叫你自己不记得路？"

杨风来一时噎住，忽听施南庭说道："明斗，你明知道老杨是个路痴，你却乱指方向，不是使诈是什么？"杨风来连连点头："老施说得在理！"

明斗笑道："在什么理？兵不厌诈。反正我先到一步，杨风来，愿赌服输，快把彩头拿来！"

杨风来嘀咕两声，从怀里拿出一个盒子，正要开盒，明斗一把夺过，笑道："茶博士，取三只黑瓷兔毫碗，再把烧好的水提一壶上来！"

茶博士见了这几人的本事，早已神魂俱失。他应声拿来水壶瓷碗，明斗揭开盒子，拈出一小撮茶叶，丢在兔毫碗里，茶色苍青发白，看来无甚奇处，可是沸水冲下，楼中登时弥漫出一股奇香，半似茶香，半似乳香，可又不同于这两种香气，倒有一股子勾魂动魄的怪味。

施南庭盯着那茶，诧异道："这是什么茶？香得古怪！"

杨风来黑脸涨紫，没有出声。明斗却笑道："这茶名叫神婴茶！是老杨从一个妖道手里夺来的！"施南庭奇怪地道："神婴茶？名儿也怪！"

明斗笑道："顾名思义，这茶就如婴儿一样，喝着人奶长大的。"他见施南庭还在疑惑，笑道，"明说了吧，种茶的妖道不知从哪儿得来的妖方，捉了许多正当哺乳的妇人，日日用乳汁浇灌茶树，茶树长出种子，复又种在地里。这么长了种，种了长，连长了九茬，才得到这样的茶香茶色，那妖道鬼迷心窍，认为此茶食乳而生，好比元婴童子，久喝此茶，可以得道成仙。"

施南庭看了看碗中茶水，皱眉说："那妖道在哪儿？"明斗一笑，回头看向杨风来，后者漫不经心地说："他没成仙，倒成了鬼！"施南庭道："你把他杀了？"

杨风来冷冷道："他抓走了母亲，饿死了婴儿！"施南庭道："杀得好！"一边的茶博士听见杀人之事，吓得两股战战，站立不稳。

明斗嘻嘻一笑，端起茶碗喝了一口，赞道："好茶，好茶。"杨风来也端起茶碗，品了一口，摇头晃脑，说道："老施，你不尝尝？"施南庭皱起眉头，默默摇头。

乐之扬凑近朱微耳边，轻声说："看上去挺好喝！"少女白他一眼，咬牙说："你要敢喝一口，我一辈子也不理你！"乐之扬诧道："为什么？"朱微低声说："妖道的妖茶，人喝了也有一股妖气！"

"小兄弟要喝？"明斗掉过头冲乐之扬一笑，冲了碗茶，一扬手，嗖地向乐之扬掷来。

茶碗平平飞来，乐之扬正要去接，忽听朱微喝道："别动！"纤手挥出，指尖拂中茶碗边缘，兔毫碗风车似的旋转起来，碗中的茶水受了激发，冲起尺许来高，如涛如雪，晶莹亮白。

朱微一碰那碗，一股潮红涌上双颊，不由起身后退，"咔嚓"，座椅靠背拦腰折断。她去势不止，"砰"地撞上了身后一根圆柱，阁楼轻轻一震，木梁上扑簌簌地落下了许多灰尘。

冷玄伸出手来，接住旋转不止的瓷碗，冷冷说道："奇淫妖物，喝它干吗？"

乐之扬回过神来，上前扶住朱微，急声问道："你没事吧？"朱微长吸一口气，脸上的红晕退去，轻声说："我还好！"乐之扬莫名其妙，问道："怎么回事？那只碗发了疯似的……"朱微掉头注视明斗，轻轻咬了咬嘴唇。

明斗笑道："冷公公身在皇宫，稀罕玩意儿见多了，这杯劣茶，自然入不了你的法眼。明某流亡海外，穷得叮当响，除了这一身破衣裳，就没什么东西拿得出手。冷公公是大善人，善人做善事，还请可怜可怜我这穷鬼，赏几个子儿给我花花！"

乐之扬一边听得吃惊，扫眼看去，明斗一桌三人，全都目不转睛地盯着冷玄。至于那俊俏和尚，笑如春风，左瞧右看，仿佛一个看客，正瞧一场好戏。

冷玄放下茶碗，忽地叹道："明斗，咱们多少年没见了？"明斗笑道："不多不少，十五年！"冷玄点头道："这么说，令尊也死了十五年了？"

"不错！"明斗收起笑容，涩声说道，"再过十日，就是家父的忌辰，万事俱备，只欠一样东西。"

冷玄问："什么？"明斗两只眼睛死死盯着他："冷公公颈上人头！"

冷玄叹了口气，目光投向窗外："令尊的'鲸息功'火候不浅，我若放他一马，死的可就是我。冷某这颗脑袋不值钱，你若胜过令尊，不妨拿去。"

明斗哼了一声，正要答话，杨风来腾地起身，高叫："冷玄，我堂兄杨风柳也是你杀的吗？"

"是啊！"冷玄随口便答。

"好阉狗！"杨风来面红耳赤，"他的尸首呢？"

冷玄淡淡说道："我只管杀人，不管理人！不过，圣上对付这一类刺客，大多剁碎了喂狗，正所谓路死路埋，沟死沟埋，狗吃了得副活棺材！"

杨风来气得浑身发抖，一手指着冷玄："狗阉奴，你少得意，今天就是你的死期！"

冷玄笑道："杨尊主过奖了，我一个太监，有什么好得意的！"他目光一扫，"东岛四尊来了三个，冷某面子不小。不过云虚身为岛王，龟缩不出，实在叫人气闷，飞影神剑，光照东海，想必也是夸大之词。"

"放屁！"明斗伸出手来，连连扇动，"好一个醋酸屁！"杨风来也叫："云岛王没来，那是你的运气，看了他的剑光，你就是个死人！"

"是吗？"冷玄阴沉沉一笑，摸了摸无须的下颌，"我倒是听说，他三十年前发了一个毒誓：一日胜不过西方那人，一日不出灵鳌岛半步。一过三十年，照我看，他这一辈子也出不了岛喽！"

东岛三尊的脸色同时一变，施南庭徐徐起身，说道："东岛施南庭，领教冷公公高招！"冷玄叹了口气，说道："施尊主，我久闻你是个谦谦君子，冷某一生最不爱杀的就是君子。"又瞧其他二尊，"你们呢，一起上还是车轮战？"

施南庭还没答话，明斗抢着说："我们三人同来，自然是一起上。"

"只有三个人？"冷玄扬声说道，"张天意怎么没来？"

那三人面面相觑，杨风来问道："这跟张师伯有什么关系？"

"怎么没关系？"冷玄道，"他挨了我一记'扫彗功'，伤得不轻，不敢来招惹我，所以挑唆你们三个来送死。东岛四尊，'龟镜'花眠、'鲸息'明斗、'龙遁'杨风来、'千鳞'施南庭。龟镜四尊之首，她没来，你们的胜算可少了一半！"

"大言不惭！"杨风来叫道，"花师妹没来，我照样拧下你狗阉奴的狗头！"

冷玄点头说："很好，我先领教龙遁高招！"伸手入袖，抽出一条三尺长的马鞭，木柄皮革，甚是寻常。只因他的"扫彗功"要有威力，非得一件软兵器不可，出宫不便携带拂尘，便拿了一条马鞭凑数。

冷玄端坐不动，说道："明斗，先还你的茶碗！"挥鞭卷住兔毫碗，嗖地甩向明斗。

明斗抬手要接，兔毫碗鸣地一转，忽又冲向杨风来。杨风来左袖一扬，袖间吐出白绫，飘然扫向瓷碗。不料那碗来势凶狠，冲开白绫，笔直撞来。

杨风来向后跳开，右袖白绫缠住屋梁，身子上升，左脚飞出，"啪"地踢碎瓷碗，碎瓷夹杂一蓬白雨，呼啦啦地冲向冷玄。

冷玄反手一挥，马鞭挽了个鞭花，"啪"，瓷片茶雨落了一地。杨风来大喝一声，脚出连环，一阵风似的踢了过来。

冷玄马鞭抖直，鞭梢吞吞吐吐，一毫不差地指向杨风来右足踝的"昆仑"穴。杨风来吊在半空，滴溜溜一转，绕到冷玄左侧，踢向老太监的脑门。

冷玄鞭交左手，鞭梢虚虚实实，又指向他左脚的"冲阳"穴。杨风来心虚胆怯，脚到半途又缩了回去，身子再转，另寻破绽。

冷玄端坐不动，马鞭在左右手倒来倒去，鞭梢始终指向杨风来的双脚要穴，左脚定是"冲阳"、右脚必是"昆仑"，杨风来走马灯似的转了七八圈，居然连一脚也没踢出去。

杨风来心中气闷，忽见冷玄只顾上面，下盘露出破绽，当即白绫飞出，嗖地缠住了他的椅子，大力一拖，本想老太监必定用功稳住，谁想一拖便动，椅子闪电蹿起。他吃了一惊，心叫不好，冷玄头也不回，反手一鞭扫中座椅，椅子快了一倍，径直向他撞来。

杨风来急向后仰，身子弯成一张大弓，椅子贴着鼻尖飞过，"咚"地撞上了身后的墙壁，撞出一个大洞。

杨风来心惊肉跳，忽听明斗叫道："当心！"转眼一看，冷玄无声无息地欺了上来。

杨风来一抖手，扯着白绫向后飞退，脚如毒蛇吐信，冲着冷玄踢出五腿。老太监不躲不闪，马鞭一抖，曲曲折折地绕过杨风来的腿脚，鞭梢点向他小腹。

马鞭是平常之物，可一旦注入了老太监的"扫彗功"，穿木碎石，不在话下。杨风来慌忙左手缩回，捉住冷玄的鞭梢。

但凡使鞭高手，最忌鞭梢被捉。冷玄长鞭一抖，作势向后夺回，杨风来运气反夺。两人内劲纠缠，还未分出胜负，冷玄右手忽起，食指向前点出，杨风来肩窝一冷，右臂失去知觉。他身子悬空，全靠右手白绫吊着，这一下登时脱手，慌乱中，冷玄食指再出，点向他的眉心。

忽然一股大力从旁扫来，将杨风来推出数尺。冷玄的指劲落空，点中一张八仙方桌，"哧"，桌面多了一个圆溜溜的小孔。

明斗左掌推开同门，右掌呼地扫向冷玄。冷玄马鞭抖直，"啪"，两股劲风相接，满楼的碟儿碗儿纷纷跳了起来。

两人遥遥相对。马鞭忽曲忽直，冷玄的内劲随鞭而走，曲直无方，时时乘虚而入；明斗的左臂好似没了骨头，圆转如意，无论冷玄的鞭劲从何处扫来，总能从容对付。

纠缠数招，冷玄扬起左手，伸指点出。明斗也举起食指点向对手。"哧"，两人同时一晃，明斗站立不住，倒退两步，"咔嚓"，脚下的楼板出现了一道长长的裂缝。

冷玄接连出指，不快不慢，每出一指，明斗就后退一步，渐渐退到桌子边上，脸色由红变白，豆大的汗珠从额角滚落下来。

"明斗！"老太监闲闲说道，"你的'鲸息功'没有练全，'涡旋劲''滔天炁'可圈可点，这'滴水劲'可不敢恭维。若是'西昆仑'亲自来，我这'阴魔指'只能给他挠痒！"

明斗两眼瞪圆，大喝一声，食指一圈一点，空中发出沉闷啸响。冷玄晃了一下，明斗不退反进，跨出一步，厉声叫道："梁萧无信无义，天下人人得而诛之，就算他武功再高，明某也不放在眼里。"

冷玄笑道："你瞧不起他的人，又要练他的武功，这不是打自个儿的嘴巴？"话音方落，一边的白衣僧人呵呵直笑。

明斗正要反唇相讥，忽觉胸口疼痛，他强行出击，经脉大受震动。冷玄趁机出指，"阴魔指"寒气入骨，来去均无征兆，明斗左胸一凉，半个身子失去知觉。来不及化解指力，冷玄马鞭挥出，正中他的胸口，明斗摔了出去，"哗啦"，将身后的方桌压得粉碎。

冷玄纵身一跳，到了明斗上方，马鞭挽了个鞭花，唰地落向他的头顶。明斗半身麻痹，动弹不得，忽听嗡的一声，仿佛钟鼓齐鸣，一口铁锅飞来，堪堪挡住了冷玄的马鞭。他来不及多想，冲开经脉，滚出一丈多远，刚刚跳起，一股疾风贴面扫过，面皮火辣辣地一阵疼痛。

明斗转眼望去，擦面而过的竟是一把杀猪尖刀。那刀车轮般疯转，飞向远处的冷玄。老太监鞭花乱舞，正与一把铁锤、一口铁锅、两把锅铲厮杀，他一鞭打碎铁锅，碎铁片刚刚落地，忽又突突跳起，冲着他乱撞乱刺。

施南庭站在桌边，双手乱抓乱舞，十指忽曲忽直，好似傀儡艺人，操纵一干铁器。身边的铁器接连飞出，地上的铁球葱皮似的层层剥落。

施南庭的"北极天磁功"能够聚散天下铁器，他沿途聚集铁器，凑了一个小小的武库，铁器带了磁力，便是绝好暗器，铁匠铺的铁锤铁钳、种花匠的铁锄铁铲、刺绣铺里的数百花针，大小不一，轻重不等，大的遮掩小的，轻的跟着重的，好似一群飞鸟飞虫，将冷玄裹得严严实实。

换了他人，势必首尾难顾，偏偏冷玄的"扫彗功"天下独步，鞭子一旦舞开，好比一面坚盾，马鞭忽快忽慢，卷得铁器彼此撞击，丁零当啷，火星四溅。

这撞击卸去了施南庭的劲力，漫天的铁器好似江河入海，纷纷落入冷玄的鞭花之内。老太监低喝一声，右手马鞭困住铁器，左手食指嗖地点出。

施南庭忌惮他的指力，吸了一个铁盆拦在身前，铁盆中指，哐当落地，一路滚到墙角。

冷玄得势不让，连弩般点出数指，施南庭接连召出铁器抵挡，挡了几下，伸手一抓，忽地空空如也，短短工夫，带来的铁器全都用光。

冷玄"呵"地一笑，挥指点来，施南庭无计可施，一拳送出。这是他家传的"指南拳"，全身劲力聚于一点，开碑裂石，所向无前。

拳风指劲无声相交，施南庭后退一步，冷玄却跨上一步，又出一指。劲风相交，施南庭再退，顷刻间，他接了三指，退了三步，蜡黄的脸上腾起一股血红。

明斗知道他练功不慎，留下痼疾，接这三指，只怕受了内伤，当即双掌一抡，左掌"滔天焘"，右掌"涡旋劲"，一个向外攻向冷玄；一个向内牵扯那一团铁器。

冷玄丢开铁器，挥鞭反击，铁器得了自由，纷纷向下坠落。施南庭见机，双手抓拿，铁器还没落地，忽又跳跃起来，绕着冷玄团团乱转。杨风来见二人联手，也跳了上来，白绫忽上忽下，不时去缠冷玄的双腿。

冷玄低啸一声，身法变快，一道青影隐没无端，在白绫、黑铁、漫天掌力间穿梭，来去如鬼如魅，出手如雷如霆，以一敌三，不落下风。

东岛三人越斗越惊，均想无怪父兄命丧他手，老太监一身武功有如天人幻化，纵是岛王云虚亲来，也未必敢称必胜。朱元璋身边有此人物，无怪屡遭刺杀，总能安然无恙。

又斗十余合，明斗眼角余光所及，那一对少年紧靠窗边圆柱，较矮的黄衣少年挡在青衣少年之前，横剑于胸，皱眉盯着这边。

明斗暗想二人与冷玄同桌，必是他的同党，于是左掌一抢，扫中数十块铁屑钢针，一阵风似的向两个少年卷去。

铁器还没近身，黄衣少年运剑挥出，剑锋精光点点、如洒星斗，只听叮叮连声，铁屑钢针撒了一地。

明斗不由动容，心想："这小丫头是席应真的传人。"正思量，杨风来也明白了他的计谋，身如游龙，脱出战团，两条白绫唰唰扫向朱微与乐之扬。

朱微剑法虽妙，内力不足，勉强击落暗器，手臂又酸又麻，忽见白绫卷来，只好硬着头皮挥剑刺出。谁知那白绫活了一般，看着向左，剑尖还没刺到，忽又扭头向右，朱微手腕一紧，已被牢牢缠住，一股大力拽来，拖得她下盘虚浮，这时忽听乐之扬发出惨哼，转眼一看，那小子被缠住脖子，两眼翻白，舌头也吐了出来。

朱微大急，伸手抓那白绫，口中失声高叫："冷公公！"

这一叫清脆娇柔，众人均是诧异，杨风来笑道："原来是个母的……"来不及奚落，冷玄一鞭抽来，将他逼退，运掌一挥，白绫断成四截。乐之扬一跤坐下，捂着喉咙连连喘气。

冷玄转身救人，身后露出破绽，施南庭不愿乘人之危，稍一迟疑，忽见明斗掌风天落，夹杂钢针铁屑，瞬间将冷玄湮没。

丁零当啷，铁器掉落一地，老太监拧转身形，马鞭回扫。明斗"呵"地一笑，收掌跳开，落在一丈之外。突然间，茶楼里沉寂下来，只听相斗四人粗浊的喘息声。

滴答，一滴鲜血落在地上，冷玄的手指微微发抖。朱微在他身后，分明看见一点殷红从他左肩漫开，她的心里闪过一个念头："冷公公受伤了！"

"老阄狗！"明斗冷笑，"这一掌滋味如何？"

冷玄顾此失彼，到底受伤，他不动声色，抖了抖衣袖，淡淡说道："滋味平常。"

杨风来咬牙道："老阄狗，今天你难逃公道。"

冷玄笑道："三打一是公道，牵连无辜也是公道，东岛的公道，冷某佩服得不得了！"

东岛三人听了，均是面孔发热。忽听呵呵笑声，三人转眼一瞧，又是那个和尚，杨风来叫道："臭秃驴，你笑什么？"

白衣僧手把茶碗，闲闲说道："笑什么？笑人啊！足下这么问，难道不是人？"

杨风来大怒，张口就骂："臭秃驴，我是你爹！"

"这可更不对了！"白衣僧笑道，"我是秃驴，你是我爹，那你岂不也是驴了？看你长得矮趴趴、毛茸茸的，秃驴算不上，倒是一头小毛驴儿！"

杨风来两眼出火，正要出手教训，明斗冲他一摆手，说道："别理他，正事要紧！"

杨风来忍住怒气，白绫一抖，又卷向冷玄。明斗同时出手，呼呼呼连劈六掌，施南庭也上前一步，伸手抓拿，满地铁器跳跃而起。

三人蓄势而发，来势更加凶猛，冷玄一要抵挡，二要护住身后两人，不过数招，一块碎铁擦身而过，带起一溜血光。朱微叫声"冷公公"，挺剑要上，明斗分出一掌，向她迎面拍出，朱微只觉大力加身，热血直冲头顶，登时发出一声娇呼。

冷玄听见，反手一指，冷风飒飒，明斗的掌力土崩瓦解。忽听施南庭大叫一声"着"，冷玄的左胁鲜血迸溅，跟着白光扫地，一条白绫缠住了他的左脚。

杨风来一招得手，发出欢呼。冷玄忽地把头一抬，锐声高叫："薛禅王子！"

众人不解其意，忽听有人笑道："冷公公，你叫谁？"朱微转眼看去，接口的正是那白衣僧人。

"当然叫你！"冷玄说道。

"你跟我套近乎吗？"白衣僧人悠悠闲闲地喝茶，"套了近乎，我也不会救你。"

冷玄道："我死了，那东西可就没有了！"白衣僧笑道："你知道我的来意？"

"你不就是为了'元帝遗宝'吗？"冷玄哼了一声，"你再不出手，我就交给三尊！"

"元帝遗宝！"东岛三尊均是动容，六道目光落在白衣僧身上。

白衣僧沉吟一下，起身笑道："冷公公，你厉害！"一挥衣袖，轻飘飘拍出一掌，口中笑道，"杨尊主请了！"

他出手潇洒，杨风来却觉一股巨力涌来，慌忙收起白绫，回掌一挡，顿觉双臂发热，噔噔倒退两步，冲口叫道："大金刚神力！"

其他二尊均是变色，纷纷住手跳开，施南庭扬眉叫道："大师与渊头陀怎么称呼？"白衣僧笑道："那是家师！"施南庭肃然起敬，点头说："敢问大师宝号？"

白衣僧说道："冲……"众人盯着他，等他后面一字，谁知白衣僧说完之后，再不言语，施南庭想了想，恍然道："渊头陀以渊为号，大师的法号莫非是这个'冲'字？"白衣僧笑道："对！"

"原来是冲大师！"施南庭沉吟道，"足下金刚传人，为何助纣为虐？"

冲大师笑道："我与冷公公也有一笔旧账要算，却被三位抢了先！"

杨风来两眼一翻，正要喝骂，明斗冲他摆了摆手，说道："冲大师，你要算旧账，不妨先算！"杨风来看他眼色，明白过来，太监、和尚均是劲敌，莫如让他们先打一场，闹个两败俱伤。

"明尊主的好意和尚心领了。"冲大师笑道，"这一笔账只可悄悄清算，不可有人在旁。三位尊主不妨退避三舍，待我跟冷公公完事，再来知会你们！"

明斗冷冷不语，杨风来心直，大声说道："笑话，我们一离开，你们拍屁股跑了怎么办？"

冲大师正要说话，忽听冷玄"咦"了一声，脸上流露惊诧，循他目光看去，窗边空空荡荡，乐之扬与朱微已不知去向，不由笑道："奇怪，那两个少年呢？"

老太监沉吟一下，伸手入袖，抓出一束白绢，上面水墨隐隐，似有许多字迹。

"薛禅！"冷玄叫道，"这幅藏宝图送给你了！"一挥手，白绢被"扫彗功"一卷，轻飘飘飞向和尚。

冲大师不由接过，来不及细看，陡觉压力倍增，铁屑钢针、白绫、掌力一股脑儿向他涌来。冲大师不敢大意，全力出拳，双方硬碰硬接了一招，狂风满楼，木屑纷飞，偌大的茶楼一阵摇晃。

冷玄趁势脱出战团，飘身一纵，穿出窗户。其他四人见状，自觉上当，可是"元帝遗宝"太过诱人，冲大师所持的或许是藏宝秘图。

双方疾风骤雨般拆了十来招，冲大师忽地跳开，叫声："且慢！"一抖手展开白绢，"你们看这是什么？"三人定睛看去，白绢压根儿不是什么秘图，而是一块手帕，上面绣着水墨山水。

"老阉狗无耻！"明斗抢到窗边一看，楼下人头攒动，哪儿还见冷玄的影子。

第四章
灵道石鱼

乐之扬被白绫缠了一下，几乎断气丧命。好在杨风来情势未明，不愿滥杀无辜，不然十个乐之扬也要了命。

乐之扬死里逃生，又见冷玄受伤，心中着急，一边盘算，一边轻扯朱微的衣角。少女回头看来，乐之扬冲她比画，做出逃跑的手势。朱微一呆，指了指冷玄，乐之扬摇了摇头，摸了摸脑袋，指了指冲大师，意思是有光头和尚帮忙，冷玄一定无事。

朱微将信将疑，乐之扬早已不耐，上了桌子向外一跳，双手抱住楼外的高跷，哧溜滑了下去。朱微无法可想，也纵身跳出，袖子搭住高跷，一缠一绕，飘然落地。

阁楼下方早已聚了许多闲人，忽见二人跳下，均是愕然注视，又见朱微俊秀不凡，盯着她目不转睛。

朱微面红耳赤，不知如何是好，忽觉手掌一紧，乐之扬一把扯住，发足狂奔。

一口气跑了二里多远，乐之扬气喘吁吁，回头看时，朱微的双颊白里透红，神态悠然自若，不由诧道："你不累吗？"朱微抿嘴笑道："再跑十里也不累！"乐之扬有点儿悻悻，甩开她道："会武功就了不起吗？"

朱微见他自卑，心中好笑，说道："没什么了不起，只是些换气吐纳的法门，改日有闲，我教你好了……"忽又想起，今日一别，再见无期，登时心中黯然，默默低下头去。

乐之扬猜到她的心思，心里也觉难过，可又不愿扫兴，笑着说道："如今冷老头被人缠住，咱们正好玩儿个痛快。"

朱微担心回宫太晚，惹来天大麻烦，可是深心里面，又实在不愿和乐之扬分开，正犹豫，乐之扬大大方方，又把她的小手握住。十指连心，温柔入骨，朱微一切犹豫迟疑全都抛之脑后，忽听乐之扬在耳边轻声叫唤："朱微！"

　　小公主一愣，她有生以来，除了几个至亲，从无一人直呼她的名字，但听乐之扬语声缠绵，不由心中酥软，身子仿佛着了火一般。只听乐之扬又说："朱微，这名字不好，得改一改。"

　　"怎么不好？"朱微啼笑皆非。

　　"朱微……"乐之扬笑嘻嘻说道，"别人一听，还以为是猪尾巴呢！"

　　朱微又惊又气，举起拳头捶了他一下，说道："好啊，你是不是常在心里骂我'猪尾巴'？"

　　"哪儿的话？"乐之扬笑着否认，"我才想到的。"

　　"鬼才信你。"朱微白了他一眼，"我的名字可是师父取的，出自《道德经》中的一句话，'视之不见名曰微，听之不闻名曰希'。"

　　"视之不见？"乐之扬盯着她一脸古怪，忽地伸出手来摸向少女面颊，"我看不见你，我看不见你……"

　　朱微一面躲闪，一面咯咯直笑："你少胡说，我师父是个大道士，这里的'微'指的是一种道的境界。喂，你再胡闹，我可不客气了。"

　　"我可不管什么道不道的。"乐之扬收手笑道："我知道，如今你看得见又摸得着，只要瞧着你，我的心里就很欢喜。"

　　朱微心中滚热，挽住他的手臂，轻声说道："我也一样。"

　　两人相视一笑，手挽着手，沿着河边行走。不久来到夫子庙前。天时尚早，广场上冷冷清清，只有一个老妪站在路边，守着一个"无锡泥人"的摊子。

　　乐之扬眼珠一转，拉着朱微走上前去，笑道："这样好了，做两个泥人，一个像你，一个像我，将来你回去，彼此思念起来，看一看泥人也是好的。"

　　朱微又难过，又好笑，看他一眼，心想："泥人怎能与真人相比？"忽见乐之扬双手乱摸，神色尴尬，一转念，明白了他的苦处，摸出一大块金锭，笑道："嬷嬷，做泥人，多少钱一个？"

　　做泥人的老太婆瞪着金子，眼珠子也快掉了下来。乐之扬一把拦住朱微，说道："我知道，五文钱一个，两个十文，老板娘，呆什么，还不快找钱？"

　　老太婆苦笑说："小哥儿消遣我吗？这块金子少说也有五两，值一百多两银子，把老婆子的家当卖了，也找不齐这个数儿。"她打量二人，微微一笑，"老婆子痴长年岁，阅人千万，二位这样灵秀俊美的人物，一万个人里也见不着一个，难得今儿一见一双，真是少有的福气，若我老眼不花，这位黄衣的该是一位姑娘吧？"

两人吃了一惊，老太婆心知所料不差，又笑道："二位别见怪，若要为人塑像，必先观其形、窥其神，得其精神，方可惟妙惟肖。姑娘女扮男装，可是眉眼神情仍是妩媚流露，这女儿家的神态，可是藏也藏不住的。"她顿了顿，又说，"这是老婆子今日头一桩生意，二位不吝光顾，我也图个吉利，一文钱不要，白送二位两个泥人！"

乐之扬笑道："老太婆早该如此，白说这么多废话。快捏，快捏，我们的时间紧着呢！"老妪看他一眼，笑道："小哥儿真是洒脱！"一边说，一边捏起泥人。她手指灵巧，翻转如飞，不一会儿，两个泥胎成形，并非二人原貌。朱微那个泥人，捏成了一个女儿形象。跟着彩笔描画，不一会儿，一对泥人并肩而立，男俊女美，笑容可掬，与摊前两人十分神似。

朱微拿着泥人，又惊又喜，翻来覆去地细看，老妪忙说："泥湿未干，别弄坏了！"

朱微一笑，将那块金子丢在摊上，说道："嬷嬷，不用找了！"不待老人回答，拉着乐之扬快步跑开。

乐之扬气道："那么大一块金子，不白白便宜她了？"朱微笑道："这两个泥人，值一千两金子。我宫里也有不少泥人，可是一个也比不上这个。"

"我倒忘了！"乐之扬白她一眼，"你是大明的公主，这天下也是你家的，一块金子算什么？"忽见朱微闷闷不乐，忙又说，"我说错了，是了，你想不想瞧瞧'灵道石鱼'？"

朱微一听这话，又把忧虑抛到一边，笑道："真有石鱼吗？茶楼上我还在想，你这个撒谎精，是不是又在骗人？说得头头是道，其实什么也没有！"

"石鱼就在附近！"乐之扬笑道，"反正我也没见过，既然来了，瞧一眼也好！"说着走近戏园，但见门上贴了应天府的封条，门前冷清清的没有一个人影。

乐之扬猜测必是那晚死人太多，惊动官府，封了园子。可这园子四面围墙，不能做个盖子盖上，于是他领着朱微绕入戏园后面的小巷，但看巷中无人，顺大树翻入园里。

园子里的板凳东倒西歪，戏台坍塌如故，地上的斑斑血迹凝结成黑色，四面的草木郁郁苍苍，透出一股子阴森鬼气。

"这是什么地方？"朱微忍不住说道，"怎么有些瘆人！"

乐之扬道："我进宫那一晚，张天意在这儿杀了不少人！"朱微"哦"了一声，恍然道："这就是你说的戏园子？"

"正是！"乐之扬判别方位，向东南走了几步，来到一处墙角，向朱微讨了宝剑挖掘起来。挖了三尺来深，仍是一无所得，乐之扬心里疑惑："莫非赵世雄说谎，死到临头还寻我开心？"

忽听"叮"的一声，剑尖触及铁器。乐之扬心头一震，赶紧挖开泥土，但见一口箱子，外用油布重重包裹。朱微一边瞧着，也是心跳加快。乐之扬搬出箱子，拆开油布，但见两尺见方一口小小铁箱。箱子上有锁，朱微正想钥匙何在，乐之扬手起剑落，将锁一剑劈断，打开箱盖，里面又用明黄软缎包裹，拆开缎子，一只灰白石鱼跃入两人眼帘。

但看石鱼形状，乃是一尾鲤鱼，长约一尺五寸，宽约八寸有余，鳞鳃鳍尾俱全，一双鱼眼全无生气。可怪的是，石鱼的眼珠、鳞片之上均有细小楷字，字迹端方有力。乐之扬随口念道："沙鸡陁力沙识，沙侯加腊滥……"朱微忍不住问道："你在念什么？"

乐之扬将石鱼递给她，说道："鱼上面有字！"朱微接过看看，沉吟一下，忽而笑道："乐之扬，你念得不对！"乐之扬道："怎么不对，这些字我都认识！"朱微摇头说："不是字不对，是字的顺序不对！应该是这么念！"她顿了顿，念道，"娑陁力、沙识、鸡识、沙腊、沙侯加滥、俟力建、般赡、鸡识……"

她的声音婉转动人，乐之扬忍不住打断说："听着怪怪的，有点儿像是、像是……"朱微笑道："像乐曲吗？"

"对呀！"乐之扬一拍脑门，"真像乐曲！"

朱微笑道："这本来就是乐谱！"乐之扬一愣，笑道："你骗人，乐谱我见千见万，还不认识吗？依黄帝十二律，当是黄钟、林钟、太簇、南吕、姑洗、应钟、蕤宾、大吕、夷则、夹钟、无射、仲吕（按：近于平均律）。若按五行之声，当是宫、徵、商、羽、角、变宫、变徵（按：类似于今之简谱，1、2、3、4、5、6、7）！这些杀鸡杀鸭的，又是哪门子音律？"

"无怪你不认识！"朱微叹了口气，盯着石鱼微微出神，"天底下认识这曲谱的人少得可怜，我知道的人里面，也只有十七哥认得。这些字是乐谱不假，只不过，不是中土的罢了！"

乐之扬奇怪地道："不是中土的，又是哪一国的？"

朱微说道："这乐谱叫作龟兹汉谱，源自古龟兹的乐谱，自从龟兹国灭亡，本国的乐谱也失传了，纵未失传，也由先代乐师转为了中华正音。更何况，这龟兹汉谱与古龟兹的乐谱又有所不同，古龟兹用的是龟兹语，这里将龟兹语的吐字发音按汉字直译过来，所以看上去全是汉字。这石鱼又不规整，上下横直歪歪斜斜，如果不懂古龟兹谱，根本不知道如何断句，就如你初见时一样，一念就乱了套，就算眼睁睁看着，也不知道这是乐谱！"

乐之扬既惊奇又佩服，问道：“你又怎么认得呢？”

“凑巧而已！”朱微笑了笑，“十七哥与我都是乐痴，他是男儿身，出入宫廷比我方便，又是大国藩王，财富予取予求。他不但酷爱收藏古代的乐器，更爱搜集古时的乐谱，但凡发现古谱，不惜重金求购，久而久之，积攒了满满两大书架。他知道我是同好，所以找到一本古谱，必要抄写一份给我。这些古谱里有契丹文、女真文、西夏文、蒙古文，还有八思巴文，这些都难不倒我们。唯独有一本谱书，古旧发黄，只剩半册，我俩说什么也辨认不出。十七哥问遍了熟识的乐师，也无一人认得，但瞧书中的图页，上面的琵琶式样又分明出自古代的龟兹国。十七哥于是疑心这曲谱与龟兹人有关。盛唐之时，龟兹音乐雄视中土，可是龟兹语早已失传，这一本乐谱通篇又是汉字。十七哥钻研数年，一无所获，直到去年才出现了转机。”

乐之扬忙问：“找到识曲谱的人了吗？”

“没有！”朱微摇头说，“皇天不负苦心人，十七哥找到了一本书。这本书原是蒙元宫廷里的，蒙元败落以后，由元朝皇帝带到了塞外。洪武二十一年，大将军蓝玉在捕鱼儿海大破元军，俘虏甚众，除了金珠宝玉，还有一批图书。回朝以后，大部分图书他都交给了朝廷，可是不知什么缘故，他偷偷扣下了几册图书，其中有一本怪书，从封皮到内页，尽是这种龟兹汉谱，因为无法看懂，蓝玉以为藏了什么了不起的秘密。他本是赳赳武夫，也没有用心钻研，只是私自扣下，藏于府中秘库。洪武二十六年，蓝玉图谋造反，人被诛灭，家也被抄了。可巧十七哥参与审理此案，于是得到了这本谱书。他如获珍宝，拿回府中钻研，意外于书页夹层里发现了一张纸片，上面写明了龟兹汉谱的翻译之法。这件事本是我二人心中的大悬案，十七哥一旦发现，连夜转告于我，所以我一看到这些字，立刻就能认得！”

乐之扬忙问：“怎么翻译？”

“说来也简单！”朱微顿了一顿，“若是不知翻译之法，一百年也想不出来，知道了翻译之法，我一说，你就懂了。”她蹲下身子，拿了一块尖石边写边说，“娑陁力是林钟宫声，鸡识是南吕商声，沙识是应钟角声，沙侯加滥是黄钟到太簇的变徵声，沙腊是太簇徵声，般赡是姑洗羽声，俟力建是仲吕到林钟的变宫声，依次翻译过来，自然成了一首曲子！”

乐之扬呆呆看着地上的文字，半晌说道：“无怪这么多年，都没人能破解这石鱼的秘密。只是破解了又怎样？这石鱼上写的根本就是乐谱，跟武功全无干系！张士诚的儿子白死了，赵世雄白死了，玄天观的道士也白死了。”

“这样岂不更好？”朱微笑道，“武功是杀人之道，音乐是娱人之法，相比起来，音乐比武功更加可爱。这位灵道人前辈，想必也是一位乐道高人，可惜我晚生了数百年，不能向他请教！"

"会他还不容易？"一个声音忽地传来，于寂静之中格外刺耳。两人双双跳起，掉头看去，张天意一脸诡笑，从一棵大树后面转了出来，盯着二人说道，"我送二位一程，到了幽冥地府，你们不就能见到灵道人了吗？"

朱微手脚冰凉，呛啷抽出长剑，叫道："乐之扬，你先逃！"

"逃什么？"乐之扬一伸手，反将朱微的手紧紧握住。朱微看他一眼，见他嘴角含笑，全无惧色，心中既甜蜜，又焦急，恨不得化身神仙，使个搬运法儿，将他远远送走才好。

张天意不甘心冷玄得到灵道石鱼，又知道乐之扬撒谎，石鱼必然不在紫禁城，冷玄迟早出宫来取，故而一面知会东岛三尊赶来京城，一面守在紫禁城附近窥探。一见冷玄出宫，立刻用飞鸽传书三尊，撺掇双方大战一场，自己守在一边坐享渔人之利。他见乐之扬二人跳出茶楼，本想一鼓擒拿，可是转念一想，莫如将计就计，先让他们拿到石鱼，自己再出手抢夺不迟。

这么一想，他远远跟着两人，直到乐之扬挖出石鱼。石鱼上的文字，张天意早年也曾见过，却不知其意，听见两人议论，心生好奇，便在一边凝听。听到朱微说出文字来历，心中先是一热，又听不过是一支曲谱，心中又是一凉，这么忽热忽冷，终于按捺不住，跳出来夺鱼杀人。

看见两人模样，张天意不由笑道："原来还是一对同命鸳鸯，小小年纪，倒也有情有义。也罢，看在情义的分儿上，我给你们一个痛快！"朱微想要反唇相讥，可嗓子艰涩，忽地甩开乐之扬，手捏剑诀，俏生生摆了个架势。

"弈星剑？"张天意面透杀气，"你也是席应真的徒弟？好得很，上一次跟燕王没有比完，今个儿接着比！"说着拔出剑来，他先前用的软剑丢在了紫禁城，这口软剑刚刚买的，虽不如原先的好使，对付这对少年男女却是绰绰有余。

朱微自从练成剑术，并未遇上过真正的高手，忽见张天意拔剑，登时浑身发抖，说不出地紧张，心里默想"弈星剑"的要诀，抿嘴盯着对手，仿佛痴了呆了。

张天意身经百战，一瞧朱微神情，便知她是个初出道的雏儿，暗自冷笑，正要出手，忽听乐之扬叫道："慢着！"转眼一瞧，那小子不知何时手里捏了一块石头，对准灵道石鱼，大声说道："张天意，你要活鱼还是死鱼？"

张天意心中一沉，冷笑道："何为活鱼？何为死鱼？"乐之扬笑道："活鱼就是一条整鱼，死鱼就是一堆破石头，你若动手，我就把石鱼砸碎，大伙儿拼个鱼死网破！"

这么一说，新仇旧恨涌上张天意心头，他竖眉瞪眼，厉声叫道："小畜生，你吓唬谁？骗我入宫的事情，我还没跟你算账，今儿不一剑剐了你，我就不姓张！"乐之扬接口便道："不姓张，姓乐也好，我正差一个孙子提夜壶呢！"

张天意大怒，乐之扬却不知死活，继续说道："你做了我的孙子，名儿也得改改，天意两个字不好，听起来像个反贼，唉，叫旺财吧，既亲切，又吉利，张天意，不，乐旺财，你说这样好不好？"

他死到临头，还敢拿对手打趣儿，张天意怒极反笑，咬牙说道："小畜生，你猜我第一剑割你哪儿？"乐之扬笑道："当然是割你爷爷的舌头。"张天意被他说破心思，一时反驳不得，咬着牙又是冷笑，只听乐之扬又说："怎么样？乐旺财，你还要不要石鱼？若要石鱼，就把剑收起来，乖乖放你爷爷奶奶走！"

朱微正紧张，听了这话，只觉奇怪："爷爷奶奶是谁？"乐之扬笑道："我是他爷爷，你自然是他奶奶。"朱微又羞又气："胡说，谁、谁是他奶奶？"乐之扬笑了笑，盯着张天意说："怎么样？两条命换一条石鱼，你也不算吃亏！"

张天意脸色发青，心想朱元璋的女儿还罢了，你小畜生的贱命，连一片鱼鳞也不值，心里发狠，嘴上却说："好啊，你把石鱼拿过来，我放你们走。"

"骗鬼吗？"乐之扬将石块举得更高，"我们出了戏园子，到了大街上再给你！"一边说，心中却想："到了大街上，没准儿能碰到冷玄，张天意见了老太监，一定夹尾而逃。"

张天意沉着脸想了想，点头说："就这么办！"乐之扬未料到这么容易，一手拿起石鱼，一手握紧石块，笑着说："我们从大门走，你可别跟来！"张天意笑笑，忽一扬手，大喝一声："看针！"

朱微心中一凛，举剑防守，不料张天意声东击西，一阵风似的抢上来，剑光一闪，直奔乐之扬的咽喉。朱微顾不得自身，反手一剑撩出，谁知张天意又是虚招，反手一剑划向乐之扬手腕，存心连手带鱼一并斩落。

朱微全副心神系在对方的剑尖上，来不及细想，剑锋随之下沉，只听"叮叮叮"一串响，两人疾风骤雨般交了六剑。

张天意大感意外，他接连虚晃两招，原本势在必得，谁知朱微后发先至，总能抢先一步挑开他的长剑。换了往日，张天意放手抢攻，只要数剑就能攻破朱微的剑幕，但他那日为冷玄所伤，内伤并未痊愈，一轮快剑使过，胸口隐隐作痛，怕已引发伤势，只好纵身跳开，盯着朱微一脸惊疑。

朱微站在那儿，手臂麻木无觉，脑子里一片空白，竟不知方才的六剑是如何接下来的。

乐之扬也出了一身冷汗，怒道："张天意，你不要石鱼了吗？"张天意

"哼"了一声，冷冷道："方才不是说过吗？石鱼上的文字不过是乐谱，呸，乐谱我要它干什么？"

乐之扬本是情急生智，想用石鱼保命，全没想到还有这么一层，一时间不觉呆住。张天意调匀呼吸，挥剑又上，朱微稍稍稳住心神，想到方才接连破解对方的狠招，足见师父所传的剑法十分高明，这么一想，多了几分自信，再拆数招，弈星剑的精妙之处渐渐显露出来。

两人兔起鹘落，剑光盘旋，就如两条飞蛇口吐闪电，剑尖一接便收，竟是来不及碰撞。张天意越斗越惊，暗想这小女孩儿多大年纪，学了几招太昊谷的剑术，竟与自己互有攻守，自己这多年的剑术，竟是白练了吗？

他心中一急，不顾内伤，气贯长剑，剑身弯曲成弧，绞住朱微的剑身，沉喝一声："撒手！"朱微内力不及，虎口剧痛，长剑应声脱手。

张天意下手不容情，手里剑光一闪，又刺向朱微的心口。

乐之扬见状心急，举起石块奋力掷向张天意。张天意虽不惧怕，可也不愿叫他掷中，于是挥掌一扫，石块登时飞出，朱微就地一滚，刚要站起，张天意又赶上前来，挥剑刺向她的面门。

"着！"乐之扬情急之下，又把手里的石鱼也掷了出来。张天意本想挥掌扫开，见是石鱼，变掌为抓，一手捏住。但见朱微翻身站起，想要去拾不远处的长剑，当下冷笑一声，连人带剑化为一支弩箭，向她后心怒射过去。

眼看这一剑将朱微钉在地上，身侧飒然风响，似有暗器袭来，张天意不由暗骂："小子找死！"只当乐之扬丢来石头，右手软剑不停，左手随意抓出，不料石块入手，绵绵软软，其中更有一股缠绵内劲顺着掌心直冲全身。张天意大意轻敌，登时浑身一麻，歪歪斜斜地向左跳出，就连握剑的右手也受了冲击，一剑刺偏，贴着朱微的身子钉在地上。

剑风掠身，遍体生寒，朱微想也不想，使出师门身法，手足并用，龙蛇翻腾，挺身站起之时，脱手的长剑已然捉回手里。她定睛望去，张天意站在远处，盯着手心里的一块黏土出神。

忽听呵呵笑声，朱微抬眼望去，墙头上站立一人，衣衫凋敝，头发花白，双手捧着一大团白色黏土，笑眯眯地搓来搓去。

"嬷嬷！"朱微脱口惊呼。原来这人正是捏泥人的老妪，此时脱胎换骨、含胸挺立，站在高高的墙头，有如一只出群的孤凤。

老妪冲她笑了笑，目光又落向张天意："足下好毒的手段，连小孩子也不放过吗？"张天意双眉一扬，厉声叫道："你是谁？张某干什么，要你多管闲事？"

老妪手里揉弄黏土，口中笑道："说得对，老婆子别的不爱做，就爱多管闲事！"忽一扬手，一溜白光直奔张天意心口。

张天意吃过一次亏，知道黏土上内劲古怪，于是不敢硬接，举剑扫中飞来白泥。"嗡"的一声，他虎口发热，长剑几乎脱手，抬眼看去，老太婆下了围墙，款步走来，那团黏糊糊的白泥在她手里忽扁忽圆，就如揉面似的。

张天意大喝一声，挥剑刺出。老姬抬眉一笑，双手向内合拢，黏土忽地变了形状，化为了丈许长的一条软棍，抟起一阵狂风，嗡的一声抽在张天意的剑身上。

这一下出人意料，张天意剑势歪出，吃了一惊，慌忙身随剑走，谁知黏土黏住了剑身，上面更有老太婆的一股缠绵内劲，急切之间无法摆脱。正骇异，软棍另一头焦雷似的打了过来，张天意长剑受制，又舍不得丢下，稍一迟疑，软棍"啪"地落在了左颊上面。

这一棍势大力沉，张天意差点儿昏了过去。他临危不乱，手上内劲向外一撞，撞开那一股缠绵内劲，等到对方内劲收缩，忽又向内急收，收放之际，夺回长剑，奋力向后跃出，只觉半个脑袋麻木无觉，口中腥咸一片，似有若干硬物，张嘴一吐，两颗牙齿混着血水滚了出来。

张天意心中骇异，若非神功护体，这一棍势必敲破脑袋。再看那个老姬，脸上笑眯眯的，手里的软棍又化为了一大团白泥，仍在手心里来回揉捏。张天意回想方才的情形，再看老姬容貌，心头一动，冲口而出："你是西边来的人？"

"西边？"老姬笑吟吟看着他，"哪个西边？"

张天意怒道："除了昆仑山，还有哪个西边？"老姬看他一眼，点头说："算你有些见识，你的'飞影神剑'是云家的真传，飞影四剑，镜花、水月、梦蝶、空幻，你这么大一把年纪，怎么还在第一层境界里打转？"

张天意面皮发烫，他是岛王云虚的嫡传弟子，可惜心性狠毒，胸量狭窄，故于剑道上的修为止于"镜花剑"，之后再也难进一步。因此缘故，他才一心寻找"灵道石鱼"，想要另辟蹊径，破解这个困局。

老姬一语点中他的痛处，张天意恼羞成怒，叫道："西边来的又怎样？报上名来，张某剑下不杀无名之辈！"

老姬笑道："我姓秋！"张天意一愣，脱口叫道："地母秋涛！"老姬点头道："不想还有人记得我的名字！"

张天意心里七上八下，此人乃一部之主，自己若未受伤，还可应付一二，如今内伤未愈，斗下去实在凶险，但箭在弦上，不得不发，一咬牙，将石鱼揣入怀里，一抖长剑，说道："东岛张天意请教地母高招！"

秋涛透露姓名，本望他知难而退，谁知此人性情愚顽、硬撑到底，不由叹道："好说，好说！"

张天意摆个剑诀，凝而不发；秋涛只顾揉搓黏土，正眼也不瞧他。乐之扬与朱微一边瞧着，心突突乱跳。乐之扬扯了扯朱微的衣袖，示意趁机逃走，朱微却摇了摇头，握着长剑站立不动。乐之扬一转念头明白过来，秋涛为了二人出头，若是这样走了，未必太无义气，不过朱微剑术不俗，还可帮衬帮衬，自己待在这儿，简直就是天生的剑靶子。

他亲眼见过张天意杀人，对于此人十分畏惧，况且故地重游，一想到死人甚多，一定不少冤魂厉鬼。心念及此，背脊蹿起一股冷气，掉头四顾，空寂无人，这才稍稍放心，暗想这里的人都是讨债鬼所杀，若有厉鬼作祟，也该找张天意的晦气。

忽听张天意一声轻啸，唰唰唰连刺六剑。秋涛头也不抬，款款避开剑锋，腰肢之柔软，脚步之飘忽，压根儿不像是一个五旬老妪。手里的泥土无声变化，又成了灵蛇似的一条软棍，击其首则尾至，击其尾则首应，翻转抽击，往往出其不意。张天意十分忌惮黏土上的黏劲，长剑一击便走，不敢与那软棍相碰。

老妪步步紧逼，真气注入黏土，那团白泥变化更繁，一忽儿化为雪白的花枪，一忽儿又变成凝霜的软剑，张天意见她使出剑法，心中暗自冷笑，寻思这老妪班门弄斧，与自己斗剑，还不是自取其辱。正要凝神拆解，冷不防软剑变长，化为一只流星飞锤，香瓜大一团黏土破空飞来，后面拖着长长的土链。

噗，张天意躲闪不及，土锤圈转回来，撞上他的背心。张天意但觉剧痛穿胸，一口血涌到喉间，他强行忍住，挥剑切向土链，谁知黏土缩得极快，只割下巴掌大一块，抬眼望去，黏土缩回老妪手里，忽又化为虎尾软棍，快中带慢，向他劈头抽来。

张天意尽力一跃，让开头部，肩头却没避开，着实挨了一棍，这一下痛彻骨髓，一口血箭夺口而出。秋涛见他吐血，惊讶道："哎，你有伤吗？"

张天意心知逗留下去，今日非死不可，一抖手，夜雨神针到了指尖。紫禁城一战，他的金针所剩无几，不到万不得已决不轻易发出。要不然，朱微、乐之扬早已遭了毒手，这时他性命攸关，右手长剑虚晃，秋涛挥棍要挡，张天意左手忽扬，金针化为一蓬光雨。

朱微一边看见，心子提到嗓子眼儿上。说时迟，那时快，秋涛手里黏土一转，忽地化为一面软盾，金针一根不剩，唰唰唰射入泥里。

张天意也不指望一击得手，所以针一发出，身子急往后退，一眨眼逼近朱微。朱微只顾留意秋涛的安危，忘了防范自身，张天意逼近，她才惊觉，眼看剑光扑面，下意识向后跳开，双脚还未落地，便听乐之扬发出一声惨叫。

朱微闻声一颤，面无血色，定睛望去，乐之扬吐舌瞪眼，被张天意掐住脖子拎了起来。

张天意剑刺朱微，也是虚招，前后两下虚招，全是为了抓住乐之扬。只因对手三个，乐之扬最容易对付。

秋涛收起泥盾，依旧化为软棍，内劲所至，金针纷纷逼到棍首，一根根锋芒外向，化为了一条狼牙软棒。尽管利器在手，秋涛却很迟疑，盯着张天意目光闪动，朱微更是面如死灰，身子微微摇晃，似乎碰一碰就会倒下。

"地母神通，张某佩服！"张天意咳嗽两声，边说边退，渐渐靠近墙角。朱微再也按捺不住，纵身上前，举剑就刺。张天意笑了笑，抓住乐之扬左右晃动，无论朱微如何出剑，剑尖始终指着少年的心口。朱微一刺便收，不胜焦急，眼圈儿渐渐红了，可又不愿放弃，咬着牙关拼命出剑，总想找到破绽，刺中后面的张天意。

张天意手上晃动，双眼一眨不眨，始终盯着秋涛。但见老妪若有所思，手里黏土下垂，渐渐垂到地上。张天意心头一动，突然错步后退，纵身跃起，刹那间，原本站立之处，泥土向上拱起，如有龙蛇起伏，一直蔓延到墙角，一道裂缝无中生有，顺着墙壁冲上墙头。这时间，张天意高高跃起，只一晃，越过墙头，落入后面的小巷。

秋涛的"周流土劲"能随泥土传送，本想出奇制胜，从下面困住对方，不料张天意十分狡猾，不待劲力涌到，即刻越墙逃走。

朱微一跺脚，跳上墙头，只见小巷深长，张天意不知去向。她慌忙冲出巷子，跑到夫子庙前，掉头四顾，只见红男绿女、襟袖招摇，却没有乐之扬的影子。

她鼻间发酸，泪水模糊一片，在人群里狂冲乱撞，疯了似的大叫"乐之扬"的名字。她一身男装，声音却十足娇媚，路人听见，无不侧目。

朱微跑到秦淮河边，已是泪流满面，河水潺潺远去，倒映出许多亭台楼阁的影子。河面上的画舫渐多，不时响起笛声琴韵。听见笛声，朱微浑身一颤，极力向画舫里张望，她明知道吹笛的不是乐之扬，心底里却盼望发生奇迹。她冲着画舫高喊，叫声凄厉悲惨，惹得舫间的妓女、恩客纷纷探出头来。

朱微腿一软，瘫倒在秦淮河边。一想到乐之扬凶多吉少，她就自愧自恨，恨不得一死了之。她双手捂脸，放声大哭，正哭着，肩头叫人拍了一下，朱微一跳而起，叫声"乐之扬"，回头看去，冷玄半身浴血，木然站在身后。

"冷公公！"朱微扯住他叫道，"快去救乐之扬，他、他被张天意抓走了……"话没说完，手腕一紧，冷玄扣住她的脉门，沉声道："快回宫，来不及了！"

朱微又惊又气，尖声叫道："冷公公，我不回去，乐之扬他……"一股寒气从冷玄掌心涌出，朱微半身软麻，不由得随他向前。少女回头望去，秦淮河一片模糊，天与地凄凄惨惨，蓦然间，她眼前一黑，昏了过去。

张天意奔了一程，忽觉有人跟随，回头望去，秋涛的身影若隐若现。他心念一动，故意上上下下，专挑高墙大厦奔走。他的"龙遁术"以腾挪见长，又有飞虎爪助力，秋涛的武功高出一筹，轻功却相形见绌，况且少了飞爪，不到一盏茶的工夫，远远落在了后面。

乐之扬穴道受制，口不能言，手不能动，眼看两侧房舍远去，青山绿水接连涌现，道路更加荒僻无人。乐之扬辨认四周，猛可发现，张天意出了京城，直奔郊外的蒋山（按：今紫金山）。

到了蒋山，走了一段山路，望见一座小庙。张天意回头看去，确信无人跟来，这才进了庙门，将乐之扬重重一扔。乐之扬后脑着地，痛得叫出声来。

叫了一声，才发觉穴道解开。他爬起身来，发现庙宇早已废弃，塑像散落一地，也不知曾是何方神圣。屋檐前一口大缸，缸沿残破，积了半缸雨水。

张天意也不瞧他，盘膝坐下，闭目调息。乐之扬屏住呼吸，轻手轻脚，正要溜出大门，不想膝弯里一痛，左腿失去知觉。他跪倒在地，回头看去，只见指甲大小一块干土，击中了他膝窝的要穴。

张天意坐在那儿，脸色蜡黄透青，衣衫惨白如纸，两眼似闭非闭，面上似笑非笑，那一股子诡谲劲儿，直如城隍庙里的无常老鬼。乐之扬不敢妄动，半蹲半跪，大汗淋漓，这跪地等死的感受，真比任何刑罚还要难受。

这么一坐一跪，相持了一炷香的工夫，乐之扬见他不动，胆子又大了起来，双手着地，正想爬出，忽听身后笑道："小畜生，你若能爬出大门，我就饶你一命，如何？"

乐之扬回头看去，张天意张开两眼，冲他龇牙冷笑。乐之扬无可奈何，只好坐回地上。

张大意看了看屋顶，忽道："小畜生，我这一身伤势，全是你干的好事。"

乐之扬勉强笑道："张先生福大命大，小小一点儿伤算什么？"张天意扫他一眼，冷笑道："怎么，你怕了？"

"怕也说不上！"乐之扬笑道，"先生是东岛的大高手，我是秦淮河的小混混。你杀了我也没什么了不起的，反而辱没了你的身份。如果不杀我呢，我一定到处给你宣扬，说你心胸宽广，慈悲为怀！"

张天意见他死到临头，还敢胡扯歪论，不由笑道："小畜生，你可打错算盘了，慈悲为怀四字，跟张某人从来无缘！"乐之扬把心一横，大声说道："那么要杀就杀，又何必多话？"

张天意冷哼一声，暗想这小子三番五次地欺骗自己，若不将他一寸寸剐了，实在难消心头之恨。不过物尽其用，人尽其才，先哄一哄他，办完了那件事，再来寻他的晦气。想到这儿，他笑道："小畜生，我有一件事，你办得好，我饶你不死，连你体内的神针一并取出。办得不好，哼，你自己明白！"

乐之扬本当必死，忽见一线生机，便笑道："什么事？说来听听。"

张天意沉吟一下，取出"灵道石鱼"。他和石鱼旷别多年，此时捧在手里，不由心怀激荡，连连咳嗽，热血咕嘟嘟涌了上来。他不愿示弱于敌，强自咽下血水，说道："这鱼鳞上写的真是乐谱吗？"乐之扬道："似乎是的！"张天意怒道："什么叫似乎？"

"龟兹汉谱我也没见过。"乐之扬边想边说，"非得把石鱼上的文字译成中华正音，吹奏一遍，才能确定。"

张天意盯着乐之扬，心中不胜狐疑："这小子诡谲多诈，明说是翻译乐谱，难保不是拖延时间？秋涛被我摆脱，一定脸上无光，这当儿必然到处搜寻。方才比斗脚力，我已尽力而为，而今重伤无力，如果和她遇上，不但性命不保，石鱼也会落在她手里……"他想来想去，心中十分矛盾。乐之扬见他脸色变换不定，也是心惊肉跳，唯恐他念头一转，改变了主意。

张天意想了一会儿，忽道："好，小畜生，你来翻译乐谱，限你一刻钟译完，一旦超过，要你脑袋！"乐之扬脸色发白，强笑道："你怎么计算时辰？"

张天意"哼"了一声，取出一只小小的水晶沙漏，说道："沙子流尽是半刻钟！"乐之扬叫嚷："万一沙子流快了呢？"张天意冷冷道："算你倒霉！"乐之扬嘟囔道："这不公平……"张天意怒哼一声，一手丢出石鱼，一手转过沙漏，金色的沙粒如飞下落。

乐之扬吓了一跳，慌忙抓起石鱼，极力辨认上面的文字。他记性过人，曲调过耳能吹，乐谱过目不忘，龟兹汉谱尽管别扭，朱微说了一遍，他已铭记在心。龟兹七调对应中华宫商七调，翻译并不困难，难的是石鱼不似纸张，上下左右一目了然，鱼身上满是文字，从何处开始是一个大大的难题。

看了一会儿，乐之扬的目光落在两只鱼眼上面，心想石鱼有头有尾，灵道人刻写乐谱，也必然是先头后尾，鱼头上除了鱼眼，别处并无文字，那么这乐谱的第一个字符，应该是从鱼眼开始。不过鱼有两只眼睛，是从左眼开始，还是从右眼开始？左眼刻了一个"沙"字，应是"沙识"的首字，右眼刻着一个"鸡"字，应是"鸡识"的首字。二者之中，必选其一。

乐之扬额上见汗，抬头看去，短短工夫，沙子流下了四分之一，可是他还没有翻译出一个字。那沙粒去势如箭，箭箭射在他的心上。乐之扬定了定神，忽又有了主意：暂且不管左眼右眼，先将左面的乐谱译出，再译右面的乐谱，而后拼接起来，看哪个更加好听。

他取下"空碧"，在地上译出中华正音。石鱼上鳞片紧密，文字甚多，可是一通百通，乐之扬译出左眼乐谱，沙漏才过一半，译出右眼乐谱，沙子尚未流尽。他松了一口气，心中默审曲调，但觉无论是"沙识"为首，还是"鸡识"为先，这首曲调都不对头。若以"沙识"为首，不过节奏古怪，但以"鸡识"为先，衔接之处根本不通。若以谱曲者的水准而论，前者不过品味奇怪，后者根本乱谱一气，完全不合乐理。

忽听张天意说道："时间到了！"乐之扬应声跳起，叫道："我译出来了！"张天意眯眼瞧他，冷冷说道："好哇，吹来听听！"

乐之扬的心子突突乱跳，扫了一眼地上的谱子，长吸一口气，先以"沙识"为首，吹起那一支曲子。

曲子十分难吹，好几处的调子忽松忽紧，重复万端，乐之扬一口气无法吹尽，连换了几次气，方才断断续续地吹完。有的地方十分别扭，一不留神，宫调吹成了变宫，徵调吹成了变徵。乐之扬吹出这样的曲子，又羞又惭，恨不得找个地缝钻进去。

他一边吹，一边偷看张天意的脸色。那人端然静坐，脸色阴沉难看。等到乐之扬吹完，张天意沉默半晌，忽道："完了吗？"乐之扬道："完了！"

"放屁！"张天意冷笑，"这是什么破曲子？又难听，又没用，要么你翻译错了，要么又在撒谎骗人。哼，乖乖把头伸过来送死！"

乐之扬心生绝望，暗暗问候了一遍灵道人的列祖列宗，嘴里说道："张先生别急，这曲子有两种吹法，方才是第一种，下面是第二种……"

张天意怒道："少放屁，快过来……"乐之扬叹道："张先生，一支曲子又花不了多少工夫，唉，这支曲子再没用，你砍我脑袋也不迟！"

张天意见他自信满满，想了想，冷冷说道："也罢，最后一次机会！"

乐之扬掌心冒汗，心中全无自信，下一支曲子比前一支更坏，不过吹上一遍，总能拖延一会儿，天可怜见，希望小公主和老太婆能及时赶来。

他横起笛子，本想胡乱吹上一曲，但想如果按谱吹来，万不得已，还可让张天意逐字对照，以示没有作假，如果乱吹一气，那时可就百口莫辩了。

无奈之下，按谱吹奏。前后两支曲子大部相同，只是第二支曲中，后半支放到了前面，顺序一变，调子衔接均起变化，高调变成了低调，低调一升为高调，似有某种力量将笛声死死困住，叫人无法随心所欲。乐之扬笛技不凡，可也吹得面红耳赤，把吃奶的力气也使了出来。

张天意听得连连皱眉，一团怒气在胸中激荡，暗暗紧握剑柄，只等乐之扬吹完，就给他来个一剑穿心。

听到一半，张天意忽觉心中烦恶，浑身气血受了笛声的牵引，纵横乱窜，不受控制。他吃了一惊，慌忙运功压住血气，正要喝令罢吹，庙中忽地响起了嗡嗡之声。张天意掉头四顾，不见有人，凝神细听，却发现那声音来自石鱼。

张天意心生狂喜。不出所料，石鱼中果然暗藏玄机，开启玄机的钥匙正是石鱼上的乐谱。想至此，他放弃了打断乐之扬的念头。可那笛声灌入耳朵，使人血气翻腾，之前所受的内伤也被一一勾起，五脏六腑灼热剧痛，如在油锅里煎熬。

这感觉不胜古怪，张天意左右为难，一方面害怕打断笛声，破解不了石鱼之谜，一方面任由笛声吹响，又势必让他气血大乱，伤上加伤。可是灵道武学诱惑太大，张天意苦练多年，武功不过一二流，想要再进一步，竟是难如登天，若能得到灵道武学，没准儿可以突破桎梏，达到一个全新境界。

嗡鸣声越来越急，石鱼应和笛声，一会儿原地打转，一会儿摇头摆尾。张天意来不及欢喜，但觉笛声越吹越高，仿佛一把刀子，在"手少阴心经"内反复剜动。他眼冒金星，喉头发甜，心知耽搁下去必定不可收拾，正想发令喝止，可一张嘴，忽地发现出不了声，想要动手，却连一根手指也抬不起来。

曲子吹到了尾声，石鱼的变化乐之扬全都看在眼里，心中诧异之余，又觉无比焦急。他口中吹着曲子，目光不时扫向庙门，庙外绿树成荫，天光正好，可是空荡荡没有一个人影。

乐之扬心里明白，石鱼之谜一破，自己再无用处。想到这儿，转眼瞥去，只见张天意两眼闭合，脸上透出一股紫气，一股血水沿着口角渗出，顺着下颌流入衣襟。

到了这个地步，乐之扬别无他法，吹了两个花腔，草草结束曲子。笛声一停，石鱼也停止颤动，庙里死寂无声，静得叫人心悸。

过了一会儿，张天意也不出声，乐之扬心下奇怪，忍不住叫道："张先生！"张天意端坐不动，一言不发，脸色由紫变白，透出一股死灰。

乐之扬的心子突然乱跳，吸一口气，一步步挪向庙门，一边后退，一边盯着前方的大敌。可是直到退出庙门，张天意也是默不作声。

乐之扬心中狂喜，一出庙门，转身就跑，跑了一里多路，方才停了下来，回头看去，张天意并未追来。回想刚才的情形，他的心里不胜疑惑：张天意心狠手辣，万无放他离开的道理，回想他的神色，似乎发生了什么变故，以至于无暇理会乐之扬的去留。

乐之扬呆站了一会儿，抗不过心中的好奇，蹑手蹑脚地潜回小庙。到了庙门探头一看，庙里一切如故，庙外的大树上传来乌鸦的聒噪声。

"张先生！"乐之扬叫了一声，张天意还是不应。

乐之扬胆气大壮，跨入门中，用脚尖踢了踢石鱼。张天意还是不理，乐之扬忽有所悟，抽出玉笛点中他的肩头，张天意晃了一晃，忽然歪倒在地。

乐之扬不由倒退两步，心中一阵糊涂。他伸手摸去，张天意肌肤冰冷，气息全无，居然无声无息地死了。

乐之扬又吃惊，又迷惑，将尸首翻看一阵，并未发现致命的伤口。他想了想，转眼看去，"灵道石鱼"搁在地上，木呆呆全无生气。想起之前的异象，乐之扬横起"空碧"，吹起石鱼上的曲子。不一会儿，石鱼又颤动起来，直到笛声停下，方才回复平静。

乐之扬拿起石鱼，思索半晌，回望着屋檐下的大缸，忽然异想天开："常言说如鱼得水，若是放在水里，吹起笛子，石鱼会不会如真鱼一样游动起来？"想着一阵激动，走至屋檐前，将石鱼放入缸里。

石鱼入水便沉，躺在水底一动不动。乐之扬吹起笛子，石鱼应声颤动，在水里摇头摆尾，就如活了一般。曲子吹到一半，乐之扬惊奇地发现，石鱼的鳞甲一片片剥落，下面的石层也生出裂纹。他呆了会儿，恍惚明白，自己无意之中，找到了开启石鱼的法门，登时心跳加快，吹完一遍，又吹一遍。石鱼反复振荡，外壳层层剥离，不多一会儿，石质去尽，露出银亮本色。乐之扬来不及细看，便听"嘁哩喀喳"一阵急响，银鱼四分五裂，弹出一个长长的匣子。

这机关精巧绝伦，乐之扬瞧得发呆，好一会儿才明白过来。原来石鱼分为两层，第一层为石质外壳，第二层是精钢机关。外壳不是石头，而是人为炼制的膏结之物，若不入水，坚硬如石，入水之后，慢慢松软剥离，这时笛声奏响，引发精钢机关，机关自行弹开，把木匣吐了出来。

这些变化，乐之扬均能参透，可是笛声如何引动机关，却是一个大大的谜团。他想了又想，拿起匣子细看，匣子的质地为石蜡，七寸长，一寸宽，匣口封闭，以防渗水。

打开匣子，里面躺了一卷帛书，绢帛轻软，文字细密，开篇就见十个大字："囊括天地之宝，希夷微妙之道！"正是赵世雄所说，灵道人坐化时的遗偈。

其后是篇名，一色蝇头小楷，写着《妙乐灵飞经》，下方正文写道：

"铜山西崩，洛钟东应，武帝以为灵感；二瑟分置，鼓宫宫动，庄周视为神异……"

乐之扬出身音乐世家，这两个典故均听义父乐韶凤说过。前一个说的是，汉武帝时，洛阳未央宫前殿的铜钟无故自鸣，汉武帝问东方朔，东方朔认为：钟为铜所铸，铜从山中来，所以铜为山之子，山为铜之母，母子相互感应，远方必有山崩。果然三日以后传来消息，南郡发生了山崩，垮塌二十余里，声闻数以百里。第二个典故出自《庄子·徐无鬼》，说的是两张瑟分开放置，拨弄其中一张瑟的宫弦，另一张瑟的宫弦也会随之颤动，拨弄一张瑟上的角弦，另一张瑟上的角弦也会颤动。为了印证这个道理，北宋《梦溪笔谈》的作者沈括还做过实验，将一个纸人放在一张琴的宫弦上，拨弄另外一张琴的宫弦，纸人应声跃起，屡试不爽。

乐韶凤说到这两个典故，告诉乐之扬，这种现象叫作"应声"（按：即现在的共振）。但凡铜钟，必有所属音域，好比编钟，按照大小轻重，分属不同的音阶。山峦垮塌发出巨响，这响声恰与铜钟的音域重合，所以山崩远在南郡，却应振了洛阳的铜钟。琴瑟上音域相同的弦互相呼应，也是同样的道理。这道理并不限于铜钟和琴瑟，任何乐器，只要音域相合，或多或少都会出现"应声"。只不过，这"应声"为乐门之理，灵道人在此提及，又是什么意思？

乐之扬一头雾水，接着读了下去："……石鱼为鱼，得水泽而存活，石鱼竽也，得管吹而应声……"

灵道人造出石鱼，并非随心所欲，而是一语双关，暗喻了两层深意：一是鱼虾之鱼，二是谐音之竽。竽是一种管状乐器，石鱼之内所设的机关，应是一种形似竽管的乐器，按照石鱼身上的曲调，用竽、箫、笛子等管乐吹奏，都会引发石鱼的"应声"，从而触动机关，吐出木匣。也亏得是乐之扬，换了朱微，用古琴弹奏，不能产生应声，也无法触发这个机关。

再看帛书，后面写道："此鱼机括繁复，费我十年之功，破解机关，大约有三难，一为龟兹汉谱，不识者不可开，二为管乐之吹，鱼内机关非管乐不可开启，三为沉鱼入水，鱼外之石为我炼丹所得，坚若精钢，无水不解。若以蛮力破鱼，触动机关，丹火喷出，焚烧蜡盒，毁坏经卷。但若能经历三关，获此经文者，当为贫道千古知音，现以《妙乐灵飞经》四篇相赠，望君行善积福，切勿恃强凌弱。"

后面还有一行小注："龟兹汉谱名为《伤心引》，此曲有三忌，五脏受伤者忌，身怀六甲者忌，老弱癔病者忌，以上三者听之，小则震动五脏，大则致人死亡。"

乐之扬看了张天意一眼，不由得哈哈大笑。闹了半天，这一大高手竟是被《伤心引》活活吹死的。这死法实在窝囊，可他杀人太多，活该有此报应。要不然，为何受了沉重内伤，偏偏又遇上了这一支催命的曲子？

乐之扬一路看下，帛书上果有四篇文字，依次是《灵曲》《灵舞》《灵感》《灵飞》。

《灵曲》一篇，满目宫商角羽、黄钟大吕，看上去竟是一支曲谱，按经文解释，每一支曲子对应人体一条经脉，人体有十四经脉与奇经八脉，是以共有二十二支曲子，合名为《周天灵飞曲》，每一支曲子后面，附有吹嘘吐纳之法。灵道人注明，修炼之初，必须用这些呼吸法吹动笛、箫、竿、笙之类的管乐。

乐之扬不会武功，可一说到音乐，他却是大大的行家，一见乐谱，就觉心痒，于是想也不想，认着曲谱，吹起第一支《少阳润肺之曲》。

曲子不长，但如《伤心引》一样，十分别扭拗口，吹到某个地方，一口气往往堵在喉间，难以冲口而出。他心下奇怪，细看经文中的附注，发现每到无法吹奏的地方，灵道人均是标注了一种呼吸的法子，有时需要深吸长吐，有时却要提肛收腹，用到丹田之气。

乐之扬凝神再吹，用上了灵道人的吐纳术，果然履险如夷，许多关隘都轻松度过。吹奏之时，胸口到左手指尖麻酥酥、热乎乎的，一股暖流在经脉里来回流转。一曲吹罢，半个身子如沐春风，说不出的舒服惬意。

这种感觉前所未有，以前吹奏笛子，不过悦耳动心，万万没有这样一股热气绕身游走。乐之扬心生好奇，细看灵道人的注解，才知道这股暖气叫作真气，每一支曲子对应一条人体经脉，刚才这支《少阳润肺之曲》，练的就是"手少阳肺经"中的真气。

对于内功脉理，乐之扬一窍不通，但觉音乐动听，又吹下一支《阳明洗肠之曲》，只吹到一半，那一股暖流又转到口鼻之间，一直流向右手指尖，上下来回，有如水银流淌。

乐之扬好奇心起，连吹《阳明清胃之曲》《太阴安脾之曲》《太阳柔肠之曲》《少阴洗心之曲》《少阴足肾之曲》《太阳转腹之曲》《少阳三焦之曲》《厥阴通心之曲》《厥阴涤肝之曲》《少阳壮胆之曲》，一直吹到《任脉引》《督脉操》，十四经脉吹尽，又吹奇经八调，二十二曲吹罢，浑身上下像是在温泉里浸过，热气流转，经脉畅快，俨然脱胎换骨，滋味妙不可言。

再看《灵舞》篇，上有许多细小人像，均是道士装束，一个个手舞足蹈，似乎十分欢乐。乐之扬对跳舞没什么兴趣，一眼扫过，又看《灵感》篇，说的是透过真气感知外物的心法，言辞古奥，道理精深。乐之扬瞧了一遍，只觉一头雾水，接下来再看《灵飞》，更是艰深晦涩，所论之理，近于道家谈玄、佛门论道，别说乐之扬小小年纪，就是高僧羽士，乍一看也未必明白。

迷惑间，忽听聒噪声急，抬眼看去，树梢上站满了乌鸦，冲着庙里尖声怪叫。乐之扬这才想起庙里还有一具尸体，于是走向张天意，在尸身上摸索了一阵，找到了一只钱袋，里面盛放若干金银，另有一本薄薄的小册子，封皮上写着"剑胆录"三个字，下有小字"云虚草撰，与吾侄天意共勉"，翻开一瞧，册子共分两部，前一半是《飞影神剑谱》，画满持剑小人，比画各种招式，后一半却是《夜雨神针术》，讲述"夜雨神针"的针法。

乐之扬喜不自胜，细细看去，《夜雨神针术》讲述了如何从真气中分出阴阳二气，如何以阳气为弓背、阴气为弓弦射出金针。末尾一段，说到拔除金针的两个法子，一是借助外力，需要顶尖高手，以内力小心吸出，这一法子风险甚大，稍有差池，必然损伤经脉；二是凭借自身之力，按"碧微箭"的心法，练出阴阳二气，阳为弓，阴为弦，反转用之，将金针弹射出去。

册子里一针一剑，正是张天意赖以逞凶的本钱。乐之扬揣入怀中，打算仔细钻研，以便拔出金针。至于金银，他也不客气地据为己有，作为折磨自己的补偿。再看张天意腰间的玉佩，本也想摘下来变卖，可转念一想，张天意本是吴王之子，前半生享尽荣华，后半生颠沛流离，落到如此田地，实在可悲可叹，若是没有宝物陪葬，似也不合他的身份。

想及此，乐之扬的心里也生出一丝伤感，又听庙外老鸹子叫得更凶，于是取了张天意的长剑，在庙后挖了一个坑，将尸首拖进去埋了。本想再立一块墓碑，又怕有人盗墓取宝，想了想，转身下了蒋山，往京城走去。

离城还有数里，忽见一座茶社。乐之扬吹了半天笛子，口干舌燥，进去讨了一碗茶水解渴。

正喝着，忽听有人说道："老阉狗太狡猾，这一次又让他逃了！"乐之扬听出是明斗的声音，心中一惊，慌忙别过头去。

"全怪那秃驴多事，要不然，老阉狗非得骨肉成泥！"说话的是杨风来，一边说着，人已进了茶社，高声叫道，"伙计，来三碗凉茶解暑！"顿了顿，又骂，"这金陵城不是人待的地方，五月不到，就跟他娘的蒸笼似的。"

忽听有人叹了口气，施南庭慢悠悠地说："也不可全怪和尚，冷玄逃走之时，你们不追冷玄，偏偏缠住和尚不放，结果闹了个人财两空！"

明斗哼了一声，说道："于私，是该去追老阉狗；于公，那宝藏干系重大，平白错过，岂非以私废公？"杨风来附和："明斗说得在理。"施南庭冷笑一声，说道："有道是'杀父之仇不共戴天'，今天施某才知道，这句话说错了，夺宝之恨，才是不共戴天。"明斗怒道："施尊主，你这话说谁？"施南庭淡淡说道："我说谁，谁心里明白！"

茶社中沉寂时许，杨风来干笑一声，说道："二位何必斗气？照我看，这事儿得怪张师侄，他告知我们冷玄在仙月居，结果我们赶到，他却迟迟不来。今儿若有他的'夜雨神针'，四个对两个，未必杀不了冷玄！"

明斗冷冷道："张天意那厮阴阳怪气，我向来看不上眼，没准儿他也为了宝藏，挑唆我们大打一场，等到两败俱伤，他好从中取利！"施南庭沉默一下，说道："明斗，大家本是同门，未有确凿证据，不可妄自猜测！"杨风来忙道："施尊主说得是，张师侄国仇家恨，比起我们还要惨一些！"

乐之扬缩在一边，心惊肉跳，但听三人高谈阔论，全无喝完离开的意思，正心急，忽听三人沉默下来，又听明斗叫道："老板，会钞！"乐之扬正高兴，忽觉肩头一沉，叫人拍了一下。他心神绷紧，登时跳了起来，回头看去，只见明斗笑眯眯说道："好小子，真的是你！"

乐之扬"啊"了一声，转身就跑，刚一掉头，杨风来板着脸守在前面，再一转身，又见施南庭捂着嘴轻轻咳嗽。

乐之扬心知脱身无望，只好叹一口气，坐了下来。杨风来一步赶上，揪住他的衣襟将他拎了起来，厉声说道："这小子跟冷玄同座，想也不是什么好货！"施南庭忙道："你不要莽撞，待我问过再说！"

杨风来点点头，放下乐之扬，施南庭走上前来，打量乐之扬一阵，笑道："小哥请了，不知足下为何与冷玄同座？"乐之扬急转念头，张口就来："你说那个没胡须的老头子吗？我是他的向导！"

"向导？"施南庭大皱眉头，"什么向导？"

乐之扬笑道："当然是逛秦淮河的向导，三位老爷有所不知，秦淮河大大小小上百家青楼，谁家贵，谁家贱，哪家的姑娘最美，哪家的曲儿最妙，这里面都大有学问。倘若不知底细，不但花了冤枉钱，玩得也不尽兴！"

杨风来将信将疑，"呸"了一声，骂道："小子不学好，原来是个臭龟奴！"正要放手，忽听明斗笑道："你别听他胡说，冷玄是什么身份？太监逛窑子，有心也无力。"杨风来恍然道："不错，不错！"一瞪乐之扬，厉声道，"从实招来，免得受苦！"

乐之扬不慌不忙，笑着说道："之前我也纳闷，这两个人怎么只逛不嫖，听你们一说，竟是两个太监。这位明先生说得可不对了，太监逛不了窑子，他们的主子也不行吗？兴许他们出宫，本是给主子探路来的。"

那三人对视一眼，明斗沉吟道："这么说，那个人要微服私访？"杨风来冷笑道："姓朱的又不是圣人，宫里面待腻了，出宫尝尝鲜也未可知。"施南庭叹道："这一下糟了，咱们打草惊蛇，冷玄回去一报，那人断然不会出宫了。"

乐之扬胡说了一通，但见三人煞有介事，在那儿剖析推理，心里几乎笑翻，脸上却拼命忍住。

明斗低头想了想，忽地抬头说道："小子，跟你同座的小子也是太监？"乐之扬硬着头皮"唔"了一声，杨风来点头道："无怪他的声音像个女子。"明斗哼了一声，忽地出手，向乐之扬裆下一探，徐徐收手道："没有净身，他不是太监！"

乐之扬心中大骂，但听杨风来说道："那么放他走了吧！"正要放手，明斗摆手说道："急什么？还有一件事，明某不太明白！"乐之扬只当他看出破绽，一时心跳加剧，强笑道："什么事？"

明斗手一挥，乐之扬腰间一轻，"空碧"到了他的手里。乐之扬又惊又气，忘了危险，扑上去叫道："还给我！"忽觉肩头一紧，杨风来手指加劲，乐之扬动弹不得，唯有怒目相向，大声叫道："光天化日打劫吗？"

明斗笑而不语，轻轻抚摸玉笛，两眼闪动光芒，施南庭咳嗽一声，忽道："明斗，你做什么？"

明斗笑道："如果铭款不错，这根笛子应是晋代石崇的遗物，别说来历不凡，仅是制笛的玉料，也是举世无双的宝物！"杨风来也点头说："翡翠中少有这么剔透纯净的，有这么纯净，也没这么长大，有这样长大，也无这么通透笔直。更难得的是，纵有这样稀世的玉料，为了造这一根笛子，十成中也要丢掉九成。"

"那又如何？"施南庭皱眉道，"这与冷玄何干？"

"大有关系。"明斗笑道，"这样的玉笛，若非大内之物，必然出于王侯世家。这小子不过一个龟奴，如何身带如此重宝？"

施南庭也觉有理，三人六道目光，落到乐之扬脸上。乐之扬的心子突突乱跳，但他心思敏捷，张口便说："这是我家传的宝物，要不信，你跟我回家一问便知！"

他这话本是唬人，别人见他这么笃定，十有八九信以为真，不会当真跟他回家。可眼下情形不同，东岛三尊疑虑未消，冷玄的事又牵连甚广，因此不敢马虎，听了这话，明斗接口便道："好啊，我们陪你走一趟！"

乐之扬一呆，脸色刷地煞白，三尊见他神情，心中越发生疑，杨风来叫道："呆着干吗？走哇！"乐之扬垂头丧气地说："走也行，先把笛子还给我！"明斗想要回绝，施南庭却说："先还给他，要不传到江湖上去，说我东岛恃强凌弱，鱼肉百姓！"

这一顶大帽子扣下来，明斗纵有百般不愿，也只好勉强笑笑，将玉笛还给了乐之扬。

乐之扬一边接过玉笛，慢吞吞系回腰上，一边心念如飞，寻思脱身之法，这时杨风来又大声催促，只好硬着头皮向秦淮河走去。

　　一路上磨磨蹭蹭，乐之扬绞尽脑汁，也想不出逃脱的法子。这三人武功奇高，能远能近，可重可轻，一如冷玄那样的高手，仓促遇上也不易脱身，更别说乐之扬全无武功，三人若要杀他，真比踩死一只蚂蚁还要容易。

　　好不容易到了夫子庙，乐之扬左瞧右看，不见朱微的影子，心想她必是随冷玄回宫去了，回头遥望宫城，心中一阵黯然。他心灰意冷，伸手抚摸"空碧"，玉质温润，有如少女肌肤。他不由闭上双眼，朱微的笑脸又从黑暗中涌现，颤颤悠悠，仿佛寒夜里绽放的一朵白莲。

　　"乐之扬！"一声高叫传来。乐之扬转眼望去，江小流一阵风似的跑了过来，见面就嚷，"你死到哪儿去了？好几天都不见你的人影。去你家敲了三次门，一点儿动静也没有。你知道不，出了大事啦，戏园子死了上百号人，官府封了园子，挨家挨户地搜查疑犯。"他一口气说完，目光一转，落到"空碧"上面，惊讶道，"好哇，这笛子……"忽见乐之扬拼命眨眼，不由心生诧异，转眼一瞧，乐之扬身后站了三人，个个奇装异服、样貌古怪，六道目光像是六把锥子。

　　江小流心子打个突，话到嘴边改口说："这笛子……还不坏嘛，以前都没见你用过。"乐之扬松了口气，笑道："这是我老爹给我的！"

　　江小流心里咕哝：你老爹穷出鬼来，给你个狗屁笛子！嘴里却唉声叹气："你老爹待你真不赖，比我老爹好多了，我老爹尽送我棍子，恨不得一棍子把我打死！"

　　乐之扬冲他点一点头，又说："这三位是我新结识的前辈，这位是明前辈，这位是施前辈，这位是杨前辈，个个都有通天彻地的大本事。"

　　江小流满腹疑窦，但他是龟公之子，长于逢迎，冲着三人点头哈腰，心里却想，乐之扬一定出了什么事故，要不然，怎么认识这样的怪人。忽听乐之扬又说："江小流，我前天给群芳院的姑娘吹笛，把曲谱丢那儿了，我如今带着三位前辈回家，你帮我跑一趟，把曲谱取回来！"

　　江小流越听越奇，不及多问，乐之扬冲他招了招手，转身就走，所走的方向却与乐家相反。江小流想了想，一拍后脑，恍然大悟。乐之扬为妓女吹笛，根本是子虚乌有的事，他说要带三人回家，可又朝相反的方向行走，摆明了是不想带这些人回去。至于那一支翡翠笛子，乐之扬说是老爹送的，更是鬼话连篇。这么看起来，那三人约莫是官府的人，那笛子必是一件赃物，乐之扬谎说是祖传之宝，这三人正是要带他去家里对质。

　　想及此，江小流的心中一团火热，抄近道直奔乐家，想着抢先知会乐韶凤，

第四章——灵道石鱼

两面对上口风，以免到时候露了马脚。

乐家住在秦淮河尾，地处偏僻，一圈土墙围着两间茅屋。江小流一口气跑到屋前，累得几乎岔了气，弯腰喘了两声，正要举手打门，忽听身后有人笑道："原来在这儿？"

江小流吓了一跳，回头看去，三个怪人带着乐之扬，袖手站在不远处。乐之扬愁眉苦脸，见了他，无声地叹了一口气。

江小流忙道："诸位来得好快，我刚刚去了群芳院，没有找到曲谱，又忙着赶来会合诸位……"他留了心眼，故意说曲谱没有到手，省得问起来，没有曲谱不好交代。

明斗狡猾出奇，眼看两个小的神情不对，猜到几分内情，假意随乐之扬向前，等江小流一转身，拎着乐之扬就跟了上来。江小流本是通风报信，结果成了引狼入室，乐之扬有苦自知，但也无法可想。

江小流不知前情，一心只顾圆谎，编了一通，眼见对面四人个个沉默，心中"咯噔"一下，只觉大大地不妙，坏在哪里，却又说不出来。再看乐之扬，那小子垂头丧气，只是连连摇头。

"这是你家吗？"明斗开口说道，"你叫乐之扬吧？令尊怎么称呼？"乐之扬有气没力地说："乐韶凤！"

施南庭"咦"了一声，说道："乐韶凤？这名字有点儿耳熟！"明斗想了想说道："朱元璋开国之时，朝中的祭酒官就叫乐韶凤，此人音律娴熟，主持修订了大明朝的雅乐。什么《飞龙引》《风云会》，全是朱元璋的马屁颂歌。后来不知何故，姓乐的辞官退隐。难道说，竟是同一个人？"

"哪有这样的巧事儿？"杨风来冷笑说道，"是与不是，进去一问便知。"说罢上前敲门，可是无人回应，门外并未上锁，应是里面上了门闩。杨风来焦躁起来，手上潜运内劲，"咔嚓"一声，门闩断成两截。施南庭皱眉道："杨风来，这可是私闯民宅。"

杨风来正迟疑，明斗笑了笑，拎着乐之扬进门，其他人也只好跟进。但见茅屋房门大开，明斗正要开声通报，忽地抽了抽鼻子，叫声："不好！"一个箭步冲进屋里，乐之扬扫眼一看，几乎昏了过去。

杨风来也冲了进来，惊叫道："好惨！"原来屋里趴了一具死尸，死了不止一日，已然腐烂发臭。尸体全身上下没有一块好肉，似为野兽抓过咬过，地上尽是尸身碎块，鲜血斑斑，早已凝结干涸。

第五章
有女灵苏

施南庭上前一步，翻过尸体，死者须发花白，面目扭曲，足见死亡之前，经受了极大的痛苦。

乐之扬叫了声"老爹"，冲上前去，趴在死者面前放声痛哭。东岛三尊本意揭穿乐之扬的谎话，谁知遇上如此惨事，一时面面相觑，不知如何是好。

江小流一边瞧着，也吓得呆了，他与乐韶凤不过数面之缘，虽然老头儿自命清高，对他很不客气，可是见此惨状，想一想生时的情形，江小流也觉鼻酸眼热，几乎哭了出来。

施南庭咳嗽两声，蹲下身去，察看了一会儿尸体，起身说道："奇怪！"杨风来忙问："怎么？"施南庭指着死者说："这伤口应是猛兽所为，但若是猛兽，这屋里又为何没有兽类的足迹？"

杨风来察看一番，心中也觉纳闷，沉吟道："也许不是猛兽，是蛇类！"施南庭摇头说："不会，蛇类没有爪子，你看这几处伤口，分明是利爪所伤，不对，仔细看，更像是鸟爪！"

明斗接口道："若是飞翔之物，地上当然没有痕迹。"施南庭叹道："若是鸟类，这齿孔又如何解释？什么鸟儿会有牙齿？"明斗笑道："施尊主糊涂了，这天下还有一样东西，既能飞翔，也有牙齿。"

"你说蝙蝠？"施南庭目光一闪，恍然大悟。

明斗笑道："施尊主高见！"

杨风来两眼乱翻："这样倒也说得通，只不过，看这伤口，那畜生怕是大得吓人。"施南庭沉吟一下，抬头说："二位，江湖上有哪位好手豢养蝙蝠吗？"

明斗说道："这样的邪门法儿，只有滇南苗洞一带的神巫会用。据我所知，这法儿早已失传了。其次只看咬痕爪痕，那蝙蝠大得出奇，若是有人携带，早已惊动天下了。"

三人猜来猜去，说不出个所以然来，乐之扬哭了一阵，哽咽道："我只不明白，老爹从不害人，为何有人要杀他。"杨风来失笑道："傻小子，你才几岁，老头儿少说也有五六十岁，生你以前，就没有结下过仇家吗？"江小流忍不住说："乐之扬不是他亲生的。"

乐之扬想起收养之恩，又默默流泪，施南庭拍拍他肩，叹道："小兄弟节哀，当务之急，应是找出凶手，你清点一下令尊的遗物，看看有无线索。"乐之扬得他点醒，抹了泪搜寻屋内，四处翻遍，均是日常之物，正觉失望，施南庭眼利，忽道："这张琴可是唐代的古物？"

乐之扬恍然一惊，屋里一切搜遍，唯有这一张"九霄环佩"没有碰过。这张琴乐韶凤爱如珍宝，从不让他拨弄，平时传授琴技，也别用他琴。想到这儿，乐之扬心子砰砰乱跳，取下琴来，拨弄两下，但觉音色有异，又晃了一晃，脱口叫道："琴里面有东西。"

众人凑上来一瞧，琴底竟可活动。乐之扬揭开桐木板，取出一个沉甸甸的白绸皮信封。年深岁久，绸缎已经发黄，上面写道："吾儿之扬亲启"，拆开看时，信中竟有五片金叶子，一块半月形玉佩，另有一张信纸，上面写满字迹。乐之扬认出义父笔迹，捧起信来，双手微微发抖。

这封信是乐韶凤留给他的。大意是说，乐韶凤曾经入朝为官，后因一件憾事退出朝廷，隐于秦淮。乐之扬是他在秦淮河边捡来的孤儿，收养之初，并未抱有期望，谁知乐之扬年纪稍长，聪明过人，于音乐一道更有天分，大有青出于蓝之势。

乐韶凤一生坎坷，得此传人，老怀甚慰。又说，乐之扬见了此信，他十有八九已经不在人世，如是善终也罢，若是死于非命，乐之扬万不可向凶手寻仇，只因仇家有通天彻地之能，远非乐之扬可以匹敌。又说金叶子是早年为官时积蓄，一并留给乐之扬，半月玦则是一件信物，须得好好保存，来日有人认出，可以向他询问身世。

乐之扬越看越糊涂，从字面上看，乐韶凤分明知道凶手是谁，也知道此人一来，自己决计难活，可是偏又不肯说明。大约对手来头太大，他害怕乐之扬不自量力，向对方寻仇。

东岛三尊一起看过后，施南庭叹气说："如此看来，令尊果然是当年朝廷的乐祭酒了。乐韶凤一代圣手，落到如此结果，真是叫人扼腕！"杨风来冷笑道：

"乐老儿窝囊，死了连凶手的名字也不敢说，哼，通天彻地，好大的口气，说真心话，我倒想会一会这个凶手！"明斗摇头道："通天彻地，未必就是武功！"

杨风来两眼一翻："不是武功，难道是妖术？"明斗笑道："你就知道武功、武功，殊不知人世间的权势比武功还要厉害，有了权势，就可调遣大军，支使能人，要风得风，要雨得雨。"施南庭沉吟道："明尊主所见，这凶手是当朝的要人？"明斗道："信上说，乐韶凤因为一件憾事退出朝廷，大概是得罪了某个权贵，那人发现了他的踪迹，所以派遣杀手，取了他的性命。"

他说到这儿，忽见乐之扬脸色惨白，两眼发直，不由心中一动，笑道："乐之扬，你猜到是谁了？"

乐之扬连连摇头，心里却是一团乱麻。听了明斗的话，他忽然想起朱元璋那一晚所说的话，朱元璋一听笛声，就猜出他是乐韶凤的弟子，后一句话就更奇怪了："他还没死吗？"问这话的人，要么未卜先知，要么就是心怀怨恨，盼着乐韶凤早死。若说"通天彻地"这四个字，当今天下，除了朱元璋谁又当得起？难道说，因为乐之扬入宫，泄露了乐韶凤的踪迹，朱元璋知道他没死，故而派出刺客将他杀掉？

朱微的父亲成了仇人？乐之扬只觉五内俱焚。但他转念又想，朱元璋乃是天下第一人，若要杀人，大可明正典刑、公告天下，又何必偷偷摸摸，派人暗杀一个无权无势的旧臣？难道说这里面有什么不可告人的秘密？

思及此，乐之扬恨不得冲进紫禁城，向朱元璋问个明白。众人见他神情古怪，只当他悲恸太过，犯了痴呆。施南庭古道热肠，说道："小兄弟，凶手之事以后再说，令尊暴尸已久，理应入土为安，还是买一口棺材安葬为是！"

乐之扬点了点头，拿了一片金叶子给江小流："你去棺材铺买一口上好的棺材，香烛纸钱尽量多买，再雇几个人，替我义父抬棺砌坟！"江小流接过金子，转身要走，乐之扬又叫住他，叮嘱道："义父死得不明不白，这件事不可到处声张，以免惊动了凶手！"江小流心子突突直跳，忙道："我知道，你放心！"

江小流一去，杨风来也嚷着要走。明斗摆手道："我再问他两句。"

"问什么？"杨风来不耐烦地道，"若问这玉笛的事，他老子已经死了，死无对证，还有什么好问的？"

明斗笑了笑，转身说道："乐之扬，你今后有什么打算？"乐之扬闷闷地说道："义父养我一场，我要为他守孝。"

"不妥！"明斗连连摇头，"只看令尊的死状，手法新奇歹毒，若非血海深仇，谁又会下这样的毒手？你活到如今，全因人不在家，要不然早叫人一窝端了，你若留在此间，别说报仇，连小命也保不住。"

乐之扬听得发呆，施南庭与杨风来也觉诧异。明斗为人自私多诈，今儿怎么会大发慈悲？正觉纳闷，忽听乐之扬问道："那我该怎么办？"

"依我看，先把尸首下葬，守一晚也就够了，我们三个人陪着你，那凶手不来便罢，来了更好。"明斗话没说完，杨风来嚷了起来："谁要在这儿留一晚？要留你留，我可不留！"

明斗笑道："杨尊主，我们来中土所为何事？"杨风来一愣，沉吟道："别的事都办妥了，只有一事未完。临出岛时，岛王曾经吩咐，来中土之时，遇上无父无母的上佳弟子，多收几个带回岛去。"

"亏你还记得！"明斗点头笑道，"从中土引入新人，一来壮大我岛实力，二来激励岛上的后辈。云岛王也说了，此来中土，别的都是小事，唯有选才之事，关乎东岛兴衰，千万不可大意。"

"你要带他回岛？"杨风来一脸狐疑，盯着乐之扬，"此人的来历不清不楚……"

"来历全都在乐韶风的遗书里面，何谓不清不楚？"明斗侃侃而谈，"乐韶风身为祭酒，掌管乐部，有一两件珍贵乐器，也不是什么稀罕事儿。别说玉笛，就这一张唐琴，也不是寻常人家该有的。"

杨风来将信将疑，盯着施南庭说："施尊主，你怎么说？"

施南庭看了乐之扬一眼，点头道："此子根骨上佳，当是可造之材。他入我东岛，一能避祸，二来练成武功，也可为父报仇。但不知他本人意下如何？"说完这话，三人都盯着乐之扬。

乐之扬猜想朱元璋与义父的死有关，东岛与朝廷为敌，若要与朱元璋抗衡，普天之下，似乎只有东岛可去。正如施南庭所说，入了东岛，一能避祸，二可报仇，正是一举两得之事。他忽遇惨变，恨火烧心，张口便说："我愿去东岛！"

三尊相视而笑，明斗拍手道："好，有这一句话，你就是我东岛的人了。"杨风来道："话不能这样说，云岛王看过才算数。施尊主，你说对不对？"施南庭默默点头。

不久棺木送来，江小流带了民夫在屋后挖了一坑，将乐韶风落葬。那张古琴本是老头儿的爱物，自也随之陪葬，而后众人搭起棚子，烧纸守夜。江小流一辈子没花过这么多钱，自觉手里阔绰，于是胡作非为起来，买了两大车香烛纸钱、灵物纸马，说是乐老爹活着时窝囊，死了理应风风光光，去地府里做个阔佬。

乐之扬投入东岛，东岛三尊出于礼数，也在棚中相陪。乐之扬偷偷叫过江小流，将去东岛的事说了。江小流一听，跳起三尺，高叫："什么？你走了，我怎么办？"乐之扬摇头说："你跟我不同，你有爹有妈，不便远行。"

江小流悻悻说："有爹妈又怎样？我妈见了我，不是骂，就是掐，我老爹喝醉了酒，抡起这样粗的棍子，恨不得把我活活打死。乐之扬，你跟那三位说说，我也去那个东岛，行不行？"

两人一起长大，乐之扬也不忍与他分开，找到三尊说了此事。杨风来一听，张口就叫："不行，那小子吊眉斜眼，根骨也很平常，收到岛上，非给岛王骂死不可。"乐之扬一听，暗暗生气，说道："他是我朋友，你骂他就是骂我，好啊，他不去东岛，我也不去了！"

杨风来黑脸涨紫，跳了起来，手指点着乐之扬的鼻尖："狗东西，你还上脸了，东岛没了你，难道会翻过来不成？不去就不去，杨某人才不稀罕。明斗，施南庭，咱们走，这样的臭小子，活该留在这里等死。"

乐之扬大怒，转身要走，忽听明斗笑道："杨风来，你这话可就不对了，资质这种事情谁又说得准？有人天分不高，但勤奋用功，一样可成大器。我看这江小流为人机灵，处事干练，即便练不成一流的武功，岛上还有许多杂务，也得这样的人管一管。"

杨风来一听，犹豫起来，看了看施南庭，后者略略点头："明尊主言之有理，天下事并非只有武功。他二人一起长大，义气深重，不愿分别，若是因此拒收，倒显得本岛不近人情。"

杨风来甩袖怒道："好，好，你们两个总有道理，反正我瞧来瞧去，也没瞧出两个小崽子的好来，到时候岛王不高兴，你们别牵扯我进来！"

乐之扬忙找江小流说了，江小流眉飞色舞，喜不自胜。乐之扬又说："我们明日就动身，你不去家里道声别吗？"江小流嘻了一声，说道："我要回家一说，我老爹非打断我的腿不可。"

乐之扬素知他与父母不和，此行颇有赌气的意味。但若去了东岛，学成一身本事，也好过他在秦淮河边游手好闲。这么一权衡，笑了笑，也不再劝。两人从未出过远门，当下聚在一起，对将来的日子好好憧憬了一番。依了江小流的意思，恨不得插上双翅，连夜飞到东岛去。

次日，乐之扬拜别义父坟茔，心中悲恸，痛哭一场。出发时回望宫城，朱微的音容忽又涌上心头，如果朱元璋真是杀父仇人，将来见了朱微，又该如何自处？他想到这儿，又不觉自嘲自笑，两人身份悬殊，哪儿还有再见的机会？相处的那几日，真如一场荒唐离奇的大梦，这时回想起来，就好像不曾发生过。

江小流见他闷闷不乐，当他伤心义父去世，故而千方百计插科打诨，只求逗他一乐。乐之扬少年心性，纵使伤心，也无法持久，不过半日工夫，也就按下愁思，有说有笑起来。

东岛三尊本来到大陆办事，此时诸事已了，故而一路向东，打算乘船返岛。杨风来自视甚高，瞧不上乐、江二人，一路上爱答不理；施南庭为人持重，也是少言寡语。

明斗偶尔与两人说笑，可是眼角余光总是不离乐之扬的玉笛。他貌似洒脱，内心却贪财好利。"空碧"稀世之宝，明斗一见，恨不得马上据为己有，只是碍于身份，不好强取豪夺，所以一反常态，力主将乐之扬召入东岛，心想这一来，无异于把他捏在了手心，到那时随便想个法子，就能叫他乖乖奉上玉笛。也是朱微久处深宫，不知世间险恶，"空碧"这样的珍宝，持有者没有相当势力，无法保全不说，还会招来灾祸。

薄暮时分，听见涛声。乐、江二人举目望去，海天一色，浪如飞雪，白云与鸥鸟相逐，虹霓携明霞作伴。两人有生以来第一次望见大海，不觉心怀疏朗、神为之飞。

到了海边，不见一片帆影，杨风来取出一支焰火，点燃之后，火光冲天射出。不一时，远处驶来两艘小艇，摇橹的是一对少年男女，近了放开橹桨，双双站立起来。

男子容貌清俊，长衫剑袖，腰束锦带，斜挎一支长剑；少女白衣紧身，身段好似嫩枝初发，不胜婀娜，双眼水波流动，仿佛对人言语，可惜眼鼻以下均为薄纱掩盖，隐约可见瑶鼻檀口，无法窥见她的全貌。

"师父！"少年男子向明斗躬身行礼，又向施、杨二人含笑拱手，"施师伯，杨师叔，你们可来晚了！"

明斗笑道："阳景，别的人都回了吗？"阳景答道："回了！"施南庭又问："张天意可曾回来？"阳景一呆，说道："张师兄一向独来独往！"

施南庭皱眉沉吟，杨风来却哼了一声，粗声大气地说："阳景，你们这些男弟子越来越不像话了，这摇船的粗活儿，怎么让灵苏来做？幸亏都是自己人，外人看见，还当我东岛没有男人了呢！"

阳景神情尴尬，少女说道："杨师叔，你别责怪阳师兄。我在大船上待得气闷，强逼他们让我摇船的。再说好久没见三位叔伯，我的心里也很想念。"

杨风来佯嗔道："风大浪大，掉进海里怎么办？"

少女笑道："掉海里更好，我早想学游泳了，师兄们拦着不许！"

"野丫头，野丫头！"杨风来连连摇头，"看你怎么嫁得出去！"

"哪儿的话！"明斗笑道，"以灵苏的容貌，到时候，提亲的人还不踩破了门槛？"众人又笑，阳景一边笑，一边偷看少女，俊脸微微泛红。

"谁说我要嫁人的？"少女冷笑一声，"我偏不嫁人，一个人过一辈子！"

杨风来笑道："野丫头又说疯话，女人不嫁人做什么？"少女大声说道："男人做什么，我就做什么。"

明斗笑道："有些事，男人能做，女人可不能……"少女奇怪地问："什么事？"明斗笑嘻嘻正要开口，施南庭咳嗽一声，忽说："明尊主，有什么话，上了大船再说！"

江小流见这少女身姿动人、言语动听，顿时大大地动心。他一向野惯了，少女的小船一靠岸，就纵身跳了上去。乐之扬与他秤不离砣，也跟着上了船。阳景看在眼里，面有怒气。三尊上了阳景的船，两艘小船晃晃悠悠地向前驶去。

江小流跷腿坐在船头，扫视海面，大吹法螺："我当玄武湖也算个大的，跟这海水一比，就跟撒泡尿差不多！"

乐之扬笑道："我看书上说，海里的螃蟹比山还大，乌龟比城还高，看见那些云朵了吗？都是蛟龙打哈欠呼出的水汽。"

"哄你爹呢！"江小流暗暗心惊，强笑说，"这样大的螃蟹乌龟，爬上岸还不把人都吃绝了？"

乐之扬笑道："你不知道，那些东西跟船只一样，身子都是空心的，全仗海水托着，自己花不了多少力气，可一上岸，那几百万斤的分量，先把自己压垮了。"

江小流听他说得头头是道，将信将疑："咱们乘船出海，大家伙从水里冒出来怎么办？"

乐之扬笑道："我教你一个乖，见了这些东西，你就大口地吸气，吸一口气，叫一声马，随他多大的家伙也服服帖帖！"江小流摸不着头脑，说道："这也管用？"乐之扬说："这法儿叫作'吸马'，正是这些大怪物的克星。"

"吸马？"江小流一愣，心想还有这样的巧妙法儿，登时两眼望海，心里十分神往。忽听少女冷笑一声，说道："大蠢材，叫人戏弄了也不知道！"

"你说我吗？"江小流变了脸色。

"不说你说谁？"少女冷冷说道，"海里是有大鱼大龟，可也不至于如山如城。他吹牛，你吸马，你们两个真是一对儿。"

"吹牛？吸马？"江小流恍然大悟，扑上去要撕乐之扬的嘴。

乐之扬忙一跺脚，舢板左右摇晃，江小流还没扑近，就被晃倒，乐之扬一个翻身，将他压在下面。江小流嗷嗷惨叫："有本事不要晃船。"乐之扬笑道："你有本事，怎么站也站不稳？"

少女忽然道："吸马的，我教你个法儿，一下子就能翻过来，你学不学？"

"学，我学！"江小流病急乱投医。

少女说："左脚后撑，右手前扶……"江小流应声变招，一撑一扶。乐之扬顿觉下方起伏，几乎压制不住。忽听少女又说："左手反出，扣其腰胁。"

江小流左手忽出，扣住乐之扬的左腰，乐之扬痛痒交加，一口气登时泄了。江小流趁势翻起，忽听少女叫道："拧左腕，出右膝！"

江小流如法施为，一把拧住乐之扬的左腕，右膝向前，顶住了他的腰眼。乐之扬浑身软麻，反给江小流压在了船板上。

江小流又惊又喜，两人交锋，十次有九次都是他输，今日反败为胜，真如做梦一样，不由大喝一声："乐之扬，你服不服？"乐之扬咬牙不语，但叫江小流顶住"肾俞"穴，挣扎不开，只听少女冷笑道："小惩大戒，看你还敢不敢戏弄人？"

乐之扬低喝："江小流，放开我！"江小流听他语带怒气，放手笑道："怎么，输不起吗？"乐之扬坐起身来，冷冷不语。少女瞅了江小流一眼，鄙夷道："没出息，你明明胜了，怕他干什么？"

"姑娘有所不知！"江小流搓手笑道，"今儿胜了，明儿又输，那可就糟了。"

"这有什么？"少女漫不经心地道，"明儿我再教你几招，保你打得他满地找牙！"

江小流大喜，连连拱手："有劳姑娘了，要不然，我拜你为师好了。"少女目透笑意，口中说道："拜师就免了，我年纪小，还不能收徒……"

忽听乐之扬冷冷地说："江小流，拜她为师多麻烦，不如娶她为妻，白天教你练武，晚上给你生孩子……"话没说完，少女右手船桨"嗖"地扬起，乐之扬左颊剧痛，"扑通"一声掉进海里。

江小流吓了一跳，忙叫："乐之扬！"忽见水花涌动，乐之扬从水里冒出头来，双手扣住船舷，正要翻身爬上，头顶狂风又起，船桨落在了手指上。乐之扬痛得一缩手，又沉入海里。江小流转眼看去，蒙面女目光冰冷，透出浓浓的怒气，慌忙拱手道："姑娘息怒，他不过说笑两句，您老千万别放在心上。"

少女看他一眼，不悦道："他刚才戏弄你，你怎么还帮他说话？"江小流干笑说："他是我兄弟，哥哥打弟弟，也是应该的。"

"真是贱骨头！"少女怒道，"我可不管，他对我无礼，我就得罚他！"

江小流忙问："怎么罚？"少女面纱抖动，冷冷说道："到达大船以前，罚他不得出水！"

两人说话间，乐之扬几次想要爬上小艇，均被木桨击落，无奈之下，只好双手攀住船舷随之向前。另一艘船的人看见，均是哈哈大笑。乐之扬听见笑声，几乎气炸了肺，可那船桨好似长了眼睛，他稍有爬上船的意思，船桨立刻落下，要么打中手臂，要么打中头脸，痛彻骨髓，难以忍受。

行驶数里，远远驶来一艘大船，船身黝黑，白帆如云，帆面上绣了一只金色鼍龙。

到了船边，上面放下缆绳，将小艇上的众人吊上大船。乐之扬最后一个上船，船上有不少人等候，见了他均是骇笑。乐之扬浑身湿透，左颊高高肿起，左眼不住地流出泪水，面对众人又羞又气，恨不得转身一跃，跳进海里淹死才好。

船上许多少男少女，见了三尊纷纷行礼，明斗一指两人，笑着说道："这是乐之扬，这是江小流，都是新入岛的弟子。各位都是师兄，要好好对待师弟。"又向阳景笑说，"你带乐师弟去换一身衣服，这样湿着小心得病！"

乐之扬窘迫之际，听了这话，打心窝里一阵暖热。阳景看他一眼，冷冷说道："跟我来！"径自走向底舱。

船只甚大，除了甲板上方的水手座舱，甲板之下还有一层起居舱室。进了一个舱室，阳景忽地回过头来，冲乐之扬龇牙一笑。乐之扬一呆，还没有所回应，阳景猛地扑了上来。

乐之扬脖子一紧，后背狠狠撞上了舱壁，阳景的脸上布满狞笑，右手掐住他的脖子，左拳捅在他胸腹之间，一股剧痛直蹿入脑，乐之扬几乎昏了过去。

"狗东西！"阳景啐了一口，又给乐之扬三个耳光，每一下都落在他的左颊。他出手带了内劲，乐之扬嘴里腥咸一片，脑袋似要炸开。阳景打完，徐徐将他放开，乐之扬顺着舱壁滑落在地，忽然腰间又挨一脚，他五脏翻腾，整个人蜷成一团。

"狗东西！"阳景狞笑，"知道我为什么揍你吗？"

乐之扬捂着腰腹，痛得说不出话来。阳景笑了笑，凑上来低声说道："听好了，其一，离叶灵苏远一点儿；其二，你再对她出言不逊，我打断你的脊梁骨；其三，那个江小流，你给他捎一句话，收起他的臭嘴巴，再跟叶灵苏说话，我剥了他的皮；其四，挨打的事，谁也不许说，要不然，这就是你的下场！"一伸手，从墙上抓下一块木料，轻轻一捻，木块化为细细的木屑，从他的指间簌簌落下。

忽听江小流的声音传来："乐之扬，你在哪儿？"阳景抓住乐之扬的肩膀，将他拎了起来，冷冷瞅着他说："好好回答！"

乐之扬看他一眼，忽地笑了笑，笑时牵动伤处，面肌一阵抽动。阳景一愣，正要问他为何发笑，乐之扬吸一口气，大声说："江小流，我在这儿！"一边说，一边甩开阳景。

阳景眼里的怒色一闪而过，忽听吱嘎一声，舱门大开，江小流钻了进来，笑道："还没换完吗？太阳快下山了……"说到这儿，忽地瞪圆双眼，"乐之扬，你的脸怎么回事？肿得像个红薯，不，像只南瓜，啧啧啧，那小姑娘下手真狠……"

阳景心思狡猾，只打乐之扬的左脸，尽管下手深重，旁人看来也只当是那女子的船桨所伤。乐之扬痛得连抽冷气，转眼看了看阳景，见那小子盯着江小流目露凶光，忙说："江小流，你先去看落日，我换了衣服就来会你！"江小流"唔"了一声，转身就走。阳景正要跟上，乐之扬忽道："阳师兄，更换的衣服在哪儿？"

阳景哼了一声，转身打开柜子，取一套衣服丢在床上。只此一耽搁，江小流已经上了甲板，众目睽睽之下，阳景也不好再下毒手。

乐之扬面颊剧痛，气血翻腾，心中一股恨火，烧得头昏脑涨。蒙面女、阳景，一男一女两个影子在眼前晃动，他不觉握紧双拳，咬得牙关生痛。

靠着墙喘息一阵，乐之扬关上舱门，换上干爽的衣服，摸一摸湿衣口袋，这一气非同小可，朱微送的泥人随水化为了泥浆，从此以后，再也见不到伊人容颜。乐之扬心里气苦："我和小公主真是无缘，不但云泥相隔，永无相见之日，就连她的泥人我也保护不了。乐之扬啊乐之扬，你真是天下第一的窝囊废。"

自怨了一阵，低头看去，《灵飞经》《剑胆录》还在。《灵飞经》是金丝刺绣，不会因水褪色。《剑胆录》却是纸墨书写，海水一浸，墨迹洇染，字迹模糊，若不晾晒，必然毁坏。这秘笈来路不正，乐之扬不敢拿到甲板上晾晒，索性借着一线天光，背诵《夜雨神针术》的法诀。

法诀开宗明义，写道："老子有云：'天之道，其犹张弓欤，高者抑之，下者举之，有余者损之，不足者补之。'又云'将欲翕之，固必张之'，天之道即弓之道，神针之精义，尽在二语之间，欲练此功，务必分化阴阳、转运刚柔，阳刚之气为背，阴柔之气为弦，吹秋毫，射微尘，高抑下举，翕张由心，飘如夜雨，润物无形。此法古名'碧微箭'，今名'夜雨神针'，后学者先悟道，不可不专，不可不慎。"

总诀之后，又有分化阴阳二气、转运刚柔二劲的心法，归根结底，要以阳刚之劲为弓背、阴柔之劲为弓弦，拉弓射箭，将细物发射出去。金铁细针，分量较沉，发出时还可用到手劲，练到极高明的境界，手不抬，足不动，只凭本身内力，也可飞花摘叶，伤人于十步之外。

这一门武功十分新奇，乐之扬一路看去，大感有趣，背诵到末尾数行，又见拔除飞针的法子，当日张天意死后，破庙之中不及细看，如今细细领悟，但见白纸黑字写得一清二楚：如要拔出此针，只需依照法诀，炼好刚柔二劲，以柔劲为弓弦，刚劲为弓背，反而用之，就能将入体的金针弹射出去。

乐之扬记忆力绝佳，默诵了两遍法诀，第一遍还有错漏，第二遍已经无误。记牢以后，又背《飞影神剑谱》，记诵之间，但觉胸口中针处如刀剜火燎，恨不得伸手进去，把一颗心也掏出来。

仔细想来，船上的东岛众人，理应有人可以拔出金针，可一发现金针，必然牵扯出张天意的下落。乐之扬一想到讨债鬼的死相，就觉十分心虚。他有点儿后悔，早知这样，就不该一时冲动投入东岛，如今上了贼船，再想离开可就难了。

要练"夜雨神针"，必须先练真气，法诀上只提到了分化真气的法子，修炼的法子一概略过。

没有真气，一切无从说起。乐之扬想起《妙乐灵飞经》的第一篇就是练真气，当即横起"空碧"，吹起《周天灵飞曲》。笛声响彻舱室，音符带动气血，一股柔和劲气袅如烟云，在他的全身来回流转。乐之扬想要控制这一股劲气，可是无法如愿，暖流细如蚯蚓，随着音乐生发，忽快忽慢，按部就班，直如流水东去，无物可以阻拦，所过之处一片畅快，就连胸口针扎的痛苦也减轻了不少。

二十二曲吹完，乐之扬浑身通泰，还想再吹一遍，忽听有人大力敲门，江小流在外面嚷嚷。乐之扬只好下床，可是走了两步，双腿一软，险些坐倒，仿佛泄了气的皮球，提不起一丝气力。

乐之扬心生诧异，过了时许，才又有了气力。起身开门一看，原来江小流见他没有出门，带了晚饭进来。他盯着乐之扬左瞧右看，惊讶道："哎哟，撒谎精，你的脸怎么不肿了？"

乐之扬摸了摸脸，除了微微发麻，再无之前的疼痛，他呆了呆，笑道："奇怪，好得这样快？"

江小流坐下来，沉默一下，悻悻说道："这船上的人都他娘的有病，原本有说有笑，我一走近，立马散开，那个鬼样子，就像是欠了老子的赌债！"

乐之扬知道是阳景捣鬼，说道："你离阳景和那蒙面女子远一些，别跟他们单独相处。"

"蒙面女子？"江小流想了想，"你说叶灵苏？"

乐之扬心想："那丫头叫叶灵苏？"只听江小流笑道："你道她是谁？她是岛王云虚的高足。这一群男人见了她，就跟猫儿见了腥似的，一个个点头哈腰，巴结得不得了，别说单独相处，靠近她三尺也难。至于那个阳景，两个鼻孔朝着天上，哼，我才懒得搭理他！"说罢倒头就睡。

乐之扬奇怪地道："你怎么睡这儿？"江小流哼哼着说道："舱室有限，你跟我一个房间，唉，这张床太窄了，贴一炉子烧饼罢了！"

吃过饭，江小流已经睡着。乐之扬发一阵呆，胸口又觉痛楚，于是信步出门，上了甲板。

夜色深浓，四下无声，大海一望无际，浪涛如歌如吟，漫天星斗灿烂，一似玉屑银尘涂抹不匀。海风迎面吹来，一阵疏，一阵紧，咸湿中带了一丝冷清。

乐之扬迎风独立，孤寂油然而生。他坐了下来，吹起《周天灵飞曲》，乐声飞出笛孔，宛如一只小鸟绕着大船盘旋，一忽而远，一忽而近，融入海涛声中，分外曼妙空灵。他吹得入神，三魂七魄也像是一一出窍，随着笛声翩翩起舞。

热气流动起来，起初细微如缕，渐渐化为了拇指粗细的一股，如钻如凿，所向无碍。乐之扬的心神融入热气，吹到渐深处，感觉变得十分敏锐，毛发的起伏，经脉的搏动，五脏六腑的交融变化，全都可以清晰感知。到了后来，夜雨神针也清晰可辨，那一枚金针细如发丝，刺入心脏与肺部之间，气血流转不畅，形成一片瘀血。

随着曲调深入，金针有如一根琴弦，在热气的拨弄下轻轻颤动。乐之扬心头一动，暗想这一股热气或许就是所谓的真气，但要如何才能让它分成两股，变成弓弦弓背，将金针弹射出来？

他一边吹笛，一边尝试引导真气，将其化为两股。分化阴阳二气，本是炼气术里极高的境界，先要阴阳相合，而后才可分化，练到分合自如，少说也要花费五六年的苦功。乐之扬初学乍练，炼气刚刚入门，《灵飞经》再神妙，也万万不能一步登天，一夜练成阴阳二气。

乐之扬一心二用，练了一会儿，不但没有分化阴阳，反而扰乱了原来的真气，金针陡然向里钻入，痛得他两眼发黑，再也吹不下去。

"怎么不吹了？"一个娇柔的声音忽然传来，乐之扬回头望去，叶灵苏站在一片黑影深处，眼里明亮如星，闪动幽幽光芒。

乐之扬一见是她，心中大怒。今天他两次倒霉，全都跟这少女有关，别的倒罢了，弄坏了朱微的泥人，尤其不可饶恕。他越想越气，冷冷说道："我爱吹就吹，你管得着吗？"

叶灵苏一言不发，走到船舷边上，海风西来，吹得她衣裙飞舞，仿佛海上水仙，直要踏浪而去。

看了一会儿海，叶灵苏忽问："你吹的曲子叫什么名字？"乐之扬没好气地说："关你什么事？"

叶灵苏看了他一眼，忽一招手，乐之扬还没看清，虎口疼痛，"空碧"已经脱手。少女举起玉笛向着月光打量，翠玉染透了月色，泛起迷人的灵光。

乐之扬又惊又怒，纵身扑上前去，想要夺回玉笛，不防少女身形一转，他登时扑了个空，脚下跟跄，竟向海里蹿去。

耳边呼呼生风，身子飞快下沉，眼看就要落海，乐之扬手臂一紧，叫人拉了一下。这一拉又快又巧，他身不由己地向上飞起，活似一条飞鱼，"砰"地摔在甲板上面。

"真没用。"叶灵苏的声音好比火上浇油，乐之扬弹身跳起，循着声音扑去，可又扑了个空，少女的笑声又从他身后传来，"在这儿呢，你瞎了眼吗？"

"把笛子还给我。"乐之扬急红了眼，身子团团乱转，可就是碰不到少女一片衣角，叶灵苏不知道用了什么法儿，俨然化身云雾，只可感知，不可捉摸。

"你答应吹笛，我就还给你。"叶灵苏的声音就在耳边，任由乐之扬如何转身，也看不见她的影子。

乐之扬性情倔强，少女好言好语，他也许横笛就吹，越是武力相逼，越是激起了他胸中的傲气。他打定主意，宁可丢了"空碧"，也决不向对方低头。

月光下，两道人影旋转如飞，乐之扬一口气转了百十个圈子，忽觉中针处一阵剧痛，登时力气消散，双脚一绊，"砰"地摔倒在地，再也爬不起来。

叶灵苏"咦"了一声，乐之扬想要起身，可是刚一使劲，胸口就是一阵闷痛，忽听少女说道："小犟牛，你真的不吹？"

"死也不吹。"乐之扬横了心，"你有本事就把我杀了。"

"我杀你做什么？"叶灵苏沉默了一下，悻悻说道，"你不吹是吗？笛子我没收了，你什么时候肯吹，我什么时候还给你。"说完去得远了。

乐之扬躺了一会儿，慢慢起身，费了好大力气，才没流下泪来。他抽了抽鼻子，转身走下甲板，回到舱里。

江小流正在呼呼大睡，乐之扬坐在床边发了一会儿呆，想起《灵飞经》里，除了《周天灵飞曲》，还有别的武功，也许学成以后，就能从少女的手中夺回玉笛。

他点燃油灯，拿出经文细看，越过《灵曲》篇，两个字跃入眼帘，却是隶书书写的"灵舞"，下面注解道："古有桑林之舞，随乐而起，若合符节，可入无间，可披大隙，款款荡荡，妙用无穷。要学吾舞，先通吾曲，曲在气先，气在劲先，流风回雪，应节举足，入于无有之乡，放乎四海之外，旁若无人，天下独步。"

"旁若无人，天下独步。"乐之扬轻轻念诵这八字，不由心生神往，注目再瞧，下面用银丝绣出许多细小的脚印。脚印参差错落，上方注明了出脚的先后，脚印以下，又有许多人像，举手抬足，纵横起舞。

舞蹈的节奏来自于《周天灵飞曲》，乐之扬没了笛子，便在心中哼唱，他一手捧着经文，就在这船舱之内，慢慢地跳起舞来。

这舞蹈很是奇妙，只要按节跳动，不拘地域大小，总能从容施为。船舱横直不足一丈，可以施展的地方小之又小，乐之扬行走其间，丝毫不觉局促。他的身子手足应和心中曲调，拧转变化，上下腾挪，小小的船舱随他行走腾跃，仿佛不断变大，舱壁消失，桌椅尽去，四面空空荡荡，俨如一片虚无。

走了一会儿，乐之扬丹田一跳，真气从内蹿出，一如吹笛时的路径，穿过小腹，进入他的双腿。乐之扬不觉越走越快，行走时带起一阵疾风，吹灭了桌上的那一盏油灯。

他在黑暗中起舞，可是一近桌椅床角，自然心随体动，飘然避开，潇洒之处，正如序言所说："入于无有之乡，放乎四海之外。"舱室如此狭窄，乐之扬却感觉到了一种从未有过的自由。

次日天朗气清，吃过早饭，船里的人都到甲板上游玩，乐之扬和江小流也不例外。江小流粗声大气地说："昨晚还真怪，起初热烘烘的，根本睡不好觉，后来起了一阵风，吹得人好不舒服。乐之扬，你什么时候回来的，我怎么一点儿也不知道？"

乐之扬道："你睡得跟死猪一样，被人丢进海里也醒不过来。"

"我是死猪，你就是死耗子。"江小流脸涨得通红，"半夜里不睡觉，满世界地蹿来蹿去。"

忽听女子笑声，乐之扬转眼看去，无明火直冲顶门。叶灵苏就在不远，斜倚栏杆，与阳景有说有笑。"空碧"就在她的手里，素白的纤手映衬深碧色的长笛，恍若白雪新柳，甚是清新动人。

江小流看见玉笛，双眼一亮，叫道："哎呀，乐之扬，你的笛子怎么落到别人手里了？哈，我知道了，一定是你讨好人家，把笛子当成了定情的信物。"

这一嚷，甲板上的人全都听见了。叶灵苏掉过头来，眼里闪烁火星。阳景脸色阴沉，大踏步走上前来，冲着江小流大喝："小狗子，你说什么？"

江小流梗起脖子，大声说："我又没说你，我说这笛子……"话没说完，左颊剧痛，身子横着飞了出去，"砰"地摔在甲板上面。

打人的正是阳景。乐之扬又惊又气，上前一看，江小流半张脸肿胀起来。他张开嘴巴，吐出一口鲜血，血水里白森森地躺了一颗牙齿。

乐之扬气炸了肺，叫道："姓阳的，你干吗打人？"

"我打了人吗？"阳景咧嘴一笑，目光扫过甲板，"我明明打的是一条狗嘛。"

东岛弟子爆发出一阵哄笑。乐之扬扫视众人，不觉紧握双拳。阳景盯着他似笑非笑，心想这小子如果强出头，正好教训他一顿，叫他一辈子记得自己。

江小流见势不对，忍痛挣起，扯了扯乐之扬的衣袖，低声说："算了，好汉不吃眼前亏。"

乐之扬双脚分开，站立不动，忽向叶灵苏大声说道："把笛子还给我。"

"你肯给我吹笛了？"叶灵苏若无其事，把玩手中的玉笛。

乐之扬咬了咬牙，冷冷说道："我吹给猪狗听，也不会吹给你听。"

叶灵苏的眼里闪过一丝怒意，阳景沉下脸来，作势要上，少女轻轻摆手。阳景会意，笑着退到一边。

"这样吗？"叶灵苏漫不经心地说，"这根笛子，我丢进海里喂鱼，也不会还给你了。"说着伸出笛子，送到船舷边上。

乐之扬心中一急，晃身冲了上去。叶灵苏以笛子为诱饵，故意诱他上前，见状收笛转身，脚尖轻轻探出，挑向乐之扬右脚的足踝，存心绊他一跤，使其掉进海里。

这一挑暗藏武学精义，乐之扬明明看她出脚，偏偏躲闪不开。紧要关头，他灵光一荡，响起《阳明清胃之曲》。这一曲与"足阳明胃经"有关，经脉从头部生发，正好连接右脚。

心声一起，丹田处涌出一股热流，闪电一般窜入右脚，乐之扬身子发轻，脚掌上抬，贴着叶灵苏的脚尖跳了过去，轻轻巧巧地落在船舷边上。

叶灵苏一挑不中，不胜讶异，但见乐之扬就在前方，伸出手来，轻飘飘一掌拍向他的后背。

这一掌如果拍中，乐之扬仍会落海。他来不及多想，心中曲调不变，劲随曲走，身随意走，依照《灵舞》里的式子，拧腰挥手，飘然一转，身如弱柳随风，轻轻地让过叶灵苏一拍。

叶灵苏这一掌看似随意，实则后招无穷，故而一掌落空，反手带起一阵疾风，扫向乐之扬的腰际。

乐之扬身在船舷边上，前是叶灵苏，后是汪洋大海，所占的地方不及旋踵，兼之他不通任何拳理，叶灵苏的拳招巧变一概看不明白。所以到了这个时候，不论对手如何出手，他只是随乐起舞，脚尖点地，旋身飞转，叶灵苏的指尖擦身而过，居然又一次没有扫中。

乐之扬初学乍练，只顾旋转躲避，忘了身在何处，转了两圈，到了船舷边上，突然一步踏空，身子歪歪斜斜地向海里落去。

叶灵苏两次失手，又羞又怒，正想再下狠手，不料乐之扬自己失足落海，登时喜出望外，暗想这小子果然无能，前后两次都是凑巧罢了。

乐之扬一脚在船，一脚踏空，身子大幅后仰，就像是一根被风吹折的枯草，眼看就要落海，脑海里闪过《太阴安脾之曲》。这一曲关联"足太阴脾经"，心中曲调一响，真气登时钻入左脚。

乐之扬呼应节拍，身子凌空一转，左脚钩住船舷，脚尖生出一股劲力，将他的去势牢牢刹住。

脚下虽已生根，身子仍向下落，船身像是一堵墙壁拍面撞来。乐之扬转念之际，心中的曲调一变为《少阴洗心之曲》。这一曲与右手有关，乐之扬只觉一股热流窜向右掌，下意识挥手拍中船身的木板，一股力道反推回来，力量之大，竟然将他抛上甲板。

叶灵苏算定乐之扬落水，心中松懈，全无防备，忽见乐之扬返回甲板，一时不知所措。乐之扬从她身边掠过，眼角碧光闪动，正是那支玉笛。

他想也不想，伸手便抓，心声变为了《少阳三焦之曲》，这一曲与左手的"手少阳三焦经"有关，真气注入五指，牢牢扣住玉笛，叶灵苏掌心一痛，玉笛居然脱手而出。

乐之扬夺回玉笛，心中先奏《阳明清胃之曲》，右脚点地，弹身跳起，再奏《太阴安脾之曲》，左脚踢向天上，整个人腾空而起，飘然翻了一个筋斗，挺身站了起来。

这几下行云流水，一气呵成，东岛弟子看得两眼发直。以他们的能耐，本也不难做到，可是乐之扬之前不会武功，忽然变为一武学好手，前后反差之大，委实不可思议。更出奇的是，他手挥目送、俯仰生姿，灵动诡变之外，更有一种说不出的潇洒写意。

叶灵苏羞愤难当，不待乐之扬站稳，一掌向他拍出。掌风及身，乐之扬气血翻腾，忙道："慢着！"

"怎么？"叶灵苏凝掌不发，存心听他说些什么。

乐之扬笑道："你说过，只要我给你吹笛，你就把笛子还给我？"

少女丢了笛子，羞惭多于愤怒，忽见乐之扬服软，自觉挽回了少许面子。何况玉笛已经易手，纵然逞强夺回，也没有多少趣味，当下冷笑说："你吹呀，吹得不好，我让你好瞧。"

"空碧"失而复得，乐之扬心潮起伏，望着玉笛，朱微的形影浮上心头，他沉默一下，横笛吹奏起来。笛声婉转悠扬，透出绵绵不尽之意。

叶灵苏听了笛声，微微一呆，不由轻轻吟唱起来：

"静女其姝，俟我于城隅。爱而不见，搔首踟蹰。静女其娈，贻我彤管。彤管有炜，说怿女美。自牧归荑，洵美且异。匪女之为美，美人之贻……"

东岛承天机宫的余脉，尽管孤悬海外，书香雅韵，百年不绝。许多弟子一听，就知道叶灵苏所吟出自《诗经》里的《邶风·静女》，说的是一对男女在城角幽会，女方没有如期而至，男方十分焦急，后来女方来到，送给了他一支红色的箫管。

乐之扬吹出这支曲子，众人都觉莫名其妙，只有叶灵苏的目光由愠怒变为柔和，等到乐之扬吹完，轻声问："这支玉笛是某个人送给你的吗？"

乐之扬神色萧索，叶灵苏注目他时许，幽幽地叹道："本以为你是个小气鬼，原来另有隐情。唉，这笛子我不要啦。"

这一曲《静女》本是乐之扬有感而发，古诗里的情形与朱微赠笛颇为相似，当时棺材中的焦急绝望，比起那位等待情人幽会的男子还胜十倍。不想一曲吹出，叶灵苏从曲调中听出了玉笛的来历，洒然放手，大大出乎他的意料。

无形之中，乐之扬对叶灵苏的恶感少了几分，冲少女笑了笑，正要转身，忽听阳景高叫："慢着！"

乐之扬回头看去，阳景冷笑说："小子，你刚才的身法不错，从哪儿学来的？"

乐之扬冷冷道："不用学，我天生就会。"

"失敬失敬！"阳景笑道，"小子，咱们打个赌，我不用内劲拳脚，只凭身法，三招之内将你手到擒来。"

乐之扬笑道："赌什么？"

"你输了，"阳景一指"空碧"，"这笛子归叶师妹……"话才出口，叶灵苏道："阳师兄，算了。"

阳景见叶灵苏手持玉笛不放，只当她喜欢此物，逞强出头，想要讨她欢心，当下笑道："师妹放心，不过一支笛子，为兄替你夺回来就是了。"

"我说算了！"叶灵苏微微皱眉。

阳景笑嘻嘻瞧着她，心想："女人么，嘴上说不要，心里却恋恋不舍。叶师妹眼光高，等闲的珠宝她向来不放在眼里，难得这玉笛合她的心意，无论如何先抢过来再说。"于是笑道："师妹身为岛王嫡传的女弟子，一身艺业也是本岛的翘楚，这小子仗着一路三脚猫儿的身法，趁你不备把玉笛抢了过去，若不夺回来，岂不让他小看了我东岛的英雄人物？"

这一番话说得豪气干云，赢得同门一阵喝彩，落到叶灵苏耳中，却是大大的讽刺，仿佛她丢的不是玉笛，而是东岛的面子，当下冷笑道："阳师兄是本岛的英雄人物，我这个无德无能的女弟子，就等你替我出头了。"

阳景听得口风不妙，可是话已出口，覆水难收，只好硬着头皮说道："姓乐的小子，你敢不敢跟我赌？"

乐之扬眼珠一转，笑道："你输了怎么办？"

阳景愣了一下，大刺刺地道："你说怎样就怎样！"

乐之扬目不转睛地看了他一会儿，点头说："我输了，玉笛双手奉上，你输了……"他一指江小流，"叫他三声好爷爷。"

阳景一听，勃然大怒，要不是众目睽睽，非得一掌拍死乐之扬不可。

"怎么？"乐之扬不依不饶，笑着说道，"阳兄怕了吗？也难怪，他年纪太小，当你的爷爷不合适……"话没说完，阳景血涌面颊，冲口而出："赌就赌，怕的才是你孙子。"

江小流挨了耳光，掉了牙齿，乐之扬趁这机会，存心为他出气。东岛弟子要看热闹，呼啦一下，腾出一大块空地。

乐之扬叫过江小流，让他保管玉笛，江小流的脸色发白，低声说道："算啦，姓阳的本事大，你打不过他。"

"你说什么？"乐之扬故作没有听见，"嘀嘀咕咕，跟小姑娘似的。"

江小流又羞又气，骂道："你要找死，我管你个屁。"乐之扬笑笑不语。

忽听阳景叫道："小子，好了吗？"

"好了。"乐之扬一招手，"你来……"话音未落，一阵狂风迎面扑来，他来不及躲闪，胸腹剧痛，整个人飞了出去，摔出一丈多远，趴在地上一动不动。

阳景背负双手，冷冷站立，他手足不动就撞飞了对手，众弟子纷纷喝彩："阳师兄好本事！对付这小子，果然不费吹灰之力。"

阳景得意扬扬，含笑点头，忽听有人说道："不小心叫牛顶了一下。"

阳景应声一愣，但见乐之扬慢腾腾站起身来，笑着说："阳兄，还有两招！"

阳景双眼睁圆，不胜诧异。原来"灵曲真气"应念而动，千钧一发之际，带动乐之扬的身形，化解了阳景的冲力，饶是如此，乐之扬五脏翻腾，几乎吐出血来。

阳景哼了一声，收起小觑之心，一纵身，再次扑出。乐之扬看他来势，曲由心生，一股热流窜向左脚，以左脚为轴，身形如旋风急转。

阳景眼前一花，对手移步换形，忽而挪到他的左侧。他大吃一惊，忙使"飞鸿爪"扣向乐之扬腹间的"肓俞"穴，刚刚出手，忽听叶灵苏叫道："不用内劲。"阳景应声一愣，慌忙收回指力。

他的内力远未收放自如，这一来一去，出手慢了不少。乐之扬得到机会，心中响起《少阴足肾之曲》，一股热力透过肾经，钻入了右脚足底的"太溪"穴，真气所过，他拧腰转足，堪堪让过了阳景一抓，指尖扫过肌肤，热辣辣一阵疼痛。

"第二招！"叶灵苏的声音冷冷响起，阳景心头一急，身形忽矮，使个扫堂腿，左腿横扫而出。

刚出腿，叶灵苏又道："不用拳脚！"阳景无奈，忙又把脚收了回来，猛地跳起，撞向乐之扬。

一变招的工夫，乐之扬转身就跑，阳景一撞落空，又惊又怒，正要追赶，忽听叶灵苏冷冷说道："第三招，你输了……"

阳景如坠冰窟，耳边一片寂静，乐之扬听见叶灵苏所言，狂喜转身，笑嘻嘻说道："阳兄，还不叫爷爷？"

话没说完，忽见阳景目露凶光，一个箭步蹿上前来，扣住乐之扬的脖子，将他摁在地上。乐之扬措手不及，待要挣扎，鼻子先挨一拳，登时血流满面。

众人无不吃惊，叶灵苏叫道："阳景，你干吗？"

阳景只不作声，骑在乐之扬身上，左手掐住他的脖子，右手左右开弓，连抽他两个耳光，厉声喝问："臭小子，谁是爷爷，谁才是孙子？"

乐之扬狂怒道："我是你爷……"话没说完，又挨两记耳光，面庞肿痛难忍，两耳嗡嗡作响。

阳景不守赌约，反而凌辱对手，其他弟子虽然不以为然，可是阳景身为鲸息流首徒，深得明斗宠信，向来飞扬跋扈，纵如叶灵苏，也不愿为了一个外来小子跟他结怨，一时默不作声，众人个个袖手旁观。江小流有心上前，可又畏惧阳景的武功，犹犹豫豫，不知所措。

阳景无人阻止，越发张狂，咬牙狞笑："臭小子，叫我三声爷爷，老子饶你不死。"

"王八蛋，你当我孙子我也不要……"乐之扬大骂。

阳景见他如此倔强，越发恼怒，目透杀机，五指微微收紧，乐之扬的脖子上好似加了一道铁箍。

他呼吸艰难，体内的"灵曲真气"生出感应，《任脉引》悠然响起，一股真气钻出小腹，循着任脉窜到颈部。阳景虎口一热，几乎被他震开。

阳景微微吃惊，潜运内力，压制"灵曲真气"。他所练的"鲸息功"甚是刚猛，"灵曲真气"却本性阴柔，而今成形不久，更是细弱不堪，为阳景内力所逼，徐徐退回乐之扬的胸口。

乐之扬连受重击，头昏脑沉，但觉一刚一柔、一强一弱两股真气在胸口纠缠，脑海里明明灭灭，倏忽闪过一行字迹："柔者为弓弦，刚者为弓背，反向用之，金针可出……"

这两句话正是《夜雨神针术》里的法诀。乐之扬灵机一动，忽然想道："谁的真气都是真气，阳景的真气刚劲，我的真气阴柔，一刚一柔，不正好跟针谱上写的一样……"

这念头异想天开，当年精擅此法的公羊羽、梁萧、云殊等人无不自参自悟，分化刚柔二劲，从没想过借用他人劲力。乐之扬身处绝境，顾不得许多，依照《夜雨神针术》所载，以"灵曲真气"为弓弦，借阳景的劲力为弓背，一前一后，扯住金针向外射出。

这一下立竿见影，金针颤动数下，猛地一跳，脱出他的心口，化为一点金光，"咻"地没入阳景的左胸。

阳景正要挥掌打人，突然跳了起来，面皮血红，两眼发直，摇摇晃晃地后退两步，"扑通"坐在地上，仿佛癫痫发作，口吐血沫，浑身抽搐。

事起猝然，众人盯着阳景，都是莫名其妙。

"让开！"一人冲开人群，正是明斗，他扶起弟子，定睛查看伤势，乐之扬挣扎起来，只觉金针离体，舒畅无比，就连脸上的疼痛也减轻了许多。

明斗左摸摸，右瞧瞧，也看不出阳景伤在何处。这时杨风来、施南庭也受了惊动，先后来到甲板。施南庭久病成良医，查看一下，沉吟道："明尊主，他伤在肺部。"

明斗得他点醒，撕开阳景的胸衣，但见左乳下"期门"穴有一个血红小点。明斗潜运内劲，想要逼出金针，施南庭按住他肩，说道："先让我试试，"

"我急糊涂了！"明斗苦笑道，"若论对付暗器，谁又比得上施尊主？"

施南庭伸出二指，对准凸起，摇头道："不是铁器。"二指一划，"咻"，一缕金光激射而出，创口鲜血喷溅。阳景脸色惨变，咯出一口鲜血，明斗按住他的小腹，注入一股雄浑内劲。阳景喘息两下，终于平复下来。

明斗放下弟子，抬头看去，施南庭眉头微皱，正拈着一枚金针打量。金针长约半寸，细如发丝，明斗脸色一变，冲口而出："夜雨神针……"

众弟子看见金针，早有怀疑，闻声一片哗然。明斗呆了呆，掉过头来，盯着叶灵苏说道："叶师侄，你下此毒手，作何解释？"

叶灵苏细眉微皱，迷惑地道："明尊主，你说什么？我不明白！"

"你不明白谁明白？"明斗怒道，"除了你，在场众人，又有谁会'夜雨神针'？"

叶灵苏盯着明斗一言不发。明斗以为猜中，越发气恼，他早已到场，一直袖手旁观，心想阳景若将乐之扬打死打残，"空碧"无主之物，自然落入自己手中，事后顶多不软不硬地责罚阳景一顿了事。谁知叶灵苏忽施暗算，坏了他的好事，明斗沮丧之余，更生愤怒。

"灵苏！"杨风来遇事冲动，忍不住大叫，"你这算什么？阳景好歹也是你的师兄，怎么为了一个未入门的小子，胳膊肘向外拐？"

叶灵苏柔纱蒙面，看不清她的神态，可是纱巾微微颤抖，俨然十分激动。施南庭心思细密，直觉有些不对，可是"夜雨神针"是岛王所传，船上除了叶灵苏，无人会这暗器。

明斗冷笑一声，大声说道："杨尊主，你有所不知，这世上的男女之事，说不清，道不明，叶师侄一向眼光高，岛上的男子谁也瞧不上。这姓乐的长得不坏，吹得一手好笛子，刚才那一首《邶风·静女》吹得婉约动人。'静女其娈，贻我彤管'，彤管不就是这笛子吗？本是他抢过来的，偏要绕个弯儿，说是叶师侄送他的，一给面子，二表心意，换了是我也会动心！"

众人恍然大悟，男弟子对叶灵苏都有痴念，听了这话个个醋意上涌，盯着乐之扬眼光不善。

乐之扬听明斗胡说八道，曲解《静女》之意，心中不平，挺身说道："明先生，跟叶姑娘无关，金针是我射的……"

话没说完，人群中传出几声冷笑，明斗盯着乐之扬说道："你这马屁拍得太急，先不说你会不会针法，刚才你连手指都动不了，又用什么发针？"

乐之扬挺身自首，对方居然不信，一时既好气又好笑，待要说出真相，可又要牵扯到张天意和"灵道石鱼"，一旦说出，怕是小命不保。

正迟疑间，忽听叶灵苏冷冷说道："没错，金针就是我发的。"

众人无不惊怒，明斗嘴角扯动："那么，你也承认喜欢这姓乐的小子了？"

叶灵苏的胸口起伏两下，冷冷说道："明斗，我喜欢谁，不喜欢谁，跟你又有什么关系？"

这话模棱两可，其他人都自以为听出了弦外之音，均想："她这么说，必是喜欢这姓乐的了？为了他，宁可伤了本门弟子。"

明斗冷哼一声，还要出言讥讽，忽听施南庭咳嗽一声，说道："明尊主，够了。灵苏已经承认，阳师侄的伤也非不治，依我所见，和为贵，这件事就算了。"

"好！"明斗扬起头来，"看施尊主面子，我不跟晚辈计较，不过见了岛王，这件事我不能不说。"

"随便。"叶灵苏一拂袖，转身就走。

阳景已经醒转，心中百味杂陈，望着少女背影，扯了扯明斗的衣襟，轻声说："师父，算了。"

"算个屁。"明斗瞪他一眼，"没出息的东西。"又剜了乐之扬一眼，气恨恨地走了。

闹到这个地步，众人大感无味，纷纷散去。乐之扬心中也很茫然，不知叶灵苏为何要承认明斗的诬陷。

再瞧江小流，也是呆呆怔怔。两人回到底舱，乐之扬想了想，说道："江小流，我给你听一支曲子，若有什么异感，可要说给我听。"

江小流应了，乐之扬将《周天灵飞曲》吹了一遍，还没吹完，就听呼噜声响，掉头一看，江小流横在床上，早已进入梦乡。

乐之扬知道他性子粗鄙，并非乐道中人，可是不通音乐，也无法修炼"灵曲真气"，不由叹一口气，打消传他《灵飞经》的念头。他坐在舱中思量，如今得罪了明斗师徒，《剑胆录》带在身上，真是绝大的祸胎，想着取出册子默诵几遍，牢记在心，而后细细撕碎，揉成一团，走上甲板，找了个无人的地方，随手丢进海里。

"丢什么？"一个女声忽地传来，乐之扬吓了一跳，回头望去，叶灵苏裙裾飘飘，纱巾如烟，一双水杏眼光亮如珠，透出一丝淡淡的冷意。

知音可赏

第六章

"叶、叶姑娘……"乐之扬心虚气短，"你、你怎么在这儿？"

叶灵苏向海里瞧了瞧，纸片细小，波涛一卷，早已失去踪迹。她望着海波出神，乐之扬站在一边，手足无措，额头上渗出细密的汗珠。

叶灵苏忽地掉头，冷冷望着乐之扬，一字一句地问："你的武功从哪儿学的？"

"武功？"乐之扬故作茫然，"什么武功？"

"少废话。"叶灵苏十分不耐，"你不会武功，怎么能从我手里夺走笛子？"

"我也纳闷，不知道怎么回事，莫名其妙，笛子就到我手里了。也许它年久通灵，明白物归原主的道理，所以悍不畏死，挣脱姑娘的手掌，乖乖回到我的手心里了。"乐之扬信口胡吹，冷不防叶灵苏一招手，玉笛又落入她雪白光嫩的掌心。

"好呀！"叶灵苏嘲弄道，"物归原主，年久通灵，你再叫它回你那儿试试？"

上一次夺回笛子，乐之扬占了出其不意的便宜，这一次少女心有防范，再想出奇制胜，恐怕不太容易。他极力思索对策，奈何实力悬殊，纵然心智多计，也想不出什么好法子。

"她叫什么？"叶灵苏轻声发问，指尖抚过玉笛。

"谁？"乐之扬愣了一下。

"还能是谁？"叶灵苏白他一眼，"当然是送你笛子的女子。"

心中倩影闪过，乐之扬闭上双眼，轻轻叹道："她叫朱微。"

"朱微，空碧，看朱成碧……"叶灵苏的指尖在玉笛上来回摩挲，幽幽说道，"你思念她吗？"

"思念也没用！"乐之扬轻轻摇头。

"是啊！"叶灵苏眼里透出讥嘲，"能送这笛子的必是侯门千金，你这样的小无赖当然配不上人家。"说着将玉笛轻轻抛了过来，乐之扬伸手接住，满心诧异，忽听叶灵苏冷笑说，"什么破笛子，我才不稀罕。"

"不稀罕更好！"乐之扬笑嘻嘻地把玉笛别回腰间。

叶灵苏冷哼一声，漫不经心地道："那枚夜雨神针是打哪儿来的？"

乐之扬听她说到正题，心子一跳，笑着说："我说是我捡的，你信不信？"叶灵苏死死盯着他，双眼一瞬不瞬，忽地冷哼一声，拂袖就走，走了几步，忽听身后响起笛声，正是《周天灵飞曲》。

叶灵苏不禁驻足，聆听片刻，忽又加快步子，袅袅绕过桅杆，轻烟一样消失了。

乐之扬吹得入神，体内气机如流，散如飞雾，凝如滚珠，浸润五脏六腑，穿行于全身百穴，暖洋洋，麻酥酥，使人浑身畅快。

吹了一遍，再吹一遍，不知不觉，金乌西坠，玉兔跃出，一轮圆月缥缈飞升，一如散银铺雪，洒满微茫大海。

"好！"身后有人拍手大笑。笑声入耳，乐之扬心子一跳，气血逆流，几乎瘫软在了地上。

《周天灵飞曲》本是内功心法，但凡修炼内功，切忌有人打扰，越是精深的功法越是如此。来人一说一笑，直如雷霆贯耳，好在乐之扬功力尚浅，要不然，非得走火入魔不可。

他调匀呼吸，慢慢起身，回头看去，说笑的是一个十七八岁的少年男子，生得眉弯眼亮，一身软缎华服，式样颇为淡雅。

乐之扬只觉来人面熟，仔细一想，这人常在阳景身边说笑。华服少年见他流露出警惕的神情，忙说："在下和乔，师弟笛音绕梁，和某心中佩服，趁着无人，特来跟你说几句话。"

"师弟？"乐之扬冷冷道，"谁是你师弟？"

和乔笑道："明日上岸，拜了岛王，分了流派，你我同为东岛弟子，不是师兄弟又是什么？"

"拜岛王，分流派？"乐之扬一脸茫然。

"师弟还不知道？"和乔故作惊讶，"本岛武功博大精深，一共分为五流——一大正宗，四大偏流。正宗是云岛王的嫡传，拳剑无敌，威震天下；四大偏流，分别是龟镜、龙遁、千鳞、鲸息，分由四大尊主统帅。龟镜流以心法鸣世，料敌先机，算无遗策；龙遁流是身法，嘘气成云，变化如龙；千鳞流善用'北极天磁功'，操纵五金，暗器精妙；鲸息流是绝顶内功，浩气磅礴，只手擒龙。"

"你是哪一流？"乐之扬问道。

"和某不才，忝为鲸息流弟子。"和乔摇头晃脑，一脸得意，"你知道鲸息流的尊主是谁？"

乐之扬道："明斗吗？"

"正是。"和乔连连点头。

乐之扬又问："五派之中，正宗最强吗？"

"是啊！"和乔说道，"不过岛王门下，要么是云家的子弟亲眷，要么就是四大偏流的翘楚。初入东岛者，先进偏流修炼三年，参与三年一度的'鳌头论剑'，得到岛王认可，才能进入正宗。"

"叶灵苏也是正宗？"乐之扬问道。

"她运气好，幼年时就被岛王收为弟子。"和乔眼珠一转，笑嘻嘻说道，"乐师弟，实不相瞒，家师对你另眼相看，只要你甘愿加入鲸息流，你跟阳师兄的恩怨一笔勾销。"

乐之扬见他说话之际，目光不离玉笛，心想："明斗一定垂涎'空碧'，让我拜师是假，将来入他门下，这笛子还不是他的囊中之物？"于是说道："我累了，和兄告辞。"转身便走，将和乔孤单单地撂在甲板上。

次日清晨，乐之扬忽被怪响惊醒，宏大如狮虎吼啸，悠长似蛟龙长吟。

江、乐二人赶上甲板，只见东方微白、沧海铄金，隐约可见一座岛屿，岛上山峦起伏、丛林苍郁，那一声巨响正是从岛上传来。

众弟子聚在船头，和乔回头看来，笑道："乐师弟，昨晚的事你想得怎样？"

"想好了。"乐之扬笑嘻嘻说道，"除了鲸息，其他三流都行。"

和乔脸色发青，狠狠瞪来，江小流一边听着，低声问道："乐之扬，你们在说什么？"

乐之扬正要答话，忽听岛上一声炮响，惊得鸥鸟纷飞。炮声响过，岛上驶出一只轻舟，船头站立一个白衣男子，年纪甚轻，长身玉立，恰似一只白鹰，踏着碧浪飞来。

来到大船之前，年轻人一跺脚，蹿起一丈有余，左脚轻点船身，轻飘飘一个翻身落上甲板，拱手笑道："三位尊主返岛，真是有失远迎。"

"贤侄又有精进了。"杨风来笑道，"这一招'踏燕惊龙'，使得干净利落，全不拖泥带水。"

"杨尊主过誉了。"白衣人笑道，"云裳向来鲁钝，全赖家父调教有方。"说完看向四周，笑道，"这一趟去中土，各位玩得好吗？"

"大师兄没去真是遗憾。"和乔讨好道,"中土的风光真有趣,看不尽,说不完,恨不得搬回家才好!"

"我前年去过,"云裳冷冷说道,"也没那么有趣。"

和乔碰了钉子,一脸晦气,明斗看他一眼,漫不经心地道:"岛王让你们去中土见识,是要你们看见大好江山,不忘当年亡国之恨,可不是让你们玩赏风景去的。"

云裳点头道:"明尊主说得是,朱元璋鼠窃狗偷,盗取江山,我们早晚都要夺回来。"

忽听有人轻声发笑,笑声中不无揶揄。云裳转眼看去,但见一个少年手持玉笛,站在叶灵苏身后,眉眼甚是俊秀,神态却很轻浮。

云裳心头微微一酸,打量乐之扬:"这一位眼生,敢问是何来路?"明斗说:"他叫乐之扬,中土来的新人。"

"原来是新来的?"云裳扬起脸来,"乐之扬,你刚才笑什么?"

"没什么!"乐之扬笑道,"我只是好奇,东岛这么小,人又这么少,怎么能从朱元璋手里夺回天下?"

东岛众人无不沉下脸来,云裳哼了一声,又问:"你笑我吹牛?"

"不敢!"乐之扬说道,"小可说的都是实话。"

众人的脸色越发难看,世上的实话往往最为伤人,东岛声称复国,实为凝聚人心,至于能否办到,众人心中全无把握。可是"反明复国"乃是立岛之本,决不容置疑,否则人心一散,东岛必然土崩瓦解。三尊和云裳都明白这个道理,四双眼睛盯着乐之扬,脸上都布满怒气。

乐之扬大不自在,咕哝道:"我说错了吗?"

云裳哼了一声,转向叶灵苏笑道:"叶师妹,中土风光如何?"

叶灵苏漫不经心地道:"一些小山小水,比起这长天大海差远了。"云裳笑道:"师妹的评语倒也别具一格。"说着目光殷切,凝注在少女身上,乐之扬一边瞧着,心想:"这个云裳对叶姑娘颇有情意。"但见二人站立一起,轩昂婀娜,珠联璧合,乍一看,真是少有的良配。

这时海船驶入一条水巷,两侧礁石错落,前方鳌头矶的悬崖上裂石成纹,显出七个擘窠巨字:"有不谐者吾击之!"

"这个字谁写的?一点儿也不好看。"江小流对着那一行字指手画脚,"刻字的更是外行,换了我一定不给他工钱。"

乐之扬的义父当过祭酒,对书法之道多少有一点儿见识。山崖上的字迹看似潦草,其实笔势雄劲、入石三分,不像匠人雕琢,倒像天公执笔、一气呵成,真不知当初是如何刻上去的。

到了码头，云裳上岸，回头说："岛王有令，各位稍事歇息，辰时前往龙吟殿会合。"说完看了乐之扬一眼，咬牙冷笑，大踏步走远了。

时辰尚早，东岛弟子各回住所料理私务，乐、江二人无处可去，上岛闲逛，一条蜿蜒小道从海边直通高处，道上石阶苍苍，两边修竹婆娑，一股花香随风弥漫，乐之扬转眼看去，竹林间杂花如星、异彩斑斓。

岛屿至高处耸立一座圆塔，黑白参半，高有九层，塔顶一座黄铜浇铸的火炬，注满油脂燃烧，可以指引航向。

圆塔下是一座广场，围绕圆塔，按八卦方位建造了许多亭台楼阁，或庄严巍峨，或清幽别致，白鸥飞绕其上，发出啾啾鸣叫。

正对乾位的地方设有一座广殿，青瓦玄柱，轩敞宏伟，殿门有"龙吟"二字，殿前两只石麒麟扬蹄奋首，怒向苍穹。

这时洪钟敲响，东岛弟子来到广场，陆续走入广殿，和乔看见二人，笑嘻嘻招呼："来了啊，还不进殿去。"

二人对望一眼，走进殿门，但见人人肃立、气氛凝重。江小流没来由一阵心虚，扯着乐之扬的衣袖东张西望，口中咕哝："这些人干吗？个个一本正经，跟死了爹妈似的。"

乐之扬没好气道："这是龙吟殿，又不是群芳院，若是去青楼找乐子，自然要高高兴兴，到了这种议事的地方，当然要一本正经。你是在秦淮河待久了，忘了天底下还有一本正经的地方……"

忽听身后一声怒哼，乐之扬回头看去，身后站了多人，明斗、施南庭、杨风来、叶灵苏、云裳全在其列，势如众星捧月，围着一个四旬男子。

男子青袍大袖，身量甚高，两簇长眉斜飞入鬓，透出一股勃勃英气。他的目光十分锐利，俨如两口千锤百炼的长剑。乐之扬与之一接，登时心子狂跳。

"乐之扬，你胡说什么？"明斗指手画脚，唾沫飞溅，"你、你竟把青楼跟我东岛相比？"

乐之扬张口结舌，一眼扫去，众人怒容满面，就连叶灵苏也流露老大不屑。乐之扬心中叫苦，说道："我、我……"话一出口，覆水难收，想要补救也来不及了。

青衣男子两眼朝天，一拂袖，大踏步走向殿首，所过之处人群分开，让出一条路来。大殿尽头摆放了一张紫檀交椅，青衣人径直坐下，其他人左右分开，站成两行。

这青衣男子正是岛王云虚，乐之扬心中气闷，恨恨地看了江小流一眼，心想若不是你小子扯出这个话头，我又怎么会把龙吟殿跟群芳院相比？

"啪啪"击掌两声，大殿安静下来。云虚扫视全殿，朗声说道："外修弟子中土之行，收获良多，复国之志也更加坚牢。大会以后，每人写一篇《复国论》，本王要亲自过目。至于三位尊主，更是深入虎穴，会了一会冷玄那奸贼……"

殿中微微骚动。乐之扬想起仙月居一战，心中百味杂陈，浮想联翩。

"三位尊主本有机会结果此獠，可惜他人作梗，故而未尽全功。可也没关系，本王神功一成，必定前往金陵，亲手取他的狗头。"云虚说到这儿，目光扫过人群，"这一次，三位尊主带回来不少新人，壮大了我岛的声势。今日我将他们分派各流，四位尊主用心调教，以备来日复国之用。"

他伸出一手，施南庭奉上名册。云虚展开念道："杜周。"

一个总角童子越众而出，屈膝跪下，云虚见他长相乖巧、眉眼灵动，严峻的脸上透出一丝笑容，抬了抬手，杜周只觉微风拂身，不由得站了起来。

"花眠，"云虚掉头说道，"这孩子有些灵气，就让他随你去吧！"

一个绯衣女子应声上前，她年过三十，风姿冷艳，柳梢似的细眉压着冷月似的双眼，举手投足给人一种沉静自若、淡然处之的感觉。

花眠看了杜周一眼，笑道："岛王好眼力，这孩子我收了。"施南庭拈须道："恭喜花尊主，龟镜流又得了一位英才。"

"先别说嘴。"花眠半嗔半笑，"谁知道你们三个人有没有藏私，把更好的人物留在后面？"

"不敢！"施南庭笑道，"花尊主龟镜神通，一望可知。"

花眠一笑，带着杜周退下。云虚又念："卢愁。"一个十六七岁的少年走上去，不高偏瘦，长眉细眼。云虚头也不抬，说道："你去千鳞流吧。"卢愁左右看看，见施南庭冲他招手，于是慌忙过去。

又点了五人，云虚忽叫："江小流！"江小流应声一抖，慌张出列，他在市井里撒泼闹事，到了庄重肃穆的地方，总是没来由地心怯。

云虚看他一眼，回头瞪视杨风来。杨风来忙道："不关我的事，收下这小子，全都是明斗的意思。"

明斗心中暗骂，忙说："这小子根骨平常，为人还算机灵。"

"好啊！"云虚冷冷说道，"你招来的，就把他分入鲸息流好了。"

明斗暗叫晦气，可也不好回绝，只好苦笑默认。

"乐之扬！"云虚又叫一声，乐之扬应声出列。云虚看他一眼，点头说道："你就是乐之扬？未见其人，先闻其名，你的名声可不小。"

他话中有话，乐之扬听得糊涂，忽见云虚放下名册，冷冷说道："我听说你在船上讲，我东岛地小人少，不足以复兴故国，向朱元璋夺回江山。"

乐之扬心头打鼓，强笑说："我随口说说，都是无心之言。"

"无心之言？"云虚笑了笑，"无心之言才能泄露真正想法，如此看来，你当真觉得我东岛复国无望了？"

乐之扬一时无言以对，转眼看去，云裳正定睛瞧他，嘴角浮现一丝冷笑。乐之扬心中暗恼："好小子，果然是你告我的刁状！"想了想，笑道，"此一时，彼一时。那时我没见过岛王，小看了东岛英雄，心想只凭见过的几个人物，当然不足以复兴东岛。刚才见了岛王大人，不管神采还是气度，都是小子生平仅见，如果说岛王能跟朱元璋争夺天下，或许还有几分胜算。"

这一顿马屁张口就来，拍得东岛上下面面相觑，他明捧云虚，暗贬同船的东岛高手，三尊、云裳均是脸色难看，叶灵苏的眼里也闪过一丝轻蔑。然而千穿万穿，马屁不穿，云虚大觉入耳，颇有一些飘飘然，捻须笑道："你这小子，倒会狡辩！"

云裳见他转了脸色，似对乐之扬生出好感，心中大急，说道："父亲，这人朝三暮四，不可深信。"

云虚想了想，说道："好，我让他发个毒誓！"注目乐之扬，"你肯随我宣誓吗？"

乐之扬满心别扭，支吾道："岛王请说。"

云虚慢慢说道："一旦进入东岛，势必尽心竭力，苦练武学兵法，夺回中土江山，复兴汉、蜀、吴三国。朱元璋及其子孙，一个不留，统统杀光……"说到这儿，声音一扬，"如有半点儿迟疑，天诛地灭，挫骨扬灰！"

乐之扬变了脸色，前面数句还好，夺江山、复旧国，本来就是白日做梦，一百年也休想成事，可是最后一句"朱元璋及其子孙"，岂不连朱微也囊括进去？杀人也好，放火也好，但要伤害朱微，乐之扬万万不干。

连转数个念头，乐之扬长吐了一口气，众人盯着他，等他开口发誓，忽听乐之扬幽幽地说道："这个誓，我发不了！"

龙吟殿一片哗然，云虚的脸色由红变青，两只眼睛寒光夺人。云裳愣了愣，心花怒放，笑道："父亲，我就说了吧！他口是心非，是个反复小人。"

云虚见乐之扬根骨甚佳，灵性过人，本是有心抬举，只要乐之扬肯宣誓，便将他投入花眠手下，磨炼三年，再纳入正宗，收为亲传弟子。谁想众目睽睽之下，乐之扬公然不肯宣誓，云虚堂堂岛王，遭了一个后生小子的回绝，仿佛脸上挨了一记耳光，热辣辣的羞怒难当，沉默良久，耐着性子沉声问道："你为何不肯宣誓？"

乐之扬自不能说出朱微,只好说道:"我不想复什么国,更不想杀什么人,只想安安稳稳当一个普通人!"

云虚脸色越发难看,回头扫视明斗等人,三尊个个沮丧,低头默然。云虚沉吟一下,忽而笑道:"也罢,道不同不相为谋,我若逼你宣誓,一来你心中不服,二来传到江湖上去,不免有人说我恃强凌弱。"

"好啊!"乐之扬把心一横,"等到下次开船,我就离开东岛。"

江小流大吃一惊,心想:"你走了,我还留下干什么?"可是大殿肃穆,不敢嚷嚷,举目一望,云虚以下,人人面露嘲讽,似乎不以为然。

"离开吗?就免了。"云虚漫不经心地道,"东岛这地方,可不是想来就来,想走便走的。既然来了,成不了弟子,就得做我岛上的仆役,如无本王准许,终其一生不得离岛半步。"

这几句话直如晴天霹雳,震得乐之扬两眼发黑,脑子里乱成一团:"这么困在岛上,又与囚犯何异?"

他呆在当场,两眼发直,云虚见他发呆,心里痛快,冷冷道:"此间事了,你就去童耀那里报到!"

乐之扬呆着不动,云裳看得有气,劈头喝道:"臭小子,愣什么?还不滚下去!"

乐之扬悻悻退下,两眼盯着地面,脑子一片空白,不知道如何是好。

"灵苏。"云虚又叫一声,叶灵苏漫步出列,躬身行礼。

"你可知罪?"云虚目光严厉,落在少女脸上。

"徒儿不知师父所说何事?"叶灵苏道。

"还敢狡辩。"云虚怒哼一声,"你用'夜雨神针'伤了阳景,可有其事?"

外修弟子返岛不久,许多人不知此事,听了这话纷纷议论。云虚双眉一挑,目光扫过全场,所有人屏息住口,大气也不敢出。

"不!"叶灵苏沉默了一下,"徒儿没有发针。"

"你为何告诉明尊主,说你发针伤了阳景?"

"明尊主非说是我,徒儿不屑跟他争辩。"叶灵苏一边说,一边望着明斗,后者满脸惊怒,气得浑身发抖。

云虚抚须说道:"可是一船之中,除了你还有谁会'夜雨神针'?"

"我不知道。"叶灵苏略略回头,目光有意无意地扫过乐之扬。

乐之扬皱了皱眉,欲言又止,忽听花眠说道:"灵苏,你在说谎?"

"没说谎。"叶灵苏回答。

"你这孩子就是太倔。"花眠冲她一笑,"你若没说谎,为何躲避我的龟镜?"

花眠的"龟镜"术，源自东岛前辈高手"穷儒"公羊羽的"三镜三识"，对敌时能料敌先机，练到一定地步，甚至于烛照人心，猜测出对方的心意。花眠就是此道好手，她看出叶灵苏言不由衷，故用龟镜术探测，谁知叶灵苏早有防范，百计转移心神，避开她的神通。

　　"灵苏！"花眠软语说道，"你一定知道是谁伤了阳景。只要你好好说，岛王一定不会责怪你。"她一边说，一边向叶灵苏连使眼色。

　　叶灵苏低头不语，乐之扬望着她的身影，胸中热血翻腾，恨不得将她一把推开，大声直承其事。

　　"不！"叶灵苏忽地开口，"徒儿不知道。"

　　乐之扬心头大震，冲口而出："慢着。"

　　云虚一扬眉毛，凝目看来，乐之扬大声说："阳景是我伤的，跟叶姑娘无关。"

　　众人面面相觑，明斗怒道："乐之扬，你好放肆，岛王处分弟子，你也敢来捣乱？哼，夜雨神针？你怕是见也没见过。"

　　"谁说我没见过？"乐之扬笑了笑，"那枚金针是我捡来的。"

　　"捡来的？"云虚皱眉，"从哪儿捡的？"

　　"是这样……"乐之扬边想边说，"那天晚上，我在船尾看海，忽听刺刺刺的声音，回头一看，天上星星点点，像是飞过一蓬金雨，不，一条金龙。"

　　"唔！"云虚听了他的形容，点头说，"那是'天星点龙'。"

　　乐之扬看过张天意的手段，随口描绘出来，不想一语中的，暗合了针法里的路数，忙说："没错，天星点龙，有点儿那个意思。"

　　云虚哼了一声，又问："后来呢？"

　　乐之扬打起精神，接着说道："我心里奇怪，偷偷上前一看，发现叶姑娘一根根起出金针，而后慢慢走开。我待她走远，凑上去一看，发现角落里光亮闪动，原来还有一根金针，想是叶姑娘不慎留下来的。我心中好奇，起了出来，后来跟阳景厮打，我情急保命，把金针刺进了他的胸膛。"

　　"胡说。"明斗怒道，"你躺在地上动弹不了，哪儿有本事刺中阳景？"

　　"小事一桩！"乐之扬满不在乎地说："试想叶姑娘抢了我的笛子，我不也夺回来了吗？"

　　众人议论纷纷，望着乐之扬一脸不信，云虚也大皱眉头，问道："灵苏，竟有此事？"叶灵苏叹了口气，轻声说："徒儿轻敌，有辱师门。"

　　"不轻敌呢？"云虚沉着脸问道，"你有多少把握取胜？"

　　"十二成！"叶灵苏声音虽小，语气却很果决。

　　云虚哼了一声，脸色稍缓，闭眼沉默良久，睁眼扫视乐、叶二人，说道：

"乐之扬，你重伤阳景，本该严惩，念你初来乍到，小惩大诫，罚你去雷音洞面壁十日。"说到这儿，又转向叶灵苏，"灵苏，你虽然没有动手伤人，可是知情不报，欺瞒尊长，我也罚你面壁十日。哼，你服气吗？"

叶灵苏低声说："灵苏心服口服。"花眠看她一眼，连连摇头，云虚不待她开口求情，挥手起身，扬长而去。

众人一哄而散，乐之扬大大地松了一口气。这时两个弟子走上前来，说是奉命带他去"雷音洞"受罚。

乐之扬转眼一看，江小流已被明斗叫走，当下无精打采地跟在两人身后。下了八卦坪，经过一条迂回小径，走到一半，忽听轰然怪响，正是早上听过的声音，那时相距甚远，这时就近听来，轰隆隆如雷霆贯耳。

怪声响了一会儿，忽又消失。一时间，和风拂面，鸟语婉转，四面清幽得难以描画。三人转过一片树林，看见一个石洞，洞旁石碑上写着"雷音"两字。

花眠和叶灵苏先到一步，亭亭站在洞前。花眠笑道："事已至此，你们两个好好反省思过，一切饮食用度，我会派人送来。这儿毗邻'风穴'，上午寅时、下午申时风声最响。灵苏，你修行不够，这两个时辰千万不可打坐练功，以免岔了真气，走火入魔。"

叶灵苏默默点头，目光投向一边，始终不看乐之扬一眼。乐之扬知道她为何生气，想到两人同处一洞，登时心虚气短，生出一丝愧疚。

洞中甚是宽大，左右两边各有三间石室。花眠吩咐打开两间囚室，左边的关押乐之扬，右边的关押叶灵苏，两间囚室门户相对，花眠笑道："十天说多不多，说少不少，你俩若嫌太闷，可以说话聊天。"

"谁跟他说话聊天？"叶灵苏转身进了囚室，"哐啷"一声将铁门带上。

乐之扬兴味索然，进了石室，但见石壁生绿，地上铺着干草，墙角有一个红漆马桶，室内弥漫着一股霉湿之气。

他躺在干草上面，回想这几日的经历，真如一场黄粱大梦，悲欢离合，得而复失。朱微的笑靥如在眼前，义父的面庞也若隐若现，两张脸交替变幻，乐之扬悲从中来，两行眼泪滚落下来。

不觉倦意涌来，迷迷糊糊地睡了一会儿，忽听"哐当"一声，乐之扬揉眼看去，铁门下开了一扇小窗，塞进来一个食盒。

他从早至今还未用餐，一时饥火上冲，打开食盒，端起米饭，才凑近嘴边，忽然闻到一股馊臭。再看菜肴羹汤，无不馊臭难闻。

乐之扬大怒，高叫："送饭的，这些饭菜能吃吗？"

门外无人应答，乐之扬又叫一声，才有一个懒洋洋的声音回答："爱吃就吃，不吃拉倒，大爷高兴了给你送送饭，不高兴了，你就等着饿死吧！"

乐之扬想要大骂，可一转念，这人胆敢放肆，必有后台撑腰，故意用这些饭菜来折磨自己。想着飞起一脚，连盘带碗统统踢了出去。

"有骨气。"送饭的冷笑一声，收拾破碗烂碟，塞塞窣窣地走了。

乐之扬越想越气，对准铁门狂敲乱打，捶打声在洞窟中回荡，对面的叶灵苏却一声不吭。

敲了一会儿，乐之扬手脚痛麻，无奈坐了下来，取出"空碧"吹笛解闷。才吹几个调子，远处怪声突起，轰然如雷，登时掩盖住了笛声。

乐之扬无奈丢开玉笛，闷闷地躺了下来，那怪声响了半个时辰方才消失。挨到下午时分，又听脚步声响，同时飘来饭菜香气。

乐之扬饿了一天，闻见饭香，津液泉涌。他透过门缝向外张望，洞外走来一对年轻男女，男子青衣，女子白衣，各提一只食盒。白衣女走到对面的铁门前，放下食盒，取出菜肴，尽是肥鸡鱼虾，丰盛出奇。

乐之扬看在眼里，馋涎欲滴，这时青衣男子走了过来，将食盒丢在地上，"砰"地一脚踢进囚室。

乐之扬打开食盒，臭气扑鼻，那一碗黄汤发出刺鼻的尿味，挑开米饭，下面还藏了两坨狗屎。

乐之扬呆呆望着，发作不得，心想对方存心如此，闹也无用，当下一言不发，将食盒原路送回。

闷闷睡了一夜，好容易挨到次日。两个男女又送饭来，叶灵苏的那一份更加丰盛，浓香四溢，勾人馋涎。乐之扬的一份仍是馊臭不堪，他将食盒丢开，一头倒下，拼命想要入睡，借以忘掉饥饿，谁知道对面的饭菜香气远远飘来，惹得他饥火上冲，口水长流，没奈何，只好想象生平吃过的美味，可是越想越馋，只好坐起来吹奏《周天灵飞曲》打发时间。不料吹笛也要力气，一支《阳明清胃之曲》还没吹完，就把肠胃清了个一干二净，笛声与腹鸣交替响起，俨然相互伴奏，就连那一股"灵曲真气"也变得迟钝绵软，一如刚蜕皮的蛇儿，懒洋洋的没有一丝生气。

"喂！"叶灵苏的声音忽地传来，在石洞中激起一阵回响，"乐之扬，你这笛子吹得跟哭一样，与其吹得这样难听，不如养点儿精神，等着再饿一次。"

乐之扬恨得咬牙，放下笛子说道："饿就饿，大不了饿死。你也别得意，我饿死了，变成饿鬼也来找你。"

"我才不怕！"叶灵苏冷哼一声，"你这样的人，活着是个小人，死了也是个小鬼，除了撒谎吹牛，也没有什么本事。"

　　"听说饿鬼附身，人就会吃掉自己。"乐之扬压低嗓子，故作阴森，"吃的时候先吃小指，再吃无名指，一个接一个，直到把十个指头吃光，只剩下两个光秃秃的手掌。鬼吃人还不吐骨头，就这么嚼呀嚼的，咯嘣咯嘣，清脆得要命……"说到这儿，没来由吞了一口口水。

　　"闭嘴！"叶灵苏忽然锐喝一声，"乐之扬，你这个撒谎精，你的话我一个字儿也不信。我倒要看看，你能饿上几顿，那时饿昏了头，啃手指的怕是你自己。"

　　乐之扬暗暗叫苦，心想死后总是虚妄，如今身受饥饿之苦的却是自己。也许到了那个时候，自己饥不择食，真会把手指一个个咬光。想到这儿，忽觉头皮发麻，手脚一阵冰凉。

　　忽听嗖的一声，一样东西穿过门下小窗，落在干草堆上。乐之扬只恐有害，闪身跳开，定睛一看，草堆上躺了一只金黄油亮的鸡腿。他先是一惊，跟着大为疑惑，叫道："叶灵苏，你干吗？"

　　少女冷冷说道："这鸡腿你最好别吃，活活饿死才对。"话没说完，乐之扬已经扑了上去，抓起鸡腿大咬大嚼，那吃相好比饿鬼投胎，还没吃出味儿，一条鸡腿就已经进了五脏，剩下一根骨头，乐之扬舔了又舔，仍觉回味无穷。

　　忽然白光一闪，一只瓷盘穿过小窗，瓷盘上盛着一条清蒸鲷鱼，通身完好，一箸未动。乐之扬大喜过望，捧起盘子嗅了又嗅，啧啧赞道："好鱼好鱼，可惜没有筷子。"说完伸手要抓，忽听叶灵苏叫道："贪吃鬼，不嫌脏吗？"嗖嗖两声，又飞来两支竹筷。乐之扬也不客气，拾起筷子，大快朵颐，但觉有生以来吃过的鱼中数这一条最为鲜美。

　　接下来，叶灵苏就像变戏法儿，一会儿送来米饭，一会儿送来羹汤，乐之扬饿了两天一夜，来者不拒，吃得不亦乐乎。待到吃完，才想起这些饭菜的来历，心中不胜感激，说道："叶姑娘，大恩不言谢，要不是你，我真叫他们活活饿死了。"

　　叶灵苏沉默时许，轻声问道："你知道谁要饿死你吗？"

　　"人选多了。"乐之扬扳起指头，"阳景嫌疑最大，明斗也不是好人，云裳更是一个大大的疑犯，此人心胸狭窄，最会告人刁状……"

　　"住口！"叶灵苏的声音饱含怒气，"大师兄不是那样的人，他若恨你怨你，只会当面动手，不会暗中害人。"

　　乐之扬听了这话，悻悻说道："他不暗地里害人，怎么向他爹告刁状？"叶灵苏奇怪地道："他什么时候告过刁状？"

　　"不是他告刁状，云虚又怎么知道我说东岛复不了国？"

　　"听到的人多了，凭什么只怪他一个？"叶灵苏处处为云裳开脱，乐之扬心生疑惑，笑道，"叶姑娘，这位大师兄是你的心上人吗？"

"胡说！"叶灵苏怒道，"乐之扬，你再胡说八道，我就不管你了，随你饿死渴死。"

好汉敌不过肚饿，乐之扬只好说，"好，好，云裳兄最清白，比月亮里的兔子还白。"叶灵苏哼了一声，冷冷说道："我看你口是心不服。"

"你怎么知道我心不服，难不成你钻进来看过？"

"你的脏心烂肺，我才懒得看！"

乐之扬哈哈大笑。那边沉寂片刻，叶灵苏忽又说道："你把碗碟送到门外来，其他人知道我送你吃喝，一定又会生出闲话。"

"闲话就闲话，我才不在乎！"

叶灵苏冷冷道："你是大男人，可以没脸没皮，闲话传出去，坏的都是我们女人的名声。"

"又是我的错？"乐之扬叹一口气，收拾碗碟，送出窗口，问道，"这么远，你怎么……"话没说完，对面囚室中飞出一根白色的绸带，一缠一卷，就将一只海碗卷了过去，力量之巧，拿捏之妙，当真匪夷所思。正惊讶，白绸带吞吞吐吐，又将剩余的碗盘一一收回。

乐之扬看了一会儿，拍手笑道："我明白了，这是杨风来的功夫。"

"咦！"叶灵苏微感吃惊，"你见过杨尊主出手？"

"见过！"乐之扬绘声绘色，将仙月居中的打斗说了一遍。叶灵苏默默听完，冷不丁问道："那时候，你的身边还有谁？"

"我身边？"乐之扬一愣，"你怎么知道我身边有人？"

"好几次你都说到'我们'，'我们'看见，'我们'让开，说到这两个字眼儿，你的语气柔和得不得了。我猜啊，不但有人，还是一个女人。"

这一番话勾起了乐之扬的心事，一时心血翻腾，不知道从何说起。叶灵苏又问："这个女子是不是朱微？"她事事猜中。乐之扬心中气闷，大声说："若不是呢？"

叶灵苏冷哼一声，说道："那你就是一个薄情寡义，三心二意的无耻之辈。"

乐之扬呆了呆，叹气道："重情重义又如何？反正我不能和她在一起。"

"为什么？"叶灵苏心生好奇，"既是有情人，为何不能在一起？"

事关朱微的名节，乐之扬宁可将此事烂在心里，也不愿多说一字，想了想说道："多说无益，只会让人伤心。

叶灵苏沉默一下，低声说道："朱微，朱微，嗯，她姓朱，莫非是大明的公主？"

乐之扬的心突地一跳，待要否认，叶灵苏又说："我糊涂了，天下姓朱的千百万，哪能个个都是公主？哼，若是公主，也看不上你这个满嘴胡话的撒谎精。"

"对，对！"乐之扬松一口气，笑嘻嘻说道，"她要真是公主，我倒能捞一个驸马当当。"

"你想当驸马？"叶灵苏哼了一声，"井里的蛤蟆想上天——白日做梦。"

乐之扬打了个哈哈，暗捏了一把冷汗，忽听叶灵苏又说："撒谎精，你空口吃白饭，倒也心安理得。"

乐之扬听出她话中有话，笑道："我要钱没有，你要不嫌弃，我吹两支曲儿给你听，抵偿饭钱如何？"

叶灵苏沉默一时，忽道，"这曲目得由我来点，点中了不会吹，可要大大地受罚。"

"你只管点！"乐之扬自信满满，"吹不了我甘愿受罚。"

"好大的口气。"叶灵苏沉思一下，"先吹个《梅花三弄》好了。"

乐之扬抖擞精神，横笛而吹，乐声凄婉动人，好比子规啼月，又如孤鹤穿云，低回处如凌江悲叹，飘零处如风荡寒梅，上下起落，一波三折，一股刻骨忧伤，声声断人肝肠。

吹罢《梅花三弄》，叶灵苏又点《阳关三叠》，乐之扬笛声一转，离愁别恨油然而生，他离别故土、远赴海外、义父新亡、情人远离，种种不如意的事情涌上心头，吹得越发凄惨起来。

叶灵苏默默听完，忽道："怎么吹得这样伤感，可有好玩一些的吗？"

"好玩的？"乐之扬笑道，"那就来一支《酒狂》。"

《酒狂》是晋代大文豪阮籍所作。阮籍好酒，这一支曲子尽写他酒醉以后的佯狂酒态，节奏重叠往复，一如醉人走路，颠而倒之，诙谐有趣，结尾处有"仙人吐酒声"，乐之扬天性跳脱，故意吹得十分俏皮。叶灵苏听到这儿，也轻轻笑出声来。

不久送饭的又来，叶灵苏的照样是丰盛美味，乐之扬这边还是不可下咽。等到送饭的一走，叶灵苏又将省下的饭菜送来，她有"夜雨神针"的功夫，手法精妙，收放自如，每一样饭菜都落到乐之扬脚前，比起饭馆里的伙计还要周到。

吃完饭，叶灵苏又点《霓裳羽衣曲》，这是盛唐舞曲，相传是唐明皇谱曲，杨玉环伴舞，节奏明快悦耳，吹到精妙之处，声如游龙飞凤，让人凝思遐想。

才吹完，怪声大作，乐之扬只好停下。叶灵苏说那怪声出自岛上一个风穴，每日两次，发出风雷异响。

风雷过后，乐之扬又吹《绿腰》《白纻》，均是舞曲，节奏跳脱飞扬。叶灵苏听了一会儿，厌倦起来，又点《碣石调·幽兰》，大有隐士如兰、慷慨自得的意韵。

歇息一晚，两人兴致不减，又吹《春江花月夜》《玉树后庭花》《关山月》《长门怨》，一直吹到《胡笳十八拍》。这首曲子是东汉大才女蔡文姬所创，本是古琴的琴曲，道尽蔡文姬流落匈奴、思乡哀怨的心境。乐之扬用笛吹来，别有一番意境，叶灵苏听得入神，应着节拍轻声唱道："雁南征兮欲寄边心，雁北归兮为得汉音。雁飞高兮邈难寻，空断肠兮思愔愔。攒眉向月兮抚雅琴，五拍泠泠兮意弥深……"

唱到这儿，叶灵苏闷闷不乐，幽幽地叹道："为什么古往今来，真正的好女子都那么可怜？难道真的是红颜薄命？"

乐之扬笑道："我这人不信命，好命歹命都是争来的。朱元璋当年不也是一个乞丐吗？后来还不是做了皇帝。"

"做皇帝也未必好，孤家寡人一个，除了自己又敢相信谁？"

"奇怪了！"乐之扬不胜惊讶，"东岛的人不都想着打天下，做皇帝吗？"

"那些昏话，不过自欺欺人罢了！"叶灵苏沉默一时，"别说大明根基已固，颠覆不易，就算真有复国机会，又要打多少仗，死多少人？以我们叶家来说，当年人丁何其兴旺，后来卷入天下之争，死得七七八八。当年一同离开天机宫的几大家族，左、修两家血脉断绝，灵鳌岛的释家也远走他方。我们这些习武之人尚且如此，真打起仗来，老百姓岂不更加可怜？"

乐之扬听完这一席话，心中大生敬意："叶姑娘，以前我有得罪之处，还请多多见谅。"

"我可没那么小气。"叶灵苏压低嗓音，"刚才这些话，你知我知，别让第三人知道。"

"我一定守口如瓶。"乐之扬说完，又吹起一支《月儿高》，伴随悠扬笛声，一轮明月冉冉高升，冰魄凝辉，挂在枝头，几只夜鸟咕咕鸣叫，清幽中别有一番凄凉。

一连数日，两人一个点曲，一个吹笛。叶灵苏所知甚博，所点的曲目中不乏冷僻的曲子。好在乐韶凤身为大明祭酒，古往今来的乐曲大多有所知晓。乐之扬天分又高，任何乐曲过耳不忘，即使记得不全，凭乐感加以弥补，倒也婉转自如，叫人听不出破绽。

十日之期转眼即过，这一晚，乐之扬吹罢一支《杏花天影》，忽然沉默下来。叶灵苏不由问道："乐之扬，你有心事吗？"

乐之扬闷闷说道："《杏花天影》是我义父生前最爱的曲子。我和他在秦淮河边卖唱，每次都是我吹他唱，可惜曲声如旧，他人已经不在了。"想到义父生前的音容，心如刀割，流下泪来。

叶灵苏不由问道："你的笛子是义父教的吗？"

"是啊！"乐之扬回答。

"你亲生父母呢？"叶灵苏语声中透出一丝关切。

"义父说，我是秦淮河边捡来的，父母是谁，我也不知。"乐之扬意兴索然，"也许我妈妈是一个歌妓，遭人始乱终弃，方才生下了我，鸨儿嫌累赘，就随手丢在河边……"

"哪儿会呢？"叶灵苏微微气恼，"你这个撒谎精，就会胡编乱造。"

乐之扬哈哈大笑，叶灵苏越发生气："笑什么？这样的事你也笑得出来？"

"是，是。"乐之扬口中答应，心中却想：小姑娘天真可爱，这样的惨事她不信也好。

叶灵苏沉默一会儿，又说："乐之扬，你把《杏花天影》再吹一遍，你吹，我唱，令尊地下有知，也许听得到这支曲子。"

乐之扬心生感动，可是千言万语，到了嘴边，只变成一个"好"字。他幽幽吹起曲子，叶灵苏应声唱道：

"绿丝低拂鸳鸯浦，想桃叶，当时唤渡，又将愁眼与春风，待去；倚兰桡，更少驻。

金陵路，莺吟燕舞。算潮水，知人最苦，满汀芳草不成归，日暮；更移舟，向甚处？"

少女的嗓音柔而不媚，清而不浊，软如雨丝，嫩似新柳，一曲唱完，余音袅袅。二人各怀心思，沉默良久，叶灵苏才说："三更天了吗？"

乐之扬透过囚窗看去，明月半缺，风轻云淡，便说："是呀！"

"日子过得好快。"叶灵苏叹道，"过了明天，再也听不到你的笛声了。"

"我又不会死。"乐之扬心中好笑，"你若喜欢，我天天吹给你听。"

"那也不必！"叶灵苏幽幽地说道，"孔子闻韶，三月不知肉味，这些天我听了一百零九支曲子，十年不听也够本了。"

乐之扬只觉奇怪，冲口问道："叶姑娘，你以前没听过乐曲？"

对面的囚室中沉寂良久，少女轻声说道："你吹的曲子，我大多都是第一次听见。"

"为什么？"乐之扬奇怪地道。

"为了复国大计，岛上的弟子除了习练武功，就是钻研兵法和机关，什么算学啊、音乐啊、医术啊，种种杂学都不许涉及。可是这么一来，少了许多乐趣。"叶灵苏说到这儿，怅然若失。

乐之扬也为她惋惜，说道："叶姑娘，音乐也没什么难的，出去以后，我说一说你就会了。"

叶灵苏仿佛动了心，过了一会儿又说："罢了，有人知道你教我奏乐，我们又要受罚了。"

乐之扬想到这少女有志难抒，恨不得纵声长啸。他大声说道："怕什么？大不了又关到这里来，那样更好了，我又能为你吹十天笛子。"

叶灵苏笑道："那么一来，倒也不算受罚了。"她沉吟一下，忽道，"乐之扬，这几日你吹了不少曲子，为何不吹海上那一段？"

乐之扬笑道："你点我吹，你没点到，我当然不吹。"叶灵苏说："那曲子我很喜欢，它叫什么名字？"乐之扬答道："《周天灵飞曲》。"

"灵飞？"叶灵苏轻轻拍手，"果然曲如其名，让人神为之扬，灵为之飞，这几天，我听了这么多古曲，没有一支比得上它。"

乐之扬也有同感，这位灵道人，不但是一代武学宗师，更是乐道上的大行家。《周天灵飞曲》将乐理引入内功，用曲调导引气血，自有一股牵魂荡魄的意韵，但听叶灵苏笑道："好啊，这最后一支曲子，我就点《周天灵飞曲》。"

乐之扬打起精神，吹奏起来，洞中两人心随曲飞，俨然与笛声同化，乘着一缕清风，飞向广漠天外。

过了良久，终于吹完。叶灵苏再无声息，乐之扬也躺了下来，耳边余韵犹存，心绪久久不能平静……

次日一早，乐之扬还在梦中，就听见咣啷作响，揉眼看去，天已透亮，花眠领着两个弟子打开牢门，将叶灵苏放了出来。少女一身素净，蒙面如故，乐之扬本想瞧一瞧她模样，这一来颇有一些失望。

这时一个弟子又放出乐之扬，叶灵苏转眼看来，两人目光相遇，心中均起波澜。连日以来，两人只闻其声，不见其人，可是知音解语，甚是投契，无意中结下了情谊，将对方视为知己。

叶灵苏目光一转，忽道："花姨，这个人的职事分在哪里？"

"分在邀月峰。"说到这儿，花眠微感诧异，"灵苏，你一向不理俗务，怎么今天问起这个？"

"随便问问。"叶灵苏扫了乐之扬一眼，转过身，匆匆走远了。

花眠目送少女消失，说道："莫离，你带乐之扬去童管事那儿。"

第六章 知音可赏

133

一个黄衣少年走上前来，向乐之扬招了招手，叫道："跟我来。"

两人走了一会儿，到了岛屿尾部，遥见一座苍翠小峰，峰下一排石墙青瓦，背阴处竹林幽静，向阳处果树成荫，且有一片稻田，海风吹来，如波如浪。

到了瓦屋前，莫离大声叫道："童管事，童管事……"屋中无人应答，林子里却有人叫道："谁啊？"应声走出一个中年男子，圆脸大耳，稍稍发福，颌下几缕长须，手里提着一个红漆葫芦，一张脸红通通的，还没走近，便可嗅见一股难闻的酒气。

"花尊主派我来的。"莫离反手一指，"这是新来的仆役乐之扬。"

童管事低头想了想，笑道："不错，花眠跟我提过。"挥了挥手，"你回去告诉花眠，人我收下了。"莫离行了一礼，转身离开，临走时看了看乐之扬，眼神透出一丝嘲弄。

"鄙人童耀。"童管事提起葫芦，还没喝，先打一个酒嗝，那股酒气熏得乐之扬后退两步。

"你就是乐之扬？"童耀乜斜醉眼，瞅着少年，"我在龙吟殿见过你，你小子大言不惭，自吹打败了叶灵苏和阳景，对不对？"

乐之扬笑道："他们输给我，都是因为运气不好。"

童耀哦了一声，左脚闪电伸出，钩住乐之扬的脚踝。他看上去醉态可掬，出脚又快又巧，乐之扬脑子一空，整个人腾空而出，"砰"地摔出一丈多远。

"你的运气也不怎么样！"童耀咧嘴冷笑，"奇怪了，你小子连马步都站不稳，怎么胜了岛王和明斗的得意弟子？岛王不说他，哼，明斗那厮，教徒无方，虚有其名。"

乐之扬忍痛爬起，笑着说："明斗拍马屁还行，说到真才实学，我看也不怎么样。"

童耀转嗔为喜："小子你认识他几天，怎么就知道他没有真才实学？"

"我见过他跟一个老太监动手，三下两下，就给杀得落花流水。如果换了童管事，哪儿能容一个太监猖狂。"乐之扬连吹带捧，童耀听在耳中，酒意冲脑，轻飘飘的不胜舒服，他换了一张笑脸说道："你说的老太监是'阴魔'冷玄吗？我胜他也不容易，但也不至于输得那样难看。说到底，我就是看不上有些人，光靠吹牛拍马上位，本身没什么真能耐。"

"说得对。"乐之扬拍手应和，"童管事刚才摔我一下，可比那些四尊五尊强得多了。"

童耀一生憾事，就是未能跻身四尊之列，乐之扬的话挠到了他心底的痒处，不由心花怒放，啧啧说道："你这小子有眼光，刚才摔你这一下，乃是我童家祖传的

'盘风扫云腿'，我只用了两成力，要是腿力用足，你可不止摔一跤这么简单。"

乐之扬笑道："用足了力，我这两条腿可就废了。"

"你知道就好！"童耀大力点头，"小乐，你到我手下办事，大家就不是外人，你只要勤勉，我是不会亏待你的。"

乐之扬连连称是，他知道身在孤岛，无路可逃，若不伏低做小，只怕活不下去，但见童耀爱听好话，便着意逢迎，处处将他抬高一线。童耀脸上有光，许多小事也就不跟他计较了。

屋后的小山峰名叫邀月峰，挡住海上的风浪。山下种了许多庄稼蔬菜，种地的杂役约有十名，大多年纪老迈。乐之扬年少俊秀，性子又好，很快就与众人打成一片，农忙时说说笑话，农闲时吹吹笛子，听得众人乐而忘倦。三五日不到，俨然成了众人的头领，他走到哪儿，众人跟到哪儿，不时让他吹一段曲子，说一段笑话。

人多时乐之扬还算高兴，一闲下来，孤寂之感油然而生。他爬上邀月峰顶，环顾四面大海，只见烟波茫茫、浩瀚无涯，心想自己年纪轻轻，困在岛上与一帮老农为伍，三五年还罢了，若是一生一世又如何了得？

他伤感了一阵，寻思如要离开此岛，除了习武自强，委实别无他法。东岛是释印神所创，如果灵道人真的打败过释印神，那么学会他的武功，大可制服东岛高手，夺一艘船逃回陆地。

想着抽出笛子，就在峰顶吹起了《周天灵飞曲》。此处山高风大，笛声传出数尺，就被风声压住。乐之扬好胜心起，故意迎风吹奏，起初笛声散漫，传递不远，吹了几天，体内一股真气来回流转，起初小如蚯蚓，过了几天，渐渐大如细蛇，行走到大的关窍处，忽又分成几股，所过之处经脉畅快、毛孔舒张，使人百骸震动，恨不得丢下笛子长啸一番。

自古炼气之术，无论释道儒武，大多从十二经脉开始，逐脉修炼，花费若干岁月，贯通任督二脉，形成一个小周天。而后再练奇经八脉，花费更多时光，贯通这八条经脉，与小周天连接起来，形成一个大周天。到了这个境界，真气流注全身，自可以拔山超海，做出许多常人难以想象的壮举。

这样步步为营，尽管稳扎稳打，却有一个极大的麻烦。修炼者导引真气，全身的成败系于一脉一穴，一开始务求专注，将意念聚集在经脉和穴道上面。可是过于专注，不免患得患失，稍微导引不畅，难免生出挫折之心、争胜之念，以至于胡思乱想，生出许多杂念。

杂念又称心魔，乃是炼气者的大敌。杂念一起，轻则修炼退步，重则走火入魔。

　　修炼务必专注，专注太过又会生出杂念，这两者自相矛盾，乃是困扰古今炼气士的绝大难题。灵道人出身玄门，深谙"无为"之道，由音乐入手，将大小周天的修炼之法纳入一套曲子，曲由心生，真气随音乐流遍全身，吹奏之人一旦专注于吹奏乐曲，就会忘了真气流向何处，久而久之，甚至于完全忘记炼气之事，从而也就没有了任何杂念，轻轻松松地渡过难关。

　　乐之扬不通内功，但精于音乐，实在是修炼这一门内功的最好人选。如果练过内功，必然也会在意得失，生出杂念，可是他对炼气一窍不通，吹奏时想着的只有音乐，对于真气的走向听之任之。这样一来，正合道家妙旨，无为而无所不为，很快冲破关碍，自成周天之象。

　　周天一成，妙用顿生。起初乐之扬真气屡弱，感觉不太明显，但随修为日深，真气变得浑厚，自然周流百骸，开张万窍，纳入天地之气，跃入了一个全新境界。首先变化的是笛声，起初遇风即散，难以及远，渐渐凝成一缕，穿过海风，送出一里之外；其次变化的是体力，乐之扬白天耕田种树，几乎不知疲倦，夜里爬山登顶，也是一纵即上，速度之快，胜过灵猴飞猱。

　　如果童耀心思细密，不难发现乐之扬的变化。可是他终日饮酒，一天里清醒的时候不过一半，但见乐之扬干活又好又快，说话知情识趣，远非那些粗蠢农夫可比，这酒鬼一高兴，索性让他当了工头，监管一帮老农作息，自己则待在屋里，终日长醉，不理世事。

　　这么一来，乐之扬闲暇更多，炼气之外，又开始修炼灵舞。技击为杀戮之道，灵道人得道之后，便不十分推崇，可是他一身武学出神入化，如果完全抛弃，不免有些可惜；两难之下，想了一个折中法子，将一身武学编入《灵舞》，并不注明出处，但由修炼者自学自悟，习武者从中悟出武功，喜爱音乐者看出的不过是一场舞蹈。

　　乐之扬对于武功一窍不通，所以将其当成舞蹈，甚至于生出一个荒唐可笑的念头：武功即是舞蹈，舞蹈也是武功。他随乐起舞，从未细想其中的奥妙，只觉跳舞之时，体内的那股热气也会如吹笛时一样流转，时而窜到指尖，时而贯注脚上，使人动作敏捷、精力无穷。

　　过了数月，这一天忙完农活，农夫们自去休息。乐之扬坐在树下，吹了一会儿笛子，忽地想起了江小流。自从龙吟殿一别，他就全无音信。常言道："得胜的猫儿欢似虎，脱毛的凤凰不如鸡。"莫非江小流做了东岛弟子，自觉高人一等，再也不把自己放在眼里？可是转念一想，他和江小流结识多年，这小子什么都缺，唯独不缺义气，在河边打架斗殴，无论面对何人，从来没有临阵脱逃的先例。

思及此，乐之扬询问一个农夫，得知鲸息流的弟子住在飞鲸阁。那农夫说："岛上的杂役没有路牌，不得在岛上乱走，如果违犯，轻的重责二十大板，重的还会打断双腿呢！"

乐之扬笑道："老哥哥，有什么法子去飞鲸阁吗？"

"法子倒有一个。"老农慢吞吞地说，"每天早上，焦老三都要去各处挑粪当肥料，他有一块牌子，可以自由进出各流派的茅房。"

乐之扬找到焦老三，涎着脸向他讨路牌，说是代他挑粪，想顺道领略岛上的风光。

焦老三迟疑一下，说道："老弟，你替我出力是好事，可有一件事先得说明：我们这些杂役，严厉禁止学武。你若一定要去，见人习武，立刻避开，要不然，让人打断手脚挖去双眼，可别怪老哥哥我没有提醒你。"

乐之扬不以为然："什么狗屁武功，看两眼就能学会吗？"

焦老三脸色微变，看了看四周，压低声音说："乐老弟，你我身为杂役，一切都要小心从事。你若不答应，我也不敢借给你牌子了。"

乐之扬忙笑道："焦老哥，我听你的，就算他们放一个屁，我也躲得远远的。"

焦老三哈哈大笑，这才取出路牌，交给乐之扬。

次日清晨，乐之扬挑了两个木桶，戴上一个斗笠，大踏步向西走去。路上遇到的几个东岛弟子，见了他均是捏着鼻子远远避开。乐之扬心中大乐，故意凑上前去，惹得众人连声喝骂。

乐之扬哈哈大笑，摇晃着一对粪桶，玩赏风景，边走边看，忽见一排阁楼凿山而建，下临大海，一条蜿蜒小道隐隐然与阁楼相通。

乐之扬拾级而上，到了飞鲸阁前，两个弟子守在门边，看过路牌，也不作声，挥手让他进去。

乐之扬找到茅房，一边装模作样地掏粪，一边打量四周的地形，但见屋宇甚多，要找出江小流大为不易。想到这儿，他灵机一动，取出玉笛吹奏起来。调子是一段《货郎儿》，本是街上小贩叫卖的歌声，后来化入音乐，唱来诙谐有趣。每逢乐之扬去找江小流，都在屋外吹起这个调子，用不了多久，江小流自然溜出家门跟他会合。

吹了一段，不闻有人回应，正想再吹一遍，忽见一个人鼻青脸肿地从墙角边转了出来。

第七章

遇难呈祥

来人正是江小流，他见乐之扬要嚷，忙做了一个噤声手势，低声道："你怎么来了？"

"我来看你。"乐之扬瞧见他的样子，又惊又怒，"你的脸怎么回事？"

"别提了，都是练武闹的。"江小流不愿乐之扬看见，低头咳嗽两声，吐出一口血沫。

"你受伤了？"乐之扬扶住好友，"到底出了什么事？"

"没什么。"江小流垂头丧气，"练武的时候，不慎叫人打了一掌。"

"谁打你的？"乐之扬沉着脸说，"阳景还是和乔？"

江小流低头不答。乐之扬心中雪亮。鲸息流的弟子与他结仇，却将怨气撒在江小流身上。猜想起来，这些日子江小流必然吃了不少苦头，也难怪他不去探望自己。

乐之扬只觉一股怒火在心底乱窜，咬牙说道："我去找明斗。"

"你疯了吗？"江小流拉住他连连跺脚，"他们正愁没机会收拾你，你还要羊入虎口？我这点儿伤不算什么，他们顶多把我打伤，还不敢要了我的小命儿。"

乐之扬默默看他一会儿，摇头说："江小流，这可不像你啊。"

"有什么法子？"江小流悻悻说道，"上了这个岛，练不成一流的武功，根本别想出去。"他看了看四周，"乐之扬，这儿不能久留，你被阳景看见，不死也要脱层皮。"

乐之扬啐了一口："他那么恨我，干吗不去邀月峰找我报仇？"

"他也想去！"江小流叹一口气，"可是明斗说了，邀月峰的童管事不好惹，让他不要贸然去找你。"

"不打紧！"忽听有人笑道，"他来找我也是一样。。"

乐、江二人脸色齐变，回头看去，阳景从墙角转了出来，两手叉腰，咧嘴狞笑。

又听有人发笑，乐之扬回头一看，和乔笑容满面，纠合了两个同门，将去路堵死。

阳景盯着乐之扬，眼里喷出火来："乐小狗，因为你那一针，我躺了一个多月。哼！你来了，咱俩正好了断了断。"

"你要怎么了断？"乐之扬正说着，江小流扯他一下，大声说："阳师兄，乐之扬也知错了，我代他给你磕头。"说罢屈膝就跪。乐之扬一把将他扶住，怒道："江小流，你干什么？跪猪跪狗，也好过向这种人下跪。"

阳景的脸上涌起一股煞气，一挥手喝道："江小狗，滚一边儿去。哼！待会儿我再来收拾你。"江小流直起身来，咬了咬牙，站着不动。

阳景目光一转，扫过两桶粪汁，又在"空碧"上停留一刻，忽而笑道："乐小狗，大家都是同门，我也不能太过分。这样吧，你做两件事，我就放你一马。"

"哪两件事？"江小流忙问。

阳景拖长声气说道："第一件事，乐小狗你把笛子留下，并且签字画押，事后不得讨还；第二件事，你把左边的这一桶屎吃下去。只要你办得到，咱们的仇怨一笔勾销。"

"好主意。"几个鲸息弟子齐声叫好，和乔啧啧说道："我长这么大，还没见人吃过屎呢。"

江小流又气又急，转眼看去，只见乐之扬神色自若，忽地点了点头，说道："不就是吃屎吗，有什么大不了的？"

江小流冲口叫道："乐之扬，你……"乐之扬推他一掌，笑道："你别管，一边儿去。"

江小流无法可想，闷闷退开，眼角余光所及，桶里黑黄间杂，还有白蛆蠕动，登时翻肠倒胃，几乎呕吐出来。

阳景盯着对手，心中得意无比，但见乐之扬躬下身子，横起扁担，忽一挺身，将两桶粪汁挑了起来。

"你干什么？"阳景只觉不妙，扬声大喝。不待他动手，乐之扬哈哈大笑，右手大力一甩，右边桶中的粪汁化为尺许粗一股，哗的一声向和乔等人泼去。

那三人唯恐溅着粪汁，叫骂着向后跳开。粪便洒了一地，一股奇臭弥漫开来。

三人一退，让出一条路来。乐之扬趁机向前冲突，才跑两步，身后风起，阳景跳到半空，伸手来抓他的后颈。

乐之扬也不回头，使出《灵舞》的功夫，桶随人转，阳景登时抓了个空，一呆之间，乐之扬左手抓住桶绳，用力一抖，满桶的秽物哗啦啦冲天泼来。

阳景半身一凉，衣裤上登时沾满了屎尿。更可气的是，还有几点汁液钻进了嘴里，臭烘烘的不是滋味。

粪汁泼出，乐之扬早已蹿出丈许，其他三人扑上来拳打脚踢。乐之扬左一转，右一闪，从拳脚缝隙中飘然穿过，如果无法躲开，就泼出粪汁逼退敌人。

江小流一边瞧着，不胜惊奇，只觉乐之扬的身法极尽巧妙，两只木桶上下翻飞，粪汁泼了一地，乐之扬身上却没有沾上一滴。

"罗峻山，"阳景半身屎尿，气得浑身发抖，"你和迟飞到前面堵他。和乔，你跟我一起上。"

一个高大弟子应了一声，带着另一个壮硕小子，绕到乐之扬前面，阳景、和乔左右夹击，拳脚齐出。

乐之扬哈哈大笑，奋力舞起一对木桶，桶身粗大脏臭，竟然成了一对极厉害的兵器，逼得和乔连连后退。阳景一身屎尿，再无畏惧，大叫出掌，"砰"，打碎一只木桶，掌力传到扁担上面，带得乐之扬脚下踉跄。

和乔矮身出脚，想要绊倒对手，不想乐之扬纵身一跃，掠过他的小腿，剩下的木桶大力一甩，带起一股疾风，撞向和乔面门。

这两下一气呵成，和乔不及躲闪，忙乱中左拳突出，"砰"地击中木桶。木桶四分五裂，粪水泼溅而出，浇了和乔满头满身。

和乔恶心至极，弓起身子哇哇大呕。乐之扬却舞起扁担，趁机向前猛冲。阳景晃身阻拦，乐之扬劈头就打。阳景一扬手，捉住扁担一头，两人同时发力，乐之扬气力不济，身子向前撞出。阳景大喝一声，伸手扣他的脖子，怎料乐之扬身子歪歪斜斜，脚下磕磕绊绊，形如一只大陀螺，一摇一晃，贴着他的指尖滑了过去。

还没站稳，罗峻山与迟飞纵身扑上。乐之扬心中叫苦，刚才躲避和、阳二人已经用尽全力，面对罗、迟二人，势子用老，再也躲避不开。

忽听"啪啪"两声，两道青光击中罗、迟二人后脑，两人抱头惨叫。乐之扬抬头望去，江小流不知何时上了屋顶，双手抓起瓦片，左起左落，右起右落，雨点一样掷了下来。

这月余工夫，江小流挨了狠揍，内劲外功也有长进，这时投掷瓦块，力道十足，角度刁钻，加上占了地利，打得阳景一伙抬不起头来。

"江小流！"乐之扬又惊又喜，大叫一声。

江小流一面掷瓦，一面叫道："你快走，别管我。"

"说什么胡话？"乐之扬怒道，"要走一起走，要死一起死！"江小流听到这话，心口一热，抱起一叠瓦片，沿着屋檐飞奔。阳景跳上屋梁，抓起两块瓦片，运足内劲掷来。

江小流低头躲闪，瓦片擦过头顶，火辣辣十分疼痛。他一转身，将手里的瓦片全数掷出，趁着阳景避让，纵身跳到乐之扬身边，叫声"跟我来"，当先引路，一阵风似的跑向阁楼大门。

双方揭瓦大战，惊动了阁中弟子，他们一拥而上，齐叫："关门打狗。"有的去关前门，有的来捉乐、江二人。

两人出门无望，回头狂奔，转过几个拐角，忽见一条石栏横在前面，石栏之外就是汪洋大海。

两人走投无路，回头看去，阳景引着一群弟子，狞笑着逼了上来。

江小流望着下方海水，心中左右为难，冷不防乐之扬扯住他的胳膊，纵身跳上栏杆。江小流身不由己，口中惊叫："乐之扬，干什么……"

还没说完，人已落向大海。江小流但觉狂风刮面，吓得面无人色，口中发出一串尖叫。

"哗啦"，两人钻入海中，海水入耳，汩汩作响，连带上方的叫骂声也微弱起来。两人冒出头来，游向岸边。这时鲸息流的弟子下了石梯，赶到岸上，冲着两人狂呼大骂。

两人上不了岸，转身向前岛游去。游了一程，堤岸消失，出现了一带断崖，壁立千尺，森严如铁。江小流正感绝望，乐之扬扯他一下，指着远处叫道："那是什么？"

江小流定睛看去，断崖下有一条裂缝，左侧写了一行血红字迹："星隐禁谷，不得妄入。"

身后传来鼓噪，两人回头看去，众弟子找来两只小艇，丢进海里，争先恐后地赶了上来。

"快走！"乐之扬带头向石缝游去，江小流跟随其后。两人尽力划水，不久海水变浅，登上一方实地。这时天光变暗，前方一团漆黑，两人心生惧意，迟疑不前。这时后方传来一阵叫骂，回头看去，两只小艇停在石缝外面，船上众人破口大骂，却又不敢驶入洞里。

两人不敢停留，一溜烟地向前跑去。前路越走越宽，头顶出现了一条长长的裂缝，天光洒落一片，地上的植被也丰茂起来。两人蓦地发现，此间虽与大海相通，却是一个地谷，两崖摩天而出，挂满苍藤老葛。

突然路到尽头，出现了一块空地，地上散落若干石像，举手抬脚，摆出各种姿态。

江小流瞧了一会儿，指着一尊石像："这是'无定脚'的招式。"乐之扬转眼看去，石人双臂展开，右脚伸出，就像是一只展翅探爪的苍鹰，不由问道："什么是'无定脚'？"

"东岛的一种武功。"江小流说着跳了起来，双手展开，一口气踢出三腿，方才飘然落地。乐之扬不由赞道："踢得好！"

"这也不算什么。"江小流一脸得意，"练得好，能踢出七八腿呢。"乐之扬指着其他的石像说："这些石人比画的也是武功吗？"

江小流一一指点："这是'捕鲸手'，这是'鲲鹏掌'，别的我就不认识了。咦，石像下面有字……第四代灵鳌岛主释通玄创'鲲鹏掌'于此。"

"这里也有字！"乐之扬指着另一尊石像，"第八代灵鳌岛主释海雨创'千芒指'于此。"

两人看了一圈，每尊石像均有刻字，大意都是一样：某某岛主创某某武功于此。每一尊石像都是苔藓斑驳、样貌古旧。

"奇怪！"江小流说道，"这里刻的全都是岛主？如今怎么却叫岛王？"

乐之扬猜想道："东岛曾与朱元璋争夺天下，许多弟子曾经称王称霸。战败以后，退到这座孤岛上面，因为心怀不甘，所以据岛称王。"

江小流吐了吐舌头，笑道："这事儿我也听明斗提过两次，当时只觉荒唐，这么一座小岛，不过几百号人，要想争夺天下，那不是鸡蛋碰石头吗？"

乐之扬正要赞同，忽听有人冷哼一声，说道："楚虽三户，也必亡秦。取天下不在人多势众，而在于顺天应人。当年陈胜、吴广也不过几百号人，攘臂一呼，大秦朝不也亡了吗？"

这声音突如其来，两人吓了一跳，循声望去，发现山谷尽头，竟有一座石门，门前藤萝垂挂，如不细看，极难发现。

"什么怪物？"江小流不觉嗓音发抖，"有种的出来，小爷可、可不怕你。"

门中那人笑道："小子武功差劲，眼光也一塌糊涂。"

乐之扬听那人声音苍劲，像是一个老人，当下问道："老先生，你怎么在这儿？"

"我还没问你呢！"那人笑道，"这个星隐谷是历代灵鳌岛主闭关修行的地方，闲人免进。你们两个小子，又怎么进来的？"

"历代岛主……"江小流脸色惨变，冲口而出，"你、你是云岛王？"

那人呵呵直笑，乐之扬也笑了起来。江小流挠了挠头，心中大为羞惭，此人和云虚相比，嗓音苍老许多，再说换了云虚，听了两人的议论，只怕早就大发雷霆了。

乐之扬不胜好奇，问道："你不是岛王，为何也在此修行？"

"谁说我修行了？"那人冷冷说道，"门上的铁锁你没看见吗？"

乐之扬凝目细看，石门上果有一道铁锁，不由惊讶问道："老先生，你被囚禁了吗？"

"先不说这个。"那人哼了一声，"小子，我问你，你还以为东岛人少，不足以取天下吗？"

乐之扬想了想，说道："大明不是大秦，朱元璋也不是秦始皇。"

"何以见得？"那人问道。

"始皇帝以骄奢治天下，朱元璋以俭朴治天下。始皇帝严刑峻法，压制的多是百姓；朱元璋严刑峻法，对付的多是官吏。前者虐民以逞，后者吏治肃然；始皇帝宠信赵高，任用奸佞小人；朱元璋立铁碑于宫门，严禁宦官掌权。大秦民怨沸腾，一夫振臂而七庙隳；如今天下称治，民乐太平，谁要高呼造反，只会叫人当成疯子傻子。"乐之扬自幼追随乐韶凤，后者时常说古论今，乐之扬耳濡目染，也多了几分见识，只是年纪幼小，如上一段话，大多出于乐韶凤的见解。

那人沉默一时，忽地哈哈大笑，说道："好小子，身为东岛之人，胆敢大放厥词，见了岛王云虚，你也敢这样说吗？"

"怎么不敢？"乐之扬慨然说道，"我义父常说，宁为太平犬，不为乱世人，天下太平难得，岂容邪人扰乱？"

那人唔了一声，问道："令义父尊姓大名？"乐之扬答道："乐韶凤！"

"原来是他。"那人有些惊讶。

乐之扬不由问道："老先生，你认识我义父吗？"那人道："数面之缘，乐先生可好？"

"他去世了。"乐之扬不胜黯然。

那人沉寂时许，忽地朗声吟道："三秋闻桂子，更有离别期，来日泉下逢，会友听玉笛。"

他忽然吟诗，二小均是不解，那人又说："我与乐先生最后一别，正是三秋时节，那时他吹笛送别，笛声穿云，荡气回肠。可惜，但要再听一次，只有九泉之下了……"说到这儿，他停顿一下，忽道："有人来了。"

乐之扬侧耳听去，岑寂无声，不由笑道："老先生，哪儿有……"忽听上方传来一个女子的声音："席老前辈，近来可好？"

乐之扬听出是花眠的声音，与江小流对望一眼，均是脸色发白。但听石门中那人笑道："托福，托福，身子骨硬朗着呢！"花眠笑道："无事不登三宝殿，方才有两个人闯入星隐谷，前辈可曾见到他们？"

那人呵呵直笑，并不回答，突然间，乐之扬耳边传来一个细如蚊蚋的声音："小子，我见过你呢？还是没见过呢？"听这口气，竟有为二人遮掩的意思。

乐之扬心中感激，但想一人做事一人当，这老者身在牢中，还肯挺身相助，义气颇为不凡，如果因此连累了他，叫人过意不去。当下大声说道："花尊主，我在这儿。"

老人叹了口气，再不作声。江小流盯了乐之扬一眼，不无怨怪之意。乐之扬说道："是祸躲不过，这件事错不在我们，岛王如果明白事理，未必会治我们的罪。"他故意放大声音，好叫花眠听见。

"好你个乐之扬。"花眠语中带嗔，"你这么说，如果治了你的罪，就是岛王不明事理了？"

乐之扬呵呵直笑。江小流见他临危不惧，气势不衰，也不由生出勇气，暗想："他都不怕，我怕什么？"想到这儿，挺身说道："花尊主，我也在此。"

花眠哼了一声，不过片刻，上方垂下一个藤筐，连着一条铁链。乐之扬跳入筐中，藤筐徐徐上升，不久到了地面，只见花眠领着几个弟子，冷冷站在一边，乐之扬拱手笑道："有劳花尊主了。"

花眠见他闯了大祸，依旧谈笑自若，心中不快，说道："乐之扬，你为何大闹飞鲸阁？前因后果，你原原本本说给我听。"

乐之扬便将借故探望江小流、遇上阳景寻仇的事情说了一遍。才说完，江小流也吊了上来。花眠又问一遍，江小流也如实说了。两人言辞印证无误，花眠轻轻皱眉，沉吟道："罢了，先去龙吟殿再说。"

一行人拾阶而上，不久来到龙吟殿，但见云虚高踞上座，气度森严，叶灵苏、云裳一左一右站在他的身后。

明斗引着鲸息流弟子站在阶下，看见二人，怒目相向。不少人为瓦片所伤，脸鼻青肿、皮破血流。阳景等人也换了衣裤，可惜时间仓促，来不及仔细清洗，空气中弥漫着一股屎尿的恶臭。

江小流见了明斗，不胜心虚，低头缩脑，脚步迟疑。乐之扬却一无畏惧，大踏步走上前去，冲云虚行了个礼，笑道："杂役乐之扬，见过岛王大人。"

"小畜生！"明斗面皮发青，厉声高叫，"你戴罪之身，见了岛王胆敢不跪？"

乐之扬笑了笑，并不理睬。明斗大怒，正要动手，云虚摆手说道："由他去吧，看他的样子，就算跪了，心里也不服气。"

乐之扬笑道："岛王明鉴。"云虚双眉一扬，目有怒色。叶灵苏盯着乐之扬，眼里似有责备。乐之扬不以为意，反而冲她嘻嘻一笑。叶灵苏越发气恼，恨不得揪过此人痛打一顿。

明斗清了清嗓子，大声说道："乐之扬身为杂役，不守规矩，潜入我飞鲸阁偷学众弟子习武，为我弟子察觉，负隅顽抗，闹得飞鲸阁屎尿横流。按岛规，此人理应挖眼断腿，以儆效尤。江小流引狼入室，助纣为虐，也应逐出门墙，贬为杂役。"

听到这儿，叶灵苏微微皱眉，眼里大有忧色。云虚沉默时许，忽道："乐之扬、江小流，你二人有什么话说？"

乐之扬笑道："我去飞鲸阁不假，闹得屎尿横流也不假，但偷学武功，断无此事。我是去挑粪的，难道说，飞鲸阁的弟子都是蹲在茅坑里习武的吗？"

听了这话，花眠身后的几个龟镜弟子笑出声来。云虚目光扫过，那几人方才止住笑声。至于鲸息流一伙，早已气得暴跳如雷。

云虚沉默一下，冷笑道："乐之扬，你胆子不小啊！事到临头，还敢胡说八道？"

乐之扬笑笑说道："胡说八道不敢，只是据理力争罢了。"

云虚盯着这个少年，心中暗暗称奇。此子胆气不凡，言语从容，放眼岛上弟子，怕也少有人及，可惜他不肯宣誓，不然当是可造之材。

他想到这儿，生出怜才之意，慢慢说道："明斗，谁能作证他偷学了武功？"

"鲸息流的弟子都能作证。"明斗一挥手，"阳景，你来说。"

阳景犹豫一下，小声说道："我与和乔、迟飞、罗峻山正在习武，忽觉有人窥探，回头一看，正是这个乐之扬，同行的还有江小流，想必是江小流带他来的……"他说得吞吞吐吐，明斗听在耳中，大不受用，忽听花眠笑道："阳景，你敢说自己没有撒谎？"

阳景转眼一看，女尊主笑意盈盈，目光清亮有神。他心头一跳，慌忙垂下目光，低声说："句句属实。"

"好啊！"花眠冷笑，"我这'龟镜之术'，真是白练了吗？"

阳景心中后悔，他报复心切，信口开河，诬陷乐之扬偷学武功，但却忘了花眠的"龟镜之术"可以窥探人心。所以一见花眠入殿，登时心慌意乱，硬着头皮说了一通，结果还是惨被揭穿。

云虚看他神情，心中明白几分，沉声道："和乔、迟飞、罗峻山，阳景的话属实吗？"

三人面面相觑，和乔苦着脸说："岛王明鉴，阳师兄大约记错了，我是如厕时遇上乐之扬的。"

"畜生。"明斗反手一个耳光，将阳景打飞了出去，他面皮涨红，冲着云虚施礼，"明斗管教无方，还请岛王责罚。"

云虚也不瞧他，向花眠说道："据我所知，担粪的杂役一向是邀月峰的焦老三，为何换成了乐之扬？"花眠笑道："找来焦老三，一问便知。"

有弟子领命出去，带了焦老三进来，云虚问道："乐之扬的路牌是你给的？"焦老三见这阵仗，吓得心胆俱裂，"扑通"跪倒在地，哭哭啼啼地说："乐之扬来找我，说是要去飞鲸阁探望他兄弟，好说歹说，我才把路牌给他的。"

"这么说，借路牌是你自作主张了？"云虚盯着焦老三，目光越发冷厉。

焦老三还没答话，忽听一个醉醺醺的声音叫道："谁自作主张？路牌是我让他给的。"

说话间，童耀摇摇晃晃地走了进来，不由分说，给了焦老三一掌，骂道："老糊涂了吗，你说乐之扬向你借路牌，我连答了三个'好'字。你是聋子还是酒鬼，这么快就忘了吗？"

他身为醉酒之人，却骂他人酒鬼，几个年少弟子纷纷捂口偷笑。云虚大皱眉头，说道："童耀，你来干什么？"

童耀笑道："我手下人受了冤屈，我这管事当然要来申辩申辩。明斗，乐之扬可是我邀月峰的人，不是你想打就打，想杀就杀的。"

明斗冷笑："他大闹飞鲸阁也是你支使的了？"

"闹得好。"童耀拍手大笑，"我早想去闹一闹，可惜不得机会。闹得好，闹得妙，我邀月峰的人，个个都是好样的。"

"童耀你醉了。"云虚听不下去，指着两个弟子，"你们两个，把他带下去。"

两个弟子架着童耀就往外走，后者边走边叫："乐之扬可是我邀月峰的人，你们不讲公道，我老童可不答应。"

明斗说道："岛王明鉴，就算阳景说谎，但乐之扬污我门庭、伤我弟子也是实情。"

云虚沉吟时许，说道："花尊主，你执掌刑堂，以你之见如何处置？"

花眠道："阳景挑衅在先，说谎在后，理应掌嘴一百。乐之扬和江小流大闹飞鲸阁、擅闯星隐谷，各打刑杖三十。"

"正合我意……"云虚还没说完，乐之扬忽道："慢着。"

云虚不耐，说道："你还有什么话说？"

乐之扬笑道："岛王判错了。"众人齐声叫道："大胆。"云虚扬了扬手，淡淡说道："好啊，你说说，我怎么错了？"

云虚生平为人，越是止水不波，心中怒气越甚，若是雷鸣电掣，反而好上许多。叶灵苏心中焦急，连使眼色，乐之扬却故作不见，大声说道："江小流不该罚，该赏！"

众人齐叫："大胆，放肆，拖下去打嘴……"江小流也是面如土色，连扯乐之扬的衣襟。

云虚哼了一声，冷冷道："让他说。"

乐之扬说道："他大闹飞鲸阁，全为顾全义气，帮助朋友。东岛志在复国，将来打起仗来，大家看着同门身陷重围，也都一个个袖手旁观吗？"

话一出口，龙吟殿上一片寂静。云虚答也不是，不答也不是，若是罚了江小流，岂非鼓励不义之举，如果岛上弟子个个明哲保身，将来复国之时大有可虑。

他想了又想，忍气说道："乐之扬，你说得对，江小流伤害同门，理当惩罚，顾全义气，应该奖赏。一赏一罚相互抵消，他在鲸息流也待不下去了，明日可去龙涎流报到。"

江小流免了责罚，还能改换门庭，喜出望外，笑嘻嘻说道："岛王大人，乐之扬来飞鲸阁全是为探望我，他也很有义气，三十大板也免了吧！"

云虚两眼朝天，冷冷说道："他是很有义气，他这么大的功劳，我是不是应该免除他的杂役，将他收为正宗弟子呢？"

江小流更加高兴，忙说："那是再好不过了。"

"讨打！"叶灵苏不待云虚发作，锐声喝道，"江小流，你不要顺竿儿就爬。"

江小流还要说话，乐之扬扯他一把，抢着说："岛王息怒，他跳海时摔坏了脑子，满嘴都是胡话。"

云虚向来一言九鼎，今日却为乐之扬拿话扣住，改口赦免了江小流，嘴上不说，心中暗恼，将手一挥，叫道，"废话少说，马上行刑！"

四个刑堂弟子蜂拥上前，乐之扬摆手笑道："不就是打屁股吗？我自己来。"解下玉笛，俯身趴在地上。两个弟子彼此使个眼色，双双操起刑杖，对准他的双腿落下。

刑杖落在身上，乐之扬差点儿痛昏了过去，不容他缓过气来，刑杖接二连三地落下，每一杖都是势大力沉、痛彻骨髓。

乐之扬恨不得狂呼惨叫，可是这么一来，岂不叫明斗之流笑话称快，想及此，咬紧牙关，双手使劲抠住地砖，但因为用力太甚，十指深深嵌入砖缝。

行刑的弟子看出云虚心中不满，有心逢迎上意，出杖时潜运暗劲，纵不打断乐之扬的双腿，也要他三五月不能走路。外人看来，不过随手挥杖，怎知道其中暗伏杀机，七八杖下来，乐之扬皮破血流，青布长裤也已染红。

叶灵苏看出不妙，又惊又怒，望着乐之扬血染衣裤，心尖儿也微微颤抖起来。这感觉委实古怪，以前她见人受刑，惨酷之处尤胜如今，却从无一次像今天这样关切。

乐之扬痛得发昏，心想这么下去，三十杖打完，不死也要残废。想到这儿，索性闭上双眼，拼命回想《周天灵飞曲》的旋律，借以忘掉肉体上的痛苦。

心中旋律一起，小腹处升起一股热流，上达百会，下至会阴，循膻中穴而下，走了一个小周天，徐徐注入两条大腿。可怪的是，原本火热的真气，到了双腿之间，突然变得清凉如水，火辣辣的疼痛为之一轻。

刑杖不住落下，尽管疼痛不减，但却止于皮肉，少了一层伤筋动骨的难受，那一股凉气伴随旋律在中杖处来回起伏，随着旋律渐高，流动越来越快。杖击声起初啪啪连声，渐渐化为了"扑扑"的闷响，如击败革，生出一股反弹之力。

行刑的弟子有所知觉，均感讶异，可也不及细想，两根刑杖左起右落，一口气打完三十杖，乐之扬的大腿已是血肉模糊，趴在地上一动不动。

阳景也掌嘴完毕，他当众受此奇辱，心中怨愤欲死，死盯着乐之扬，恨不得将他碎尸万段。

"乐之扬。"云虚徐徐说道，"这一顿板子如何？"

乐之扬半昏半醒，应声抬起头来，笑道："还没死呢！"

云虚本想这一顿板子，必然打得他威风扫地，谁知仍是嬉皮笑脸，全无忏悔之意。云虚心中恼火，哼了一声，冷冷说道："做人当守本分，你是岛上杂役，凡事就得有个杂役的样子。今日念在你初犯，我对你从轻发落，下一次再敢胡作非为，可不是三十刑杖这么简单了。"说完起身离开，云裳跟随在后。叶灵苏呆站原处，深深地看了乐之扬一眼，转身赶上云虚父子。

花眠指派了一个弟子，同江小流一起将乐之扬抬回邀月峰。江小流望着乐之扬的惨状，一边走一边抹泪。乐之扬笑道："你哭什么？今儿挨了这顿打，少说三个月不用干活儿，睡到日上三竿，整天白吃白喝，那可是求也求不来的福气。"

江小流"呸"了一声，骂道："照你这么说，一年打你四次，一整年你都不用做事了。"乐之扬笑道："好啊，如果年年如此，东岛就得养我一辈子了。"

两人苦中作乐，一路上插科打诨，一边的刑堂弟子听得大皱眉头，心想这两个小子疯话连篇，完全不知悔改，刚才那一顿板子还是太轻，这样的害群之马，真该活活打死才对。

回到邀月峰，童耀看过伤势，破口大骂："兔崽子下手好狠，这不是往死里打吗？"

乐之扬腿上的皮肉尽被打烂，骨头乍看没事，只怕也有暗伤，闹得不好，年纪轻轻就会落下残疾。

童耀骂了一阵，找来烈酒清洗伤口。伤口沾酒，刀剟针刺也不足形容。乐之扬痛得冷汗长流，但却咬着牙关一声不吭。

童耀见他如此顽强，点头道："小子，你放心，今天你大闹飞鲸阁，给我邀月峰大大地长了脸。从今往后，你只管好好养伤，一天不好养一天，一年不好养一年，伤好以前，什么事儿也不用做。"

乐之扬勉强笑道："管事不责备，我倒心中有愧，也不知这伤要养多久？"

童耀说道："若是寻常草药，虚耗日月，效力不显。唔，我记得岛王那儿有一味疗伤圣药，名为'补云续月散'，本是当年'素心神医'花晓霜留下的秘方，任何金疮刀伤，都能从容愈合，可说是腐肉可生、断筋可续。只是药材宝贵，炼制不易，岛王从不轻易许人，赶明儿我向他讨一剂，包你七日之内，药到病除。"

乐之扬叹道："如此圣药，只怕不容易讨到。"童耀摇头晃脑，得意地笑道："怎么说我也是岛上的老人，云虚总要卖我一个面子。"

第二天，童耀一早出门，至午方回，进门时一张脸黑里透紫。乐之扬不用多问，也知道他碰了钉子。

童耀配制的草药虽也不差，奈何伤势太重，很快棒疮溃烂，痛苦日增。乐之扬趴在床上，常从梦中痛醒，"灵曲真气"护住骨骼筋络，但对皮肉之伤无甚效力，不过痛得狠了，行功一遍，真气清凉如水，倒也能够缓解少许。

这一日半夜，他趴在床上修习内功，因为修炼已久，如今不用吹笛，只凭心中乐章，也能长吐缓吸，导引真气。不过一个时辰，体内真气流走如注，伤处的痛苦大大减轻，正想收功入睡，忽听窗格一响，飞进来一个东西。

乐之扬慌忙躲开，抬头一看，窗纸上闪过一道黑影，再瞧飞来之物，却是一个小小的瓷瓶，上面粘了一张字条，写着："一半和酒内服，一半以烈酒溶化外敷，一日二次，连用三日。此物不可声张，外人知晓，大祸临头。"

乐之扬不胜惊奇，揭开瓶盖，倒出若干红色药粉，气味甚是辛辣刺鼻。他心中犹豫，尝了一点药粉，辣中带苦，吃下去也没有什么异样。

想了足足半夜，次日清晨，乐之扬决意一试。他借口饮酒镇痛，向童耀讨了一壶烈酒，将药粉外涂内服。药酒涂过棒疮，痛得他倒吸冷气，可是疼痛过后，却有一股清凉之气在伤处萦绕。

乐之扬按方用药，到了次日，脓血渐收，疼痛大减，伤口微微发痒，竟有愈合之势。这样过了三日，棒疮渐渐结痂，虽然小有痛痒，但也足以忍受。

乐之扬不胜惊喜，猜想送药的人是谁，可惜那晚惊鸿一瞥，只见到一抹黑影。仔细想来，岛上肯为自己送药的，江小流算是一个，但这小子不学无术，斗大的字儿认不得一筐，让他拈针绣花，也比动笔写字高明十倍，字条上的字迹秀丽妩媚，不像是男子手笔。乐之扬不觉心头一动："难道是叶灵苏？"想到这儿，心口滚热起来。

药粉神效惊人，到了第七日，乐之扬已能下地行走。童耀看在眼里，连道奇怪。其间江小流也来探望过两次，见他日益康复，大为欢喜。乐之扬探他口风，江小流果然不知道送药一事。

这一晚，乐之扬躺在床上，正要入睡，忽听"咯"的一响，似乎有人进门。他扭头看去，床前多了一人，黑衣蒙面，一双眼睛灼灼逼人。乐之扬吃了一惊，挺身跳起，不料那人出手如风，一指点中他的后心。

中指处十分疼痛，乐之扬登时动弹不得。他张口欲叫，一股气堵在喉间，一个字也吐不出来。

那人将他拎起，快步冲出门外，狂奔一程，忽地止步。这时忽听有人笑道："阳师兄，得手了吗？"乐之扬听得耳熟，抬眼一看，只见和乔站在前方，罗峻山、迟飞一左一右，分别站在他的两旁。

"手到擒来。"阳景扯下面巾，一甩手，将乐之扬狠狠摔在地上。

乐之扬强忍疼痛，掉头看去，此间临近海边，礁石高低错落，投下阴森森的黑影，海风掠空而过，送来阵阵涛声。

忽听和乔又道："没惊动童耀吧？"阳景笑道："那老小子睡得比死猪还沉！"

"师父要的笛子……"和乔话没说完，阳景一扬手，手里多了一支碧玉长笛。乐之扬眼看"空碧"也落到他的手里，心中一阵狂怒，眼里喷出火来。和乔打量他一眼，笑道："阳师兄，这小子生气了呢！"

阳景目露凶光，狠狠一脚踢在乐之扬小腹上，乐之扬痛得蜷成一团，浑身抽搐不已。阳景还要再踢，和乔拦住他笑道："杀猪听不见猪叫，总是少了点儿什么。"阳景点头道："师弟说得是。"挥手一指，点中乐之扬的心口。

乐之扬只觉热气冲喉，脱口叫道："背后偷袭，算什么好汉……"话没说完，阳景给了他一个耳光，乐之扬双耳嗡鸣，眼前金星乱迸。

和乔笑道："阳师兄少安毋躁，待我跟他说两句话儿。"说着拍了拍乐之扬的头顶，"小子，你叫我们每人一声爷爷，我让你少吃点儿苦头如何？"

乐之扬咽下一口血沫，笑道："好呀，我叫。"和乔大为得意，负手微笑。乐之扬抬起头来，忽地冲他大叫一声："狗爷爷。"和乔一呆，乐之扬又转向其他三人，挨个儿叫道："猪爷爷、王八爷爷、耗子爷爷……"

四人又惊又怒，迟飞箭步上前，拎起乐之扬的衣襟，眼中迸射骇人凶光。阳景忽道："迟师弟，慢着！"迟飞停下手，不解道："阳师兄，怎么？"

"他泼了我一身屎尿，不能就这么算了。"阳景目光森冷，咬牙说道，"临死之前，得让他尝一尝本少爷的臭尿。"

"好哇，好哇！"众人拍手大笑，罗峻山将乐之扬摁在地上，拧住他的头发，扯得他面孔向上，同时伸出一手，捏开他的嘴巴。

阳景望着仇家，心中说不出的痛快，他狞笑两声，扯开裤带，正要撒尿，忽听"扑通"连声，罗峻山、迟飞一声不吭，双双扑倒在地。

阳景不及细想，尽力向左一跳，但觉一缕锐风贴面掠过，惊出了他一身冷汗。阳景一手捏着裤头，一手拔出短刀，厉声叫道："他妈的，是谁？"

忽听一声冷哼，阳景循声望去，前方礁石上站着一道黑影，细腰长发，姿态婀娜，月光如水泻落，来人身影摇曳，仿佛漂浮在水里。

"着！"和乔一扬手，一道精光射向女子，也不见女子动作，"叮"的一声，精光落在地上，却是一枚钢镖。

阳景一言不发，跳上礁石，唰唰唰攻出三掌六刀，掌力夹杂刀光，仿佛狂风吹雪。

礁石狭窄，不及旋踵，女子忽左忽右，进退如风，与其说是人类，不如说是鬼魅。阳景掌风飘散，刀刀落空，一轮猛攻猛打，也没有沾上对方一片衣角。

这一番交手，阳景看出了对手的来历，心中不胜惊慌，出手越发狠辣。可惜情急生乱，女子忽地素手一挥，穿过一片刀光，扫中了阳景的右手腕脉。

阳景短刀脱手，闪身跳开，不意女子如影随形，欺上前来，右手又是一挥，指尖白如嫩笋，轻轻点向他的心口。

阳景右手软麻，慌忙抬起左手格挡，不料想女子手掌一晃，绕开他的封拦，向他腰际一招，将"空碧"轻轻地夺了过去。

阳景情急之下，反手抓向女子的皓腕。女子玉笛在手，挽起一片碧光，刹那间，阳景从肘到腕连挨三下，左臂失去知觉，死蛇一样垂落下来。

阳景临危不乱，纵身向后跳出，可女子出手更快，一缕碧光飞来，笃地点中他的心口。阳景失声惨叫，从礁石上栽了下去，摔入乱石堆里，登时头破血流。

和乔也认出来人，心中不胜惊慌，忽见女子跳下礁石，手持长笛，飘飘然走了过来。

和乔一低头，看见地上的乐之扬，慌忙抓向少年，想要拿为人质，谁知刚一弯腰，脑门微微一凉，玉笛已经顶在上面。

和乔咽了一口唾沫，强笑道："叶师妹，有话好说，我们跟这小子闹着玩呢！"

"鬼话连篇。"叶灵苏啐了一口，"你们谋财害命，我要带你们去见岛王。"

和乔脸色苍白，连连拱手："好师妹，看在家师面上……"话没说完，叶灵苏一抖手，玉笛扫中了他的太阳穴，和乔哼也没哼，就瘫倒在地。

叶灵苏扶起乐之扬，解开他的穴道，皱眉道："你没事吗？"乐之扬忍痛起身，笑道："没事。"叶灵苏道："你也跟我去见岛王，作证告发他们。"

乐之扬点点头，正要致谢，忽见叶灵苏身后的礁石丛中站起一道人影，心中"咯噔"一下，忙叫："小心……"话才出口，那人腾空而起，呼地一掌拍了过来。

叶灵苏得了警告，反掌回击，两股掌力相交，她只觉一股奇劲钻入掌心，毒蛇似的窜向胸口，登时血气沸腾，翻着跟斗向前飞去。

那人一掌震飞少女，反手扣向乐之扬的咽喉。五指未到，乐之扬已觉劲风刺骨，下意识身子后仰，双脚交替变化，使出灵舞身法，向后蹿出一丈有余。

那人一抓落空，咦了一声，右掌向下一拂，掌力扫在地上，卷起一股旋风，跟着纵身而起，有如乘风而行，晃身之际，抢到乐之扬身前，右掌一挥，呼地向他头顶拍落。

乐之扬逃过一抓，势子已然用老，但觉掌风扑面，再也无力躲开，正要闭目等死，忽听哧哧连声，夜空微微一亮，出现了许多金星。

那人发出一声怒哼，半空中收回右掌，横着向后扫出，黑暗中叮叮之声不绝，金星相互撞击，雨点一般坠落在地。

乐之扬坐在地上发呆，忽觉手臂一紧，叶灵苏在耳边叫道："快走！"他应声跳起，一瘸一拐地跟在少女身边。

跑出不到十步，身后狂风卷来，叶灵苏柳腰拧转，反手一挥，黑暗中又闪过一蓬金雨。追赶者咒骂一声，闪身避开，金针击中岩石，迸出点点火星。

叶灵苏拉着乐之扬奔跑，对方畏惧"夜雨神针"，不敢过分逼近。双方一追一逃，越过一片礁石，忽然间，叶灵苏绊了一下，身子向前摔倒，乐之扬慌忙将她扶起，但觉少女簌簌发抖，俨然受了莫大的痛苦，乐之扬心中一惊，叫道："叶姑娘，你怎么了？"

"快，去前面的燕子洞！"叶灵苏手指前方，声音微微发颤。

乐之扬抬头看去，海边礁石上方悬着一个黑幽幽的洞口，一时之间，他也不知道哪儿来的力气，扶起叶灵苏向前冲去。

一口气奔进石洞，乐之扬才跑两步，呼啦啦一阵响，上下四周蹿出无数黑影，乐之扬吓得呆若木鸡，站在原地动弹不得。

"别怕！"叶灵苏在他耳边轻声说道，"那是燕子。"

乐之扬恍然大悟，这个岩洞是海燕栖息之所，贸然闯入此间，惊醒了许多燕子。他回头看去，身后人影晃动，那对头也闯了进来，正心急，忽听叶灵苏叫道："看针！"

那人本意扑近，应声向后掠出，不料叶灵苏虚张声势，叫过之后，并无一针发出。那人怒极反笑，笑声惊醒了满洞的燕子，上下扑腾，密密层层，众人相隔数步，也难以看见对方。

这一笑，乐之扬听出此人来历，脱口叫道："明斗！"叶灵苏嗯了一声，冷冷道："别出声。"

明斗听见声音，向前蹿出，忽听少女又叫："看针！"明斗冷哼一声，纵身出掌，忽听破空声急，登时吃了一惊，双掌乱挥，想要扫落飞针，但被燕子遮住视线，看不清飞针来路，忽觉身上刺痛，分明中了一针。明斗狂怒大吼，双掌呼呼乱挥，掌风所过，燕子纷纷坠落于地。

乐之扬无处可去，扶着少女向洞里猛钻。这儿本是溶洞，亿万年来风水侵蚀，外大内小，越往里走，越觉逼仄，忽然前方路尽，出现了一堵石墙。

"没路了！"乐之扬摸着石墙大叫，叫声未落，忽听叶灵苏说道："放我下来。"

听了这话，乐之扬才惊觉自己正搂着对方的腰肢，但觉入手温滑，纤柔无骨，登时面皮发烫，慌忙缩回手去。

少女扶着墙壁坐下，咳嗽几声，微微喘息。黑暗之中，她的一双秀目灿如星子，一瞬不瞬地盯着外面，丝毫没有留意乐之扬的窘态。乐之扬定一定神，也转眼看向来路，但见漆黑一团，不时传来燕子的拍翅声。

乐之扬心跳加快，扶着身后石壁，低声问道："明斗怎么没来？"

叶灵苏哼了一声，冷冷道，"他不敢进来。"

乐之扬一愣，恍然明白了少女话中的意思，洞里通道狭窄，明斗贸然闯入，黑暗中一定躲不过飞针，想到这儿稍稍放心，又问："叶姑娘，现在怎么办？"

"挨到天亮就好……"叶灵苏说到这儿，又咳嗽起来。乐之扬忍不住问道："叶姑娘，你受伤了吗？"叶灵苏沉默不答，只是不住咳嗽。

乐之扬盯着少女，感激之外，又生怜惜，心中思绪纷纭，不知从何说起。这时忽听明斗的声音慢悠悠传来："叶师侄，明某奇怪得很，你堂堂正宗弟子，为何老是护着一个杂役？难道说，你跟他勾搭成奸？"

叶灵苏怒道："乱嚼舌头！谁、谁跟他勾、勾搭……"说到这儿，激动难当，又是好一阵咳嗽。

明斗听到咳嗽，恨不得冲进洞里，但又害怕这是叶灵苏的诱敌之计，忍了又忍，笑着说道："好侄女，你若对他无意，又何苦为他卖命？姓乐的小狗辱我太甚，我只找他算账，跟你全不相干。你也知道'鲸息功'的厉害，中了我的掌力，若不及时救治，恐怕后患无穷。"

乐之扬心跳加快，事到如今，他的生死全在叶灵苏一念之间，听着叶灵苏的喘息之声，不由得握紧双拳，掌心渗出一丝冷汗。

叶灵苏喘息片刻，忽地说道："明斗，你要么有胆进来，要么一直等着。等到天亮以后，我就向岛王揭发你的罪状。"

明斗笑道："我有什么罪状？"叶灵苏冷冷道："谋财害命，杀人灭口。"

"好大一顶帽子。"明斗啧啧连声，"好侄女，你也有个罪名，岛王如果听到，一定不大高兴。"

叶灵苏道："什么罪名？"明斗干笑两声，说道："夜半三更，私会情郎，天知道你们两个小东西，躲在这洞里干什么勾当？"

"无耻……"叶灵苏怒急攻心，连连咳嗽起来。

明斗大为得意，寻思少女受了内伤，如果将她激怒，必能使其伤势恶化。正想继续嘲弄，忽听乐之扬大声说道："明斗，你说得不对。"明斗道："我怎么不对了？"

乐之扬笑嘻嘻说道："以小可之见，应是明尊主你为老不尊，半夜偶遇叶姑娘，色心大动，欲行不轨。叶姑娘奋起反抗，但却被你打伤，本人恰好经过，撞破了你的丑行，将叶姑娘护送至此……"

"放屁，放屁……"明斗天性气量狭窄，冤枉他人可以，自己却受不得半点儿冤屈，一时忘了身份，破口大骂起来，"小畜生，你一个狗杂役，一无是处，谁会相信你的屁话？"

"对呀，"乐之扬不急不恼地说，"我一个狗杂役，一无是处，叶姑娘却是高高在上，凤凰天仙一样的人儿。我俩夜半私会，这样的事儿说出去也没人肯信。但以明尊主的高深武功、下流人品，杀人越货都干得出来，污辱妇女还不是小菜一碟……"

话没说完，"砰"的一声，洞穴应声一震，跟着轰轰隆隆，前方洞顶掉下来几块磨盘大小的石头。

"怎么回事？"乐之扬微微吃惊。叶灵苏沉默一下，忽道："不好，他要封洞。"正说着，又是砰砰两声，更多岩石落下，堵住了洞穴的出口。

叶灵苏锐喝一声，发出飞针，但只射中石块，黑暗中激起一串火星。明斗连连发掌，不一会儿的工夫，通道坍塌了大半。乐之扬扑上前去，但见乱石累累，将通道堵得严严实实，正想运劲推开，又听轰隆连声，明斗不知从哪儿推来一块巨石，挡在乱石之前。乐之扬连推数下，石墙纹丝不动，只听明斗说道："好侄女，这可是名副其实的洞房，二位尽情享用，明某就不奉陪了！"说完哈哈大笑，很快去得远了。

乐之扬呆了呆，一跤坐倒，喃喃说道："这是什么武功，连石头也能打碎？"

叶灵苏一声不吭，乐之扬不由担心起来，问道："叶姑娘，你还好吗？"一面说，一面伸手过去，还没碰到女子，忽听叶灵苏冷冷说道："把你的狗爪子拿开。"

乐之扬应声缩手，苦笑道："叶姑娘……"

"闭嘴！"叶灵苏怒道，"我不想跟你说话。"

"为什么？"乐之扬一愣，叶灵苏恨恨地说道："你跟明斗一样，只知道拿女人说事。色心大动，欲行不轨，呸，你脑子里就是这些肮脏事吗？"

乐之扬挠头说道："我那是挖苦明斗……"叶灵苏气道："你哪儿是挖苦明斗，根本、根本就是糟践我！哼，我可不是任由你们摆布的女子。"

"你当然不是。"乐之扬悻悻说道，"要说任人摆布，也该是我这个一无是处的臭杂役才对。叶姑娘你这么厉害，谁要敢摆布你，管教他白刀子进去红刀子出来。"

少女沉默不语，乐之扬心中忐忑，不知道是否又说错了话，过了一会儿，忽听叶灵苏长吐了一口气，幽幽地说道："明斗的内功是'鲸息功'，本是当年'西昆仑'梁萧的神技，他虽然比不上'西昆仑'，但是开碑裂石却不在话下。"

乐之扬听得出神，说道："叶姑娘，全都怪我，要不是我，你也不会困在这里了。"

"怪你做什么？"叶灵苏漫不经心地说，"换了别人，我也一样。"

乐之扬大感无味，又问："你怎么会来海边？"叶灵苏冷冷道："我爱来便来，你管得着吗？"

两人一时无话，过了片刻，叶灵苏忽又问道："乐之扬，你在想什么？"乐之扬沉吟道："我在想怎么出去。"少女哼了一声，问道："没想那个朱微吗？"

听了这话，乐之扬又被勾起心事，靠着石壁闷闷不乐。叶灵苏也不作声，只是轻轻喘气。洞中至幽至暗，外面受惊的燕子也平静下来，寂静有如一块大石，沉沉压在二人心头，不知不觉，乐之扬也迷糊起来。

恍惚中，他又回到了紫禁城里、沉香亭畔，朱微坐在那儿，凝眉含愁，信手弹琴。乐之扬想要叫喊，偏又出不了声，想要走上前去，可是走了许久，总也走不到她的身边。他的心里惶急失落，就连朱微弹奏的曲子也变得模模糊糊，听不出曲调的来历。

忽然一声尖叫，乐之扬陡然惊醒，挺身坐了起来。亭子、少女一扫而光，环眼看去，周围一片黑暗，原来刚才的一切只是一场幻梦。

乐之扬暗叫惭愧，正想躺下，忽然又听见一声尖叫："爹爹，别，别……"叫声又尖又细，有如一个女童，凄惨之处，使人毛骨悚然。

乐之扬不胜心惊，凑上去叫道："叶姑娘……"话才出口，手腕一紧，被少女紧紧握住，她的手指纤细有力，滚烫得像是烧红的铁钎。

只听她喘息两声，忽又尖声叫道："爹爹，别，别，妈妈快死啦，她流了好多的血……"

叫喊中，她下意识收紧手指，乐之扬腕骨剧痛，几乎被她生生拧断，伸手摸去，少女肌肤如火，高烧不退。

"她病了？"乐之扬心中焦急，正想将她摇醒，冷不防叶灵苏一头撞来，将他拦腰搂住，光滑灼热的脸蛋靠在他的胸前，泪水滚滚流了出来。

乐之扬不知所措，叶灵苏却陷入了迷离幻境，呜呜咽咽，念念有词。从话语中听来，她的父母似乎发生了某种争斗，少女一面哀求父亲罢手，一面催促母亲逃走，声调哀怨凄婉，使人心颤神摇。

乐之扬连摇带喊，想要唤醒少女，可是叶灵苏内伤发作，走火入魔，陷入梦魇之中无法自拔。乐之扬无计可施，下意识摸索身上，陡然指尖一凉，摸到了那一管玉笛。他灵机一动，横笛吹起《周天灵飞曲》，心想这是叶灵苏最爱听的曲子，听到音乐也许好受一些。

说来也奇怪，才吹了两支曲子，怀中的少女就平静了不少。乐之扬又惊又喜，陆续吹完二十二支曲子，叶灵苏的胡言乱语也化为了一片哽咽，身子的颤抖也平复下来。她放开双手，依偎在乐之扬的怀里，就像是一头驯服无比的小兽。

乐曲竟能疗伤，这大大出乎乐之扬的意料，却不知叶灵苏为明斗的掌力所伤，经脉受损，神志昏乱，激发幼时心病，生出了许多可怕的幻觉，长此拖延下去，纵然不死也会发疯。

《周天灵飞曲》本是奇妙内功，暗合人体脉理，导引周天之气，颇有去塞化瘀、调和阴阳的神效，就算不是本人吹奏，光是聆听曲调，也可安神止息、降伏心魔。

乐之扬一连吹了三遍，叶灵苏高烧退去，出了一身透汗，呼吸轻细柔和，空气中弥漫着一股淡淡的馨香。乐之扬见她好转，本想推开少女，但见她安详驯顺的样子，忽又有些不忍，只好静静坐着，随手把玩玉笛。

坐了不知多久，天色微明，石缝间隐隐透亮。乐之扬正觉困倦，忽觉怀中一动，叶灵苏惊叫坐起，她发现身在何处，惊慌之余，奋力一推，尽管伤后无力，仍将乐之扬推了个四脚朝天，脑袋撞在墙上，痛得嗷嗷直叫。

"你做什么？"少女语带愠怒。

"你还问我？"乐之扬摸着脑袋，气哼哼说道，"昨天晚上你又叫又闹，我来瞧你，却被你一把扯住，当了一晚的枕头。"

叶灵苏听了这话，昨晚的记忆一点点浮现出来，心想："难道说，那些事情不全是做梦？"念及此处，羞得无法可想，红着脸坐在墙边，一句话也说不出来。

过了一会儿，她忍不住问道："昨晚、昨晚我说了什么？"乐之扬只好说："你又叫爹又叫妈，还说什么住手、流血的话，想是做了噩梦，听起来有点儿骇人。"

叶灵苏沉默半晌，忽道："你扶我起来。"乐之扬将她扶起，少女抚摸那一堆乱石，伸手推了两下，石块仍是纹丝不动。

乐之扬关切道："你伤得很重，不要乱动了吧。"叶灵苏坐了下来，沉默片刻，幽幽说道："乐之扬，我们，唉，可能出不去了。"

乐之扬早有这个念头，但听少女说出，仍觉不胜失望，忽听叶灵苏又说："我受了伤，你武功有限，要想推开这些石头难比登天，如果没人来救，你和我就死定了。"

乐之扬心有不甘，凑近石块间隙，运足气力大喊："来人啊，救命啊……"一连叫了七八声，不但无人应答，就连外面的燕子都没有惊动。

"别叫啦！"叶灵苏叹了一口气，"这儿偏僻得很，我受伤无力，你又不会用内力发声，声音无法及远，根本传不出去。"

乐之扬仍不死心，说道："你和我失了踪，岛上的人一定会到处寻找，早晚会找到这里来的。"

"也许！"叶灵苏说完，盘膝打坐，再不作声。

乐之扬坐在一边，但觉度日如年。眼看着天光渐暗，又到夜晚，少年恐慌起来，冲着外面大声呼救，但任他叫破嗓子，也无人回应一声。

两人饿了一天一夜，叶灵苏内伤恶化，伤饿交加，身子更加虚弱，过了午夜又发起烧来。乐之扬吹起笛子，也不见好转。他一曲吹罢，忽听叶灵苏幽幽地说道："乐之扬，算啦，过了今晚，我就要死啦。"

乐之扬忙道："别说胡话，很快会有人来的。"

"别傻了！"叶灵苏叹了一口气，声音一反常态，变得不胜柔和，"我知道，你这样说，只是不让我绝望，只要心不死，人一时就不会断气。"

乐之扬听了这话，心口仿佛堵了什么，说不出地憋闷难受。他暗恨自己无能，眼睁睁看着少女伤势恶化，自己却一点儿办法也没有，想到这儿鼻子发酸，

第七章　遇难呈祥

眼眶湿润起来，好在四周黑暗，叶灵苏无法看见，如不然，伤痛之余，势必又添伤感。

"乐之扬，"叶灵苏的声音轻细如丝，"你怕不怕死？"乐之扬迟疑一下，说道："你别说死不死的话，我们一定能活下去。"

沉默一会儿，少女又说："也不知人死了，那边是个什么样子？这世上，真有阿鼻地狱、极乐世界吗？"

"也许有的。"乐之扬无可奈何，顺着她的话说道，"你问这个干吗？"

叶灵苏轻声说："我在想爹爹妈妈，妈妈一定去了极乐世界，爹爹呢，一定下了阿鼻地狱。"

乐之扬的心"咯噔"一下，忙说："你烧糊涂了吗？你的爹爹妈妈，一定都在极乐世界。"

"你不知道的。"叶灵苏的声音微微发抖，"昨天我又看见了，我看见爹爹拿着剑，一剑一剑地刺在妈妈身上。好奇怪，妈妈望着他，脸上一直在笑，难道她就不痛吗？人痛的时候会笑，真是好奇怪……我大声叫呀喊呀，他们总不理我，周围全是火，我在火里跑啊跑啊，说什么也冲不出去，只能看着爹爹一剑一剑地将妈妈杀死……"

"那都是梦！"乐之扬只觉毛骨悚然，强笑说道，"叶姑娘，这儿是燕子洞，只有你跟我……"

"不……"叶灵苏的声音不胜缥缈，"那不是梦，我……我一直想要知道，爹爹为什么杀死妈妈……可是、可是我就要死了，这件事，我永远也不会知道了……"

乐之扬张口结舌，心里乱成一团。如果叶灵苏说的不是梦话，那么这个少女的身世岂非无比凄惨？他呆了呆，又问："你、你爹爹呢？他后来怎样？"

"他死了。"叶灵苏顿了顿，轻声说，"他自杀了。"

"那么你……"乐之扬问到这儿，再也说不下去。

"我是孤儿，我是师父养大的。"

乐之扬颓然坐下，双手抱膝，满心茫然。过了半晌，不闻少女动静，他心生恐惧，伸手摸去，但觉叶灵苏身子滚烫如故，口鼻间却有微弱的呼吸。

少女还活着，乐之扬松了一口气，意兴怏怏，横起笛子吹了几声，乐声萦绕耳边，久久也不散去。听着笛声，他的心里忽然一动，想起在海边吹奏《周天灵飞曲》的情形，一开始，笛声遇风就散，吹到后来，笛声冲破狂风，能够传到极远的海上。

乐之扬一跳而起，连骂自己糊涂，心想："我的叫声不能及远，难道笛声就不能及远吗？"

思及此，顿时狂喜不禁，他定了定神，横笛吹奏起来，神与意合，声气相通，体内真气流转，身外灵曲飘飞，笛声被逼成了细细的一线，曲曲折折地穿过乱石间隙，送出燕子洞口，呜呜咽咽，风吹不散，一直飘向远方。

他吹了一遍，又吹一遍，如此吹笛，贯注全身之气，乐之扬饥渴交加，吹奏一久，但觉头晕眼花，吹到高昂之处，屡屡吹不上去。尽管如此，一想到身边的少女，他又强打精神，拼命送出笛声。

断断续续地吹了两个时辰，夜晚逝去，天光又亮，乐之扬的心里几乎绝望，忽地一口气上不来，丢开玉笛坐在地上，身子一阵阵发软，神志也昏沉起来。

这时地皮震动起来，耳边传来轰隆之声。乐之扬抬眼一看，光明耀眼，一块大石徐徐挪开。

乐之扬又惊又喜，眯眼看去，缺口处站了一道人影，高高瘦瘦，挺拔不群。

"云岛王！"乐之扬冲口而出。云虚却不瞧他，纵身入内，抱起叶灵苏，看了一眼，掉头就走。

乐之扬跟出洞外，还没站稳，只觉身侧还有人影，转眼看去，云裳目光如剑，狠狠刺来。乐之扬来不及申辩，脸上如遭斧劈，两眼一黑，登时昏了过去。

不知过了多久，方才有了知觉，一股疼痛钻心入脑。乐之扬努力张开双眼，左眼勉强可以视物，右眼连带面颊高高肿起，只能眯成一道细缝。

正觉四周眼熟，忽听有人说道："醒了吗？"乐之扬扫眼看去，童耀坐在床边，瞪眼直视过来。

乐之扬松了一口气，原来他已回到了邀月峰下的住所，摸一摸胸口，《灵飞经》贴身收藏，尚未被人取走，玉笛也在身边，摸来冰冰凉凉。

他稍稍放心，挣扎起来，但觉半边头疼，伸手一摸，不由破口大骂："云裳那个混账东西。"

童耀叹道："那小子还算手下留情，要不然，你这颗脑袋也被他拧下来了。"

"叶灵苏呢？"乐之扬始终记挂少女。

童耀还没开口，门外一个声音冷冷说道："她已经好了。"童耀应声跳了起来，叫道："岛王！"

云虚走了进来，看了看乐之扬，扔出一个小瓶。童耀接过一瞧，眉开眼笑，转向乐之扬说道："还不谢过岛王，这可是疗伤的圣药。"

乐之扬略略欠身，说道："明斗……"云虚摆了摆手，眼里精光转动："来龙去脉我都知道了，这几天的事情你最好烂在肚子里面。"说到这儿，阴森森看了少年一眼，"你若信口开河，别怪我手下无情。"

乐之扬莫名其妙，转眼看向童耀，后者也是一脸茫然。

"还有一件事。"云虚皱了皱眉，"从今往后，不许你再见灵苏，如有违犯，我打断你的双腿，丢进海里喂鱼。"

乐之扬惊怒交加，大声说："她来见我怎么办……"话音未落，后脑挨了一掌，童耀大声呵斥："臭小子，你算什么东西，值得她来见你？"

云虚却没有发作，深深地看了乐之扬一眼，说道："她来见你，你也不要理会。"说到这儿，又扫了童耀一眼，"童管事，他是你手下的杂役，如果犯我禁令，你跟他同罪并罚。"

"好说，好说。"童耀拭去额上汗水，恭送云虚出门。

乐之扬见他走远，纳闷道："童管事，明斗在哪儿？"

"明斗？"童耀两眼上翻，"你问那厮干什么？"

"他没有离开东岛？"乐之扬迟疑一下，"或者受到责罚？"童耀瞧他时许，摇头说："没听说过。"

乐之扬更加疑惑，寻思叶灵苏伤势好转，必定会向云虚说出明斗的劣迹，明斗留在岛上，一定难逃公道。正思量，忽听童耀又说："小子，这两天一夜，你跟叶灵苏真的在一起吗？"

乐之扬点了点头，童耀皱眉道："你跟她……"乐之扬抢着说道："我和她清清白白，决无不轨之事。"

童耀盯着他看了又看，但觉不似说谎，摇头叹道："你俩一起失踪，闹得岛上沸沸扬扬。只是奇怪，以云虚的脾气，没有责罚你不说，还给你送药疗伤？奇怪，真是奇怪极了！"

乐之扬不觉苦笑，童耀想到云虚的训诫，也不好刨根问底，叹一口气，摇头走了。

自此以后，岛上众人见了乐之扬，看他的眼神便与众不同，就连农夫们也觉好奇，偷问他与叶灵苏之间的事情。乐之扬绝口不提，但他越是不说，越是惹人猜疑。

事发后第二天，江小流也赶了过来，他一反常态，少言寡语，眼神也很奇怪，一再旁敲侧击，询问乐、叶二人的关系。乐之扬既好气又好笑，只说什么也没发生。江小流一脸的不信，离开时无精打采。

乐之扬留意飞鲸阁的动静，发现数日过去，明斗毫发未损，仍是鲸息流的尊主，就连四个劣徒也安然无事。有一次，四人经过海边，看见乐之扬时，个个得意扬扬，冲着他大声咒骂。

乐之扬心生狂怒，恨不得冲到云虚面前大声质问，可转念一想，这其中必有名堂。云虚知道明斗作恶而不惩罚，足见两人之间大有隐衷。乐之扬甚至于猜测，云虚不让自己说出实情，与其说是顾全叶灵苏的名节，倒不如说是掩盖明斗的恶行。

他越想越气，辗转难眠。这一晚，他登上邀月峰顶，对着海天吹笛解闷。吹了一会儿，望着漫天星斗，不知怎的，忽地想起了星隐谷里的囚犯，寻思："听那人的口气，似乎认识老爹，也许从他口中，能够找到老爹被害的原因。"又想起那人吟过的离别诗，心头一动，抬头看去，月将中天，已过二更。

乐之扬下了山峰，向星隐谷逍遥走去。走了二里有余，前方灯火摇曳，当即隐身一旁，只见两个弟子手提气死风灯，说说笑笑，一路走来。再往前去，也有巡逻之人，正迟疑，忽听"梆梆梆"敲响三更。巡逻的弟子一哄而散，道路上也冷清下来。

乐之扬纵身疾行，不久来到星隐谷上方。正要下去，忽听一声惨叫，他吃了一惊，慌忙缩身后退。

"这滋味儿好受吗？"一个声音从谷底飘起，听起来甚是耳熟，"那件事，你到底答不答应？"

但听一阵喘息，一人呵呵笑道："答应个屁。"声音苍劲沙哑，正是谷中被囚的老者。

"有骨气！"问话的人冷哼一声，老人又是两声惨叫，俨然受了某种折磨。

乐之扬义愤填膺，正要冲上前去，忽听老人说道："云虚，你有本事就让我死了，这样婆婆妈妈，也算是个男人吗？"

　　"云虚"二字好比一桶冰水淋下，乐之扬吓得缩了回去，大气也不敢出，心想难怪声音耳熟，原来竟是云大岛主。云虚的行事实在古怪，夜半三更不睡，却跑来这儿来折磨一个囚犯。

　　囚徒又叫两声，一声弱过一声，仿佛将要死去。过了一会儿，云虚冷冷道："也罢，咱们就这么耗着，我看你能撑到何年何月！"

　　囚犯笑呵呵说道："猴年马月，你看如何？"云虚呸了一声，囚犯又笑道："恕不远送。"

　　谷口黑影闪动，一个人蹿了出来，手提一只灯笼。灯火映照之下，云虚一张瘦脸布满了怒气，他在谷口站立时许，袖袍一拂，转身就走。

　　乐之扬趴在一边不敢出气，直待云虚走远，方才摸到谷口，顺着一根藤蔓滑下，低声叫唤："老先生，老先生……"

　　谷中沉寂良久，那囚犯冷冷说道："小子，你来干什么？"口气颇为虚弱。

　　乐之扬笑道："不是前辈让我来的吗？"那人道："我何曾让你来的？"乐之扬一笑，朗声吟道："三秋闻桂子，更有离别期，来日泉下逢，会友听玉笛。"

　　"一首诗又算什么？"

　　"这是一首藏头诗，但取四句当头一字，连起来不就是'三更来会'吗？"

　　那人沉默片刻，哈哈笑道："你这小子，到现在才发现这个玄机吗？虽是后知后觉，但也胜过无知无觉，足见你心思机巧，堪与老夫议论一番。"

　　说完火光大亮，透过一扇铁窗射出。乐之扬走上前去，但见铁窗后一双眸子，冷若井中寒星，幽幽地冲他打量，当下拱手笑道："小子乐之扬，敢问老先生大名？"

"我是道士。"那人说道，"俗家姓席，道号应真。"乐之扬笑道："原来是一位道长，失敬失敬。"心中却觉"席应真"三字耳熟，似在什么地方听过。

席应真见他神色，微感讶异，心想自己的名号东岛弟子大多知道，但看乐之扬的神情，却又似乎一无所知，想着问道："小家伙，你不是东岛弟子吗？"

乐之扬答道："不是。"

席应真又问："你是乐韶凤的义子，怎么会来到东岛？"乐之扬略略说了，席应真冷笑说："云虚这小子，拐骗人口也罢了，如此糟蹋人才，真是有眼无珠。"

乐之扬忍不住问道："席道长，云虚为何要折磨你？"

"说来话长！"席应真笑道，"小家伙，你知道太昊谷吗？"不待乐之扬回答，他又笑道，"我糊涂了，你不是江湖中人，自然不知这些门派。"

老道士顿了顿，说道："我太昊谷原在北方，本是前朝高人上情祖师所创，后由百哑祖师发扬光大，这二位均是玄门中的奇女子。百哑祖师本意不收男徒，后来晚年落魄，幸得家师天弈真人收留，破例收了家师为徒。到了我这一代，已然传了四代，但详推渊源，太昊谷与东岛同出一脉，本谷的'弈星剑'与东岛的'飞影神剑'均是出自前朝大剑客公羊羽的'归藏剑'，两派的祖师，更有许多牵扯不断的瓜葛。"

乐之扬笑道："这两种剑法谁更厉害？"

席应真嘿嘿一笑，答非所问："论辈分，我跟云虚的父亲云灿同辈。我出道之时，恰逢大元乱政，天下扰攘不安，百姓陷于水火。我那时少年侠气，仗剑游历天下，看见欺压良善之辈，必然出手诛除。可我渐渐发现，世上的恶人诛不胜诛，实在叫人泄气。更令人痛心的是，东岛弟子良莠不齐，割据一方，为非作歹，因为家师有言在先，不许我与东岛结怨，所以我看在眼里也无可奈何。

"某一日，经过濠州地界，忽遇有人交战，其中一方人少，使的均是东岛武功；另一方全是戎装士兵，人数虽多，武艺却很平常，他们高呼奋战，护着居中一个将军。那将军临危不乱，指挥一帮平常士卒挡住了一群武学高手。我心里奇怪，细看那人容貌，不但貌不惊人，甚至于有些丑陋，可是气魄之大，乃我平生仅见。双方拼杀已久，东岛终占上风，士兵越战越少，那将军也岌岌可危。我看东岛众人下手狠毒，一时义愤，挺剑而出，将东岛弟子杀退，不过也手下留情，只是刺伤了他们的腿脚，并未害其性命。"

乐之扬暗暗吃惊。席应真说得轻描淡写，可是两军交战，要将敌人的腿脚一一刺伤，而又不伤性命，剑法之高，实在匪夷所思。

席应真接着说道："东岛的首领认出我的来历，说道：'灵鳌岛、太昊谷同气连枝，本岛向来敬让贵派三分，为何横插一脚，坏我大事？'我心中有气，也说：'贵岛的前辈我大多佩服，释天风、公羊羽、云殊大侠、花镜圆花二先生，哪一个不是惊天动地、侠义襟怀的人物？现如今，你们为了争夺天下，一个个叛宗忘祖、背信弃义，只顾争权夺利，不顾天下苍生，闹得大好江南白骨盈野、市为丘墟，贵派前辈地下有知，不知又该作何感想？'"

"骂得痛快！"乐之扬拍手叫好。

席应真也笑了两声，说道："那人听了只是冷笑，说道：'这话我自会原原本本地禀告岛王，但愿道长有始有终，不要逃之夭夭的好。'东岛高手如云，我一人之力实在单薄，只是年少气盛，头脑一热，张口答道：'逃什么？天大的事我也一肩担着。'那人冷笑而去，那位将军上前与我相见，双方互说名号，你道这人是谁？"

乐之扬想了想，说道："莫不是朱元璋？"

席应真咦了一声，问道："何以见得？"

"你说事发之地是濠州，那是朱元璋龙兴之地，你又说他相貌丑陋但气魄惊人，临危不乱而指挥若定，足见你对他十分佩服。道长这样的人物，让你佩服的人怕是不多，想来想去，也只有朱元璋了。"

席应真拍手笑道："妙啊，又被你猜中了。可惜无酒，要不然当浮一大白。"

乐之扬笑道："道长救了朱元璋，必然跟他做了朋友吧？"

"小子不知天高地厚。"席应真笑骂，"他可是当今天子。天子无友，你连这个道理也不懂？"

乐之扬知道席应真说话喜欢欲扬先抑，便笑道："朱元璋那时还不是天子，若不广交朋友，恐怕也得不了天下。"

席应真一怔，叹道："鬼灵精，小小年纪，倒也颇通情理。不错，我和他一见如故，两人性子一起，当场拜了把子。"

乐之扬恍然道："原来你们不是朋友，而是兄弟。"

"那也是多年前的事了。"席应真幽幽一叹，"他如今孤家寡人，什么兄弟功臣，早已不在他眼里了。"

乐之扬身在京城，自然一清二楚。这些年来，朱元璋诛戮功臣，动辄抄家灭族。乐之扬亲眼见过，监斩官令牌一掷，无论男女老少，人头滚作一地。他看过一次，就不想再瞧，倒是江小流兴致颇高，每逢此等盛举，总要兴冲冲地去凑热闹。

"朱元璋邀我与他共图大举，我对打仗攻城兴致缺失，但怕东岛高手来犯，答应留在濠州为之警卫。前三天安然无事，到了第四日夜里，东岛高手果然来犯，一次来了六个，均被我仗剑杀退。过了两日，又来了四个，这四人更加厉害，我一个收剑不住，刺死了其中一人。尽管两次退敌，但来人一次比一次厉害，我心里十分忧虑，朝夕警戒，不敢松懈。

"到了第八天晚上，来了两个老者，武功高得出奇，虽不是四尊之流，但也是元老一辈的人物。我与他们在校场上交手，以一敌二，苦苦支撑。眼看要输，忽听有男子在高处发笑，我抬头一看，旗杆顶上笔直站立一人。那旗杆有四丈来高，这人何时到了杆顶，我们三个均无所觉。这一份能耐神出鬼没也不足以形容，东岛二老害怕是我伏下的帮手，其中一人右掌突出，出其不意地将旗杆打断。这一招十分狠毒，旗杆周围空旷无依，那人无处立足，必定活活摔死。"

"哎呀！"乐之扬轻叫一声，"那么他摔死了吗？"

"说也奇怪，旗杆轰然倒下，那人却没随之坠落。我定睛一看，不胜骇异，该人高悬半空，晃悠悠飘然下落，落势十分缓慢，不像是血肉之躯，倒像是一只空具人形的风筝。等到那人飘落在地，我仔细再瞧，他十分年轻，顶多不过二十出头。"

"你说他是人？"乐之扬大为讶异，"不是鬼魂儿吗？"

席应真哈哈大笑，说道："他当然是人，只是所练的武功十分奇绝，上天化鸟，入水化龙，有巧夺造化之力，妙参天地之功。"

"有这么厉害的人？"乐之扬只觉在听神话，心中难以置信。

"不但我惊讶，东岛二老见他如此能为，也都惊疑不定。那年轻人笑着说：'你们二位这么大年纪，不在东岛纳福，却跑来中土捣乱。我跟踪了你们三天，一路上作威作福，没干一件好事。那个岛主云灿，驭下不严，贻羞祖先，你们如果还有一些廉耻，乖乖离开此间，逃回东岛反省。'两个老的听说他跟踪了三天，心中均是不信，一人说：'你这小子，大言不惭，那你说说，我们这三天都干了什么？'

"年轻人笑着说：'第一天晚上，二位人老心红，在集庆（今南京）嫖娼，不付嫖资不说，还把人家鸨儿打成了重伤；第二天早上，这位老兄马失前蹄，转身抢了一匹骏马，马主人稍有反抗，被你一脚踢断了左腿；就在今天中午，一群饥民向你们乞讨，结果你们两掌扫过去，重伤三人，轻伤四人，其中一人若非我救治，恐怕连性命也保不住。另外还有一件事，你们此来不是两人，而是三人，二位负责诱开这位小道士，另一位则去暗杀濠州城的大将。'

"我一听这话，震惊莫名。东岛二老的脸色却很难看，其中一人叫道：'我那兄弟，你将他怎么样了？'年轻人笑道：'也没怎么样，刚才我将他挂在旗帜下面吹风，结果旗杆莫名其妙地倒了，再后来么，我也不知道了。'那两人脸色惨变，慌忙抢上前去，旗帜下果然盖了一人，想是被年轻人点了穴道，挂在旗杆上面，方才随之倒下，头开脑裂，活活摔死了。我见这情形，大大松了一口气，东岛二老误杀同门，悲愤莫名，跳起来向年轻人狠下毒手。我怕年轻人吃亏，正想提剑相助。谁知双方一个照面，东岛二老就已双双倒下，至于年轻人如何出手，我也没有看清楚。"

乐之扬冲口问道："这人是谁，这么厉害？"

席应真肃然道："这人姓梁，大号思禽！"

"他还活着？"乐之扬又问。

"当然活着！"席应真声音一扬，"只因他活着，三十年来，云虚没敢踏出东岛半步。"

"好厉害！"乐之扬脱口惊呼。

席应真呵呵一笑，接着说道："梁思禽制服二老，并未狠下杀手，又将他们放了，临别时说道：'你们替我向云灿带话，而今天下大乱，理应除暴安良、匡救时弊。他若良知未泯，最好约束岛众，如不然，老天爷也不饶他。'二老对视一眼，问道：'你姓甚名谁？功夫打哪儿学的？'梁思禽说：'我姓梁，从海外来。'那两人脸色大变，一言不发，转身就走，就连同门的尸体也丢下不管了。我心中感激，上前与梁思禽结识，交谈之下，才知此人不但武功奇高，而且学究天人、才智卓绝，更有匡扶宇内之志，于是将他引入朱元璋麾下，但他天性淡泊，不愿为官为将，从始至终只愿做个幕僚。后来扫灭群雄，梁思禽出奇计、造神机，出力甚大。东岛群雄连战皆败北，心里都很明白，梁思禽一日不除，胜过朱元璋都是妄想，于是云灿下了战书，邀他来东岛决一死战。"

"他一个人吗？"乐之扬不胜惊讶。

"我本想陪他前往，但他说对方言而无信，未必不会调虎离山，让我留在朱元璋身边，以防东岛暗算，所以后面的事情我也未曾亲见。只是事后听说，他孤身赴约，横渡沧海，败尽东岛高手，并在鳌头矶之上裂石成纹，写下了'有不谐者吾击之'七个巨字。"

乐之扬连连咂舌："岛前那一行字是他写的，难怪，难怪。"

席应真道："从那一战以后，东岛一蹶不振，云灿连伤带气，不久一命呜呼，临死前叮嘱儿子云虚，让他为自己报仇。后来云虚剑法有成，十年中向梁思禽挑战了三次，结果全都大败。第三次他返回东岛，一气之下，发下毒誓，若不练成打败梁思禽的武功，终此一生，决不踏出东岛半步。"

乐之扬拍手笑道："无怪云虚一脸苦相，原来是个大大的输家。"

"梁思禽天下无敌，输给他也不丢人。"席应真淡淡说道，"云虚生平对敌，也只输过这三次。放眼天下，能和他比肩的人物，决不超过五位。"

"哪五位？"乐之扬倍感好奇。

席应真淡淡说道："你若在江湖上，来日自然知道。"

"梁思禽还在朝廷吗？"乐之扬忍不住问，"我怎么没听说过他的名号？"

席应真沉默一下，说道："因为政见不合，他与朱元璋决裂，远走西域，避世不出，现如今，'梁思禽'三个字是当朝禁语，谁若提到，就是死罪。"

乐之扬吃惊道："为什么会这样？"席应真唔了一声，说道："奇怪，乐韶凤没跟你提过这事？据我所知，令尊失去官爵，就是受了梁思禽一案的牵连。"

乐之扬大吃一惊，忍不住问道："席道长，我义父和梁思禽很要好吗？"

"要好也说不上，梁思禽精通音律，当年拟定大明雅乐，乐先生跟他打过交道。后来梁思禽犯事，令尊也受了牵连，但这还算好的，他丢了官，却保了命，其他人可没有那么幸运。"席应真说到这儿，幽幽地叹了口气。

乐之扬的心子突突直跳，说道："席道长，我老爹有什么大仇人吗？"

"没听说过，令尊以音乐入仕，从未上阵杀敌，也没有参与政事，理应没有什么仇家。"席应真说到这儿，奇怪地问道，"小家伙，你问这个干吗？"

乐之扬强忍悲恸，将乐韶凤的死因说了一遍。席应真听完，沉吟道："下手如此之狠，必是血海深仇，我和令尊的交情也不算深，许多事情也不甚了然。"

"会不会是……"乐之扬深吸一口气，"是朱元璋？"

"不会。"席应真连连摇头，"若是朱元璋，早就将令尊杀了，又何必等到现在？"

乐之扬心中大石落地，如果朱元璋不是凶手，他和朱微就不必仇雠相见了。但若不是朱元璋，又会是谁呢？

他百思不透，只好放在一边，问道："席道长，你是当今皇帝的挚友，为何又会关在这个地方？"

"说来话长。"席应真轻轻叹了口气，"当年天下平定，我不愿为官，云游四方。但朱元璋感念之前的交情，想方设法地召我进京，一面把几个儿女交给我传授武功，一面赐了我许多封号，让我留在京中，掌管天下道教。

"我本是玄门中人，天不拘、地不管，入世参与纷争，不过一时偶然，荣华富贵非我所爱，闲云野鹤才是我的归宿。至于那些皇子皇孙，长于深宫之中，养于妇人之手，要么庸碌怯懦，要么暴虐无仁，调教起来难如登天，算来算去，也只有三个人得了我的真传，其中一个小姑娘我尤其喜欢。唉，这样的好女儿，生在帝王之家太可惜了。"

乐之扬听到这儿，心头一动："她叫什么名字？"

"她单名一个微字，"席应真漫不经心地说，"封号宝辉公主。"

乐之扬只觉一股热血涌到头顶，心子突突狂跳。他终于想起，在戏园子里张天意曾经说过，朱微是席应真的弟子，无怪这名字十分耳熟。真没想到，在这荒岛绝域，居然遇上了小公主的师父。

席应真透过铁窗，看出他神色有异，问道："怎么？你听说过她？"乐之扬不愿连累朱微，摇头说道："道长请往下说。"

"我不爱住在京城，借口巡视天下道观，时常在外云游。大约两年之前，微儿写信给我，说是许久不见，心中思念云云，我接信一瞧，也有一些想念这个小徒弟，于是动身入京。这几年，朱元璋杀戮太过，功臣旧友凋零大半，他嘴上不说，心里却很孤单，见了我这个方外旧友，执意将我留在宫里喝酒下棋。这一天，下了两局棋，他忽地说起皇太孙允炆，心中十分担忧。太孙德行有余但雄才不足，他虽百计防范，仍恐有所遗漏，眼下朝廷里的障碍大多扫荡一空，骁悍难制之臣均被诛灭，但朝廷之外仍有隐忧。尤其东岛余孽，死灰复燃，这几年竟有闯宫之举，虽然未能得逞，可也叫人警惕。他问我可知东岛方位，打算造船征讨，捣其巢穴。

"我虽知东岛所在，但太昊谷与东岛同气连枝，我又怎能泄露方位。于是敷衍说，东岛远离中土，烟波浩渺，除了东岛弟子，无人知道其方位。当年大元也曾派兵征讨，但如无头苍蝇，屡屡无功而返。朱元璋大失所望，只好说，下一次再有东岛弟子闯入皇宫，定让'阴魔'冷玄逮个活的，无论用上何种手段，也要逼问出东岛的下落。"

"那可糟了。"乐之扬说道，"东岛这些人十分狂妄，必定还会闯宫。"

"我也这么想。"席应真叹了口气，"我与东岛大有渊源，当年互为仇敌，也是形势使然，而今我年事已高，了无牵挂，不如舍身前往，不论死活，了却这一段恩怨。存了这个念头，我借口云游，离开京城，乘船出海，辗转来到东岛。云虚见了我很是惊讶，但他一派宗主，没有立刻与我为难，反而客客气气地询问我的来意。

"我将来意说了，又说：'如今天下太平，百姓乐业。你我均是经历战乱之人，种种惨烈之事不忍回首，如果重启战端，又不知有多少百姓流离失所？还望云岛王以苍生为重，安于海外称雄，放弃前仇旧恨。'

"云虚听了这话，不动声色，只是说道：'太昊谷与我东岛渊源甚深，令祖师了情道长与本门公羊羽祖师交情匪浅，当年道长身在敌营，也曾多次手下留情，为我东岛保存了一口元气。感念如彼，我敬你三分。然而道长所言，大可斟酌一二。自从大宋亡于崖山，我东岛一心反抗暴元，百年之内不知死了多少英雄好汉。后来大元乱政，也是我东岛弟子振臂一呼，挑起红巾百万。高邮之战，大元丞相脱脱以百万大军围城，小小一座城池，几度垂危欲破，又是谁拼死苦战，大破元军，使其无力南下？如不然，脱脱破了高邮，趁势席卷江南，朱元璋纵有通天之能，也会成为元人刀下之鬼。结果我东岛弟子在前面流血，他却在后方大肆扩张。更可恨的还是梁思禽，他祖上本是元朝大将，亡我大汉衣冠，道长帮助朱元璋，还可说是为了天下苍生，他帮朱元璋，只是不愿见我东岛得志，故而百计坏我大事。此恨可比天高，云某若不报仇雪恨，真是枉为七尺男儿。'

"我听了这话，只好说：'驱逐元虏，东岛确有大功。常言道：尽人事，安天命。反抗暴元，贵岛尽力而为，对得起天下百姓，至于统一天下，多少得有一些运气。当年几次大战，东岛并非没有取胜之机，朱元璋也未必没有覆亡之患，大家各尽其力，胜负光明磊落。人生在世，愿赌服输，这样婆婆妈妈地纠缠不清，也未必就是好男儿的所为。'"

乐之扬笑道："道长说这话，只怕得罪人了。"

席应真笑了两声，接着说道："云虚一听，气得要命。但他傲岸清高，不便当场发作，闷了一会儿才说：'原来道长是朱元璋的说客。'我见他冥顽不灵，心里有气，说道：'我说服你干什么？你就算投了朱元璋，以他的手段，也未必容你活命。我只是顾念前代的交情，不忍见到东岛覆灭，所以冒死前来提醒你一句，万勿再去中土扰乱，惹恼了朱元璋，造船征讨，那可就糟了。'云虚听了，说道：'朱元璋诛戮功臣，不遗余力，道长一再为他卖命，又有什么好处？当年梁思禽为他立下了多少功劳，结果一念不合，立马刀兵相向。这样的暴虐之主，道长不觉得齿冷吗？'

"我没能劝动云虚，他倒来策反我，我心中好笑，说道：'做皇帝的，但看他对百姓如何，能让天下太平、百姓乐业的就是好的。至于别的，贫道一概不管。'云虚说：'看样子，道长说不动我，我也说不动道长，不如这样，咱们同出一源，都以剑法鸣世，你我比一比剑法。道长赢了，我自当节制弟子，不再与朱元璋为难；道长输了，须得潜入朱元璋身边，取那臭乞丐的狗头。'

"我心中一惊，忙说：'比剑就比剑，刺杀之举，贫道决不答应。'云虚笑着说：'这可由不得道长，道长如不答应，怕是出不了本岛。'我说：'我胜了就能离开吗？'云虚说：'不错！'我就说：'刀剑无眼，东岛是你的地盘，你杀了我也不打紧；我若不慎伤了你，贵岛弟子必不答应，那时我还是出不了东岛。不如换一个法子，既可分胜负，又不伤和气。'云虚问是什么法子，我就说：'贫道乘船来时，望见一处石洞，海燕成群出入，不如我们剑刺飞燕，燕子落地不伤为胜，如果伤了一只，不算数不说，还要从落地的燕子里扣除一只，以一炷香为限，落燕多者为胜。'"

乐之扬惊讶道："用剑刺飞燕，怎么能不伤燕子，又让它落地呢？"

"一般人听来匪夷所思，其实倒也不是什么难事。剑法练到一定地步，只要出剑轻快巧妙，劲力拿捏精准，剑尖不入但劲力透入燕子体内，使其气血凝滞，失去飞翔之能。"

乐之扬倒吸一口冷气，说道："这可难得很。"

"如不难，也显不出本事。我本想云虚未必首肯，谁知他并不迟疑，一口答应下来，又问我，若是输了，是否答应刺杀朱元璋。我没明着答应，只说我若输了，任他处置。他笑了笑，不再多说。于是我们来到燕子洞前，先在洞口张开渔网，以免燕子倾巢而出，而后击起鼓来。洞中海燕受惊，纷纷展翅冲出，但为渔网所阻，在洞口惊慌乱窜。我俩守在网前，各持长剑刺燕，'飞影神剑'以迅疾见长，一旦使出，真如鱼龙戏波、惊鸿照影，那支剑结成的网罗比起外面的渔网还要绵密，剑光所向，没有一只燕子可以脱身。片刻工夫，唰唰唰刺落了十余只海燕，可惜落地的燕子里面，死了三分之一，伤了一半有余，只有寥寥几只勉强算数，但扣去死伤之数，他一只燕子也没赚着，反而赔了不少。"

老道士说到这儿，呵呵发笑。乐之扬也拍手说道："云虚自大成狂，这一下可中计了。道长以前练过刺燕吗？"

"也没练过，但我提议刺燕，胸中已有成算。大侠云殊创出'飞影神剑'以来，这一路剑法向来用于战争。战场上有你无我，务求一击必杀，所以出剑讲究快准狠辣。对手往往还没看清，就被他一剑刺死，纵使看清了，也挡不住他风驰电掣的一击。所以这一路剑法是搏命的剑法，有一股所向无前的气势。海燕小巧纤弱，以'飞影神剑'的凌厉，稍有不慎，就会刺穿鸟身。但我太昊谷四代都是道士，玄门要旨在于'冲虚'二字，圣人云：'大盈若冲，其用不穷。'唯有处处留有余地，方能生生不息。所以'弈星剑'练到一定境界，反虚入冲，每刺出一剑，总要留下若干劲力，一来以免伤人太甚，有违道门宽恕之心，二来大盈若冲，后招无穷，无论对手如何变化，我总有应变的余地。"

"我明白了。"乐之扬拍手笑道，"云虚的剑是杀人之剑，道长却是宽恕之剑，要想燕子不伤不死，宽恕之剑当然更容易办到。"

"这个比喻精到！"席应真拍手大笑，颇有知己之感，"我的剑法虽不如'飞影神剑'凌厉，可是劲力收发由心，剑尖触及鸟身，便依燕子飞行之势收回了一大半的劲力。所余的力道既可刺落飞燕，又不使其受损。当然了，这也不是说'弈星剑'胜过'飞影神剑'，只是二者风格不同，上阵杀敌，'飞影神剑'自然厉害，但要刺落活燕，'弈星剑'更加管用。"

乐之扬暗暗佩服，心想这老道士当真了得，亏他短短工夫，就想出了这一种扬长避短的法子。想到这儿，又生疑惑："这么说，道长理应赢了才对，为何还会滞留在岛上呢？"

"我只想到剑法，却忘了人心。"席应真长长叹了一口气，"一开始，云虚将刺燕想得太过简单，以为仗着轻功快剑，必能一举胜出，等他明白其中的难处，已经大大落了下风。眼看线香燃尽，败局已定，他忽地一挥手，射出了许多夜雨神针，我身前的活燕一只不落，全被钉死在地上。"

乐之扬惊道："这样不违规吗？"

"对啊，我也斥责他违规，云虚却说：'我们只说了不刺死自家的燕子，又没说不能杀对手的燕子。道长若有能耐，也来刺死我的燕子好了。'这道理十分无赖，可又难以反驳，很快线香燃尽，我只好弃剑认输。"

"这明明是作弊，"乐之扬愤然说道，"道长怎能认输？"

"这件事不明不白，既可说是作弊，也可说是钻了规则的空子。若是市井无赖，大可狡辩一番，但老道我一生坦荡，又岂能做这婆婆妈妈的臭事？云虚见我弃剑认输，又逼我刺杀朱元璋。我说：'愿赌服输，要杀要剐我都认了，但刺杀之举，万万不能。贫道出身玄门，也知道'仁义'二字，我与朱元璋八拜之交，岂能受你所逼，杀害结义兄弟。更何况我眼下答应了，回到中土立马反悔，你又能对我如何？'云虚说：'说得是，以防万一，我得留个后手。'说完伸出右手食指，在我身上点了五下，酸痒痛麻，各不相同，我忍不住问：'你干什么？'他说：'你听说过'逆阳指'吗？'

"我一听大为吃惊，这一路指劲是当年'西昆仑'梁萧破解奇毒'五行散'时悟出的奇功。但凡人体气血运行，均是合于五行之道，'逆阳指'的指劲却与五行相逆，处处克制人体气血，指劲长久潜伏于体内，中指之人平素与常人无异，可是每过七日，都会发作一次，发作之时，生不如死。"

乐之扬骇然道："这样说来，道长每过七日，就要发作一次？"

"是啊。"席应真叹了口气，"这种指劲只有岛王通晓，本是东岛惩戒叛徒所用的法子，云虚用到我身上，意思十分明白，如果我忍受不了指劲发作的痛苦，就会屈服于他，替他刺杀朱元璋。"

"道长屈服了吗？"乐之扬一面问，一面心想，如果屈服，朱元璋早就死了，席应真也不会困在这个鬼地方了。

只听席应真说道："我来岛上两年，'逆阳指'的滋味儿也尝了一百多次，每一次云虚都逼我就范，但我就是不理不睬。他要杀我也容易，只要袖手旁观，等我气血逆行，终归必死无疑。可是他性子强横，我越不屈服，他越不容我轻易死掉，到了最后关头，总会出手相救，还说：'我看你撑到几时，一年不行两年，两年不行三年，我总要叫你乖乖服气，替我去杀那个狗皇帝。'我也反唇相讥，说道：'两三年算什么，最好再过二三十年，那时朱元璋龙驭上宾，不用我杀他，你也报了仇了。'嘴上这么说，但那痛苦七日一来，的确很不好受。"

席应真说得轻描淡写，乐之扬却觉脊背发麻。试想一想，这七日一次的痛苦，换了自己，纵不屈服，也要发疯发狂。相比起来，那一顿刑杖，简直就是隔靴搔痒。想到这儿，对于席应真大生敬意，无论朱元璋是好是坏，老道士的义气实在了得。

忽听席应真又说："小家伙，东岛弟子巡夜，二更到三更巡查一次，五更至天明复查一次，五更一过，你要走可就难了。"

乐之扬心想难怪他要自己三更来会，当下拱手告辞，又问："席道长，明晚我还能来吗？"

席应真笑道："腿长在你身上，你一定要来，谁又拦得住？"

乐之扬大喜，攀扯藤萝，爬上地面，眼看明月西沉，慌忙赶回邀月峰，小睡片刻，又起身干活儿。

次日农闲时分，乐之扬将锄头砸断了一截，用火烧红烧软，敲打成一根细细长长的铁钎。睡到三更天上，他赶到星隐谷，到了石门前，抽出铁钎，拨弄铁锁的锁眼。席应真听见响动，问道："你做什么？"

乐之扬默不作声，拨弄数下，"吧嗒"，铁锁应声而开，席应真"咦"了一声，说道："好小子，你会开锁？"

乐之扬在秦淮河边厮混，下九流的本事无一不通，这开锁的本事是他从一个老锁匠那儿学来的。学成以后还是第一次用到，一想到席应真便能脱困，心中大为欢喜，但见石门里黑咕隆咚，不由叫了声："席道长。"

老道士叹一口气，点亮一盏油灯。乐之扬凝目望去，囚室居中坐着一个须发斑白的老者，灰袍道冠，形容清癯，双目湛然若神，细长的寿眉微微下垂。

乐之扬笑道："席道长，还不出来？"席应真挺身站起，笑而不语。乐之扬奇怪地道："你不想离开东岛？"

"小家伙，"席应真微微摇头，"我中了'逆阳指'，离了东岛也只有七日好活，留在这儿，好歹还有一线生机。"

乐之扬说道："此去中土，不过两三日路程，到了岸上，就能找大夫医治。"

"大夫？"席应真苦笑一下，"天下哪一个大夫能破解'逆阳指'？"

"这指力真的无法可治？"乐之扬心生绝望。

灵飞经

Ling Fei Jing

Ⅰ 灵曲卷

172

"也不尽然。"席应真竖起两个指头，"天下除了云虚，还有一个人能够解开。"

"谁？"乐之扬忙问。

"说了也没用。"席应真神色黯然，"那人远在西域昆仑山，此去万里，往来月余，远水救不了近火。"

"西域。"乐之扬念头一转，冲口而出，"你说梁思禽？"

席应真默不作声，乐之扬只觉热血上涌，忍不住大声说道："道长放心，如果我能离开东岛，必定前往昆仑山，找到那位梁前辈，请他前来解救你。"

"小兄弟真是热心肠。"席应真微笑摇头，"但以你的本事，怕是出不了这座东岛。"

乐之扬大为泄气，又见囚室之中，日常用具一件不少，甚至还有几本破书。席应真看出他的心意，笑道："云虚将我困在此间，起居饮食，倒也没有克扣什么，唯独少了一副围棋。我这人一日不摸棋子，便有一些手痒，两年没有下棋，只将人憋出病来了。"

乐之扬笑道："道长何不早说？明儿我造一副带来。"

席应真摆手道："我一人自对自弈，又有什么意思？"他想了想，说道，"小子，你过来。"

乐之扬应声上前，席应真一扬手，一股劲风直逼他的面门。少年呼吸一紧，老道士的手掌已经碰到了他的鼻尖。

乐之扬不知所为，心子怦怦乱跳。席应真忽又缩回手去，沉吟道："奇怪，我看你下来时身手不凡，分明怀有武功，怎么我随手一掌，你都抵挡不了？"

乐之扬支吾道："不瞒道长，我之前学过一点儿内功，至于别的功夫，那是一样也不会。"

席应真伸手把他脉门，但觉洪劲有力，内功已有相当根基，不由摇头说："可惜，可惜。"

"可惜什么？"乐之扬问道。

"当年百哑祖师收过一个带艺投师的弟子，那人艺成以后，犯下滔天罪孽，故而祖师寂灭之时，留有一条遗训：太昊谷所收的弟子，必须不会武功。我看你根骨不错，人也机灵，可惜身有内功，做不了我的弟子。"说到这儿，席应真不胜惋惜，又道两声"可惜"。

乐之扬听了这话，心中一阵失落，他想了想，笑道："做师徒固然好，做朋友也不错。"

席应真一愣，也笑道："不错，贫道着相了，做朋友无拘无束，可比做师徒痛快多了。"说到这儿,他想了想又说,"乐之扬,你想不想学武功?"

乐之扬奇怪地道:"你不能教我,我又学什么?"

席应真道:"天下的武功多得是,也不止我太昊谷一家,百哑祖师只说不能学本派的武功,别派的武功,我未尝不能教你。"

乐之扬心花怒放,连连说"好"。席应真武学渊博,各门各派的功夫均有涉猎,先从马步站桩教起,根基牢固以后,又挑选出若干拳术,循序渐进,传授给乐之扬。

自此以后,乐之扬每到三更,均来星隐谷习武。他身怀"灵曲真气",又练过灵舞,这两样均是古今第一流的武功,以此作为根基,修炼其他武功,好比高屋建瓴,水到渠成,席应真演示两遍,他就能学个像模像样。

席应真见他精进神速,嘴上不说,心里却是大大地惊奇,但觉世间纵有天才,精进之速也不当如此之快。传授的拳术中,有些地方乐之扬并未学会,可是出招之时,他总能随意变化,轻轻补上其中的破绽,拳脚圆转自如,比起原来的招式还要高明。

老道士见识过人,心知乐之扬别有奇遇,但他性子恬淡,不爱刨根问底,乐之扬不说,他也懒得多问。

"逆阳指"的指力每七天发作一次,时间大约子时前后。当天晚上,云虚必要到场,席应真怕他与乐之扬撞上,所以每到发作之日,不许乐之扬前来谷底。乐之扬心中难过,但恨武功低微,不能帮助这位老友脱困,想到这儿,越发用心习武。

苦练数月,乐之扬的拳脚功夫渐渐娴熟,蓄积在体内的"灵曲真气"也被引发出来,举手投足自带劲风。席应真越发惊讶,看他拳风之烈,少说也有三五年的苦功,自己传他的拳脚多是外家功夫,不能修炼内力,但看乐之扬,精华内蕴,锐劲外发,分明已是内家高手的风范。

这一晚,乐之扬来到谷底,打开石门,笑着招呼:"席道长,你瞧这是什么?"

席应真接过他手中包袱,打开一看,竟是一副围棋,黑子是精心拣选的黑石,白子却是贝壳打磨而成,一颗颗圆润光滑,足见花费了不少心力。

席应真心生感动,半晌不语。乐之扬不由问道:"席道长,有什么不对吗?"

"没什么不对。"老道士醒悟过来,捋须大笑。他困在岛上,本想此生无望,谁知天赐一位小友,使他老怀大慰,当下笑着说,"这棋子妙得很,小家伙,你会下棋吗?"

"陪老爹下过几次。"乐之扬抖开包袱，上面用炭墨画了一个棋盘，又变戏法儿似的拿出一壶烧酒。席应真大喜过望，但觉有棋有酒，夫复何求，于是两人对坐，在油灯下对弈起来。

席应真棋道高妙，堪称国手，当真比拼棋艺，乐之扬抵不上他一个零头，但他心思灵巧，时有奇思妙想，几次三番，竟将必死之棋生生救活。

席应真连连称奇，说道："小子，你下棋的天分很高，若不入我门墙，实在有些可惜。本派'弈星剑'的底子出于先天易理，后来了情祖师受了'西昆仑'梁萧的启发，将周天星象融入剑法之中。家师天弈真人与我性好围棋，又将棋道融入剑道，'弈星'之义，就是以苍天为棋盘，以群星为棋子，以星斗为定式，移星换斗，纵横参商。因为与棋道和星象有关，天文学识越精，棋力越强，这一路剑法也使得越高明。

"我生平收了四个弟子，大弟子道衍，棋道术数俱精，得了我的真传；二弟子朱棣，棋力高强，但天文术数略逊，所幸器宇恢宏，剑气冲天，剑术不如道衍，但也颇有可观之处；三弟子朱权，天性聪颖，不拘学什么，一学就会，一学便精，四人中数他天分最高；但如我那小徒弟朱微一样，她天性爱好音乐，不喜欢打打杀杀，学武不大用心，所以境界也就止于中下。"

听到"朱微"二字，乐之扬心生愁闷，不觉多喝了几杯，一局终了，微有醉意。他抬眼看去，明月在天，清辉洒地，照得谷底如铺冰盖雪般通明，一时酒气冲脑，纵身跳起，就在月光下打起拳来。

他先打了一路"太祖长拳"，又使一路"游身八卦掌"，掌中夹腿，带出"九宫步"的招式。他越打越快，口中低声长啸，心中响起《周天灵飞曲》，不觉神逸思飞，灵舞融入拳脚，如柳随风，云飘电闪，打到忘我之处，猛可一回头，忽见身边蹿出一道黑影，左腿微蹲，右拳内收，若走若奔，暗藏杀机。

乐之扬想也不想，左脚踢向对手，只听咚的一声，黑影向后便倒，乐之扬的脚趾骨却传来一阵剧痛。

"小子昏头了吗？"席应真拍手大笑，"好端端的，你踢石头干什么？"

乐之扬酒醒了大半，凝目看去，双颊一阵发烫，原来自己踢倒的是一尊石像，若不将其扶正，明天送饭的弟子发现，势必露出马脚。想着走上前去，扶起石像，却无意中摸到石像底座，手指所及，但觉凹凹凸凸，似乎刻有许多文字。他忙唤席应真，老道士点燃油灯，凑近一看，石座下方刻了许多小人，飞纵腾挪，矫捷异常，四周还有若干文字。

席应真凝目细看，沉默不语，乐之扬忍不住问道："道长，这是什么东西？"

"这是'忘忧拳'的拳谱。"席应真沉吟道，"第五代岛主释迈伦所创的拳法。"

乐之扬细看铭文，果如席应真所说，惊讶道："拳经为何刻在这儿？不怕有人偷学吗？"

席应真起身笑道："星隐谷本是历代岛主静悟潜修之所，寻常弟子难得入内，这些石像又是历代岛主所立，岛上弟子视为神物，谁也不敢随意搬动，更不用说将其推倒，察看底座下方了。"

石像共有八座，两人一一看去，石像之下，大多刻有拳经，唯有一尊石像，盘膝静坐，一无姿态，二无拳经，而是刻了许多线条。

乐之扬看得奇怪，忍不住问道："席道长，这是什么武功？"席应真瞧了一会儿，摇头说："这不是武功。"

"不是武功？"乐之扬大为惊奇，仔细再看，别的石像都刻了岛主名号，唯独这一尊石像光溜溜的不着一字。乐之扬望着无名石像，心里大惑不解，忽听席应真又说："这是一幅航海地图。"

乐之扬笑道："道长还会航海？"席应真道："我来东岛之前，学了几天航海之术，这幅海图指明一座小岛，地处西北，离灵鳌岛有四百多里。"

"岛上有些什么？"乐之扬好奇又问。

席应真皱起眉头，盯着地图看了一会儿，才徐徐说道："好像是一处坟墓。"

"坟墓？"乐之扬一愣，"谁的坟墓？"

"上面没说。"席应真摇头说道，"这里是释家的禁地，墓地的主人也应该是释家的前辈。"

"把图刻在这儿，就不怕有人盗墓吗？"乐之扬越发不解。

席应真笑道："这幅图应该是留给释家后代的，你我能够看到，不过凑巧罢了，若是释家后代，谁又会去挖自家的祖墓？"

乐之扬看着地图，想了又想，猜测不透，只好摇头说道："为何这里的岛主都姓释，如今的岛王却姓云？"

席应真道："东岛原名灵鳌岛，乃是释家先祖释印神创立。只是近百年来，出了一些变故，岛主之位才传给了云家。看样子，云家的岛主无人在此立像，所以据我猜想，除了释家之外，岛上无人知道这些拳经的奥秘。"

说到这儿，他直起身来，擎着油灯走到一边，沉吟片刻，忽地哈哈大笑。乐之扬奇奇怪怪地问："席道长，你笑什么？"

席应真笑道："我正愁你精进太快，练那些三四流的武功有些屈才。这些石像上的功夫真是老天送来的，你若全部练成，当可跻身高手之列。"

乐之扬精神一振，忙说："道长肯教我吗？"

"教授不敢当。"席应真笑了笑，"讲解一二也是好的。"他指着一尊石像，"这一路'鲲鹏掌'乃是第四代岛王释通玄所创，掌法中夹杂身法，展如大鹏穿云，收如长鲸跃波，飞鸟化鱼，变化神奇。"

他口说手比，用心指点，乐之扬学了几招，但觉繁难异常，其中的腾挪变化，远非之前所学的拳脚可比。好在他有灵舞的底子，转折不灵之处，心中曲声一荡，真气自然流注四肢，往往化险为夷，将修行中的难关轻易化解。

席应真看在眼里，暗暗称奇，饶是如此，两人花了一个时辰，也只勉强练成了三招。乐之扬虽是初学，但也看出这掌法的厉害，一时想到江小流，说道："席道长，我有一个极要好的朋友，明晚我带他一道来学好吗？"

"朋友？"席应真想了想，"你说上次来的那个小子？"

乐之扬连连点头。席应真摇头说："他没有悟出我的藏头诗，足见与我无缘。我是玄门中人，万法随缘，你就不要勉强了吧。"

乐之扬瞧他神情，知道他不喜欢江小流，心中暗叫可惜，但想江小流上次前来，认出过"无定脚""鲲鹏掌"的招式，想来已经学会，让他前来，倒也多余。席应真又嘱咐他说："你我相会之事，你知我知，千万不可让第三人知道，即便你那朋友也不例外。一旦事情泄露，我倒没什么，对你可是大大地不利。"

乐之扬应声点头，但见五更将至，扶起石人，告别老道回邀月峰去了。

日月如梭，两年光景匆匆而过。初来东岛之时，乐之扬不过十四五岁，如此白日耕作、夜间习武，忽忽两年之间，一扫往日文弱，变成了一个高大英挺的少年男子。又因为常年劳作，风吹日晒，肌肤色如古铜，一笑之间，露出雪白齐整的牙齿。

江小流忙于习武，很少前来探望。至于叶灵苏，燕子洞一别，二人见了不过三次。每次相见，少女俨然素不相识，冷冷地不假辞色，乐之扬见这情形，心中老大气闷。

他待在岛上，不胜孤独，好在入夜之后，还有席应真这个忘年老友。两人对弈习武，谈玄论道，通宵达旦，乐而忘倦。灵鳌岛七大绝技，均是内家武功，如果不知道经脉穴位的变化，空有架式，也难以发挥威力。所以席应真传授拳理之余，也讲述了许多内家脉理。

乐之扬以往修炼"灵曲真气"，只知其然，不知其所以然。席应真画出人形，指点经脉穴位，乐之扬这才明白，《周天灵飞曲》每一支曲子，都暗合一条人体的经脉，音乐起承转合，又与穴道间的气血流动有关。他依照席应真所说的脉理，印证《妙乐灵飞经》的内功心法，许多不甚明白的地方也渐渐想通了。

这一日练完拳脚，时辰尚早。乐之扬提前返家，出了星隐谷，正逢寅卯之交，远处忽然怪声大作，时高时低，轰然传来。

这声音乐之扬并不陌生，正是出自前岛的风穴。这时万籁俱寂，除了风穴风声，再也没有其他声响。乐之扬忍不住侧耳聆听，但觉那风声也不是一味洪亮，而是富于变化，时如三峡猿啼，时如万人同笑，听到精妙之处，竟如乐曲一样跌宕起伏。更绝妙的是，风声时时变化，每一时刻都与前面的大不相同。

一旦涉及音乐，乐之扬登时入迷，直到人声传来，方才如梦初醒，匆匆返回住处。

从此以后，每到寅卯之交，他就向席应真告辞，前往风穴听风。有几次听过以后，他将风声谱成曲谱，用笛子吹奏出来，可惜笛声细弱，远不及风声气象万千。

这一日，他坐在海边，正听得入神，突然丹田一跳，真气狂奔乱走，无论如何也驾驭不住。乐之扬无奈之下，只好坐了下来，任由气息奔走，那一股内息足足冲突了半个时辰，直到风声停歇才平息下来。

这情形从未有过，乐之扬不胜惊疑。他返回住所，取出《妙乐灵飞经》翻看，先看《灵曲》《灵舞》两篇，并未看见类似的记载，一路看到第三篇《灵感》，忽见文中写道：

"庄子有云，世间有三籁，人吹箫管为人籁，风吹地窍为地籁，天吹万物为天籁。人籁不如地籁，地籁不如天籁。人籁有理可循，地籁有机可乘，天籁者，来而不知其来，去而不知其往，气为之弦、风为之管，水磬雷鼓，振动万物……"

乐之扬猛可想起，以往闲聊之时，席应真曾经对他讲解过《庄子》。天、地、人三籁之说，正是来自于这部道家经书。人籁指的是人类的音乐，好比《周天灵飞曲》；地籁指的是狂风激荡地穴的声音，好比风穴发出的风声；至于天籁，乃世间万物发出的种种声响，好比沙起雷行，风吹海立，天雷震动，铜山长鸣，一切洪声巨响，只要富于节奏，均可归之于天籁。

《灵感》篇里的大意是说："灵曲真气"由音乐而生，对于声音十分敏感，练到一定地步，修炼者理应跳出《周天灵飞曲》的圈子，以体内的真气应和万物之声，从而超凡逸俗，上达天道。

乐之扬修炼《周天灵飞曲》已久，体内聚集的真气越来越雄厚，隐隐超越了"人籁"的境界，不但能随笛声流转，对于各种宏声巨响，也能生出微妙的感应。风穴之声属于地籁，听到其间深处，就如《周天灵飞曲》一样，能够牵动乐之扬体内的真气。

乐之扬看完经书，大有所悟，第二天又去听风，起初全无动静，听了一会儿，真气忽又狂奔乱走，慌忙凝定心神，努力收束真气，谁知越是着意，真气越是混乱，逆流反冲，搅得气血翻腾。

他想起《灵感》篇上的句子，分明是让自己顺应外来声响，而不是加以抗拒。想到这儿，他放松神意，任由风声导引真气。真气随声流转，忽快忽慢，时强时弱，一会儿横冲直撞，一会儿又曲折迂回，不符合任何内功心法，但又无所不及、无所不至。

乐之扬越发着迷，以至于打拳练剑也没了滋味，每晚都守在风穴下面，盼着卯时到来。风穴之下礁石林立、窟穴蜿蜒，乐之扬藏身其间，倒也无人发觉。

又过了一月。这一晚，他一面听风，一面任由真气游走。突然间，他浑身陡震，脑子里"嗡"的一声，进入一个至为幽寂的境界，目不能见、耳不能闻，万物化为乌有，万籁归于沉寂。

这情形仿佛置身于古潭深渊，持续了约莫一刻多钟，乐之扬忽又如梦方醒，一股异样的知觉涌上心头。真气漫如流水，直达毛发末梢，每一根毛发都随之颤动，就像是千万只耳朵，能够听见风吹细沙、浪花拍岸，就连一丈之外有几只蚊虫也能听得一清二楚。

乐之扬的心子突突直跳，这种感觉他心里明白，可又说不出来。他回到邀月峰下，仍是恍恍惚惚。到了夜里，翻看《妙乐灵飞经》，看完《灵感》，又看《灵飞》，不知怎么的，以前似懂非懂的字句，忽然明白了不少。看完了《灵感》《灵飞》，回头再看《灵曲》《灵舞》，当真洞若观火，均是一目了然。

《灵感》感知万物，《灵飞》驾驭万物，由感知到驾驭本是一个大大的难关，要想破解，全看修炼者的天赋，快则一念之间，慢则终生无望。乐之扬巧得机缘，从风声中妙悟神功，道法自然，隐隐然已经有了当年灵道人的风范。

他手握经书，心中大为感慨："为了这一部《灵飞经》，死人无数，留在世间，终是祸患。如今我已读完，留在身边也是无用。"想着走出大门，来到邀月峰下，挖开山体，埋入经书，上面压了一块大石。

忙完一切，他回头望去，但见海天如一，月影沉璧，天与地混沌难分，光与影虚实莫辨。乐之扬看到这里，心有所动，突然放声大笑。

这一笑，冲开茫茫夜色，直透无垠虚空。就在两年之前，他还是一个秦淮河边的小混混，现如今他身兼灵道人、灵鳌岛两家绝学，只要假以时日，必能与天下高手一较短长。

次日夜里，乐之扬又去听风，一边听着，一边与《灵飞经》相互印证，不觉又有了许多领悟。

忽听脚步声响，乐之扬慌忙躲到一块礁石后面，屏息看去，只见一男一女从高处下来，并肩走向海滩。男子身材高大，正是云裳，女子细腰如柳，却是叶灵苏。

两人到了海边，叶灵苏忽地问道："大师兄，你带我来这儿干什么？"云裳沉默片刻，说道："再过三天，就是'鳌头论剑'，师妹你有什么打算？"

叶灵苏目视大海，出了一会儿神，轻声说："我要参加。"

云裳看她一眼，摇头道："师妹，你又是何苦？"叶灵苏望着海水一言不发。只听云裳又说："这次鳌头论剑，我若不能夺魁，父亲一定失望。你若加入其间，我俩难免一战，那时我又如何自处？"说到这儿，云裳的声音变得不胜柔和，"灵苏，我可不想跟你交手。"

他直呼其名，温柔款款。叶灵苏呆立不动，忽地闷声说道："你不用担心，如果你我相遇，你只管全力以赴，无论胜负我都不会怪你。"

云裳沉默一下，扬声说道："灵苏，你一个女孩儿家，未来相夫教子才对，武功练得再高，又有什么用处？"

"女孩儿家？"叶灵苏冷哼一声，"谁说女人就要相夫教子？"

"这个……"云裳面露尴尬，"自古圣人都说，身为女子，理应三从四德，不宜争强好胜。灵苏，你百般都好，就是……唉，就是太要强了一些。"

叶灵苏盯着他，眼里闪过一丝冷笑："大师兄，你管好自己就是了，我强与不强，跟你又有什么关系？"

云裳涨红了脸，盯着少女大声说："灵苏，咱们一块儿长大，你还不知我的心吗？这一次鳌头论剑之后，无论父亲答不答应，我都要娶你的。"

叶灵苏身子一颤，两眼直视前方，木呆呆的，一言不发。乐之扬望着少女身影，不觉心跳加快，心想云裳对叶灵苏竟有如此痴念，无怪乎会在燕子洞袭击自己。正在胡思乱想，忽听叶灵苏又说："如果不是师父，而是、而是我不答应呢？"

云裳一愣，冲口而出："为什么？"

叶灵苏默不作声，云裳的俊脸上涌出一股紫气，忽地咬牙说："我知道是为什么。"

"什么？"叶灵苏回头看他，一脸茫然。

云裳哼了一声，咬牙道："因为那个乐之扬！"

乐之扬大吃一惊，险些叫出声来，叶灵苏又气又急，狠狠一跺脚："你、你胡说什么？"

云裳道："你不喜欢他吗？"叶灵苏啐了一口，说道："我喜欢猪，喜欢狗，也不会喜欢那个撒谎精。"乐之扬听了这话，心中大石落地，暗暗松了一口气。

"可是……"云裳将信将疑，"两年前他受了罚，我亲眼见你偷了'补云续月散'给他……"

乐之扬只觉耳根发烫，果然不出所料，那天的伤药就是叶灵苏送来的。叶灵苏望着云裳，也是面红过耳，气急道："你跟踪我？"

云裳的面皮微微一红，咕哝说："我凑巧遇上的。"叶灵苏胸口起伏，涩声说："那又怎么样，我只是见他可怜……"

"那么燕子洞呢？"云裳提高嗓门，"你跟他在燕子洞里干了什么……"话没说完，叶灵苏手起掌落，打在他的脸上。少女脸色苍白，浑身发抖，面纱簌簌抖动，眼里闪烁着晶莹泪光。

乐之扬也觉不平，心想如果云裳反击，他只有不顾一切地挺身而出。但见云裳的脸色红了又白，呆了半晌，忽一转身，气冲冲地向山上走去。

乐之扬松了口气，但见叶灵苏转眼望海，神情空茫，他的心里登时一阵翻腾，心想她受人非议，全是为了自己，须得想个法儿好好劝慰她一番。

忽听"铮"的一声，叶灵苏的手里多了一口软剑，修长锋锐，乌光流转，剑身上布满了奇异的花纹，只是剑尖断了一截，白璧有瑕，颇为遗憾。

少女凝视长剑，轻轻转身，对着旭日舞起剑来。她腰如细柳，剑似秋水，一纵如迎风折柳，一落似流星曳地，凌厉飘忽，光影分合。长剑越使越快，旭日投映其上，就如一溜星火在剑锋上滚动。

乐之扬如今的眼光已非吴下阿蒙，看着叶灵苏的剑招，不觉想起了《剑胆录》里的《飞影神剑谱》。两年过去，剑谱中的招式他已忘了大半，这时望着叶灵苏出剑，图谱上的持剑小人又从心底里浮现出来，只是少女出剑太快，第一招还未看清，下一招已经使完。更了得的是，她出剑虽快，剑招却一丝不乱，十余招一气呵成，看上去就像是只有一招。

这么瞧了一会儿，软剑越使越快，剑光融入倩影，分不清哪儿是人、哪儿是影。剑风飒飒，带起细白的海沙，仿佛一团白色旋风，绕着少女翩翩起舞。

突然间，叶灵苏发出一声轻啸，剑光凌空一闪，"叮"地刺中了一块黝黑的礁石。

乐之扬凝目看去，几乎脱口惊呼。软剑入石过半，少女的右手虎口迸裂，鲜血顺着皓腕滴落下来。

叶灵苏望着血迹呆呆出神，仿佛这一剑刺过，心中闷气也一扫而空，她摇了摇头，徐徐还剑入鞘，循着原路袅袅去了。

回到邀月峰，乐之扬的脑子里尽是叶灵苏舞剑的影子，一招一式如在眼前。

他拄着锄头想得入神，直到旁人叫喊，方才醒悟过来。

他抬眼一看，只见远处走来两人，正是阳景与和乔。仇人相见，分外眼红。乐之扬横起锄头，大声叫道："你们两个来干什么？"

阳景瞪着乐之扬，不觉双拳紧握。和乔忙说："阳师兄，别忘了正事。"

阳景冷哼一声，叫道："乐小狗，童耀那个大酒鬼呢？莫不是又喝多了猫尿，躺在床上挺尸？"

乐之扬还没回答，瓦屋里人影一闪，童耀冲了出来。人未近前，一股酒气扑来，惹得众人纷纷捏鼻。童耀两眼惺忪，瞪着阳景大喝："臭小子，你骂谁？"

阳景后退一步，笑道："师伯没醉吗？我这一次来是奉了师命，特地来跟你说一声，你老人家也是鲸息流的人，三日后'鳌头论剑'有份参加，到时候少喝两杯，别给本流派丢人。"

童耀还没听完，酒已全醒，两眼喷出火来。阳景故作不见，笑了笑又说："师父还说，这些种田的奴才就不用去了，一群下贱东西，活着种地，死了肥田，让他们看见本派武功，简直就是奇耻大辱。"他说这话时，目光始终不离乐之扬，脸上的得意劲儿难描难画。

"奇耻大辱？"童耀一跺足，圆滚滚的身子一蹿而出，左手抓向阳景的脖子。

阳景早有防备，纵身后掠，躲开童耀的五指，同时左掌推送向前，右掌蓄势在后。

童耀看出这是"鲸息功"的架势，哼了一声，五指仍是向前。阳景左掌的"滔天忝"有如洪流决堤，一遇外力立刻迸发，不想眼前一花，童耀忽地不见，阳景掌力落空，慌忙收回，但他倾力一击，易发难收，来不及转身，后心陡然一痛，叫人抓了个结实。

"去！"童耀两眼睁圆，举起阳景大力一掷，阳景头脸着地，鼻血长流，两眼金星迸闪，几乎昏了过去。

和乔站在一边瞧得发呆，这老家伙看似大腹便便，居然狡如脱兔，此时脸上酒醉昏聩的神态一扫而空，眉宇之间透出一股凛凛杀气。

童耀一手叉腰，冲着阳景冷笑："小子，这算不算奇耻大辱？"

阳景面皮涨紫，咬牙不语，童耀脸色一沉，喝道："怎么？还不服气？"作势又要动手。和乔慌忙上前，打躬作揖，赔笑说："童师伯，你是前辈人物，何苦跟我们小辈计较？阳师兄说话一向直来直去，如有得罪之处，还请多多见谅。"

童耀扫他一眼，冷冷道："你又是谁？"和乔道："晚辈和乔。"童耀点头说："你小子还算识相，回去告诉明斗，'鳌头论剑'我自然要去，带不带谁，用不着他放屁。"又指地上的阳景，"带上他，给我滚蛋！"和乔连连称是，扶起阳景灰溜溜地走了。

童耀赶走两人，脸上却没有一丝喜悦，背着双手，闷闷转回房中。

乐之扬奇怪地道："老童刚刚大发神威，怎么一掉头就不高兴啦？"

焦老三说道："小乐你不知道，'鳌头论剑'是童管事的心病，当年他就是在论剑时输给明斗，无缘鲸息流的尊主，所以每到论剑的日子，就看他借酒浇愁，醉成一堆烂泥。"

乐之扬好奇地问道："'鳌头论剑'到底是个什么东西？"

"那是一种比武，最早是释家用来挑选弟子，后来鞑子乱华，天机宫这一支也来岛上避难，他们入乡随俗，也来参加鳌头论剑。论剑之时，不止年轻一辈比斗夺魁，自忖武功高强者，还可向岛王尊主挑战。听老人们说，云岛王的先辈就是在鳌头论剑上胜了释家，方才成为一岛之主。"

"杂役不许参加吗？"乐之扬又问。

"哪里话！"焦老三摇头说，"'鳌头论剑'是全岛盛举，任何人均可参加，明斗的徒弟那么说，不过是为了羞辱童管事罢了。"

闲聊一阵，返回住所，但见童耀喝得酩酊大醉，趴在桌上骂骂咧咧，十句有九句骂的是明斗，剩下一句埋怨云虚。乐之扬一边听着，暗觉童耀输给明斗，只怕另有隐情。童耀武功甚高，这些年酗酒荒废，仍能轻易打败明斗的得意弟子，若是放在当年，未必就会输给明斗。

三日转眼即过。这一天，童耀起了个大早，召集一群农夫说："今天休息一日，你们不用干活，都跟我上鳌头矶。"

众人一听，又惊又喜，乐之扬故作惊奇地说："老童，明斗不是不让去吗？"

"放屁！"童耀瞪他一眼，破口大骂，"他说不去就不去？他说吃屎你吃不吃？他明斗又不是天王老子，他说向东，老子偏要向西，他说不去，我偏要带你们去见识见识。"

乐之扬拍手大笑，一群农夫更是欢天喜地，各自换了衣服，跟在童耀身后，浩浩荡荡地前往鳌头矶。

鳌头矶下临风穴，挺然特立，站在矶头之上，青天碧海尽收眼底。昔日岛上的大匠削平了矶石，拓出十丈方圆一块空地，石阶如带，环绕四周。

大会在即，岛上弟子早早赶到，或站或坐，人头攒动。明斗正与杨风来说话，看见邀月峰一行，登时大步走上前来，劈头就喝："童耀，你带他们来做什么？"

"看戏啊。"童耀提着酒壶，脸上嘻嘻直笑，"大伙儿长年辛苦，我带他们来散散心。"

　　"这是鳌头论剑，你当是耍猴戏吗？马上把他们轰走，留在这儿丢光了我鲸息流的脸。"

　　"话不可这么说。"童耀喝了一口酒，慢悠悠地说，"鳌头论剑，人人有份儿，我这一帮手下，没准儿也能占一占鳌头，挑战一下某某尊主呢。"

　　明斗瞪着童耀，脸上发青。杨风来见势不妙，上前劝解："明斗，来都来了，何苦让他们回去？看两眼又不会少些什么。"

　　明斗借坡下驴，点头说："全看杨尊主面子，我懒得跟这酒鬼计较。"说完冷哼一声，又道，"老酒鬼，三日前你伤了阳景，这笔账我还没有跟你算呢。你若有出息，也来挑战一下本尊。你赢了，来飞鲸阁做主人，我输了，去邀月峰种地。"

　　童耀怒血上涌，面皮有如酱爆猪肝，两眼瞪着明斗，鼻孔里直喘粗气。换在当年，他肯定立马应战，可这些年自暴自弃，武功大大荒废，纵有不平之心，也无翻天之力了。

　　明斗大占上风，心中得意，目光一转，落到乐之扬身上。二人久未谋面，少年模样大变，若非那一支玉笛，明斗几乎认不出来。玉笛碧光晶莹，落到明斗的眼里，真是莫大的嘲弄：想当日带这小子来东岛，不过是为了这支笛子，结果已过两年，还是不能得手。明斗好容易才按捺住怒气，瞪了乐之扬一眼，哼了一声，转身就走。

　　乐之扬笑了笑，转眼看去，江小流混在一群龙遁流的弟子中间说笑。两人目光相遇，江小流迟疑一下，上前说："你也来了？"乐之扬打量他一眼，问道："江小流，你也要参加论剑？"

　　江小流笑道："师父说我练得不坏，让我也来试试。待会儿抽签比武，若是运气好，遇上一个弱的，没准儿能闯过第一关呢。"

　　乐之扬心中纳闷，小声说："你不打算逃了吗？"

　　"逃？"江小流一愣，冲口而出，"往哪儿逃？"跟着醒悟过来，脸涨得通红，"你说回中土？隔了这么大一片海，岂是说走就能走的？再说回了中土，我又能干什么？"说到这儿，他看了乐之扬一眼，闷闷说道，"回秦淮河做龟公吗？"

　　乐之扬望着同伴，心中一片冰凉。江小流分明乐不思蜀，打算留在岛上做他的东岛弟子，结伴逃回中土，怕只是自己的一厢情愿罢了。

　　江小流见他神情，心生愧疚，正想说些什么，忽听杨风来叫喊，忙又赶了过去。杨风来厉声训斥两句，又抬手指了指乐之扬，似乎在说，堂堂龙遁弟子，当众与一个杂役交谈，岂不有失身份。江小流诺诺连声，不时偷瞟乐之扬一眼，脸上流露出几分无奈。

　　这时人群骚动，云虚分开众人，漫步走来，叶灵苏和云裳一左一右，仍是跟在他的身边。叶灵苏一身白衣，细腰上束了一条描金玉带，那一口乌金软剑，就藏在玉带之间。

到了石阶高处，云虚做个手势，人群安静下来，他环顾四周，朗声说道："又是三年一会，鳌头论剑，比武争雄。如此机会难得，大家善自珍重，尤其是新晋的弟子，未来三年之内，职事任免，都要以此为据。听清楚了吗？"

"听清楚了！"众弟子哄然答应，气势沸腾。

云虚又一招手，花眠捧出一个盒子，放在石阶之前，大声说："今年共有三十七名弟子报名，上一次论剑，云裳夺魁，此次轮空，直接进入第二轮，剩下的都在匣子里抽签，签位相同，便是对手。"

众人蜂拥而上，从匣子里抽签。江小流也混入人群，盯着匣子两眼放光。这时人群中响起一阵轻呼，乐之扬转眼看去，叶灵苏白衣飘飘，走下石阶，来到匣子前摸出一张字条，看了看，掉头返回。云裳盯着她脸色发白，云虚也是皱起眉头，似有一些不快。

不久抽签完毕，云虚扬了扬手，一名弟子举起木槌，敲响一面铜锣，高叫："论剑开始，第一组出阵。"

应声出场的是龟镜流的弟子杜周，两年前他和乐之扬一同上岛，那时年纪还小，如今已是英挺少年，一身青绸长衫，眉眼里透着精神。他的对手是千鳞流的弟子曹源，二十出头，长眉细眼，一身亮白短装，看上去甚是剽悍。

两人略一客套，动起手来。杜周使一路掌法，游走飘忽，出手诡谲，才见他正面出手，身子飘然一转，又绕到了对手身后，第一招未曾使足，第二掌忽又挥出。曹源则使一路拳法，出手不快不慢，只在原地打转，无论杜周身在何处，拳头总是指定对方。

拳来掌去，过了半炷香的工夫，两人仍是一招未接。杜周面红耳赤，背后衣衫湿透，曹源也是两眼圆睁，鼻孔一张一缩，呼哧呼哧大喘粗气。

乐之扬瞧得奇怪，笑道："怎么回事？这两个人一根呆木头、一只没头苍蝇，闹了半天，谁也没碰着谁。"

"你懂什么？"童耀喝了一口酒，摇头晃脑地说，"龟镜流的小子使的是'三才归元掌'，这一路掌法暗合先天易理，如果术数不精，发挥不了其中的妙用。百年以来，本岛算学凋零，再无能人，这一路掌法的精要大多失传，闹到如今只剩下一个空架子，打了半天，还奈何不了区区一路'指南拳'。"

"指南拳？"乐之扬指着曹源，"你说这一根呆木头？"

"不错！"童耀点了点头，"指南拳随敌而动，拳脚就像是罗盘上的指针，不离对手左右。"

第八章──星隐真人

乐之扬微微一笑，但见杜周忽来忽去，不断寻找对手破绽，可是不知为何总是慢了一步，明明破绽就在前面，等他抢到之时，曹源拳随身转，又将破绽轻轻补上，杜周纵然料敌在先，脚下的步法却跟不上曹源的变化。

乐之扬看得入神，不由纵情想象，设想自己也在场中，依照席应真所传的拳理，与杜、曹二人分别过招，应该如何进退攻守，如何克制对方。

他越想越是有趣，不觉眉飞色舞，脸上一团喜气，两边的农夫看见，都是莫名其妙，不知道这小子高兴什么。

又斗时许，曹源一扬手，飞出一团白亮亮的物事，到了半途唰地分开，势如漫天寒星，发出哧哧异响。乐之扬仔细一看，竟是许多细小钢锥，曹源用"北极天磁功"吸成一团，掷出时玄功逆转，钢锥由相吸变为相斥，形如天女散花，化为凌厉暗器。

杜周料敌在先，曹源扬手之时，他已向后跳开，身子一拧一缩，青绸长衫褪到手里，迎着飞锥一挥，就像是一片青雾罩住了点点寒星。

曹源双手乱抓，指掌间生出了一股磁力，钢锥上下跳动，想要绕过长衫，不料杜周的内劲注入丝绸，长衫化为了一面软盾，劲风所至，钢锥丁零当啷地落了一地。

曹源心头一乱，又抓出一把钢锥，不及掷出，忽听杜周一声大喝，长衫云烟一般急涌而出。曹源视线受阻，冷不防杜周的左掌闪电一般穿过长衫，"啪"地击中了他的左胸。曹源连退三步，手捂胸口，面孔一片血红。

杜周收起长衫，拱手笑道："曹师兄承让。"曹源狠狠瞪他一眼，掉头就走。

杜周志得意满，返回本阵。他身为新晋弟子，打败前辈师兄，委实足以自傲。花眠冲他点头微笑，眼里流露出一丝赞许。

乐之扬暗道可惜，心想自己若是曹源，上使一招"鲲鹏掌"里的"排云驭风"，逼得长衫回卷，下用"无定脚"中的"飞鱼拨浪"，反踢杜周的小腹，纵然不胜，也能打一个平手。

接下来的几组对手实力悬殊，很快分出胜负。乐之扬一边瞧着，心中暗生纳闷。这些东岛弟子远不如想象中厉害，无论胜者败者，均是破绽百出。有时轻易可以取胜，偏偏舍易求难，放着直截了当的招式不用，反而用一些华而不实的花招，原本一招可定输赢，偏要虚虚实实，使出七招八招，浪费大好机会。回想三日之前，叶灵苏长剑独舞，潇洒凌厉，绵密无间，比起这些弟子真是天壤之别。

想到这儿，乐之扬对于东岛武学生出了几分轻视。殊不知，席应真本是齐肩云虚的高人，若论真才实学，远在东岛四尊之上。乐之扬得他言传身教，乃是世间少有的奇遇，两年来的所见所闻，无一不是武学至理，见识眼光大大超出这些寻常弟子。他以席应真所传的拳理心法，印证东岛弟子的武功，好比用吴道子的名画衡量初学者的涂鸦，自然感觉一无是处。

忽听一阵鼓噪，乐之扬定睛看去。叶灵苏排开众人，走到场上迎风而立。东岛上男多女少，叶灵苏又是女子中的翘楚，此时衣发飞扬，缥缈如仙，众人屏息而视，鳌头矶上一时静得出奇。

半晌无人出战。花眠一皱头，回头叫道："谷成锋，你发什么呆？"话一出口，一个少年男子走出人群，方脸大耳，满面通红，冲叶灵苏行了个礼，小声说："谷成锋见过叶师姐。"

叶灵苏打量他一眼，说道："小谷，你好啊。"谷成锋偷看她一眼，咕哝说："师姐，我认输了吧？"叶灵苏奇怪地道："还没打呢，怎么就认输了？"谷成锋苦笑说："我若胜了师姐，心里过意不去。"

叶灵苏又好气又好笑，说道："你这么说是笃定能胜过我了？"

"哪里话？"谷成锋连连摆手，"我输了是活该，万一赢个一招半式，岂非大大的不敬？"

四周一片哄笑，叶灵苏又羞又气，啐道："说什么胡话？你全力出手，若有半点儿敷衍，我决不饶你。"

谷成锋无可奈何，只好说："还请师姐指点。"长吸一口气，斜斜走出一步，这一步看似轻易，但却跨过丈许，到了叶灵苏身边，左掌下沉，旋身挥出，一股猛烈掌风卷得少女衣袖飞舞。

人群中响起一片惊呼。谷成锋比叶灵苏还小两岁，可是步法之奇、掌力之雄，均已登堂入室。云虚也觉惊讶，伸手轻捻胡须，目不转睛地盯着二人。

叶灵苏飘然一转，让过谷成锋的掌力，纤手挥送，一股柔风飘出，扫中了谷成锋的脉门。谷成锋小臂酥麻，拧身一转，到了叶灵苏的身后，正要出掌，眼前忽地一空，少女绕到他的左侧，素手穿袖而出，有如破云之月，扫向他的左胁。

"好一招'流云逝水'！"童耀称赞未已，谷成锋身子一缩，倒掠八尺，站立未稳，忽又蹿上前来，呼呼攻出七掌八腿。

这两下进退如风，攻势越发凌厉。叶灵苏身形一转，后退两步，双掌左一扫，右一捺，看似漫不经心，但却将攻来的拳脚轻轻化解，在谷成锋看来，少女化为了一团虚影，打不中，也踢不着。

"这是什么武功？"乐之扬心中不胜吃惊，叶、谷二人攻守极快，破绽甚少，远远胜过其他弟子。

"你问叶灵苏吗？"童耀随口说道，"她使的是'水云掌'，有行云流水之妙。谷成锋用的还是'三才归元掌'，这小子在术数上下了不少苦功，比起杜周强多了……"

谷成锋的攻势渐渐衰弱，叶灵苏身法变快，双手轻轻一拢，带起一片雪白的掌影，仿佛苍烟入林，涌入谷成锋的拳掌间隙。谷成锋左躲右闪，也避不开那一片白影，仿佛一只飞鸟，落入了一片雪白的网罗。

"气蒸云梦！"童耀脱口而出，"好一招'气蒸云梦'！"

场上两人一触即分，叶灵苏飘出数尺，落地站稳，谷成锋形如醉酒，跌跌撞撞地倒退了七八步，双脚一软，"扑通"坐倒在地。

叶灵苏走上前去，伸手笑道："小谷，没事吗？"谷成锋的脸色红里透紫，挺身跳起，结结巴巴地说："师姐掌法高明，我、我甘拜下风。"

叶灵苏心中好笑，说道："小谷，你的武功也不差，再过两年，也许就胜过我了，就是脸皮太薄，须得磨炼磨炼。"

"怎么磨炼？"谷成锋忙问。

"当然去石头上磨了。"叶灵苏眨了眨眼，"磨出一脸茧子，见了女儿家才不会脸红。"

谷成锋听了将信将疑，忽听四周哄笑，这才明白少女是在说笑，羞得无地自容，仓皇逃回本阵。云虚一时莞尔，掉头说："花眠，成锋这孩子不错，论剑结束以后，让他来我的'玄黄居'吧！"

众人登时哗然，许多弟子盯着谷成锋既羡又妒，花眠也笑道："岛王青眼相加，幸何如之，我先代小徒谢过了。"

谷成锋输了比斗，仍能进入本岛正宗，弟子们羡慕之余，纷纷打起精神，比斗更加激烈，接连有人受伤。

又比了几组，忽听一声锣响，阳景走出人群，左顾右盼，面色倨傲。乐之扬正想他的对手是谁，忽见江小流一步一挨地走了出来。

乐之扬心中一凉，暗叫不妙。阳景的嘴角牵扯两下，皮笑肉不笑地说："江师弟，山不转水转，咱们又见面啦。"

江小流脸色苍白，摆了个架式一言不发。阳景微微冷笑，回头看去，明斗面皮紧绷，冲他点了点头。

阳景心领神会，左掌朝下，右掌向前一搅，搅起一团旋风，掌风中隐隐生出吸力，正是"鲸息功"六大奇劲之一的"涡旋劲"。

江小流原本紧张，一觉掌风涌来，慌忙纵身跳开，阳景掌势一沉，吸力更加厉害，有如一根无形绳索，扯住了江小流的双腿。江小流忙乱中左手一抖，袖子里飞出一条细细的铁链，顺着吸力向前飞射，势如一条软枪刺向阳景的小腹。

阳景面露狞笑，左掌呼地挥出，正是六大奇劲之一的"滔天炁"，这一股掌力与"涡旋劲"完全相反，有如一根柱子向外猛撞。江小流掌心一热，铁链已被掌风搅乱，化为一道乌光，反向他自身扫来。江小流慌忙转身，铁链贴着耳轮飞过，带起一溜血光。

江小流忍痛咬牙，使出"龙遁"身法绕到一边，右手一挥，袖中又飞出一条铁链，两条铁链有如二龙戏珠，忽合忽分地冲向阳景。

阳景轻哼一声，右掌向前拍出，仍是"滔天焘"的功夫，铁链落入掌力，忽又失去控制，向后反卷回去。

江小流慌忙低头，铁链掠过头顶，打散了他的发髻，他手腕用力一抖，余下的铁链脱出袖口，唰唰唰长了一倍，在他头上画了一道圆弧，绕过阳景的掌风，嗖地缠向他的脖子。

阳景慌忙向后跳开，可是迟了一步，眼前乌光晃动，"啪"，他白净的面皮上多了一条长长的瘀痕。

阳景又羞又怒。他是鲸息流的首座弟子，对手却是龙遁流里不入流的小混混，别说脸上中招，让江小流碰上一片衣角也是奇耻大辱，想也不想，反手抓出，只听金铁交鸣，铁链的一端被他抓在手里。

阳景大喝一声，潜运内劲，江小流登时虎口剧痛，铁链脱手而出，唰唰两下，反而将他的手臂缠住。江小流用力一挣，没有挣脱铁链，反被"涡旋劲"扯动，身不由己地向前踉出。

一眨眼，两人相距不过数尺，江小流一咬牙，拳脚齐出。阳景一手抓着铁链，一手上下格挡。两人砰砰交手数招，阳景忽然右手收回，扯得江小流脚下虚浮，跟着左掌突出，呼地击向他的胸口。江小流回手一拦，冷不防阳景左脚突起，踢中了他的小腹。

江小流痛得蜷缩起来，阳景不容他倒地，一拳击中他的面门。江小流鼻骨折断，鲜血狂喷，踉起五尺来高，翻着跟斗向后飞去。

身子还没落地，阳景右手一扯，铁链当啷作响，江小流风筝似的又飞了回来。阳景站在原地，眼里涌出杀气。杨风来看出不妙，腾地站起，忽见人影晃动，场上多了一个人，那人右手一招，将江小流一把抓住。

唇枪心剑

第九章

阳景这一拽力量甚大，来人站立不稳，反被江小流带得向前撞出。阳景叫了声"好"，手上用力，刹那间，他与来人距离拉近，看清对方面容，冲口而出："乐小狗……"

乐之扬不待他说完，双腿连环踢出。阳景上下遮拦，手忙脚乱，只听砰砰砰连声，他连接三腿，便退了三步，一股痛麻顺着手臂直蹿胸口。

他支撑不住，丢开铁链，纵身跳开，乐之扬趁势一个盘旋，抓着江小流飘然落地。

旁观的众人无不惊奇，乐之扬一口气逼退阳景，身法飘逸如龙，放眼东岛也不多见。

乐之扬低头一看，江小流口鼻流血，已经昏了过去，登时大怒，冷冷瞪着阳景。

杨风来眼看弟子受重伤，脸面无光，怒道："明斗，令徒好本事！"

"不敢！"明斗漫不经心地道，"杨尊主，你也教得好徒弟。"

"好个屁！"杨风来啐一口，"裤子也输光了！"明斗笑道："杨尊主误会了，我没说江小流，我说的是乐之扬。"

杨风来一愣，叫道："你说什么？"明斗说："他的'无定脚'不是你教的吗？"

杨风来瞪眼大怒，叫道："谁教他谁是王八蛋。"明斗眼珠一转，点头又说："我明白了，一定是江小流自作主张，将武功偷偷传给了乐之扬！"

乐之扬身法飘逸，与龙遁流有些相似，杨风来听了暗生疑惑，扬声说："姓乐的，你武功谁教的？"

乐之扬笑道："我说神仙教的，你信不信？"杨风来呸了一声，骂道："我信你个鬼！"乐之扬笑道："江小流是你的弟子，对不对？"杨风来道："是又怎样？"

乐之扬道一声"好"，一晃身，抢到杨风来面前，双手向前一送，将江小流塞入他怀里。杨风来不及多想，顺手接过，乐之扬又是一晃，笑吟吟地退回原地。

东岛之中，杨风来的身法数一数二，乐之扬送人人怀，他竟然没能躲开，如果不是人体而是刀剑，这一下岂不洞穿了心腹？杨风来的脸色一阵青，一阵红，瞪着乐之扬说不出话来，云虚也徐徐起身，手拈长须，皱起眉头。

阳景眼看乐之扬大出风头，心中气恼，厉声叫道："乐小狗，你少得意，老子……"话没说完，乐之扬欺身而进，"啪"地抽了他一记耳光。

阳景眼前金星乱飞，只怕还有后招，慌忙跳开数尺，"噗"的一声，和着血水吐出一颗牙齿。

"我的儿！"乐之扬拍手笑道，"老爹这一巴掌如何？"

"放屁！"阳景暴跳如雷，"我是你爷爷，我是你祖宗。"

"此话不通！"乐之扬大摇其头，"爷爷是爷爷，祖宗是祖宗，你当了爷爷又当祖宗，难道自己给自己当儿子？"

阳景气得发昏，晃身一脚向前踢出。这一招出自"无定脚"，落入乐之扬眼里，出脚草率，破绽多多，他向后一跳，双脚忽左忽右，彼此为轴，旋风急转，让过阳景的腿势，左肘顶向他膝弯"委中"穴。明斗咦了一声，冲口叫道："这是'乱云步'！"

阳景应声收脚，左掌向前一招，劲力势如水中旋涡，环环相连，绵绵送出。

乐之扬移步转身，飘然后退。阳景这一招本是陷阱，对手一旦接战，必为"涡旋劲"拖住，那时他右掌的"滔天冞"向前涌出，自然一举锁定胜局。谁知道乐之扬避而不战，后招统统落空，无奈之下，他跨出一步，左掌向前推出。

乐之扬哈哈一笑，左掌迎出。二人掌力相接，阳景的掌力变放为收，"滔天冞"忽又变为了"涡旋劲"，掌心生出了一股吸力。

乐之扬心知让他吸住，"滔天冞"一来，势必难以抵挡，当即刚劲外吐，一股大力撞上阳景的掌心。阳景手掌发麻，马步动摇，后面的招式一缓，乐之扬趁势跳起，右臂折叠起来，转了一下，忽地向前挥出。"啪"的一声，阳景又挨了一记耳光，右脸剧痛难忍，慌忙收掌后退。

"北溟折翼！"明斗又惊又怒，"这小子什么时候学会了'鲲鹏掌'？"

其他的东岛首脑也面面相觑，更加坐实了心中的怀疑。乐之扬身为杂役，偷

第九章 ── 唇枪心剑

191

学了本岛的武功，若是偷学，又未免学得太好，这一招"北溟折翼"尽得真传，用得十分精妙。

阳景口鼻流血，双颊高高肿起，就像是一只大大的猪头。他怕乐之扬乘胜追击，双掌没头没脑地一阵乱舞，一会儿"涡旋劲"，一会儿"滔天炁"，掌风呼呼作响，笼罩一丈方圆。

乐之扬使出"乱云步"，拳脚凝而不发，绕着他走了几步，忽一矮身，双拳齐出。阳景刚要遮拦，拳势忽又散开，化为一片虚影，穿过他的手臂，击向他的腰间。

拳风及体，隐隐闷痛，阳景慌忙收手护住腰间，哪知顾此失彼，眼前一花，乐之扬一拳飞来，正中他的鼻梁。阳景鼻血长流，牵动了泪腺，眨一眨眼，两行泪水不争气地流了下来。

"忘忧拳，这是忘忧拳……"明斗怒气冲冲还没叫完，乐之扬的拳头急如星火，穿过阳景的掌风，又击中他的左肩。

阳景倒退两步，站立不稳，明斗看得心急，高叫："阳景，别跟这小子比快！"

阳景应声醒悟，稳住身形，左一招"涡旋劲"，右一招"滔天炁"，两大奇劲一收一放，一守一攻，绕身盘旋，守得风雨不透。乐之扬几次靠近，均为逼开，只好使出"乱云步"，绕着对手游走。

掌风过耳，呼呼作响。乐之扬听见风声，心有所动，仔细看去，阳景的双掌一推一送，掌力一收一放，俨然弹琴鼓瑟，只不过，乐师弹的是琴弦，他弹的却是真气。

乐之扬灵机一动，想起《灵感》篇里的那句话："气为之弦、风为之管，水磬雷鼓，振动万物……"之前他不解其意，这时恍然大悟，倘若劲气为弦，阳景挥手之间，分明弹奏的就是一支乐曲，尽管没有声音，可是节奏宛然。只不过身为琴手，阳景弹得实在拙劣，调子断断续续，节奏也是一塌糊涂。

乐之扬聆听时许，跨上一步，左拳轻轻一晃。阳景已为惊弓之鸟，慌忙挥掌相迎，这一变招，节奏生出混乱，乐之扬趁机出脚，就在阳景前招未尽、后招未出的当儿，脚尖穿过他的掌势，嘭地踢中了他的肘尖。

阳景半身软麻，左手无力垂下，慌乱间后退一步，右掌使出"滔天炁"劈出。这么一来，好比单手弹琴，只有弹得更坏。乐之扬看出破绽，轻飘飘一指，点中了他腰间的"五枢"穴。

"千芒指！"明斗禁不住握起双拳。

阳景要害中指，连连后退，还没站稳，"无定脚"又跟踪而至。这一脚若有若无，正中他的小腹。阳景飞出一丈多远，五脏六腑挤成一团，连隔夜的饮食也呕吐了出来。

乐之扬不及收脚，一股大力从旁涌来。他闪身跳开，忽见明斗扶起阳景，厉声叫道："臭小子，胆敢偷学我东岛的绝技？"

乐之扬转眼看去，四周的东岛弟子均是望着自己，目光十分不善。乐之扬毫无惧色，一手叉腰，大声笑道："明尊主，不要血口喷人，我什么时候偷学了东岛的绝技？"

"还敢狡辩？"明斗指手画脚，唾沫乱飞，"你刚才用的什么？先是'无定脚'，再是'乱云步'，还有'鲲鹏掌'、'忘忧拳'、'千芒指'，哪一样不是我东岛的武功？"

"这话可不对！"乐之扬笑嘻嘻地说道，"你说的这些武功，都是当年释家的功夫，释家早已离开了东岛，我学他家的功夫，又跟东岛有什么关系？"

明斗一愣，不知如何回答，其他的弟子纷纷叫骂："强词夺理！""不知所谓！""无耻之徒，偷学武功还有理了？"……

明斗听到骂声，更加理直气壮，回头向云虚说道："岛王明断，此人身为杂役，偷学武功，按岛规，理应断手挖眼，以儆效尤。"

童耀一边听着，心中大急，两年前他亲自试过乐之扬，这小子软手软脚，连马步也无力站稳，何以两年过去，练成了一身惊人武功。杂役偷学武功是重罪，任由明斗发挥，乐之扬必遭灭顶之灾，正觉束手无策，忽听有人冷冷说道："他没有偷学武功！"

童耀掉头看去，叶灵苏迈步出列，默默盯着明斗。明斗眨了眨眼，困惑道："叶师侄，你什么意思？"

"没什么意思。"叶灵苏漫不经心地说，"他的武功是我教的。"

众人一片哗然，乐之扬也吃了一惊。云裳看了看叶灵苏，又看了看乐之扬，面色苍白，不禁咬了咬牙。

明斗沉默一会儿，盯着叶灵苏冷笑："叶师侄，此话当真？"叶灵苏哼了一声，不及说话，乐之扬忽地大声叫道："明斗，这件事与她无关。"

叶灵苏本意减轻他的罪责，这小子却不领情，一时又惊又气，眼看明斗面露阴笑，急忙抢着说："乐之扬，你昏头了吗？学会了武功，就不认我这个师父了？"

乐之扬见她不顾名声，一再为自己开脱，感激得五体投地，可越是感激，越不肯让她受到牵连，笑嘻嘻说道："叶姑娘，你的好意我领了，但在岛王面前，小子我不敢说谎。我早说了，这武功是神仙教的，跟你半点儿关系也没有。"

叶灵苏气极骂道："撒谎精，死到临头还嘴硬。"她一向为人矜持，此时一再失态，连她自己也觉意外。许多人联想起两年前二人失踪一事，纷纷交头接耳，猜测二人或有私情。

云裳望着乐之扬，一股烈火在身子里乱窜，右手不自觉握住了剑柄，这时一只手从旁伸来，按住了他的手腕，只听云虚冷冷说道："灵苏，他的武功真是你教的？"

云裳应声一凛，松开剑柄，但见叶灵苏低下头去，轻声说："是啊……"她纵然一心保全乐之扬，可是面对师尊，仍然不免心虚。

云虚看她时许，忽地抬眼望天，淡淡说道："灵苏，从小到大，你还没对我撒过谎吧？"叶灵苏浑身一颤，默不作声。

只听云虚又说："灵苏，我再问你一次，他的武功真是你教的？"叶灵苏心慌意乱，摇了摇头，又点了点头。云虚看了她一眼，忽地叹道："他这一身武功，只怕你还教不出来。"

叶灵苏又羞又急，冲口而出："他的武功很高吗？"

"他的武功不高，但却与众不同！"云虚手拈长须，若有所思，"先说'无定脚'，那一招'追风蹑影'，岛上弟子所学，应是先起左脚，从左往右踢向对手下盘，但他却是先出右脚，再向上踢，不但踢得更高，而且更加刁钻。再说'忘忧拳'里的'无忧无虑'，岛上弟子出拳，只有两个虚招，他却有三个虚招，变化更加纷繁，阳景按照两个虚招的路子躲闪，自然着了他的道儿。再说他点中阳景'五枢'穴的那一记'笑指天南'，点出的应是食指，可他中途变招，食指变为无名指，点中穴道的一刻，不是点戳之力，而是如使毛笔般向下一捺，不但封住了'五枢'穴，指上的余劲更是波及了'足少阳胆经'……"

云虚漫不经心，将乐之扬招式中的细微变化一一说出，不只东岛众人佩服，乐之扬也是骇然不已。云裳听到这儿，忍不住叫道："父亲，你是说这小子所学的东岛武功比我们更厉害？"

云虚摇头说："不是东岛武功，而是释家的武功。"

众人面面相觑，心中仍是不解，云裳问道："释家的武学不是东岛武学吗？"

"那可不一定。"云虚淡淡说道，"释家三大绝技，'乘风蹈海'、'无相神针'、'大象无形拳'均未传世，流传后世的武学，也分为外学和内学。"

"外学？内学？"

"外学是释家传授给外人的武功，内学是他们自家人学的功夫，后者比起前者，自然要高明一些。"

云裳恍然道："释家留了一手？"云虚点头说："若我所料不差，乐之扬的功夫出自内学。"

众人均是动容，当年鳌头论剑，云家胜出，释家负气离开，从此绝迹江湖。

难道说过了数十年，释家又卷土重来？

云虚沉思了一下，扬声问道："乐之扬，你是释家子孙吗？"

乐之扬只觉好笑，说道："我不姓石，我姓铁。"

"姓铁？"云虚一愣。

"对啊！"乐之扬笑嘻嘻说道，"石头再硬，也比不过生铁，我这姓铁的可比姓石的厉害多了。"

他公然戏弄岛王，云虚不由脸色一沉，明斗挺身叫道："岛王明断，这小子东扯西拉，分明心里有鬼，照我看，他一定是释家派来岛上的奸细，妄图里应外合，重夺岛王之位。"

云虚哼了一声，盯着乐之扬说道："你不是释家的人，武功又是从何而来？"

乐之扬不愿牵连席应真，只笑道："早说了，神仙教的。"心里却想，"席道长仙风道骨，比起神仙也差不了多少。"

他若自承是释家子孙，云虚顾念百年前的交情，或许放他一马，但他一口咬定与释家无关，反而让众人疑神疑鬼，认为他潜入东岛，必有不可告人的阴谋。

云虚沉思一下，说道："不论你是不是释家的子孙，学的总是释家的武功，云某不才，倒要请教两招。"

此话一出，乐之扬吓了一跳，云裳急道："杀鸡焉用牛刀，父亲不妨袖手旁观，看我十招之内，叫这小子跪地求饶。"

"你懂什么？"云虚冷冷摇头，"他是释家传人，我是云家之长，我来动手，方才合乎他的身份。"说完信步上前，与乐之扬遥遥相对。

乐之扬望着云虚，心子突突狂跳。他努力调匀呼吸，转眼望去，叶灵苏也向这边望来，水杏眼里透出一丝绝望。

乐之扬见她神情，蓦地热血上涌，大声说道："岛王大人赐教，乐某荣幸之至。常言说得好，阴沟里翻船，平路上摔跤，岛王大人，你胜了我那是千该万该，我若不小心胜了一招半式，传到江湖上去，大伙儿一定会说，东岛武功，不过尔尔，堂堂东岛之王，居然输给了一个无名之辈。"

众人一听，均是破口大骂。云虚也觉诧异，心想多少高手见了自己都是未战先怯，这小子不但毫不畏惧，还敢胡说八道，先不说武功高低，这一份胆气倒也少有。他想了想，点头说："你想胜我也容易，我站在这儿任你出手，决不还击，十招之内，你碰着我一片衣角，就算我输了。"

四周登时安静下来，东岛弟子面面相觑。自从败给梁思禽，三十年来，云虚不曾与人动手，武功高到何种境地，身边的弟子也一无所知，但他与乐之扬的赌约太过苛刻，若是一不小心，势必威风扫地。

乐之扬却大喜过望，云虚如此做派，分明自持身份，不肯和他当真对敌。若说拳来脚往，乐之扬必败无疑，但若云虚站着不动，捞他一片衣角也不是难事。自来骄兵必败，云虚画地为牢，一招未出，先已经输了大半。

想到这儿，乐之扬不由笑道："云岛王，此话当真？"云虚说："东岛之王，一言九鼎。"乐之扬道："你输了呢？"云虚道："我输了，任你离开本岛。"乐之扬拍手笑道："妙极，妙极。"云虚看他一眼，忽又问道："你输了呢？"

乐之扬笑道："你说如何？"

"你输了……"云虚冷哼一声，"我要你双手双眼。"

乐之扬愣了愣，把心一横，笑道："好啊，敬请来取！"

云虚微微冷笑，背负双手，随随便便站在那里，双脚不丁不八，势如孤峰耸峙。乐之扬望着对手，心中急转念头："此人武功太高，正面交锋必有风险，若要必胜，莫如使出'乱云步'绕到他的身后。"

想到这儿，他气贯双腿，正要举步，忽觉周身一冷，一股无形之气迎面冲来。刹那间，乐之扬如陷泥沼，无处使力，也动弹不了。

这感觉突如其来，乐之扬抬眼望去，云虚远远站立，面沉如水，那一股无形之气正是从他身上散发出来。

这一股气不是真气，也非掌风，但如一块巨石，沉沉压在乐之扬的心头。要知气由心生，无论武功多高，体内的真气也要人心才能驾驭，心志一旦受制，登时气血不通，四体僵硬，别说出手进击，就连动弹一下也不容易。

"这是什么武功？"乐之扬的额头上渗出汗来，双拳紧握，身子一阵阵发抖。他直觉大事不妙，大喝一声，使出浑身之力向前跨出。尽管只有一步，乐之扬也觉心力交瘁，跨出的左脚忽地发软，"扑通"一声跪在地上。

云虚的眼里闪过一丝惊讶。这一股无形之气，乃是他为了打败梁思禽，花了二十年苦炼而成的一口"般若心剑"。这口剑由心而发，不是真气，而是全身精神所系，一旦与人对敌，心剑出鞘，直入人心，就好比虎豹之于羔羊，神威所及，对手心志瓦解，自然雌伏认输。

云虚自负神功，本想乐之扬面对心剑，必然心志崩溃，谁知道这小子不但神志清明，还能迎着心剑前进。

云虚微微气恼，双目睖睁，有如一对磁石，牢牢吸引住了乐之扬的目光。心剑威力暴涨，无形之气连波叠浪一般涌出，乐之扬身当其锋，自觉变成了一面筛子，全身千疮百孔，处处都是破绽，别说出手进攻，云虚吹一口气也能将他吹倒。

心志一旦动摇，心剑长驱直入。乐之扬望着云虚，只觉对手巍如山岳，自己却是渺如蝼蚁，对手强无可强，自身弱无可弱，除了低头认输，当真别无他想。

众弟子一边观战，也觉诧异。云虚不动是约定，乐之扬不动却奇怪极了，按理说，他应该大动特动，尽力抢攻才对，可他此时脸色死白，两眼发直，嘴角流出了一缕白色的涎沫。

叶灵苏心急如焚，知道师父说到做到，乐之扬如果输了，纵然不死也要残废。可是"般若心剑"她也一知半解，不知如何应付，她越想越急，不觉纤手紧握，锐薄的指甲刺入掌心。

忽然怪声大作，势如虎啸龙吟，偌大的鳌头矶也颤抖起来。这是风穴的风声，到了午时必然发作，岛上弟子见怪不怪，仍是盯着比斗场上。

怪声越发响亮，忽长忽短，忽高忽低，冲入乐之扬耳中。他抖了一下，陡然清醒过来，但觉浑身的气血随风声而动，渐渐可以听从使唤。他定一定神，凝目望去，云虚站在一丈之外，双目锐利有神，森然逼视过来。

两人目光相接，乐之扬的脑门剧痛欲裂，眼看又要迷失，他心中灵光一闪，数行字迹掠过，正是《灵感》篇里的句子，专讲如何借外来之声引导内在之气，其中紧要的一点，就是悠然无为、顺其自然，只凭音声引导，不以自身的心意干扰真气运行。

这已是极高的境界，乐之扬虽有涉猎，可也从未真正练成。此时他为"般若心剑"克制，真气陷入停滞，连带四肢也动弹不了，若无外力相加，必然浑身虚脱。

乐之扬深吸一口气，努力摒除杂念，依照《灵感》篇中的心法，顺其自然，任由风穴的怪声来引导真气。

"般若心剑"以克制人心为要，对手一念不起，自然也就无所用之。乐之扬达不到"一念不起"的境界，可是长年修习玄门秘笈，返神入照，练出若干定力。他心中的思虑一少，所受的束缚也随之减少，但觉耳边狂啸长吟，种种怪声层出不穷，体内的真气随着声音游走，左一蹿，右一钻，如龙如蛇，难以捉摸。

真气一旦流动，气力登时滋生。乐之扬腰肢一挺，心中有如明镜，但见云虚目光慑人，明白这一双眼睛正是祸端，当下闭上双眼。这么一来，浑身如释重负，"般若心剑"的威力大大削弱。

云虚暗暗吃惊，中了"般若心剑"，心神受制，想要闭眼也难。乐之扬竟然摆脱束缚，把眼闭上，简直就是不可思议。云虚创出"般若心剑"，绝不是为了对付这等三流货色，今日所以使出，不过心血来潮，想要一招不发，就将乐之扬轻易制服。谁知这小子行将崩溃，忽又如得神助，重新振作起来，如此定力，实在少有，没有数十年的苦功，决计达不到这样的地步。

纳闷之余，云虚暗生气恼，他之前不愿使出全力，害怕传扬出去，梁思禽有了防范，来日的交锋少了胜算。可是事到如今，骑虎难下，不能制服这小子，一岛之王必然颜面扫地。

想到这里，云虚剑由心生，正要全力刺出，忽见乐之扬右手一动，摸到腰间的玉笛，横在嘴边吹奏起来。云虚一愣，心想这小子居然还有工夫吹笛，心中越发有气。

笛声悠然响起，节奏忽长忽短，调子高低不一，初一听来，无甚奇处，可是听了数声，云虚忽觉不妙。不妙之处，不是来自乐之扬的笛声，而是出自风穴中的风声。

乐之扬吹笛之前，风穴怪响连连，可说杂乱无章，加入笛声以后，忽然有了章法，好比一群武学好手，各有所长，各自为战，发挥不出最大的威力，可是笛声一起，好比一个统帅，引领这一群武夫，所有奇声怪响全都汇合如一，化为一股洪流，向着云虚冲来。

云虚一不留神，几乎被这一串杂音扰乱了心志。风穴怪声，本来就有摇魂荡魄的奇功，岛上弟子听得多了，自有一套应付之法。此前的风声断断续续，不足为害，乐之扬的笛声一旦加入，有如一根丝线上下串联，将怪声断续之处一一补足，奇声化零为整，直如虎啸龙吟，不只是云虚着了道儿，在场的弟子无不心神大震，气血翻腾。

乐之扬以"灵感"吹笛，统帅风穴怪声，绵绵不断地攻向云虚。这怪声出于"地籁"，一旦汇合起来，威力胜于人力。云虚遇上如此声势，也不得已收回精神防护自身。乐之扬压力一轻，笛声更加激越。

云虚望着乐之扬，只觉这小子一身是谜：抗拒心剑已是出奇，笛声引导风声，更是奇中之奇。正想着，忽听周围传来狂笑怒吼，云虚转眼看去，若干东岛弟子受不了怪声冲击，神志混乱，流露出种种狂态痴态。

云虚心念转动，忽地仰天长啸，登时压住了乐之扬的笛声。笛声稍一受制，仿佛强龙抬头，忽又高昂起来，它高一分，啸声也高一分，两股声音有如比翼齐飞，云虚的啸声总是压住笛声一头。

笛声一旦受制，风声失去统帅，登时威力大减。众弟子恢复神志，回想迷乱时的光景，均是又羞又气。

忽见乐之扬侧耳倾听，摇摇晃晃地走到云虚身旁，忽然收起笛子，一拳送出，拳风飒飒，吹起云虚的衣角。

人群里发出一阵惊呼。云虚也收起啸声，身子微微一扭，乐之扬一拳走空，拳头贴着他的胸前掠了过去。

乐之扬心头一沉，变拳为爪，拿向云虚的心口。这一抓出自释家"捕鲸手"，顾名思义，爪势涵盖甚广，大如巨鲸也难以逃脱。可是云虚不慌不忙，身子随着他的爪势转动，犹如狂风折柳，弯折成一个极大的弧度，乐之扬的指尖从他胸前掠过，差了半分，又没碰着他的衣衫。

乐之扬大喝一声，变爪为掌，使一招"分江辟海"，左掌如鸟翅划水，向下狠狠斩落。云虚的身子应掌下沉，后背几乎贴上地面。乐之扬忌惮心剑，始终不敢睁眼，一掌劈空，猜想云虚必在地面，"无定脚"胡乱扫出。

云虚双脚如装机簧，"嗖"地弹起数尺，身子飘如浮云，俨然躺在乐之扬的腿上。乐之扬闭着眼睛，一无所觉，拳掌胡乱挥舞，双脚贴地乱扫，心想除非云虚飞上天去，只要站在地上，无论如何都逃避不了。

云虚身如鱼龙，凌空翻腾，时而手指点地，时而脚尖下撑，忽落又起，身子始终悬在半空，总能抢先一步绕开乐之扬的腿脚。

乐之扬一口气攻出了不知几脚几腿，忽听云虚冷冷说道："这是第几招？"

乐之扬应声一愣，收腿向后跳开，睁眼望去，云虚站在原处，俨然从未动过。他心头一凛，默默数来，刚才连出八腿，算上之前的一招"忘忧拳"、一招"捕鲸手"、一记"鲲鹏掌"，十招之数还过其一，想到这儿，乐之扬不由出了一身冷汗。

"十招已过，轮到我了！"云虚一声锐喝，晃身而出，扬起右掌向下拍落。

这一掌快得不可思议，乐之扬匆忙挥掌抵挡，冷不防云虚回手一勾，缠住他的手腕，"咔嚓"一声，乐之扬剧痛入脑，噔噔噔连退三步，低头一看，右手腕骨已经脱臼。

云虚也觉诧异，刚才这一下，本想将乐之扬的右手活活拧下，谁知着手之时，少年的肌肤上生出一股潜力，滑如油脂活鲤，硬生生从他手中挣脱。

乐之扬捧着断手，冷汗顺着额头滚滚落下。云虚冷冷瞧他，忽道："还有一只手，两只眼睛……"

乐之扬打了个突，不自禁后退一步，立足未稳，狂风扑面，也不见云虚动作，人已到了他的身前，右手如毒蛇出洞，食中二指刺向他的双眼。

乐之扬别说动手，转念也是不及，望着手指刺来，脑子一片空白。

忽听"啾"的一声，云虚的指尖突然消失。乐之扬一愣，忽见云虚退回原地，满脸怒气，右手徐徐摊开，掌心多了一枚黑色的棋子。

忽听一声长笑，远处燕子洞的海燕受了惊扰，呼啦啦冲天而起，盘旋于岛屿上空，有如一片黑云。

云虚皱起眉头，应声看去，席应真襟袖洒然，越过众人漫步走来。他久困谷底，丰神不减，一身破衣敝履，也掩不住潇洒之态、隽朗之神。

乐之扬喜极忘形，忽地一跳而上，扯住老道士的衣袖笑道："席道长，你怎么来了？"

众人见他二人相识，均是不胜惊怪。席应真瞪着乐之扬佯怒道："我若不来，你这双招子可就叫人挖出来喂鱼了。"乐之扬哈哈大笑。

"席应真！"云虚忽地开口说道，"你跟这小子有何瓜葛？"

席应真笑道："实不相瞒，他的武功算是贫道教的。"云虚冷笑道："你骗谁？太昊谷的掌门，传的却是我灵鳌岛的武功？"

席应真摇头道："此事别有奥妙，贫道不便细说。这孩子与我有半师之情，还请云岛王高抬贵手。"

云虚两眼望天，冷冷说道："凭什么？"席应真看他片刻，叹道："这么说，岛王是不肯放手了？"

"我跟他有言在先，他输了，就得交出双手双眼。"云虚略略一顿，面露讥讽，"老道士，这样吧，我看你薄面，由你来动手，只要废了他的爪子招子，这件事我就不再深究。"

席应真白眉轩举，冷笑道："云虚，你不要欺人太甚。"云虚跨出一步，冷笑道："我欺了你又如何？"

席应真哼了一声，抓起乐之扬的手腕一拧一送，扶正脱臼的关节，转过身来，朗声说道："云虚，你在燕子洞里要诈胜出，可说是胜之不武，今天贫道不才，想要向你请教几招剑术。"

云虚点头道："我也早有此意，你我两派同源异流，并称于世，今日正好比一比，看谁才是公羊剑意的正宗。"

席应真笑笑，忽一回头，向后掠出，经过一名东岛弟子身边，呛啷一声，将他腰间长剑拔了出来，晃身之间又回到原地。这一来一去快不可言，那弟子站在原地，恍若一尊泥塑。

老道士屈指弹剑，长笑道："正宗偏流，本是无常，贫道并不放在心上。不过我若胜了，又当如何？"

云虚说道："任你两人离开。"不待席应真答话，乐之扬抢着说："不行，你还得解开席道长的'逆阳指'。"

云虚看他一眼，冷笑道："他若真有本事，为何不自己解开？"乐之扬一愣，还要争辩，席应真拍拍他肩，笑道："小子，越描越黑，再说只会丢人出丑。"

乐之扬看他面容，心中一酸，眼眶登时红了，涩声说道："席道长，你、你……"席应真摇了摇头，截断他的话头："大敌当前，不可弱了自家的气势。"

乐之扬无言以对，心中乱成一团，席应真败了难免死伤，胜了解不开"逆阳指"的禁制，还是性命不保。老道士挺身出战，根本就是舍弃自身，来换乐之扬的双手双眼。

想到这儿，乐之扬跨上一步，拦在席应真身前，大声说："云虚，你不就是要我的双眼双手吗？我给你就是了。"说着一扬手，两根指头插向双目。

席应真眼疾手快，一指点出，乐之扬后心一痛，登时浑身麻痹，指尖到了眉睫，再也插不下去。

席应真将他抓起，丢到一边，冲云虚笑道："小孩子说话不可当真！此次比斗，只是你我二人，以云岛王的身份，未分胜负之前，想必不会牵扯旁人。"

云虚听出他话中之意，也暗暗欣赏乐之扬的义气，点头说："好，未分胜负之前，我东岛之人，谁也不许跟乐之扬为难。"说到这儿，眼里神光迸出，在明斗的脸上转了一转，明斗板着面孔，眼底闪过一丝寒意。

两人握剑在手，徐徐迈步向前，众人均是屏息注视，唯恐稍一疏忽，就漏过这一对大高手的精妙招式。

鳌头矶上落针可闻，只有凄凄海风若有若无。就在这时，忽听砰然震耳，远方的海面上传来了一声炮响。

众人应声望去，海面上驶来一艘大船，雪白的船帆上赫然绣了一头金色鼍龙。

金鼍龙是东岛的标记，而今东岛弟子尽在岛上，如何又来了一艘海船？众人无不惊疑，云、席二人也忘了比剑，定睛看向来船。又听两声炮响，船尾的青烟盘旋而上，船头破开海水，迎着鳌头矶笔直驶来。

船到近前，一个白衣僧人站在船头，手持一副铁锚，呼呼呼当空挥舞。将到岸边，他纵声长笑，挥手一掷，铁锚好比逶迤飞蛇，当啷一声，钩住鳌头矶上的一块岩石。

岛上之人无不动容，船在海边，距离矶石足有十余丈，看这铁锚，少说也有百斤，纵有投石机械也难以投到此间，更别说僧人赤手空拳，如此神力，骇人听闻。

船头人影晃动，一个黑衣人飘然纵起，踏着铁索飞奔而上，一身黑袍迎风鼓荡，就像是一只展翅高飞的苍鹰。

转眼间，那人已到近前，却是一个黑袍散发的年轻男子，体格瘦削，脸色苍白，目光凌厉如刀，透出一股邪气

男子手捧一张拜帖，眼珠一转，高叫："岛王云虚何在？"声如刀剑交鸣，听来十分刺耳。

"我就是！"云虚皱眉，"足下是谁？"

男子笑而不答，鼓起两腮，吹出一口长气，帖子向前飞出，仿佛一只手托着，平平送到云虚面前。

人群一阵骚动，这张帖子全为男子的内息推送，倘若只是送出帖子，在场不少人也能做到，可要这么举轻若重，放眼岛上，做得到的人也没有几个。

云虚接过拜帖扫了一眼，不动声色，抬头说道："帖子上说，释家东归本岛，参与鳌头论剑，看足下的功夫，跟释家似乎没什么关系。"

众人无不吃惊，释家离岛已久，多年来不闻消息，今日先是乐之扬使出释家的"内学"，如今又有人送上拜帖，难道说释家不忿百年旧怨，打算里应外合，一举颠覆东岛？

乐之扬与席应真也很惊讶，他们得到释家武学不过凑巧，没想到真的有人送来了释家的拜帖，这么一来，阴谋颠覆的罪名那是赖也赖不掉了。乐之扬只觉懊恼，偷偷看了叶灵苏一眼，女子也正默默看着他，眼里透出一股冷意。

乐之扬暗暗叫屈，可又无从解释，只见黑衣人笑了笑，大剌剌拱手："岛王法眼无差，小可竺因风，不过是跑腿送信之人，确与释家没有关系。"

云虚正要说话，席应真忽道："穿黑衣的小子，你刚才的轻功可是'凌虚渡劫'？"

竺因风负手而笑，席应真盯着他说："奇了怪了，燕然山的弟子，什么时候跟释家混在一起了？"

此话一出，众人无不惊怒，杨风来厉声叫道："什么？这小子是燕然山的孽徒？好大的胆子，竟敢离了漠北，跑到我东岛来送死！"

其他人也是满面怒气。东岛弟子无一不知燕然山的大名，除了朱元璋和梁思禽，三十年前，漠北燕然山也是东岛的一大死敌。

燕然山的武功源自当年的"黑水一怪"萧千绝（按：见拙作《昆仑》）。萧千绝战死于天机宫以后，二弟子伯颜继承其衣钵，守护大元皇室，故而当年元廷之中不乏黑水高手。后来元人败亡，黑水高手护送元帝逃亡北方，几经辗转，落脚在燕然山中，从此以山为号，开宗立派，威震漠北。

萧千绝和云家本有家仇。伯颜身为大元丞相，席卷三吴，灭亡大宋，双方之间又添了一层国恨。伯颜死后，门人秉承其志，长年与东岛为敌，百余年来，双方多次交锋，又结下不少仇怨。元灭以后，黑水一派远走漠北，东岛别有对手，彼此的纠葛少了许多，然而一旦遇上，仍是免不了你死我活。

以双方的旧怨，竺因风只身闯岛，光是口水星子也能将他淹死。但这小子站在人群之中，笑嘻嘻若无其事，两只眼睛在东岛的女弟子身上乱瞟，说不出的轻佻放肆。

叫骂声稍稍平息，竺因风才笑道："两国交兵，不斩来使，我只是送一张拜帖，各位不必如此激愤。"说完拍了拍手，发出一声长啸，啸声尖锐凌厉，势如羽箭穿云。

　　啸声未落，就听一声炮响，从海船上走下来一队人马，衣着鲜丽，排场甚大，居中八个壮汉，精赤上身，佩戴金环玉箍，抬着一乘大轿，施施然向鳌头矶上走来。掷出铁锚的白衣和尚也在队中，他身材高大，气宇不凡，走在众人之间，好比鹤立鸡群。

　　乐之扬看清他的模样，心中大为惊奇，这和尚正是冲大师，两人在仙月居有过一面之缘。明斗等人也认出和尚，均是面面相觑。

　　一行人吹吹打打，拾阶而上，很快来到鳌头矶上。壮汉卸下轿子，低头退到一边。轿子描金染翠，式样奢华，轿门挂着细密珠帘，轿中之人隐约可见。

　　"释家后裔何在？"云虚一拂衣袖，扬声叫道，"既然归了故乡，又何必躲躲藏藏？"

　　忽听咳嗽两声，珠帘左右分开，哆哩哆嗦走出一名男子。众人定睛一看，均是大为错愕，轿中人四十出头，长得獐头鼠目，眼里流露出一股惊慌。

　　云虚盯着该人上下打量，忽道："你就是释家后裔？"对方"啊"了一声，目光向下，支吾说道："鄙人释王孙，家父释大方，家祖父释休明……"

　　听到这儿，人群里发出哧哧笑声。释王孙的紫脸里透出黑来，恶狠狠扫了众人一眼，手忙脚乱地从袖子里取出一块龟形玉佩，说道："笑什么，看清楚了，这只灵筮玉龟，乃是我释家代代相传的宝物。"

　　人群里笑声更响，释王孙握着玉龟，越发不知所措。

　　云虚一挥手，笑声平息下来，他说道："释先生，只凭一枚玉龟，只怕证实不了你的身份。"释王孙张口结舌，回头看向一边的白衣僧人。

　　冲大师微微一笑，合十说道："只凭玉龟，证实不了释先生是真，但凭云岛王的双眼，也证实不了释先生是假吧！"

　　云虚看他一眼，冷冷说道："大师神力过人，敢问法号师门？"

　　冲大师还没回答，杨风来抢先说："岛王，他就是渊头陀的徒弟，法号冲大师。"云虚双眉一扬，点头道："原来是金刚传人，令师如今可好？"

　　冲大师笑道："家师正在闭关。"

　　云虚道："那么足下来此，令师可曾知道？"

　　冲大师笑道："佛法无来无往，性任自然，我来去随心，又何必听令于人？"

　　云虚凛然道："那么敢问大师，前来东岛有何贵干？"

　　冲大师淡淡一笑，扬声道："我受释先生之托，为他夺回岛主之位。"

　　话一出口，人群里像是炸了锅，有人高叫："死贼秃，大言不惭！"有的骂道："和尚不待在庙里念经，却跑到这儿来放屁！"另有人接嘴："你懂什么，他这叫思凡，动了凡心。"旁人道："这话可不对了，向来思凡的只有尼姑，他一个大和尚，又思什么凡？"前一人道："你有所不知，尼姑思凡，顶多伤风败俗，和尚思凡，那叫猪狗不如……"

众人骂得恶毒，冲大师却像是一个聋子，笑笑嘻嘻，无动于衷。云虚止住叫骂，沉着脸说："冲大师，你是金刚门人，我是东岛弟子，自来你我两家井水不犯河水。鳌头论剑是我东岛家事，不容他人插手，倘若我插手贵派的传承，不许令师收你为徒，你又应该作何感想？"

冲大师笑道："佛法云众生平等，无分内外，岛王若要干预本门，只要合情合理，贫僧也无话可说。"

云虚怒极反笑："这么说，大师干预本岛，即是合情合理了？"

"不错！"冲大师神色肃然，目光澄澈如水，"云岛王如果不想身败名裂，最好急流勇退，让出大位，要不然一定后悔。"

他大言不惭，众人无不困惑，云虚盯着和尚看了又看，忽而笑道："这样说起来，大师有十足的把握将我赶下岛王之位了？"

冲大师笑道："谈不上十足，九成九还是有的。"

云裳听到这儿，按捺不住，挺身说道："还请父亲下令，容我杀一杀这秃驴的威风。"

云虚统领一岛，不是有勇无谋的莽夫，但见冲大师气定神闲，心知此人必有依仗，当下挥手说道："不要莽撞。"喝退云裳，转向释王孙，"释先生，这么说，你要向云某挑战了？"

释王孙为他目光所逼，登时哆嗦一下。冲大师微微笑道："剑为杀伐之器，论为口舌之争，鳌头论剑，论在剑之先，所以先说话，再比剑。"

"说话？"云虚盯着冲大师大皱眉头，他自负目光如炬，却看不出这个俊秀僧人的心思，"说什么？"

冲大师笑道："贫僧身为和尚，先来说一段因缘。"云裳按捺不住，说道："臭秃驴，若要论剑，也轮不到你，释老头怎么自己不来？"

冲大师笑道："朝廷有使者，民间有媒人，均是传声达意、代人说话的差使。贫僧不才，受释先生之托代他发声，贫僧所说的话，也就是释先生想要说的。"

云裳冷笑一声，正要反驳，云虚摆手说道："罢了，若不让他说话，倒显得本岛的人没有气度。"

云裳忍气吞声地退下，瞧了瞧释王孙，心中暗想："这人名叫王孙，别说全无王孙的样子，更没有武学高手的风度，分明就是这臭秃驴的傀儡，父亲一味宽大，只怕中了对手的奸计。"

忽见冲大师转过目光，冲他略略点头，仿佛看穿了他的心思，云裳心头怒起，恶狠狠地回瞪了对方一眼。

冲大师笑了笑，慢慢说道："云岛王的气度贫僧佩服，我这个因缘么，却要从一个女子说起。"他顿了顿，目光扫过东岛众人，"这女子与各位一样，也是出生于东岛，长于东岛。她天生丽质，明艳动人，许多男弟子为她倾倒。"

此话一出，云虚的脸色微微一变，众弟子也心生好奇，各自窃窃私语，猜测此女子是谁，不少人的目光落到叶灵苏身上。

只听冲大师继续说道："可惜的是，女子的心中早已有了爱人，这人是一位少年侠士，人品俊秀风流，武功出类拔萃。更妙的是，侠士也对这女子用情极深，倘若天从人愿，这二位本该是一对夫妻。可惜的是，正当两人情投意合之时，突然出了一个岔子。那时大元衰弱，天下大乱，东岛弟子趁势而起，纷纷在中土割据称王，其中一位大王，权势一日大过一日，渐渐想要脱离东岛，自立门户，少侠的父亲为了拉拢他，决定与之联姻，让自己的儿子迎娶大王的妹妹……"

说到这儿，东岛弟子中起了一阵细微的骚动，不少年长之人将目光投在云虚身上。云虚脸色发白，定定望着冲大师，口唇开合，欲言又止。

冲大师有如不觉，笑着说道："少侠心有所属，自然万般不愿，可他天性纯孝，又以大局为重，不敢违抗父命，百般无奈之下，与那姑娘私下商议，先娶大王之妹为妻，再娶姑娘为妾，一来顾全孝道，二来不负真心。大丈夫三妻四妾本是常事，那姑娘情深意浓，也情愿不顾名分，留在他的身边。谁知道，那位王妹竟是一个大大的醋缸，成婚以后，别说娶妾，少侠就是看一眼别的女子，她也醋劲大发，连哭带闹。这么一来，两人的约定也成了泡影，男已婚，女不能不嫁。那姑娘自幼孤苦，只有一位兄长，万般无奈之下，由她兄长做主，嫁给了另一位男弟子……"

"够了！"云虚盯着和尚，眼里迸出点点火星，"这些都是我东岛的陈年旧事，岛上的老人无一不知，你旧事重提又有什么意思？"

"贫僧只是为那姑娘惋惜。"冲大师微微一笑，"岛王才雄心忍，志在天下，这些陈年旧事当然不放在心上。若非如此，当年也不会负心薄幸，抛弃心爱女子，娶了张士诚的胞妹。"

人群中又是一阵骚动，乐之扬一边听着，也是不胜吃惊，敢情冲大师说了半天，话中的少侠竟是岛王云虚。抬眼望去，云虚脸灰唇白，两眼无光，看上去就像是一个活鬼。

云裳气得浑身发抖，厉声说道："臭秃驴，你活腻了，竟敢狂言乱语，挑拨家父和先母的情意，今日若让你生离此岛，我云裳誓不为人。"

"狂言乱语不敢当。"冲大师合十笑道，"出家人不打诳语，贫僧句句属实，小施主若是不信，大可问一问岛上的老人。"

云裳呛啷拔出剑来，冷冷道："我问谁不用你管，秃驴，你倒是应该问一问我这口宝剑。"

"'飞影神剑'我仰慕已久，待会儿自当领教。"冲大师漫不经心地说，"不过贫僧的话还没说完。"

"去佛祖那边说吧！"云裳一声锐喝，手中剑光一闪，仿佛奔雷走电，刺向冲大师的心口。

白衣僧含笑合十，动也不动，身前人影一晃，竺因风拦在前面，右手挥出，瘦长的五指轻轻一挑，不偏不倚，挑中了云裳的剑身。只听"嗡"的一声，云裳手中的长剑如龙蛇摆动，几乎把握不住。他一旋身，长剑画了一个长长的弧线，"嗖"地刺向竺因风的腰胁。

这一剑刁钻狠辣，竺因风的脸上笑意收敛，上身轻轻一耸，形如一支蒿草，顺着狂风向后折倒，剑锋几乎掠身而过，在他黑袍上挑开一道口子。未及顺势下切，竺因风的身子以古怪角度扭转过来，绕过剑锋，右臂一挥，势如一把长刀，斩向云裳的额头。

疾风扑面，云裳有眼难睁，匆忙低头向后掠出，退却时但觉一股冷风拂过头顶，头巾分成两半，飘落在地，其中夹杂几缕发丝。

两人出手如电光石火，人群中看清的也没有几个，此时分开一看，一个破了袍子，一个断了头巾，才知道双方刚才生死相搏，性命竟在毫厘之间。

云裳攥紧剑柄，脸色微微发白，竺因风轻轻抚摸右手指甲，脸上挂着一丝诡笑。

"云裳当心。"花眠高声叫道，"他是天刃传人。"

"天刃铁木黎？"云裳微微动容。花眠点头说道："这小子已经得了铁老鬼的真传，斩灭虚空，不可小看。"

云裳盯着竺因风，长吸一口气，手捏剑诀，目透锐芒。这时冲大师呵呵轻笑，忽地朗声叫道："叶姑娘，你不想知道尊父母的死因吗？"

这一句真如天外闪电，叶灵苏应声一震，睁大明秀双目，呆呆望着白衣僧人，心里半是清醒，半是糊涂，结结巴巴地说："你、你说什么？"

冲大师看她一眼，笑着又说："姑娘忘了亡父亡母吗？"

父母之死，本是叶灵苏终生至憾，二人何以相残，更是一个绝大的谜团。想到这儿，她冲口而出："你知道他们为什么死的？"

"我当然知道。"冲大师含笑说道，"叶姑娘要听吗？"

叶灵苏心中茫然，默默点头，云虚看她一眼，眼底闪过一丝绝望。只听冲大师笑道："可惜，令师兄不容和尚说话。"叶灵苏一愣，说道："大师兄，还请罢手，让这个和尚把话说完。"

云裳无可奈何，只好退到一边，冲大师笑了笑，又说道："却说那女子嫁给一个姓叶的弟子……"话没说完，叶灵苏忍不住问："他们就是我的父母？"

冲大师点了点头，叶灵苏不由芳心乱跳，看了云虚一眼。云虚两眼望天，直挺挺地一动不动，少女不由心想："如果这和尚没说谎，他和妈妈竟是一对情侣？"

这关系匪夷所思，叶灵苏心中千头万绪，一时理之不清，只听冲大师说道："女子嫁后，心却不在叶家，朝思暮想的仍是那位少侠。少侠也无法忘情，两人情难自禁，一拍即合，瞒着众人，时常偷偷幽会……"

话才说完，骂声四起，施南庭涵养素好，这时也禁不住呵斥："大和尚，你是出家之人，还请留些口德，这样诋毁亡人，也不怕死了进拔舌地狱吗？"众人听了这话，纷纷握拳而上，只等云虚令下，就要将这和尚活活打死。

和尚全无惧色，合十笑道："诸位少安毋躁，和尚敢说这话，就有证人作证。"众人一听，气势大馁，全都望着云虚。云虚如梦方醒，涩声道："证人？证人在哪儿？"他若是斩钉截铁还罢了，口气如此犹疑，众人听了大失所望。

"证人就在此间，待会儿自然出来，时下容我把话说完。"冲大师笑着扫视人群，"一开始，幽会的事没人知道，后来形势生变，张士诚为朱元璋所灭，他的妹子失去靠山，气焰大减，至于少侠的父亲，因为输给某人，也郁郁而终。从那以后，少侠成了一岛之主，行事少了许多顾忌，终有一天，被姓叶的弟子撞破了奸情，叶姓弟子愤而动手，可惜技不如人，而少侠则一时意气，放出大话，说要休了张氏，与情人成婚。夺妻之恨不共戴天，姓叶的恼恨至极，偏又无计可施。那少侠回家休妻，女子也返回家中抱走女儿。姓叶的愤然阻止，谁知那女子却说，这女儿不是他的，而是……"白衣僧说到这儿，略略一顿，众人的心应声发抖，目光都落在叶灵苏身上，少女呆呆地站在那儿，神情十分茫然。

冲大师长叹一口气，忽地幽幽说道："这个小女孩，不是叶家血脉，而是女子和少侠偷情所生。"

叶灵苏如遭雷击，下意识后退两步，似乎如此一来，就能避开冲大师的词锋。鳌头矶上，忽然变得沉寂如死，纵是万雷轰顶，也不如冲大师的这几句话可怕。

叶灵苏心中一片空茫，那感觉十分古怪，非惊非怒，更像是一种说不出的恐惧。她转眼看向云虚，盼他出言否认，可是云虚一反常态，脸色苍白，目光游移，站在那儿不言不语，突然间失去了所有生气。

"秃驴！"云裳脸涨得通红，两眼喷火，一抖长剑，"你的屁话说完了吗？说完了，把狗头伸过来送死。"

"可怜，可怜。"冲大师向他摇头叹气。

"可怜什么？"云裳俊眼圆睁，声色俱厉。

冲大师淡淡说道："可怜你活了二十多岁，还不知道自己的母亲是如何死的。"

"我怎么不知道？"云裳一愣，"家母是病故仙逝。"

冲大师看了云虚一眼，呵呵笑道："云岛王，你以为呢？"云虚抿嘴闭眼，一言不发。

云裳心中隐隐不安，叫声"爹爹"，云虚仍是不答。冲大师笑道："不用叫了，他心中有愧，不便回答。云老弟，据我所知，令母是吞金自尽，至于原因，就是令尊要将她休弃。"

云裳一声长叫，挥剑欲出，忽听云虚沉声说道："裳儿，住手。"云裳一愣，掉头叫道："爹爹，这秃驴乱嚼舌根，太过可恨……"

"可恨的不是他……是我。"转眼之间，云虚气色颓败，俨然老了十岁，"这和尚说得不错，我当年一念之差，害人不浅。第一个害的就是你娘，她那时兄长败亡，孤苦无依，我却给了她一纸休书，万念俱灰之下，她吞金而死。那时你还小，我怕你难以承受，故而掩盖真相，说她因病去世。"

云裳盯着父亲，脸上血色全无，身子簌簌发抖，忽地手指一松，长剑当啷落地。这件事其他人也是第一次听到，均是大为震惊，盯着云虚不胜愕然。

"灵苏！"云虚上前一步，注视叶灵苏，脸上闪过一丝惨痛，"和尚说得不错，我和你娘，唉，罢了，轻如的死全都怪我，如果当年我不顾一切拒绝婚约，带她远走高飞，她也不会嫁给叶成，她不嫁给叶成，也就不会罔顾纲常，与我私通幽会。如果那一天，我跟她一起去叶家接你，叶成纵然丧心病狂，也休想害得了她。我一步错，步步错，害了轻如，害了裳儿的娘，更害了你们兄妹。"

叶灵苏身子摇晃，似乎站立不住，她盯着云虚拼命摇头，心乱如麻，俨然天翻地覆。

云虚惨笑一下，又说："灵苏，这些话听来难受，但句句属实。你想一想，你无父无母，又无依靠，为何小小年纪，就能进入正宗？再想一想，云裳三番两次地想要娶你，可我都没答应，你们本是兄妹，如何又能成亲……"

叶灵苏眼泪夺眶而出，在面巾上印下道道湿痕，双脚忽地失去力气，有如卧云散雪，软软地瘫倒在地。忽听一声狂叫，云裳丢下长剑，捂着脸狂奔而出，穿过周围人群，一眨眼就不见了。

众人望着他的背影，均能明白他的心境。云裳一向佩服父亲，将他视为神圣，不想现在知道，这位父亲大人不但通奸生女，还将生母活活逼死。更让他痛苦的是，自己爱恋已久的女子，竟是自己同父异母的妹妹。如此三箭齐发，将他的心射得支离破碎。

云虚望着叶灵苏，仿佛呆了痴了，他微微俯身，似要抚摸少女的秀发，指尖还没碰到，叶灵苏如受针刺，向后一缩，眼里涌出痛苦之色。云虚怔了怔，苦笑道："灵苏，你还记得你娘的样子吗？"

叶灵苏呆了呆，点点头，又摇了摇头。她那时还小，如今细想，母亲的音容只剩下一个模糊缥缈的影子。

"你和她长得很像。"云虚盯着她目不转睛，"你越是长大，就越是像她，我每次看见你，就仿佛看见她的影子，只一想到她，我就感觉锥心般难受。后来我实在受不了，只好让你戴上面纱，看不见你的全貌，我心里的痛苦才会少许多。"他多年来隐藏在心中秘密，每日见了女儿，父爱也只能隐忍不发，而今坦白一切，忽觉如释重负，压抑已久的情感喷薄欲出，投向叶灵苏的目光说不出的慈爱。他一边说着，一边伸出手来，摘下那一幅面纱。

人群一片死寂，众人的目光全都落在叶灵苏的脸上，无论男女僧俗，主客敌我，数百道目光都被那张俏脸牢牢吸住，个个屏息凝神，均是不忍挪开。乐之扬不由心想："她长得真美。"冲大师也合十叹道："善哉，善哉。"

竺因风听见佛号，如梦方醒，死死盯着叶灵苏，眼里光芒闪烁不定。

叶灵苏徐徐起身，注视云虚，水杏眼含烟笼愁，红唇轻轻颤抖，雪玉的面颊上泪滴如珠、哀婉不胜，仿佛梨花带雨，更添不尽风姿。

"灵苏！"云虚叹了一口气，"你不姓叶，你姓云，该叫云灵苏……"

"不！"叶灵苏轻轻摇头，仿佛自言自语，"我姓叶，不姓云。"

云虚一怔，转念明白过来，叶灵苏必是恼恨自己十余年不肯相认，让她始终蒙在鼓里。想到这儿，更加内疚，说道："灵苏，我以前不肯认你，也是万不得已。"

叶灵苏看他一眼，目光投向远处，一字一句地说："一句万不得已，就能弥补你的过失吗？"

云虚胸中大痛，"呵呵呵"惨笑起来。这时人群中跨出一人，长身浓髯，厉声高叫："云岛王，你辱我叶家未免太甚。"说话的正是叶成的兄长叶腾，在他身后，又陆陆续续走出二十来人，均是叶家子弟，个个神色不忿。

叶腾大声说道："就算说上天去，卓轻如也是我弟弟明媒正娶的妻子，你身为岛王，诱奸良家妇女，应该怎么交代？"

其他人听了这话，大多默默点头。东岛地处海外，虽不如中土礼教森严，婚外私通仍然不为众人所容。更何况云虚身为岛王，叶家又是岛上望族，一旦处置不当，不但云虚威令不行，东岛也将四分五裂。

"叶兄少安毋躁，我自有交代。"云虚收拾心情，恢复素日冷峻。他积威所在，叶腾和他目光一交，下意识地低下头去。

云虚沉默一下，转向冲大师说道，"大和尚，我有一事不明，还望解惑答疑。"

"但说无妨。"冲大师点头。

云虚扬声说道："你来东岛，意欲何为？"冲大师笑道："不是说了吗，受人之托，帮助释先生登上岛王之位。"

云虚瞧他时许，点头说道："大和尚，你实在厉害，只凭一张利嘴，就闹得本岛鸡犬不宁，当真辩才无碍，可比苏秦张仪。"

"谬赞，谬赞。"冲大师微微笑道，"岛王自承其事，令我大感意外。若你矢口否认，和尚我也无可奈何。"

云虚冷笑道："大和尚何必自谦，你胆敢前来，必有胜算，想来我自行认罪也在你的意料之内。这件事我隐瞒多年，愧对亡人，每每夜深梦醒，心中悲恸难抑，久而久之，乃至于成为了武道上的一大障碍，今天说个明白，也是莫大解脱。但我只是奇怪，这些往事秘辛，东岛也无人知，大和尚你又从何得来？"

"世间没有不透风的墙。"冲大师合掌而笑，"因缘果报，应验不爽。"

云虚摇头道："我不信因果，想来想去，只有一个原因。"他的目光扫向人群，"在我东岛之中，有人做了你大和尚的内应。"突然间，他的目光凝注一处，冷冷说道，"明斗，你还躲藏什么？"

明斗一愣，干笑道："岛王何出此言？"

"你还在装模作样？我又不是傻子！"云虚目光生寒，"这内应除了你没有第二个。"明斗眨了眨眼睛，据着嘴一言不发。

云虚接着说道："你是叶成的好友，他害死轻如以后，自知难逃我的报复，故而找到你说明一切，而后伏剑自杀。他的本意是要你将事情公之于众，好让我身败名裂，可你没有如他所愿，反而跑来向我效忠，又劝我说东岛正当危难，我应该强忍悲痛，顾全大局。我听信了你的鬼话，始终隐瞒此事，继续做这个岛王。这些年来，你以此为把柄，或明或暗地要挟于我，逼我作出违心之举，好比当年鳌头论剑，我助你胜过童耀，成为四尊之一……"

话一出口，众人哗然。童耀又惊又怒，心里多年的疑惑有了答案，一时悲愤莫名，死死盯着二人，脸上的肥肉颤颤发抖。

明斗神情尴尬，只听云虚又说："再好比两年之前，你派弟子劫杀乐之扬，被灵苏破坏以后，你亲手将他二人困在燕子洞中，要把他们活活饿死。事后我大发脾气，可也没有追究，甚至于坏了灵苏的名节，让她怨恨了我许多时候。"

众人恍然大悟。两年以来，乐之扬和叶灵苏在洞里的事情说不清，道不明，惹来无数非议，时至今日，透过云虚之口，方才还了两人的清白。

明斗低头不语，云虚盯着他慢慢说道："明斗，我待你不薄，你为何要勾结外人，泄露我的隐私？"

明斗的面肌抽动两下，握紧双拳，嘿声笑道："勾结两个字有点儿难听。不管怎么说，叶成都是我的朋友，我这么做，也是良心发现……"

"好一个良心发现！"云虚踏上一步，目透杀机。明斗不由后退两步，额头上渗出豆大的汗珠，望着冲大师，流露出求援之意。和尚微微皱眉，也徐徐跨出一步，月白的僧袍无风而动。

云虚陡然止步，回头看来。冲大师禅心坚牢，与他目光一接，心中也是突地一跳，但觉云虚身上涌出一股锐气，势如怒潮，奔涌四溢，不由得暗暗行气，"大金刚神力"密布全身。

"大和尚。"云虚冷不丁开口，"你比令师'渊头陀'如何？"

"大大不如。"冲大师从容回答。

"我呢？"云虚冷哼一声，"我又比他如何？"

冲大师笑容不变："师尊称许过岛王的剑法，梦幻空花，无法之法，他若与你遇上，也无必胜把握。"

云虚抬头望天，冷冷说道："既然这样，就不怕我杀了你吗？"

"善哉，善哉。"冲大师低眉而笑，"云岛王逼死结发妻子，害死青梅竹马的情人，杀我一个和尚，那又算得了什么？"

云虚一愣，脸上血色全无，眼里的神光暗淡下来，他望着天际流云，呆呆出了一会儿神，忽地一拂衣袖，扬声说道："云虚错恨难返，再也无脸面对诸公。今日我辞去岛王之位，只身前往昆仑山挑战仇敌，无论胜败生死，永不踏足东岛半步。"

此话一出，众人无不吃惊。云虚当年发有毒誓，如不能胜过梁思禽，终生不出东岛一步，他如今留在东岛，自然没有必胜把握，所以此次前往昆仑，与其说是挑战，不如说是送死，足见他心灰意冷，再也不愿苟活于人世。

花眠心急如焚，忍不住叫道："岛王……"云虚冲她摆了摆手，迈开大步，掉头便走。叶灵苏望着他面无血色，张了张嘴，但却没有发出声音。

"且慢！"冲大师忽道，"岛王忘了一样东西。"

云虚身形一顿，解下腰间乌鞘长剑，说道："这个吗？"一反手，连剑带鞘，化为一道乌光，越过众人头顶，直奔冲大师的胸口。

冲大师脸色一沉，双手合拢，噌地一声夹住乌光。刹那间，他的脸上腾起一股紫气，手掌间"啪啪"连声，乌木剑鞘敌不住两人的内力，四分五裂，露出一口秋水似的古剑。

这一口太阿古剑，乃是岛王信物，云虚本意重伤此人，不想冲大师居然接下，他呆了呆，点头道："大和尚，好功夫！"

"承让，承让！"冲大师掷剑于地，笑着说道，"岛王既然逊位，除了这口太阿剑，归藏洞和金丹房的钥匙，也该一并留下来吧。"

云虚皱了皱眉，从腰间摘下一串钥匙掷给花眠，头也不回，走向港口。不多时，只见海港中驶出一艘快船，张满云帆，向西驶去。

他说走就走，出人意料，众人望着孤帆远影，心中百味杂陈。冲大师目送海船消失，低眉笑道："家不能一日无主，国不能一日无君，云前辈逊位之后，理应马上选出岛王。"

他逼走云虚，花眠恨他入骨，听了这话，厉声说道："选岛王是我东岛的事，轮不到你这个野和尚做主。"

"和尚当然做不了主。"冲大师不急不恼，看了释王孙一眼，"释先生却能做主。"

花眠冷哼一声，说道："这人来历不明，是不是释家的后代还难说，如果真是释家后代，那么释家三大绝技——'乘风蹈海'、'无相神针'、'大象无形拳'必会其一，花眠不才，正想领教高招。"说着晃身而出，直奔释王孙。

释王孙脸色惨变，吓得抱头就跑，冲大师一晃身，挡在她的身前，一手竖在胸前，一手紧握成拳，徐徐向前送出。花眠只觉一股大力横空而来，势如惊涛骇浪，叫人无处可藏，只好停下身形，挥掌拍出。

掌力与那拳劲一碰，仿佛撞上一堵石墙，掌力烟消云散，拳劲仍向前冲。花眠不由一个跟斗向后翻出，落在地上，气血翻腾。

明斗咳嗽一声，忽道："花尊主何必如此，冲大师说的不是没有道理，龙无首不行，雁无头不飞，趁着鳌头论剑，早早选出岛王才是正理。"

明斗引狼入室，花眠对他的恨意不比冲大师稍逊，闻言冷笑一声，说道："你们急着选出岛王，到底怀有什么居心？"

"贫僧出家之人，能有什么居心？"冲大师从容笑道，"灵鳌岛本是释印神创立，理应由释家人来做岛王。当年释家好意收留天机宫诸君，结果鸠占鹊巢，反被你花、云二家赶走，而今一过多年，也该物归原主了吧！"

释王孙得他撑腰，登时神气起来，一边摇头晃脑地附和："没错，没错……"明斗也笑道："大和尚说得对，云家做了多年的岛王，天天叫嚷收复中土，结果直至今日，也未踏出此岛一步，这岛王之位也该换人了。"

花眠气得发抖，正想出言反驳，忽听施南庭说道："明斗，我只是纳闷，你什么时候跟这和尚连成一气的？"

明斗笑而不答。施南庭想了想，说道："你不说，我也能猜到一二，那天在仙月居，这和尚来得太巧，恐怕也是你召来的吧？"

明斗扬起脸来，傲然道："无凭无据，可不能胡说。"

施南庭咳嗽两声，蜡黄的脸上多了一丝血色，他盯着明斗，徐徐说道："一开始，我也想不通你们的居心，直到这和尚定要云岛王留下钥匙，我才有点儿明白过来，方才又想起仙月居上冷玄说过的一句话，这才终于恍然大悟。"

杨风来听到这儿，忍不住问道："什么话？我也听过吗？"施南庭点头道："你还记不记得，冷玄叫这和尚什么？"

杨风来伸手抓头："似乎、似乎叫他什么王子……"

"薛禅王子。"施南庭话才出口，杨风来一拍脑门，叫道："没错，就是薛禅王子！这又有什么不对？"

"薛禅是蒙古人的名字，又称弘吉剌。"施南庭盯着冲大师，双目精光转动，"若我所料不差，大师出家之前，应该是一位蒙古王子吧？"

冲大师笑笑不语，东岛众人面面相觑，心中不胜迷糊，花眠说道："施尊主，此话怎讲？"

"花尊主还不明白？"施南庭叹了一口气，"这个和尚是蒙古王子，燕然山的铁木黎是蒙元的国师，这个竺因风，又是铁木黎的得意弟子。"

"啊！"花眠冲口而出，"他们是鞑子派来的奸细？"

石矾上群情哗然，盯着冲大师一行，脸上流露恨意。杨风来仍是不解，大声嚷嚷："老施，元亡以后，本岛跟他们素无瓜葛，这帮人来东岛干什么？"

施南庭冷笑道："当然是为了归藏洞里的东西。"杨风来奇怪地道："什么东西？"施南庭还没回答，花眠抢着说道："那里面有昔年天机宫的遗书，包括许多攻守器械的图纸。"说到这儿，她不由握紧了手中的钥匙。

施南庭回过头来，向冲大师说道："薛禅，你还有什么话说？"

"和尚无话可说。"冲大师微微一笑，"施尊主心明神照，无微不至，做一个尊主太屈才了。"

他公然承认，东岛弟子握拳拔剑，呼啦一下围了上来。竺因风也双眉上挑，一挥手，随从们有的拔刀在手，有的掀开衣摆，取出劲弩。

双方剑拔弩张，一触即发，冲大师忽地双手合十，微微笑道："各位动手以前，可否听我一言？"声如洪钟大吕，震得众人心颤神摇，东岛弟子为他气势所夺，尽管握住刀剑，却也不敢贸然上前。

　　杨风来啐了一口，说道："你还有什么鬼话？"冲大师笑道："东岛和蒙元，当年确有仇怨，而今时过境迁，结仇的人死了，大元朝也亡了。现如今，你我双方只有旧怨，并无新仇，反而有一个共同的敌人。"

　　杨风来迟疑一下，皱眉道："你说大明？"

　　"不错！"冲大师连连点头，"大明创立已久，固若金汤，朱元璋内修政事，外振甲兵，我蒙元固然岌岌可危，你东岛蕞尔之地，化外孤岛，更是不堪一击。"

　　花眠冷笑道："你绕了半天弯子，到底想说什么？"

　　冲大师说道："你我两方，敌人相同，处境相似，何不携起手来，共同对抗大明？我蒙元有铁骑十万，野战还可应付，攻城之术却大不如前；东岛人丁虽少，却有天机宫留下的机关秘术。想当年高邮之战，我脱脱丞相统帅百万之师，仍是受阻于东岛的守城利器。你我两方携手，大可取长补短，一举覆亡大明，而后大家划黄河而治，河北归我蒙元，河南归你东岛，南北相望，岂不快哉？"

　　"快个屁哉！"杨风来破口大骂，"我东岛再落魄十倍，也不会跟你们鞑子联手，你若还想活命，早早乘船离开。"

　　冲大师只是笑笑，花眠更加气恼，正想号令众人齐上，忽听身后有人说道："这和尚说的也有道理，我们天天嚷着复国，结果大明天天壮大，如今铁桶的江山，根本没有杀回中土的机会。"

　　花眠回头一看，说话的是一个龙遁流的弟子，不由厉声喝道："童不周，你说这话，不怕背祖忘宗吗？"

　　童不周眨了眨眼，欲言又止，他身边一人却说："老童说得没错啊，光靠我东岛这些人，哪儿能够杀回中土呢？复国复国，痴人说梦罢了。"

　　"对呀！"另一个千鳞流弟子接道："就算我们放弃复国念头，朱元璋也不会放过我们，等到大明派来水师征讨，大伙儿想逃也不成了。"

　　这么你一言，我一语，赞同冲大师言论的竟有四分之一，明斗站在一边冷笑，鲸息流的弟子一大半围在他的身后。花眠看在眼里，暗暗心急，动摇者加上明斗的死党，足足占了三分之一，算上冲大师带来的人手，两边已是势均力敌。她想到这儿，看了冲大师一眼，见他不喜不怒，神色冷淡，纵有龟镜之术，也看不出他心中所想。花眠不觉一阵心寒，暗想这和尚武功还在其次，智术上真有鬼神莫测之机，先将云氏父子逼走，如今三言两语，又挑得东岛人心大乱。花眠再看施南庭，后者紧皱眉头，脸上病容更深，两人对视一眼，均能看出对方脸上的忧愁。

　　众人争吵起来。三分之一的人赞同联蒙，另有三分之一认为胡汉有别，宁可朱氏当国，也不愿与蒙古人联手，剩下三分之一却是左右为难，袖手旁观。花眠暗暗叫苦，如果云虚尚在，以他的威望，必能统一众心，无怪冲大师一来，头一件事就是逼走云虚。

花眠忍不住叫道："大家先住口，不要中了这和尚的诡计。"

"花尊主言之差矣。"冲大师笑道，"常言道，防民之口，甚于防川，大家有话不说，岂非要憋出病来？再说了，古有联吴抗曹的谋略，你我两家又为何不能联手抗明？但看大家各执一词，不如这样，主张联合的算一方，不主张的又算一方，双方各派三人比武决胜，谁胜了，就按谁的主张办。"

花眠暗暗盘算，自己和施南庭、杨风来正好三人，明斗投入对方，算上冲大师与竺因风也是三个，以三对三，倒也妥当，于是大声说："好，大和尚，如你所说，比武决胜。我们这一方是施尊主、杨尊主和我。"她目光一转，看向明斗，冷笑道，"明尊主，你算哪一方？"

明斗笑笑，走到冲大师身边，冲大师左右瞧瞧，点头笑道："我们这一方除了和尚，就是竺先生与明尊主了。"

花眠咬了咬牙，大声说道："丑话说在前头，你们输了，马上离开东岛，并且对天发誓，不得泄露本岛方位。"

"好啊！"冲大师笑了笑，"我方如果赢了，你们尊释先生为王，不得再有异议。"

花眠和施南庭对望一眼，点头道："一言为定。"想到这儿，她瞥眼看去，叶灵苏站在人群之外，两眼望着远空，木木呆呆，魂不守舍。花眠见她神情，忽地心头一酸，暗想云虚逊位，云裳发狂，叶灵苏失魂落魄，东岛百年基业，只怕就要毁于一旦。

第十章

辩折群雄

忽听冲大师说道："客随主便，三位尊主是主人，不妨先派一位出战。"

三尊对望一眼，聚头商议，施南庭说道："所谓'后发制人'，不如让他们先派人马，观看形势，因人用兵才是上策。"

花眠深以为然，扬声说："远来是客，大和尚，还是你先派人出阵吧！"

冲大师笑道："那么和尚逾越了。"飘然跨出一步，高叫道，"和尚献丑，就来打这个头阵！"

此言一出，东岛三尊大感意外，以他们的设想，对方三人之中，冲大师身为主帅，理应压轴出场。如今他率先出阵，令三尊大大为难。第一阵是初战，胜了大长志气，败了折损威风不说，还会影响后面两阵。

施南庭想了想，叫过其他二人："这和尚的'大金刚神力'是真传，你我三人均无把握胜过他。此后两阵，竺因风轻功高妙，正是杨尊主的敌手，明斗内力虽强，但说到料敌先机，比起花尊主远远不如。故而第一阵由我出战，'大金刚神力'近战无敌，我的暗器却适于远攻，以我之长，攻他之短，胜了固然是好，如果败了，后面两阵也可以挽回。"

"施尊主言之成理！"花眠担心道，"这和尚外表和气，内心诡诈，你和他交手一定小心。"

施南庭点了点头，向前迈出一步，朗声说："大和尚，施某来会你！"

冲大师微微一笑，合十说道："施尊主的'北极天磁功'武林一绝，当日仙月居一会，贫僧意犹未尽，今日正好全力请教。"

施南庭道："好说。"右手一抖，指尖丁零当啷，出现许多精钢锤炼的细小薄片，聚在一起，化为一团明晃晃、光灿灿的精钢圆球。

冲大师笑容敛去，长眉舒展，凤眼顾盼流光，越发风神照人。施南庭与他目光一接，提不起丝毫敌意。单看这和尚的容貌风采，真如林中仙、月下佛，如果相逢于江湖之上，大可对坐品茗、围棋论道，一洗凡俗，消尽块垒，与之打打杀杀，真是大煞风景。

"施尊主请了。"冲大师声音入耳，施南庭才还过神来，抬眼看去，和尚抬起右拳，徐徐送出，一股大力沉凝如山，奔涌直来。

施南庭脚踩奇步，避开正面，一招"南斗司命"，左手圈转出拳，横击对手拳风，右手微微一招，手中钢球散开，数十枚钢片嗖嗖飞出。

拳劲相交，施南庭手臂一热，噔噔噔后退三步。冲大师站立不动，变拳为掌，小臂画一个半圆，呼地向下扫出，只听叮叮当当，钢片散落了一地，他上身不动，跟着向前跨出一步，众人还没看清，他已经身在半空，左脚有如天马飞蹄，直勾勾踹向施南庭的咽喉。

这一脚快如闪电，却无一丝风声。施南庭使一招"北斗横天"，双臂上举，抵挡来腿。手脚刚刚相接，施南庭便觉不妙，一股大力从和尚的脚背上迸发出来，循着手臂冲向他的胸口。

施南庭喉头一甜，几乎吐血，借着冲大师的腿力，一个跟斗向后翻出，本想借以消势，谁知"大金刚神力"后劲无穷，施南庭身不出己，足足翻出三丈，双脚还没着地，冲大师飘然赶上，五指成爪，向他腰眼扣来。

施南庭右手抖出，射出点点寒星，钢片忽集忽分，飞向冲大师的面门。

两人相距咫尺，冲大师纵有飞天遁地的能耐，也难免不受损伤。忽见他一拧身，手足折叠，头脑胸腹均埋入四肢，整个人化为了一个圆乎乎的肉球，钢片划破月白僧衣，在肌肤上留下一丝丝淡白色的痕迹。

施南庭不及转念，肉球滚动起来，带着一股烈风，撞在他的胸口。这一撞力量之大，施南庭四肢百骸几乎散架，越过数丈之距，直向山崖之外落去。

两人过招奇快，场上众人大多没有看清，忽见施南庭坠崖，人群里响起了一片惊呼。

"当啷"一声急响，悬崖下飞出一只钢环，精白闪亮，扣住了一块凸出的岩石。

冲大师舒展身形，飘然落下，看见钢环，不动声色。忽听一声锐喝，施南庭跳上悬崖，嘴角淌血，右手拽着一串钢环，环环相扣，径约尺许，环身刃口向外，看上去锐薄锋利。

乐之扬一边瞧着，忍不住说道："奇怪，奇怪。"席应真问道："奇怪什么？"

"和尚的武功奇怪。"乐之扬顿了顿，"施尊主的兵刃更奇怪。"

"不奇怪！"席应真轻轻摇头，"和尚是金刚传人，他的三十二身相出自天竺的瑜伽术，全身上下扭转如意，我若老眼不花，这一变应是其中的'脱胎雀母'。"

"雀母？"乐之扬奇怪地道，"干吗不叫鸡母、鸭母、鸹母？"

"你有所不知。"席应真说道，"这个典故出自佛经，相传天地之初，孔雀为百鸟之祖，巨大凶悍，能食人畜，如来世尊在雪峰修炼，为孔雀吞噬，世尊剖开雀背而出，故而尊孔雀为母，称之为佛母孔雀明王。世尊在孔雀体内曾为卵形，出体以后幻化为人，方圆变化，自在如意。"

"有趣，佛祖还做过鸟蛋？"乐之扬笑嘻嘻说道，"这么说起来，和尚要不剃成光头，简直就是对不起佛祖。"

席应真道："剃光头跟佛祖何干？"乐之扬笑道："你看这大和尚的光头，难道不像是一颗光溜溜的鸟蛋吗？"东岛弟子听了无不哄笑，冲大师一伙则对乐之扬怒目而视。

冲大师练有佛门六通之中的"天耳通"，十丈之内，落叶可闻，席应真语声虽小，他也听得一清二楚，心中暗暗惊讶，忍不住看了老道士一眼，心想："这道人是谁，样子落魄，眼光却了得。"

忽听席应真笑骂："乐之扬，你这一张臭嘴，早晚要下拔舌地狱。唔，说到施南庭的连环，也是大大有名，全名叫作'璇玑九连环'，出自当年的'天机宫'，施展开来奥妙无穷，你若有心，不妨好好瞧瞧。"

乐之扬听到这儿，忍不住看了老道士一眼，心想云虚乘船一走，"逆阳指"无人能解，席应真可说必死无疑。本想老道士一定灰心丧气，谁知道他若无其事，谈笑自若，从头到脚看不出一丝颓丧。

忽听一声长啸，施南庭舞动连环，向前扫出，九个连环一旦抖开，浑如一条长鞭，凌空舒卷，矫矫不凡。

和尚竖掌于胸，等到钢环加身，方才挥袖出掌，掌力有如一堵墙壁，连环击在其上，发出当啷异响。突然一只钢环脱出连环，"呜"的一声向前冲出，画一个圆弧，冲向冲大师的身后。

这一下迂回诡谲，众人齐声叫"好"。冲大师长眉上挑，"嘿"的一声，右臂有如毒蛇，反掌圈回，以不可思议的角度扫向钢环。

当，钢环为之一荡，风扫落叶一般向外弹出。施南庭大喝一声，手中的连环向前急送，飞走的钢环去而复还，一如归巢的鸟儿，当啷一声挂回连环，卷起一片白光，切向冲大师的腰胁。

乐之扬看呆了眼，转念之间，忽又明白过来：这一串九连环是精钢锻铸，施南庭注入"北极天磁功"，精钢化为磁铁，彼此相互吸引。脱出的钢环被冲大师击飞，可一受到磁力吸引，又立马飞了回来。

　　九连环本是一件玩物，相传是诸葛孔明所造，九个圆环曲折往复，把玩之人以拆解为乐。

　　施南庭拆解一环，不过牛刀小试，这时睁眼大喝，脚步生风，手中的连环大开大合，绕着冲大师游走如飞。九个钢环不时分开，忽而一环独飞，忽而两环比翼，时而三环齐飞，结成一个大大的"品"字。烈日之下，钢环上的锋刃寒光进射，叫人胆战心惊。

　　冲大师凝立不动，双掌圆转如意，钢环左来左迎，右来右挡，神力所向，无不应手而飞。

　　两人一静一动，各展神通，那一串九连环尤其好看，分分合合，曲曲折折，合起来犹如银练当空，分开来好似白云出岫，更妙的是施南庭将"解连环"的法子纳入招式，变化之繁，分合之巧，使人如行山阴道中，双目实在应接不暇。

　　数十招转眼即过，冲大师以逸待劳、以静制动，任由对手变化，始终不容钢环近身。施南庭东奔西走，渐渐力不从心，他早年练功出了岔子，走火入魔，落下病根，之前挨了冲大师一撞，受伤不轻，这时游斗已久，脏腑不觉隐隐作痛。

　　施南庭心中焦急："这和尚胸有成竹，莫非知道我的底细？故意拖延时间，等我内伤复发？"想着手腕一抖，九个钢环牵扯勾连，长蛇般连成一串，带起一股疾风，扫向冲大师的左胁。

　　冲大师眼中含笑，左掌挥出，劲力撞上连环，激起一阵刺耳的鸣响。施南庭忽地双目圆睁，大喝一声："九环齐转！"九个钢环应声分开，呜呜呜凌空旋转，忽左忽右，忽前忽后，化为一个圆阵，一股脑儿将冲大师围在阵中。

　　冲大师双掌连拍，扫开身边连环，钢环附有磁力，去而复返，有如附骨之疽。忽听施南庭大叫一声"合"，九个圆环向内聚拢，彼此勾连，化为了一条锁链，将冲大师牢牢缠住。

　　钢环外有锋刃，九环加身，势必将人大卸八块。如是一般对手，施南庭也不愿使出这一招"九环套魂"，可是冲大师武功太高，情急之下，只好出此毒招。

　　众人惊呼声中，冲大师僧袍开裂，肌肤却无损伤，其中生出一股极大的潜力，钢环非但切不下去，刃口还有翻卷之势。

　　施南庭大感意外，忽见冲大师长眉陡立，凤眼生威，大喝一声"开"，双肩用力一晃，施南庭登时虎口崩裂，蜡黄的面皮上涌起了一股骇人的紫气。

　　"开！"冲大师又叫一声，当啷之声不绝，钢环吃力不住，节节寸断。施南庭突然发出一声惨叫，摔出一丈有余，吐出一大口鲜血，登时昏了过去。

场中一片寂静，花眠纵身上前，扶起施南庭，见他双眼紧闭，气若游丝，一把脉门，脉象也如一团乱麻，忙从袖间取出一个药瓶，倒出一颗淡黄色药丸，塞入施南庭口中，渡以真气，不敢怠慢。

冲大师的僧袍破损多处，早有随从送来一件新袍。他也不更换，随手披上，洒然笑道："善哉，善哉，手重了一些，只怪施尊主武学奇巧，我若不尽全力，一定应付不了。"

花眠盯着他杏眼喷火，杨风来怒不可遏，腾地跳出人群，叫道："闲话少说，下一阵你们派谁？"

冲大师笑道："上一阵我方派人在先，为了公平起见，这一阵理应你方先出阵才对。"

花、杨二人均是一愣，此前的算盘全都打乱，花眠气得咬牙："大和尚，你还有脸说'公平'二字？"

"贫僧一向公平公正。"冲大师笑嘻嘻说道，"半月前在嘉定，有人打我一拳，我也还了他一拳，怎料他经受不起，居然当场死了，但为公平起见，那也是无可奈何的事。"

这番话中不无威胁之意，花眠忍气说道："你妄开杀戒，伤生害命，又算什么佛门弟子？"

冲大师笑道："文殊成道之时，横扫十万魔军；南泉点化弟子，也有斩猫之举。足见佛门之中并非一味慈悲，杀活自在，方为绝大智慧。"

他辩才无碍，歪理邪说也讲得无懈可击。花眠无言以对，杨风来气得直喷粗气，大叫："好哇，公平就公平，这一阵老子出战，你们派谁来送死？"

冲大师不及回答，花眠抢先说："杨尊主，你来压阵，这一阵由我出战。"不待杨风来回答，放下施南庭，袅袅走向场内。

花眠考量形势，施南庭输了一阵，己方不容再败。杨风来的武功排在四尊末尾，对方一旦派出明斗，那是必输无疑。自己比起明斗稍稍占优，至于竺因风，尽管不知底细，料也强不过冲大师，仗着龟镜神通，也可与之周旋。

正盘算，忽见冲大师使个眼色，竺因风足不点地走了上来，一双三角眼骨碌乱转，盯着花眠上下乱瞟。

花眠心中不快，皱眉道："你看什么？"竺因风笑嘻嘻说道："你们汉人常说：'徐娘半老，风韵犹存'，你这娘子何止风韵犹存，简直就是大大地勾魂。鄙人见过不少美人，胜过你的倒也不多，要不然咱们打个赌，你输了，便做我的姬妾，跟我回漠北享福如何？"

东岛弟子无不惊怒，猪狗畜生一顿大骂。要知道，花眠虽是女子，可是外柔内刚，位居四尊之列，执掌东岛刑堂，岛上的弟子对她无不敬畏。竺因风色胆包天，竟敢当众调戏，众弟子深感受辱，叫骂声惊天动地。

花眠一言不发，冷冷看着竺因风。冲大师见势不妙，喝道："竺因风，少说废话，别忘了今日为何而来！"

"窈窕淑女，君子好逑。"竺因风摇头晃脑，得意扬扬，"大和尚，别当我不知道，你也是妓院里的常客。'只许州官放火，不许百姓点灯'，你能做秦淮河的情僧，就不让我说几句情话吗？"

他将花眠比作青楼女子，众人更加震怒。冲大师暗暗心急，知道这小子贪淫好色，见了美女便想染指，自从进入中原，已经坏了不少良家女子的名节。换在平日，大可任他胡闹，如今事关复国大业，万万不可惹起众怒。想到这儿，冷笑说："好啊，刚才的话我要一字字告诉令师，说是此行失败，全都因你而起。据我所知，铁木黎处罚犯错弟子，都是割烂皮肉，钉在燕然山顶任由秃鹫啄食。贫僧虽然没有亲身经历，那滋味儿一定不太好受。"

竺因风瞪着他面皮发青，忽地干笑两声，转身说道："方才言语得罪，还请小娘子见谅。"

花眠笑了笑，说道："竺先生，打打杀杀没什么意思，我们换一个比法如何？"

竺因风见她巧笑嫣然，登时筋酸骨软，色眯眯地说："小娘子要比什么，竺某一律奉陪。"花眠说道："好啊，咱们就来比一比猜枚！"

"猜枚？"竺因风一愣，"这和武功有什么关系？"

花眠一笑，柳腰微拧，玉手探出，从地上捡起了若干精钢薄片，这本是施南庭之物，被冲大师打落在地。

竺因风见花眠俯仰生姿、妙态毕露，登时心痒难耐，连吞了几大口唾沫。

花眠瞥见他的丑态，心中暗恨，脸上却笑吟吟说道："这儿有二十枚钢片，你我各得十枚，藏在手里由对方猜测数目，如果猜中，便可攻出三招，如果猜错，便由对方攻出三招，这三招之内，另一方不得还手。"

竺因风微感迟疑，可是大话出口，覆水难收，忽听冲大师笑道："花尊主精通'龟镜'之术，善能洞悉人心，区区几枚钢片，那还不是一猜就中？"

竺因风忙说："对，这法子不公平。"花眠冷笑道："竺先生不是说过一律奉陪吗？敢情'出尔反尔'也是燕然山的高招？"

竺因风自命风流，最恨被女人小看，闻言把心一横，大声说："谁说我出尔反尔？猜枚就猜枚！"

"这才像话。"花眠一扬手，钢片嗖嗖飞出，散如星斗，洒向竺因风全身。

竺因风知道她在称量自己，咧嘴一笑，双手连抓，其势快比闪电，眨眼之间就将十枚钢片抓在手里，掂了掂说道："小娘子，题目是你出的，当然也由你先猜。"

"好说！"花眠含笑点头。

竺因风反手于后，鼓捣一阵，握拳伸出，笑嘻嘻说道："请！"

花眠想也不想，张口便说："左手四枚，右手六枚。"

竺因风一愣，花眠不但全数猜中，看她从容神情，似乎真能看穿自己的心思，想到这儿心中暗凛，眼珠一转，笑道："不对。"右手中指一挑，将一枚钢片弹入左手，手法快得出奇，自负在场众人无人看清。

正要摊开双手，忽听花眠又说："双手各五枚。"竺因风变了脸色，左手小指一勾，又将一枚钢片勾入衣袖，刚刚做完，只听花眠笑道："左四右五，还有一枚在尔袖中。"

竺因风张口结舌，紧紧攥着双拳，再也伸不出去。花眠盯着他笑道："竺先生，这一下可猜中了吗？"

竺因风心中打鼓，自忖再使手脚，也瞒不过花眠的眼睛，想到这儿，无奈点头。

花眠笑了笑，从袖里取出一枚铁算筹，长约一尺，黝黑发亮，说道："竺先生，请接招了。"

竺因风暗想这女子如果真能洞悉人心，那么自己无论使出什么招数，她都能够料敌先机，加以克制，这么一来，自己岂非稳输不赢？

这个"猜枚"之法，正是要他自乱阵脚。花眠看得清楚，纵身而出，算筹化为一道乌光，直奔他的心口要害。竺因风心中一惊，正要挥掌反击，忽又想起不能还手，稍一犹豫，铁算筹已到了胸前。

竺因风品行不端，武功上却有独到之处，危急中吸一口气，胸口陡然下陷，下身端然不动，上身顺着算筹向后仰倒，哧溜，算筹掠过他的左胸，登时衣裳染红，鲜血迸出。

花眠叫声"第二招"，铁算筹凌空一晃，带起一片虚影，飘飘洒洒，一口气点向竺因风六处大穴。

竺因风左右腾挪，闪过五记，突然左肩一痛，算筹正中其上，击破了护体真气。竺因风半身软麻，几乎瘫在地上。他后退两步，还没站稳，耳边一声疾喝，清如九霄凤鸣："第三招。"跟着乌芒破空，直奔他左眼而来。

这一招直如雷光电闪，竺因风再不还击，这只眼睛定然不保。情急之下，顾不得什么誓约，他双手齐扬，掷出手中钢片，其中带了"无形弩"的功夫，钢片去势凌厉，有如劲弩所发。花眠纵然料到他的招式，面对漫天暗器，也只好掉转算筹，将钢片扫落在地。

竺因风一不做，二不休，大喝一声，纵声抢上，双掌轮番劈向花眠。众人见他不守约定，纷纷冷嘲热讽。竺因风充耳不闻，只顾埋头猛攻。

"这算什么？"杨风来怒气冲天，"燕然山的人，说话都是放屁吗？"

冲大师笑道："杨尊主骂得对，竺因风食言而肥，真是大大地无耻。"杨风来两眼一翻，说道："既然如此，这一阵算你们输了。"

冲大师摇头说："他是他，我是我，万万不可混为一谈。猜枚的法子，竺因风答应了，我可没有答应。"杨风来怒道："好秃驴，你要赖账？"冲大师笑道："赖账也是竺因风的事情，又与贫僧何干？"杨风来不由气结："你们两人不是一伙的吗？"冲大师道："杨尊主糊涂了吧？燕然山、金刚门，风马牛不相及，何时又成了一伙了？"

他东拉西扯，诡辩百出，杨风来空自气恼，但也无可奈何。

斗嘴的工夫，场上两人已经打得难解难分，竺因风所练的"天刃"功夫，气贯双手，断金裂石，双掌大开大合，身法更是惊人，整个人化为一阵狂风，绕着花眠呼呼乱转。

花眠却如闲庭信步，忽左忽右，时前时后，看似从容写意，但却恰到好处。竺因风拳脚未至，她早已转身避开，右手算筹下垂，始终凝而不发，左手五指屈伸，俨然掐算计数，一双秀目澄若秋水，冷冷地瞧着竺因风的身影。

明斗冷眼旁观，忽地高叫："竺先生当心，这是'镜天'花镜圆的'六爻点龙术'。"

竺因风闻声一惊，他听师父铁木黎说过，"镜天"花镜圆是东岛前辈高手，因他是花晓霜之弟，江湖中人常叫他"花二先生"。相传他有一路"六爻点龙术"，以先天易数推算对手破绽，料敌虚实，例不虚发，放眼百年之前，打遍天下无一抗手。

竺因风心有顾虑，出手稍缓，花眠镜心通明，无微不显，登时秀眉一挑，妙目圆睁，左手紧攥成拳，算筹闪电刺出，穿过竺因风的双掌，笃地点中了他的左肩。

这地方不偏不倚，正是之前算筹所中之处。竺因风伤上加伤，半身软麻，左手也垂了下来。花眠一招得手，不待他后退，晃身急上，算筹再出，虚点竺因风的咽喉"天突"穴。

竺因风身形后仰，右手格挡，谁知花眠不过虚晃一招，算筹陡然上移，"啪"地抽中他的脸颊。

竺因风眼冒金星，滴溜溜转了一圈，站立未稳，后心又挨了一击，登时数伤齐发，"扑通"跪倒在地。东岛弟子均感解气，一连声叫起好来。

花眠大家风范，不为已甚，收起算筹笑道："承让，承让！"刚要转身，忽听冲大师叽叽咕咕地说了一句，她心中好奇，掉头看去，冷不防竺因风一跳而起，右手一扬，掷出一大团浓白色的烟气。

花眠躲闪不及，忽觉异香扑鼻，登时头昏脑涨。竺因风抢上一步，将她拦腰搂住，顺手点了三处穴道。

事发仓促，杨风来第一个缓过神来，箭也似的向前蹿出，双袖抖出白绫，正要出手，忽觉有异，眼角余光所及，看见一片白色的僧袍。

"贼秃驴？"杨风来心中"咯噔"一沉，急转目光，只见冲大师站在一丈之外，敛眉袖手，含笑伫立。杨风来只一愣，忽觉一股大力从旁涌来，势如洪水破堤，击中了他的左胁。

杨风来拧身躲闪，但已晚了一步，对方掌力所到，"咔嚓"，肋骨断了几根，整个人飞了出去，落地时"哇"地吐出一口鲜血。他抬眼看去，明斗目光阴沉，正徐徐收回右掌。杨风来心中之痛更胜内伤，忍不住叫道："明斗，你、你为虎作伥……暗箭伤人？"

明斗笑嘻嘻说道："杨尊主不要血口喷人，说好了一对一，你怎么出手袭击竺先生？如果让你得手，人家只会笑我东岛恃多为胜，我阻拦于你，也是为了东岛的清誉……"

"清誉？清你娘个屁……"杨风来气得逆血上涌，眼前一阵昏黑。适才冲大师引他分心，明斗从旁偷袭，两人一明一暗，分明早有预谋。杨风来吃了大亏，有苦难言，心中的气闷难以描画。

竺因风得意扬扬，在花眠腰间一摸，摘下一串钥匙，哗啦啦抖动两下，笑道："大和尚，是这个吗？"冲大师点头道："不错。"

杨风来怒道："你拿钥匙干吗？"

"秃子头顶的虱子，不是明摆着吗？"竺因风狞笑，"这一阵老子赢了，女人归我，钥匙也归我。他妈的，你们连败两场，从此以后都要尊释王孙为岛王。"

花眠中了毒烟，神志依然清醒，听了这话，落下泪来。这串钥匙是云虚临走前所留，其中一把可以打开归藏洞，洞中藏有机关秘图，如果落入蒙元之手，必然搅得天下大乱。

竺因风在她手下屡吃大亏，看这女子梨花带雨，心里淫念大动，狞笑道："小娘子别哭，待会儿有你乐的。"

花眠怒道："无耻之徒。"竺因风笑道："好甜的小嘴儿，骂人也这么中听。"说着上下其手，胡摸乱捏。花眠自幼守贞，从未受过这样的羞辱，登时羞愤莫名，几乎昏了过去。

东岛弟子见她受辱，叫骂声震天动地，竺因风却是无动于衷，骂得越狠，他越是来劲。众人尽管愤怒，但却投鼠忌器，除了叫骂以外，并不敢放手围攻。

冲大师站在一边笑而不语。他早已看得清楚，东岛四尊之中，杨风来主见不多，施南庭一介病夫，明斗又加入己方，论及才智声望，只有花眠可以领袖群伦。云虚临走之前将钥匙交给她，也是看中了这一点，所以只要制服此女，一切便可迎刃而解。

冲大师提议比武，不过是个幌子，眼看花眠取胜松懈，当机立断，用蒙古话喝令竺因风掷出毒烟。花眠始料不及，登时中了毒手。杨风来上前救援，又落入冲大师的圈套，被明斗打成重伤。这么一来，东岛三尊全军覆没，归藏洞的钥匙也落到了竺因风手里，只待打开石洞，取出机关秘图，蒙元铁骑如虎添翼，将来突破北平，席卷天下，一雪当年的亡国之耻。

正在得意，警兆忽生，冲大师一挥手，掌风所过，击落数枚金针。他转眼望去，叶灵苏望着这边，俏脸苍白如雪。冲大师不由笑道："叶姑娘，金针不长眼，若是射中花尊主，那可大大地不妙。"

叶灵苏一咬牙，按剑喝道："和尚，放了花姨，如不然，我要你生死两难。"

冲大师笑道："小姑娘口气不小，有些事情说来容易，做起来可就难了。"

叶灵苏看了花眠一眼，忽地纵身而出，青螭剑光影纷乱，刺向冲大师的面门。冲大师身子略偏，让过剑锋，食指嗖地弹出，正中软剑的剑身，"铮"的一声，叶灵苏虎口流血，软剑脱手飞出。

这一剑本是"飞影神剑"的绝招，不想一招之间，就被对手弹飞了手中之剑。叶灵苏不及多想，左手向前一扬。冲大师忌惮金针，飘然后退，冷不防少女手腕一转，数十枚金针直奔竺因风。

竺因风自恃花眠在手，无人胆敢冒犯，谁知叶灵苏不顾花眠死活，悍然发出金针。竺因风手忙脚乱，呼呼拍出数掌，全力扫落金针，同时抓着花眠跳向一边。

他立足未稳，身后劲风忽起。竺因风不及回头，对面的叶灵苏一扬手，又发出了几枚金针。

竺因风左手抓着花眠，只有右手可以应敌，如果抵挡金针，必定挡不住背后的偷袭，如果回头抵挡，又不免为金针所趁，无奈之下只好放了花眠，右手扫落金针，左手听风辨位，狠狠抓向身后之人。

那人甚是滑溜，竺因风一爪落空，只抓到了一块沾血的破布。他回头看去，一个少年抱着花眠连连后退，肩头衣衫破了一块，露出五道血淋淋的爪痕。

花眠认出少年，惊喜交集，冲口叫道："乐之扬……"叫声未落，恶风压顶，冲大师有如大鹰展翅，凌空一掌向下拍落。

花眠心往下沉，冲大师这一掌落下，十个乐之扬也没了性命。她不忍细看，闭上双眼，忽听"砰"的一声，四周劲风激荡，刮得面皮生痛。

花眠心觉古怪，张眼看去，冲大师一个跟斗翻落在地，盯着这边惊疑不定。花眠循他目光望去，席应真神情洒脱，袖手而立。花眠登时明白过来，老道士及时赶到，接下了冲大师的掌力。

冲大师来东岛之前，已从明斗的口中探明了东岛的虚实，放眼东岛群雄，只有云虚能够胜过自己。但这道士突如其来，内力之精纯，掌力之浑厚，只在自己之上，不在自己之下。冲大师按捺胸中血气，徐徐说道："道长好本事，敢问道号尊名？"

席应真笑了笑，淡淡说道："贫道席应真。"冲大师应声一愣，太昊谷谷主席应真，乃是比肩其师渊头陀的奇人，贵为帝王之师，统帅天下道教。说起来，此人本是朱元璋的方外至交，不知何以紧要关头，突然出现在东岛。

他心中疑惑，看了明斗一眼，目中不无责备之意。明斗暗叫晦气，他本想席应真与东岛是敌非友，又被困在星隐谷中，压根儿没将此人计算在内，故而也没有告诉冲大师。

席应真看了看乐之扬的肩头，忽地叹道："小子，你也忒胆大了，刚才这一下好比虎口夺食，你晚退一步，被抓破的可就是你的脑袋。"

乐之扬的肩头仍在疼痛，不由强笑道："我也是头脑发热，至于别的也没多想。"席应真看他一眼，点头说："好一个头脑发热。"

他一转身，又向叶灵苏说道："小丫头，你到底救人还是杀人？金针一撒一把，这又不是绣花。"

叶灵苏咬着朱唇，脸色惨白。花眠轻叹了一口气，说道："席道长误会了。她自幼随我长大，明白我的性子，花眠宁死不能受辱，与其受这淫贼的污辱，还不如死了干净。"

叶灵苏眼眶一红，凄声说道："花姨，你若死了，我、我也不活的。"花眠见她神色凄凉，心中大痛，强笑说："灵苏，犯傻可不好，你青春无限，正当华年，别说什么死不死的话。"

叶灵苏低头不语，花眠越发怜惜，想要挣起，才发现自己身在乐之扬的怀中。一股少年男子的气息传来，她登时心如鹿撞，腮染桃红，低声道："乐之扬，呆着干什么？还不解开我的穴道？"

乐之扬应声一惊，慌忙伸手解穴，可竺因风手法怪异，试了几次全然无用。席应真上前一步，扶起花眠，伸手在她背上拍了两下。花眠只觉热流钻入体内，登时冲开穴道，当下挺身跳起，谁知身子绵软无力，忽又摔在乐之扬怀里。她提振丹田之气，却是空空如也，花眠只觉讶异，席应真看她神色，心里明白几分，说道："你中了毒，毒性未消。"

他转过身来，向竺因风说道："你用的什么毒？"竺因风到嘴的鸭子飞了，心里气恨交加，咬着牙一言不发，冲大师却笑道："席道长听说过'软金化玉散'吗？"

席应真变了脸色，说道："大和尚，你好歹也是金刚传人，怎么会用'毒王宗'的迷药？"

"天生万物，皆有其用！"冲大师笑嘻嘻说道，"好比杀人，用刀是杀，用毒也是杀，又分什么高下几等呢？入不入流，不过偏知偏见，管不管用，那才是真材实料。"

席应真冷哼一声，摊手说："拿来。"冲大师笑道："什么？"席应真道："当然是解药。"冲大师摇头说："没有解药。"

席应真脸一沉，正要说话，冲大师截断他的话头："席道长，你不是东岛的人，今日之事跟你无关。"

席应真大皱眉头，心想："和尚说得不错，我不是东岛的人，不好干预此事……"忽听乐之扬说道："大和尚，你也不是东岛之人，人家选谁当岛王关你屁事？"

这一番话说出了众人的心声，东岛弟子纷纷叫好。冲大师皱眉不语，竺因风却心头火起，厉声叫道："小狗，你是什么东西？这儿有你说话的分儿吗？"

乐之扬笑道："我是你爹，老子说话，乖儿子听着就对了。"竺因风大怒，瞪眼叫道："小狗你再说一次？"

"说什么？"乐之扬笑了笑，"说我是你爹吗？"

竺因风暴跳如雷，纵身欲上，冲大师拦住他说："黄口小儿，不必跟他较真。"他扬起脸来，冷冷说道，"适才比武决胜，我方已经胜出，从今往后，东岛之人，全都要尊释先生为主。"

话一出口，骂声四起，杨风来怒道："秃驴，颠倒黑白吗？第二阵明明是花尊主胜了。"

冲大师笑道："那么敢问杨尊主，两人比武，站着的胜了，还是躺着的胜了？花尊主若能稳稳站住，我就算她胜出如何？"

花眠心中气恼，冷笑说："说好了比武决胜，你们用毒算不算犯规？"冲大师笑道："咱们说了比武决胜，可没说比武时不能用毒。当年令祖'素心神医'花晓霜也修炼过'九阴毒掌'，足见以毒入武，自古有之。"

花晓霜是花眠祖上的一位前辈，机缘巧合，练成过"九阴毒掌"的功夫（按：见拙作《昆仑》）。花眠一时气结，不知如何回答，杨风来更是两眼乱翻，啐道："放屁放屁，强词夺理……"

明斗眼珠一转，忽而笑道："杨尊主，以我之见，花尊主先赢后输，竺先生先输后赢，大伙儿算是平手如何？"

杨风来听了这话，怒气稍平，点头说："你说这话还有点儿人味儿！"不想明斗接口又说："三场比试一胜一平，杨尊主跟我再比一场，大伙儿一局定胜负如何？"

杨风来心中一凛，他的武功不及明斗，如今受了内伤，更是毫无胜算。正犯愁，忽听乐之扬笑道："杨尊主身体欠安，这一阵不必出阵。"

杨风来一愣，乐之扬冲他使了个眼色："这一阵由席道长代替杨尊主出战，明斗，你要不应战，那就是他娘的缩头乌龟。"

明斗又惊又气，脱口叫道："席应真是朱元璋的走狗，怎么能代替东岛出战？"

乐之扬笑道："竺因风不也是蒙古人的走狗吗？怎么能够代替东岛出战？"

明斗硬着头皮支吾："他、他是受了释先生之托。"

"这个容易！"乐之扬笑了笑，转向花眠，"花尊主，你可愿意委托席道长出战？"

花眠会意道："席道长肯出战，花某求之不得……"她盯着席应真，心中拿捏不定，席应真在云虚手中饱受折辱，若是记恨前仇，一定不会出手。

席应真微微一笑，拈须说道："按说东岛内争，席某不应插手，但这和尚觊觎天机秘术，想让元人卷土重来，贫道忝为大汉子民，决计不能坐视不管。"

这几句话掷地有声，东岛众人为之一振。冲大师却不动声色，淡淡说道："这么说，席道长一定要架梁子了？"席应真道："没错。"

冲大师点头说："好，第三场算我们输了。"他突然认输，众人大感意外，席应真奇怪地道："大和尚，你打什么主意？"

冲大师笑道："明尊主不是说了吗？前两阵一胜一平，第三阵我们即使输了，也是一胜一平一负，归根结底还是平局。所以大伙儿再比一场，三对三，两局为胜，我方原班人马出战，贵方也请再派三人。"

众人面面相觑，席应真不由大皱眉头，苦笑说："你这和尚太难缠，看样子，不达目的不罢休了。"

冲大师笑道："不敢。"席应真又问："你的法号是令师所赐？"冲大师道："正是。"

"大盈若冲，其用不穷，只从法号来看，令师对你期许甚高。"席应真说到这儿，深深地看了冲大师一眼，"和尚，你如此汲汲于胜负，未免辱没了这一个'冲'字。"

"法号不过说说而已。"冲大师笑了笑，"所谓'人各有志'，家师志在佛法，贫僧志在天下，道长与其寻章摘句，不如想一想派谁出战为好。"

席应真扫眼看去，花眠中毒，施、杨二尊受伤，自己武功再高，也只胜得了一场。对面的三人武功均强，三尊尚且不敌，其他的弟子更如以卵击石。

正在犹豫不决，忽听叶灵苏说道："席道长，我来试试。"席应真转眼看去，少女小嘴微抿，桃腮蕴红，秋水似的眸子透出幽幽冷意。

席应真见过她出手，得了云虚真传，只是火候不足，想了想，微微点头。

"好啊！"冲大师笑道，"算上叶姑娘是两人，不知第三位是谁？"

席应真不及回答，忽听乐之扬笑道："第三位就是你爷爷我了。"

老道士一愣，叶灵苏也很诧异，说道："乐之扬，你凑什么热闹？比武拳脚无眼，可不是胡闹的事儿。"席应真也说："乐之扬，对手武功甚高，你要三思而行。"乐之扬笑道："道长放心，我自有主张。"

叶灵苏见他胸有成竹，心想："这小子一贯奸猾，也许能用诡计取胜。"

冲大师看着乐之扬，暗想这小子抢走花眠，身法可圈可点，如今慨然出战，或许身怀绝技。正在拿捏不定，明斗凑上来耳语："大师放心，这小子武功平常，不足为虑。"

冲大师心中大定，扬声笑道："席道长，人马已齐，大伙儿这就交战如何？"

席应真点头道："以你之见，如何对阵？"冲大师笑道："老规矩，第一场我方先出，第二场你方先出，剩下两人打第三场。"

席应真不及回答，叶灵苏迈出一步，冷冷道："明斗，你出来。"明斗笑道："贤侄女有何指教。"

叶灵苏俏脸发白，咬牙说道："明斗，你卖岛求荣，偷袭同门，今天我要为东岛清理门户。"

明斗面皮抽动，干笑道："贤侄女，覆水难收，说出的话可不要后悔。"

"决不后悔。"叶灵苏抽出软剑，轻轻一振，剑身嗡嗡颤动，"今日不是你死，就是我亡。"

明斗哼了一声，正要迈步出列，竺因风忽地抢先一步，笑嘻嘻说道："明老兄，这一阵让给我吧！"明斗明白他的居心，眼珠一转，笑道："君子不夺人之好，竺老弟高兴，这一阵就让给你了。"

叶灵苏变了脸色，正要喝止，竺因风已觍着脸笑道："区区对姑娘仰慕多时，本以为今生无缘亲近，不想天赐机缘，能够领教高招，今生今世，幸何如之。"一面说，一面色眯眯地盯着她打量。

叶灵苏又气又急，叫道："姓竺的，你滚开一些，当心我在你身上刺一百个窟窿。"竺因风并不生气，笑嘻嘻指着心口："姑娘要刺，先刺这儿，只要剖开一瞧，就知道竺某对你的一片真心。"

他一味疯言疯语，叶灵苏听得又羞又怒，心神不战先乱，一抖软剑，便要上前，不料乐之扬上前一步，拦住她说："叶姑娘，失礼失礼。"

叶灵苏一愣，问道："你怎么失礼了？"乐之扬正色道："养不教，父之过，竺因风这小东西出言冒犯，全怪老子教得不好。你放心，待会儿回家，我一定打烂他的狗屁股。"

叶灵苏笑也不是，不笑也不是，竺因风却气炸了肺，厉声怪叫："小畜生，你他妈活腻歪了，不把你撕成八片，我就不叫竺因风。"

乐之扬笑道："你不叫竺因风，叫作狗杂种……"他只顾骂得开心，叶灵苏却听不下去，忍不住提醒："喂，你要做他爹，他、他是狗杂种，那你又是什么？"

乐之扬一挠头，干笑道："这么说，当他爹太不划算。也罢，狗杂种，我不当你爹了，你自个儿吃屎去吧！"

众人哄然大笑，竺因风的面皮涨红发紫，眼里迸出两道凶光，忽地怪叫一声，纵身跳起，五指如钩，抓向乐之扬的咽喉。

乐之扬低头转身，向左跳出，竺因风变爪为掌，反手横扫，掌风所至，"哧"的一声，乐之扬的衣角应手而裂，轻飘飘地落在地上。

叶灵苏心弦一颤，挥剑欲上，冲大师跨上一步，冷笑说："怎么，二打一？"

少女一愣，转眼看向席应真，老道士摇头说："让他去吧，乐之扬是聪明人，他这样做，定有他的道理……"

说话间，乐之扬迭遇险招，竺因风出手大开大合，快比流风掣电。乐之扬只觉身边的劲风掠来掠去，一不留神，竺因风一掌扫来，乐之扬举手相迎，掌缘划过手臂，登时皮破血流。

叶灵苏看见血光，一颗心突突狂跳，手指不觉收紧，死死捏住剑柄。忽听有人叫道："乐之扬！"她回头一看，江小流也醒了过来，由一个弟子扶着，眼睛瞪得老大，死死望着这边。

乐之扬也听见叫声，可是不及细看，忽听竺因风大喝一声，脚尖如花枪抖动，虚虚实实，凌空刺来。乐之扬使出"乱云步"，身子云起云飞，双脚变幻不定，霎时换了几个方位，竺因风的脚尖擦身而过，带起一溜血光。

乐之扬的腋下有如刀割，不容对方变招，手腕转动，一招"千芒指"点向竺因风的"环跳"穴。怎料指尖所及，如中铁板，一股力道反弹回来，乐之扬食指剧痛，几乎叫出声来。他慌忙缩手，左脚用力一撑，向后掠出数尺。竺因风冷哼一声，上身不动，左腿平平扫出，势如一把钢刀斩向他的小腹。

乐之扬使出"无定脚"，左腿飞起，迎向来脚。霎时，腿影交错，乐之扬就像是踢中了一根铁棍，腿骨欲裂，向后飞出，落地时左边的裤管上渗出了一丝丝血迹。

"完了，完了！"江小流不敢再看，闭上双眼，连连呻吟。

竺因风对了一脚，也是身子摇晃，气血一阵翻腾。原来，他为花眠所伤，如今逞强出手，登时牵动了伤势，只好放弃追击念头，一面运功调息，一面凝视对手。

乐之扬接连受伤，手脚不胜疼痛，正想察看腿伤，竺因风又纵身赶来。乐之扬掉头就跑，竺因风紧追不舍，他轻功高妙，一个起落赶到乐之扬身后，气贯指尖，大喝："狗命拿来！"势如苍鹰探爪，抓向乐之扬的头顶。

他指力所向，能碎金石。叶灵苏心中大急，忍不住飞身纵起，拔出软剑，正要刺出，忽听一声沉喝，明斗耸身而上，呼地一掌向她拍来。

这一掌力道沉猛，叶灵苏被迫掉转剑尖，反刺对手左胸。明斗小臂圈回，指尖挑中剑身，只听嘤的一声，软剑向外偏出，嗡嗡嗡一阵乱颤。

叶灵苏跳开数尺，双颊艳如桃花，持剑的右手微微发抖。她顾不得自己，匆匆转眼看去，乐、竺二人已经分开，乐之扬垂手站立，神色茫然，竺因风却是看着右手，一脸的惊疑不信。

又听呼呼风响，叶灵苏应声一瞧，席应真和冲大师也斗在了一处，一灰一白两道影子忽来忽去，招式潇洒凌厉，掌击之声密如炒豆。

霎时间，白影向后一跳，冲大师合十笑道："领教，领教！"说着掸了掸衣袖，几片碎布应手而落，露出一个巴掌大小的破洞，冲大师光白的小臂之上，赫然多了一个紫红色的掌印。

席应真见势不妙，也出手救援，但为冲大师所阻。两人拆了数招，席应真小占上风，在冲大师的手臂上拍了一掌。再看乐之扬死里逃生，老道士不胜欣喜，冲大师却是暗叫可惜。

乐之扬的心怦怦乱跳，刚才如何逃脱，连他自己也是糊里糊涂，仔细想来，那时"乱云步"来不及施展，拧身移步之间，无意中使出了灵舞里的功夫。

乐之扬恍然有悟，灵舞出自《妙乐灵飞经》，乃灵道人的得意武功，比"乱云步"更加高明，自己身怀绝技而不自知，舍高就低，愚不可及。

竺因风再次扑来，乐之扬由心生，身随曲动，旋身腾挪，起落高低，身法并不极快，可是节奏精妙，恰到好处，竺因风掌如刀斧，连出杀招，均是差之毫厘，与他擦身而过。

竺因风又惊又怒，一阵拳打脚踢，所过之处狂风四起。乐之扬衣发飘举，紧守灵舞要旨，心凝神固，一概不理，应节举步，听风辨位，往往竺因风掌风未到，他已从容避开。

竺因风屡屡失手，固然气闷难当，旁人一边瞧着，也觉惊讶不已。短短工夫，乐之扬俨然换了一人，急如惊风，飘如浮云，更奇的是，他的目光并不在竺因风身上，而是左顾右盼，旁若无人。

叶灵苏越看越觉惊讶，忍不住问："席道长，这功夫是你教的吗？"席应真盯着乐之扬看了一会儿，摇头说："这样的功夫，我可教不出来。"

江小流听了这话，忙又睁眼瞪着乐之扬，心中又惊又喜："奇了怪了，他什么时候练成这样的功夫？"

二十招过去，灵舞越发娴熟，乐之扬身处危险境地，渐渐明白了"旁若无人"的真意。常人对敌之时，往往专注于对手本身，来不及留意四周的形势，灵舞的心法正好相反，观看形势胜过体察对手。所谓"仰观天时、俯察地利、随机应变、总揽全局"，就好比下棋，平常的棋手只知道在一个地方搏杀，高明的棋手却能通盘考量、遍地开花，让对手应接不暇。

一旦悟通此理，乐之扬更加从容。两人周旋数招，竺因风一掌落空，正要回身再攻，冷不防乐之扬拧身出掌，信手扫来。这一掌批亢捣虚、妙至毫巅，竺因风急往后仰，仍是迟了一步，"啪"的一声，左颊挨了一记耳光。

乐之扬内力不足，破不了竺因风的护体真气，可在竺因风却是奇耻大辱，他两眼出火，发出一声暴喝，双手忽拳忽掌，五指忽伸忽缩，招式十分奇诡。

叶灵苏微微动容，冲口而出："这是什么功夫？"席应真面露忧色，说道："这是'天刃'里的招术，名叫'大玄兵手'，能以一双赤手，模仿天下兵刃，如刀如剑，如锤如戟，变化诡谲，防不胜防……"

话没说完，血光陡现，乐之扬左胸中招，一道伤口直达腰际，鲜血喷涌而出，登时染红衣裳。叶灵苏芳心惊乱，血涌双颊，好在乐之扬并未倒下，左闪右避，不失灵动飘逸。

叶灵苏知是皮肉之伤，松一口气，又问："刚才打了半天，竺因风怎么不用这一路绝招？"席应真盯着场上，随口答道："大玄兵手极耗内力，他刚才不用，或是因为身上有伤。"

他声音不大，乐之扬却听得清楚，心中微微一动，定睛看去，竺因风咬牙瞪眼，面皮发紫，看上去如负千钧，十分吃力。

乐之扬一转念头，掉头就走，竺因风紧随其后。两人狂风似的转了两圈，竺因风一掌落空，忽见少年摘下玉笛，横吹吹奏起来，曲调咿咿呀呀，如绳锯木，如铲铁锅，竺因风有生以来，从未听过这样难听的曲子。

叶灵苏也听得大皱眉头。她深知乐之扬的能耐，只要一笛在手，引凤来龙不在话下，为何同样一人一笛，吹出这样难听的曲调？正想着，一边的杨风来呻吟起来，回头看去，他面红如血，两眼发直，额头上青筋暴突，面上的肌肉连连抽动。

席应真伸手把他脉门，但觉气机紊乱，血流乱窜，当即渡入真气，压住他胸中的血气，正觉迷惑，忽听杨风来小声说："席真人，这笛声有古怪。"

席应真一愣，忽听施南庭和江小流也呻吟起来，登时有所领悟，撕下袍子，捏成两个小团，塞入杨风来耳中。笛声一旦隔断，杨风来的气血登时平复下来。席应真如法炮制，又将施、江二人的耳朵封住，那两人也止住呻吟，闭目调息不提。

席应真忙过一阵，回头看去，场上情形悄然生变，竺因风形同醉酒，左摇右晃，掌力猛烈如故，出手却大大迟缓，一张脸有如酱爆猪肝，两眼瞪着对手，似要滴出血来。反观乐之扬，脚踏奇步，气韵洒脱，宛如游龙惊凤，绕着对手来回穿梭，曲调古怪刺耳，源源飞出笛孔。

这一阵笛声正是"灵道石鱼"上刻着的《伤心引》。此曲有三忌，五脏受伤者忌，身怀六甲者忌，老弱癃病者忌，当日张天意就是听了这支曲子，引发内伤，一命呜呼。

竺因风的伤势不如张天意沉重，可是听了笛声，仍觉五内翻腾，经脉中气血乱走，有如小针小刺。他本想停下来调息，可是看见对手的嘴脸，心里又觉十分不甘，于是强忍痛苦，使出"大玄兵手"猛攻，可他越是用力，体内痛苦越深，往往手脚未到，乐之扬已然遁去。

冲大师见识了得，看到这儿，扬声叫道："竺因风，封住双耳，别听他的笛声。"

竺因风应声醒悟，举手捂耳，胸前空门大露。乐之扬趁势而上，"无定脚"虚虚实实地踢向他的心口。竺因风伸手格挡，不料乐之扬虚晃一招，口中吹笛不辍，脚下极尽幻妙，绕到他的身侧，手腕倏地抖出，玉笛化为一道碧影，正中竺因风腰间的"太乙"穴。

换在平时，竺因风神功在身，刀剑莫入，此时一身真气被《伤心引》吹得七零八落，玉笛透穴而入，贯穿五脏，登时狂吼一声，反掌大力扫出。可惜伤后迟缓，这一掌再次落空。乐之扬灵舞发动，绕到他身后，扬起玉笛，贯注全身之力，嗖地点中了他的"心俞"穴。

这一击痛彻心肺，竺因风一股鲜血夺口而出，东倒西歪地走了几步，突然双腿发软，"扑通"跪倒在地。

乐之扬不容他起身，玉笛如风，连点他数处大穴。竺因风身软如泥，瘫在地上。叶灵苏惊喜不已，急声叫道："乐之扬，快逼他交出解药。"

乐之扬抓住竺因风，摸索一阵，先摸到一串钥匙，又摸到几个瓷瓶。钥匙正是花眠之物，瓷瓶颜色不一，上面并无标注。乐之扬喝道："哪一瓶是解药？"

竺因风旌旗不倒，怒道："去你娘的，没有解药。"话音未落，玉笛捅在他腰腹之间，竺因风痛得肠子打结，嘴里发出一串哼哼。乐之扬笑道："如今有解药了吗？"

竺因风怒道："要解药没有，臭尿倒有一泡，你若想喝，老子马上奉送。"

"好一条硬汉。"乐之扬啧啧连声，看一看手中的瓷瓶，"好吧，这里几瓶药，我一瓶一瓶喂给你吃，看看会有什么结果。"

竺因风应声变了脸色，这些瓷瓶里面，不乏蚀心断肠的毒药，别说吃下一瓶，服下一星半点也会死得惨不可言。乐之扬察言观色，嘻嘻一笑，一手捏开他的嘴巴，一手弹开药瓶的塞子。竺因风两眼翻白，嗓子里迸出声音："好，好，我说，我说……"

乐之扬收起药瓶，竺因风缓过气来，悻悻说道："紫色的瓶子里就是。"乐之扬挑出紫色瓷瓶，叫道："叶姑娘。"叶灵苏快步上前，伸手接过，顺便踢了竺因风两脚，踢得那小子哼哼惨叫，乐之扬拦住她笑道："别踢死了，万一解药有假，又找谁说理去？"

叶灵苏白了他一眼，心中热乎乎、甜丝丝，说不清是一种什么滋味，鼻间冷哼一声，转身扶起花眠，将药粉送入其口中。花眠闭目片刻，徐徐站起身来。

乐之扬眼看解药无误，放开竺因风，一脚踢在他身上。竺因风像是一个皮球，骨碌碌滚到冲大师脚前，冲大师脸色发青，瞪着同伴一言不发。

乐之扬笑了笑，退到席应真身边，大声说道："席道长，下一阵由你出战。"

席应真含笑点头，东岛一方气势大振。乐之扬这一胜，打乱了冲大师的如意算盘。依他所想，乐、叶二小武功较弱，自己一方必胜两场，席应真纵然取胜，也是无济于事，谁知道乐之扬以弱克强，莫名其妙地胜了一场，席应真只要再胜一场，彼方便可大获全胜。

冲大师低眉垂目，面沉如水。席应真见状笑道："大和尚，怎么不说话了？刚才你我未分高下，不如再来切磋切磋。"

冲和尚略一沉默，合十叹道："善哉，善哉，席真人技高一筹，和尚自认不如。"

他突然认输，众人惊诧之余，又觉大失所望，他们深恨这和尚狡黠歹毒，均是盼着席应真狠狠教训他一顿。

席应真目光一转，又说："大和尚不出战，明尊主出战如何？"明斗脸色发白，默然不语。冲大师叹道："杀人不过头点地，席真人不必戏弄我等。这一场我方认输，依照约定，自当离开东岛。"大袖一拂，转身就走，释王孙一颠一颠地跟在后面，随行的壮汉也扶起竺因风，灰溜溜地跟上二人。

明斗望着东岛众人，脸上红一阵白一阵，忽一咬牙，转身走向海边。阳景、和乔对望一眼，齐声叫道："师父稍等。"双双追赶上去。杨风来怒道："好叛徒，想走就走吗？"正要叫人阻拦，花眠摆手叹道："人各有志，让他们去吧！"

杨风来一愕，顿足怒道："明斗这厮勾结外敌，逼走了岛王，几乎颠覆本岛，怎么能就这样放过他呢？"

花眠默默苦笑，施南庭接口说："杨尊主，明斗固然可恨，但能将他逼走，并非你我的功劳。"杨风来一怔，扫了席、乐二人一眼，面皮涨紫，默默低下头去。

花眠振作精神，拱手说道："席真人，乐、乐……"看着乐之扬，一时不知如何称呼，倒是乐之扬洒脱，笑道："花尊主，一切照旧，还叫我乐之扬得了。"

花眠俏脸微红，说道："云岛王在时，本岛对于二位多有亏欠，不想危难之际，二位以德报怨，大施援手，保全了本岛百年基业，大恩大德，无以为报。"

席应真笑道："花尊主客气了，这和尚志在倾覆大明，若是让他得逞，苍生必然遭殃。我今日出手，不是为了贵岛，而是为了天下百姓，只盼贵岛仔细思量，收起复国之念，从此安居海外，逍遥度日。"

东岛众人面面相觑，眼里流露出不平之意，席应真看得清楚，心知东岛与大明积怨已深，难以一朝消泯，不由叹了口气，不再多言。

乐之扬眼珠一转，上前笑道："花尊主，说到报答恩德，小可倒有一事相求。"席应真听了这话，心中不快，淡淡说道："乐之扬，施恩不望报，方为侠义之士。"

花眠忙说："席真人不必苛求。乐之扬，你但说无妨，只要力所能及，花某一定照办。"

乐之扬点头说："席道长中了'逆阳指'，这指力只有云虚能解，如今他一走了之，敢问花尊主，还有别的法子解除指力吗？"

东岛三尊对望一眼，均面露难色，花眠说道："实不相瞒，'逆阳指'乃岛王秘传，除了岛王以外，无人知道解法。"

乐之扬大失所望，席应真却是笑道："乐之扬，你的好意我心领了，生死有命，强求不得。"

叶灵苏冷不丁问道："如今能追上岛王吗？"花眠看她一眼，摇头说："他乘的是'天龙船'，去势如龙，很难追上，何况追上了又能怎样……"

叶灵苏想起父亲的脾性，只觉一阵苦恼，她咬了咬下唇，偷偷看了乐之扬一眼，见他双眉紧锁，不由心想："无论如何，那人也是我爹，席真人如果因他而死，今生今世，我也于心不安。"

忽听施南庭说道："说起来，这件事也不是完全无望。"花眠知道他性子持重，言不轻发，忙问："施尊主有什么法子？"

"逆阳指是岛王秘传，可是天有不测风云，岛王若有长短，这门武功岂不失传？为了以防万一，岛内或许留了副本。"

"言之成理。"花眠沉吟道，"若有副本，当在……"说到这儿，她与施南庭对望一眼，齐声叫道，"归藏洞。"

归藏洞是岛上玄黄居后的一处石洞，其中藏有许多武学秘本、机关图纸，《逆阳指》若有副本，十之八九也在洞中。

众人听到这儿，精神为之一振，花眠却迟疑道："归藏洞是本岛禁地，非岛王不能入内，云岛王不在，谁又能进去呢？"

施南庭不及回答，杨风来大声嚷道："娘们儿就是啰啰唆唆，云岛王临走之前将钥匙交给你，分明已经将你视为下届岛王的人选。蛇无头不行，本岛新遭祸乱，必须有人振作。花眠，你就不要说东道西，痛痛快快地接替岛王之位吧！"

"万万不可。"花眠变了脸色，"我一个女流之辈，如何担得起这样的重任？"

"女流又如何？"杨风来笑道，"当年天机宫主花无媸不也是女流吗？何况花镜圆一生无子，大侠云殊与妻子花慕容将令祖父云游过继给花家，改名花云游，继承了花家香火，所以花尊主一人身兼花、云两家的血脉，放眼东岛之内，又有谁比你更配做这个岛王？"

花眠还是摇头："岛王不在，还有云裳，他是岛王长子，理应继承大位。"

施南庭接口说："云裳武功尚可，威望尚嫌不足，最难办的是他心神大乱，无法担当大任。如今岛内人心惶惶，急需有人安抚，花尊主若是为难，不妨暂代岛王之位，一来可以安抚人心，二来名正言顺，可以进入归藏洞和金丹房，以解席真人的燃眉之急。"

花眠无可奈何，只好说："也罢，我暂代岛王之位，找到云裳，立刻让贤。"说完叫来几个弟子去找云裳，又向叶灵苏说，"今日多人受伤，急需疗伤圣药，你跟我一块儿去金丹房。"叶灵苏心中明白，花眠叫她同行，是想趁机开导，她满腹苦水无处倾倒，当下点了点头，陪她一同去了。

施南庭引着众人前往龙吟殿等候。乐之扬扶起江小流，后者垂头丧气地说："乐之扬，看了你的本事，我这两年算是白学了。"

"什么话？"乐之扬笑道，"东岛武功也是当世一流，你若练到云虚那个地步，还不是打得我满地找牙？"

"你不用糊弄我。"江小流摇头说，"我这坯子说什么也进不了正宗，进不了正宗，也就练不成云虚的本事。"

乐之扬见他灰心，低声说："蠢材，我的武功不也是你的？只不过我的功夫跟笛子有关，若要练成，先得学会吹笛。"

江小流瞪着他半信半疑，说道："那可糟了，我这人天生的五音不全，唱曲儿尚且跑调，吹笛子还不吹成个豁嘴？罢了，你做你的大高手，我还是待在这儿当我的小虾米好了。"

众人到龙吟殿坐定，施、杨二尊带伤相陪，均向席应真奉茶为礼。说到明斗叛逃，鲸息流群龙无首，乐之扬笑道："何为群龙无首？鲸息流的头儿不是现成的吗？"

施南庭一愣，转过念头，冲着童耀笑道："乐兄弟说童师兄？"乐之扬笑着点头。童耀面红耳赤，粗声粗气地说："小乐，你别作弄我，我懒散惯了，只管种地，不管别的。"

杨风来笑道："童老哥何必谦让，论武功，论资历，舍你其谁？云岛王也说了，当年鳌头论剑，应该你做尊主，他被明斗捏住把柄，暗中助了他一臂之力。"

"是啊。"施南庭也说，"天理循环，报应不爽，童师兄做回尊主之位，正是老天爷还你的公道。"

童耀心怀激荡，只是苦笑摇头。这时寻找云裳的弟子回来，报称不见云裳踪迹。施南庭叹道："以他的身手，如果不愿见人，谁也找不到他的。"

众人均是默然，生父偷情于外，活活逼死生母，所爱师妹变成了胞妹，这剧变天翻地覆，云裳羞怒惭恨，不愿见人也在意料之中。

这时叶灵苏提着药盒姗姗而入，向席应真欠身道："花姨让我先送药来，她去归藏洞寻找《逆阳指》的副本，一旦找到，马上送给真人。"席应真点头道："劳她费心了。"

杨、施二尊内伤颇重，服下丹药，自去调息。叶灵苏一路分药，到了乐之扬跟前，抿着小嘴，塞给他一个药瓶，乐之扬微微一笑，忽地低声说道："补云续月之德，区区没齿难忘。"

叶灵苏应声一颤，药瓶几乎掉在地上，她面红过耳，白了乐之扬一眼，转过身子，急匆匆走了。

乐之扬身上颇有几处外伤，涂上瓶中药粉，但觉清凉不胜，片刻工夫，止血收肌，再无疼痛之感。转眼看去，江小流盯着叶灵苏的身影发呆，不由笑道："好小子，再瞪下去，眼珠子快掉下来啦。"

江小流惊慌失措，捂住他嘴，压低嗓子说："你懂个屁，我在秦淮河边长大，美女见过千万，没有一个及得上她的。我在想，老天爷也太偏心了，把天下的美貌分了一半给她，另一半才给其他女子平分呢。"

乐之扬挣脱他手，笑道："这话儿有趣，当年谢灵运曾说：'天下才有一石，曹子建独占八斗，我得一斗，天下共分一斗。'你这说法能和古人比上一比。"

江小流瞪着他，半晌说道："我说美貌，你怎么说粮食？谢灵运是谁？种地的吗？"乐之扬拍手笑道："不错，他是种地的，曹子建是吃饭的，一顿吃八斗，乃是古今无双的大肚汉。"

江小流将信将疑："猪也吃不了八斗，这姓曹的一定是在吹牛。"说到这儿，又回头望着叶灵苏，眼里流露出痴迷神态。乐之扬看出他的心思，暗想："这小子难道喜欢上了叶灵苏？啊哟，那可糟了，小丫头眼睛长在头顶上，从不把人放在眼里，江小流要想讨她欢心，真比登天还难！"

用过丹药，又坐一会儿，迟迟不见花眠回来。众人正觉不耐，忽听大殿前鼓噪起来，众人抬眼一看，两个弟子扶着一人闯进门来，还没走近，居中那人口吐鲜血，染红了胸前衣襟。

"什么事？"施南庭腾身站起，中间那名弟子想要说话，刚一开口就昏了过去，左边扶持他的弟子说道："禀尊主，他在海边遇上了贼秃驴和明尊主，不，明斗那厮。"

"什么？"施南庭、杨风来对望一眼，"他们又来干什么……"

乐之扬脸色一变，高叫："快去归藏洞！"众人一听这话，恍然大悟。叶灵苏带头，领着众人直奔归藏洞。到了洞前，只见洞门虚掩，推门一瞧，花眠颜面朝下趴在地上，北面书架倒塌，典籍散落了一地。

"花姨！"叶灵苏惊叫一声，冲上去抱住花眠。席应真上前一步，把了把脉，松一口气道："叶姑娘别急，花尊主还活着。"说着送出内力，花眠浑身一颤，慢慢张开眼来，望着众人一脸茫然。

叶灵苏喜极而泣，紧紧抱着花眠，再也不肯放手，她自幼母亲遇害，乃花眠一手抚养长大，虽以姨甥相称，内心深处却将她视之如母。叶灵苏心中本有万分委屈，这时趁机发泄，眼泪一发难收，哭得抬不起头来。

席应真咳嗽一声，说道："叶姑娘稍住，待我问一问花尊主。"叶灵苏听了这话，方才收泪，忽见众目睽睽，登时满面羞红，咬了咬朱唇，盯着洞中角落发呆。

老道士问道："花尊主，你怎么在地上？"花眠恢复少许神志，回忆说："我刚刚进洞，后脑就挨了一击，后面的事再也不知道了。"她望着众人，意似征询，叶灵苏便将冲大师、明斗去而复返的事情说了。花眠面无血色，握拳暗恨："都怪我大意……不知道洞中典籍可有丢失……"说到这儿，大为不安。

这时施南庭将典籍点看了一遍，紧皱眉头，欲言又止。花眠忙问："丢了什么？"施南庭沉默一下，徐徐说道："别的丢没丢我不知道，可是不见了《天机神工图》！"

花眠闻言一抖，张口结舌。杨风来急道："怎么会？再找找看。"施南庭点了点头，两人一起动手，又查看了一遍，彼此对望一眼，均是面如死灰。

花眠看着二人，手脚冰凉，一口气上不来，忽又昏了过去。席应真但觉不妙，忍不住问道："施尊主、杨尊主，那《天机神工图》到底是什么书籍？"

施南庭迟疑一下，看了看杨风来，后者惨然道："到了这个当儿，还有什么好隐瞒的？"

施南庭点一点头，叹气说道："《天机神工图》是一部图书，记载了天机宫历代先贤留下的奇巧机关。至元年间，元军火烧天机宫，宫中典籍大多毁于劫火。后来'西昆仑'梁萧身受重伤，随众人来到岛上，他不忍天机宫的智慧就此湮灭，但于养伤之时，凭记忆整理出宫中的术数机关，去其糟粕，取其精华，加上他本人的新知卓见，花费三年之功，编成了这一部《天机神工图》。摒去品性不说，梁萧此人天才杰出，乃是百年难得一见的人物，故老相传，他的机关算学之妙，早已超越了天机宫的历代先贤。此书名为'天机'，不过出于敬意，实话说来，却是'西昆仑'的生平所学。后来我东岛反抗暴元，多亏有它，当年元朝丞相脱脱南下，先岛王携书赶到高邮，连造九大守城利器，竟以蕞尔小城，挡住了脱脱的百万之师。后来若非梁思禽返回中原，只凭这一部奇书，朱元璋也未必能够一统天下。"

席应真板着面孔，捻须不语，乐之扬听得心惊，说道："贼秃驴是蒙元的人，书落到他的手里，岂非大大不利？"

"是啊。"施南庭的脸色越发难看，"更要命的是，这部图书里面，最厉害的不是守城之器，而是攻城之具。梁萧当年用兵，战无横阵，攻无全城，兵锋所向，大宋城池无不残破。蒙人野战无敌，只是不善于攻城，这部书落到他们手里，那还不是如虎添翼？"

众人尽皆失色，杨风来越想越气，甩手怒道："岂有此理，我亲眼看见那艘船走远的。"

"这个容易解释。"乐之扬说道，"船走人留。"

杨风来一愣："此话怎讲？"施南庭叹道："也就是说，他们让船先走，人却偷偷留在岛上。"杨风来双目一亮，冲口而出："啊呀，他们怎么回船上去？"

"也不难。"乐之扬说道，"大船上一定派了小艇接应。"

杨风来不死心，冲出石洞，赶到海边眺望，但见海天际之处，隐约有一黑点，仔细看来，正是一艘小艇。杨风来破口大骂："好贼秃，真他娘地奸诈。"发了一会儿呆，回头看向施南庭："施尊主，如今怎么办？"

施南庭皱眉沉思，苦无对策，忽听乐之扬说道："施尊主，能否安排一艘快船？"

施南庭一愣，会过意来，问道："你要追赶他们？"乐之扬说："是啊，这一点儿工夫，贼秃驴一定还没走远。我和席真人追赶上去，未必不能把书夺回来。"

算上花眠，东岛三尊均已受伤，云裳又不知去向，其他弟子更不是冲大师一行的对手。席应真的武功不必说，乐之扬力挫竺因风，尽管胜得莫名其妙，但也终归胜了一局，若要夺回秘图，除了这两人，实在不做第三人之想。

施南庭权衡利弊，心想席应真虽是大明帝师，相比起来，《天机神工图》落入朱元璋手里，也好过便宜了蒙元铁骑。如果蒙人凭借此图南下，中原生灵涂炭，东岛岂不成了祸害天下的大罪人？

想到这儿，他一握拳头，转身问道："席真人意下如何？"席应真看破生死，自身安危倒在其次，对于《天机神工图》的丢失却十分在意，当下说道："乐之扬说得对，此书关乎天下气运，贫道责无旁贷。"

施南庭大力点头，说道："童师兄，你找几个善于使船的弟子，准备一艘'千里船'，带席真人和乐老弟追赶对头。"

童耀答应一声，即刻安排。形势紧迫，乐、席二人匆匆告辞，江小流见乐之扬要走，心中闷闷不乐。乐之扬看出他的心思，笑道："你留在岛上养伤，我夺回书再来看你。"

江小流转忧为喜，忙说："一言为定。"乐之扬笑笑点头，正要和席应真登船，忽听一个娇脆的声音说："且慢。"两人回头一看，叶灵苏快步走来，大声说："我也去！"

乐之扬笑道："这是去拼命，又不是去钓鱼。"叶灵苏俏脸一沉，冷冷说道："你的命是命，我的命就不是命？你会拼命，我就只会钓鱼吗？"

她连珠炮般一顿反驳，乐之扬大感招架不住，席应真笑道："小姑娘志气甚高。乐之扬，你若不让她上船，怕是出不了这座东岛。"乐之扬叹一口气，让到一边，叶灵苏昂首上船，正眼也不瞧他。

"千里船"凭借机关之力，数人驾驶也可前进如飞。没过多久，灵鳌岛渐去渐远，岛上众人化为漆黑小点，但随岛屿退去，海岸也变成了一条细细长长的黑线。

乐之扬目送岛屿消失，回想两年来的日子，大有鱼入沧海、鸟上青天的痛快。

忽听咕咕之声，转眼望去，叶灵苏站在船头，伸出浑圆小臂，上面歇了一只灰麻色的海鹰，喙如钩刺，爪似枯荆，神采飘逸，气势轩举。

乐之扬看得眼馋，笑嘻嘻问道："好俊的鸟儿，你养的吗？"叶灵苏不理不睬，只是轻轻抚摸海鹰的羽毛。

乐之扬碰了一鼻子灰，正觉无趣，忽听一边的东岛弟子笑道："乐小哥你有所不知，这只鹰名叫'麻云'，乃是本船的探子。"乐之扬听到"探子"二字，忙问："派它去找贼秃驴吗？"那弟子说："是啊！如不然，大海茫茫，上哪儿去找他们？"

乐之扬好奇地问道："鸟儿不能说话，看到船只又怎么告诉咱们？"

那弟子说："禽有禽言，兽有兽语，比方说，鹰若发现船只，回来时会在大上打圈儿，转一圈一只船，转两圈两只船，若是三只以上，它就会连转三圈。若是大船，它转大圈，若是小船，它转小圈，以此判断，就能知道船只的大小规模了。"

"好鸟儿。"乐之扬不胜艳羡，"如此猛禽，怎么才能让它听话？"

那弟子说："鹰隼野性十足，想要让它驯服，必须慢慢磨炼。乐先生，你听说过熬鹰吗？"

乐之扬摇头，那弟子笑道："逮住鹰隼，将其拴在木桩上，关在一间屋里，少量进食，不许入睡，少则三天，多则七天，鹰若驯服，便会向你点头，如此手段，颇有打熬之意，故而又称'熬鹰'。"

乐之扬问："七天之后仍不屈服呢？"那人脸色一黯，小声答道："超过七日，鹰隼元气大伤，恐怕不堪再用了。"

乐之扬一愣，心想鹰隼翱翔天地，何等潇洒快意，落入人类网罗，经受如此折辱，与其沦为奴隶，倒也不如一死了之。

忽见叶灵苏一扬手，麻云冲天而去，少女圈起玉指，打了两声呼哨，又拿出一块猩红色的手帕，大力挥动起来，上下左右，甚有节奏。海鹰在她头顶打了两个旋儿，忽地蹿上高天，向着正西方飞去。

乐之扬目送飞鹰化作一个黑点，但觉脖子发酸，回头一看，叶灵苏坐在船头，凝望长天大海，眉梢眼角尽是落寞。

乐之扬想了想，低头笑道："叶姑娘，算我不好，我给你道歉。你是巾帼英雄，我是流氓小子。如果拼命，你一定比我厉害；如果钓鱼，我顶多钓只小虾，你准能钓一只大鲸上来。"说完呵呵直笑，谁知叶灵苏不理不睬，仿佛没有听见。

乐之扬碰了一个钉子，悻悻回到舱里，找到席应真下棋，边下边说："小丫头真怪，一句话也不说。"

席应真冷笑道："老爹换了人，你当是好玩的吗？"乐之扬咕哝道："我不过见她可怜，陪她说话解闷儿，她这么一声不吭，我怕她憋出病来。"

席应真看着他似笑非笑，乐之扬给他瞅得浑身发毛，瞪眼说："你看我干吗？"席应真点头道："那小姑娘挺好看的！"乐之扬随口道："那还用说。"席应真落下一子，漫不经心地说："照我看，你们两个倒也般配。"

乐之扬闻言一震，手里的棋子掉在了棋盘上，把一片棋子活活堵死。他忙要悔棋，但被席应真按住："真君子落子不悔。"乐之扬叫起屈来："老头儿奸猾，说一些不三不四的话害我分心。"

"不三不四？"席应真哈哈大笑，"我看是大大的美事，云虚不是什么好人，但却生了个好女儿，难得佳偶天成，你就忍心错过吗？"

乐之扬"呸"了一声，骂道："你道士一个，不烧香拜神，却做起媒人来了。"席应真笑道："阴阳男女，万物之理，老道我身在玄门，却爱成人之美。你这小子，见了美人也不动心，岂不是个大大的白痴？"

乐之扬默默摇头，席应真察言观色，沉吟道："莫非你有心上人了？"乐之扬心想，我的心上人就是你的宝贝小徒弟。但事关朱微的清誉，不便说出，只好说："阴阳是万物之理，道长为何就不成全一下自己？"

"好猴儿。"席应真举起巴掌给他一下，"你倒编排起我来了。"说到这儿，若有所失，"有人时乖命蹇，天生就是和尚道士。乐之扬，你不是出家的命。有道是：'劝君莫惜金缕衣，劝君惜取少年时。花开堪折直须折，莫待无花空折枝。'你和这小姑娘站在一起，真是天造地设的一对璧人，老道虽是出家人，也不忍心你们平白错过……"

还没说完，舱外有人娇声锐喝："牛鼻子少嚼舌根，当心我把你烂舌头拔出来喂狗。"

乐之扬听是叶灵苏，吓得神魂出窍，席应真却不动声色，淡淡说道："嚼舌根的拔舌头，听墙根的又如何？"

舱外一阵沉寂，席应真微微一笑，抬眼看去，但见乐之扬若无所觉，不由得暗暗纳闷："他是真傻还是装呆？连我的弦外之音也听不出来。"

两人你一子、我一子地下了半日棋，领航的弟子进来说："麻云发现一艘大船，正向西北去了。"

"奇了。"乐之扬奇怪地道："他们不去正西，到西北干什么？"

席应真想了想，起身说："出去看看。"走出舱门，来到船头。

叶灵苏俏立船头，一手托鹰，极目远眺。她蛾眉微蹙，凝烟含愁，双颊融融有光，有如白玉生烟、皓月出云，娇美得不似人间颜色。乐之扬纵然心有所属，乍见此人此景，也是忘情心跳，不由得屏住呼吸。

叶灵苏给鹰喂了一块生肉，轻轻一抖手臂，海鹰登时飞向西北。"千里船"紧随其后，劈波斩浪，航行甚速。

行进了足足一夜，次日清晨，前方海天交接之处，赫然出现了一片白帆，帆上绣了一头金色鼍龙。乐之扬认出是冲大师的船，正要催促水手，忽见席应真紧皱眉头，神情古怪，不由问道："席道长，你怎么了？"

席应真摇头说："没什么，我忽然想到了一件事。"乐之扬正要细问，忽见前方的大船掉头驶来。众弟子叫道："好贼子，送上门来了。"叶灵苏眼尖，仔细一瞧，叫道："不对，快拿火箭火炮。"

叫喊声中，大船乘风驶近，船头的蒙古武士一字排开，手挽强弓，搭着火箭，几门火炮塞好火药，炮尾的引信哧哧作响。

千里船上一阵大乱，众弟子搬出火器，奈何慢了一步，还没准备妥当，便听炮声急响，铁砂繁密如雨，船头应声而碎。几个弟子躲避稍慢，登时倒下。一时嗖嗖连声，火箭来如飞蝗，射中船帆船板，帆布遇火而燃，火光冲天而起。

东岛弟子几无还手之力，纷纷躲到舱板后面大骂。乐之扬有生以来，第一次见识水上鏖兵，望着火光四起，也是六神无主。席应真跟随朱元璋征讨四方，当年鄱阳湖一战就在老皇帝身边，生平大小水战见了无数，此时临危不乱，朗声叫道："掌舵的何在？"一个年长弟子应声出列："在这儿！"席应真说："'千里'船传自天机宫，有机关带动吗？"舵手点头道："有的。"

"好！"席应真大声叫道，"立马驱船，撞向敌船。"

舵手明白过来，召集幸存弟子，下至底舱，驱动机轮。不多时，船身两侧的木轮呼呼转动起来。席应真仍嫌船慢，让叶灵苏守在上面，自与乐之扬下去助力。

众人驱使木轮，卷起银涛雪浪，哗啦啦水声大作，笔直冲向大船。

冲大师先下手为强，本意毁掉敌船，谁知"千里船"失去船帆，仍可急速前进。他见势不妙，急令掉头，海船转到一半，轰隆一声，"千里船"像是烧红的凿子，一头扎入船身左侧，船板遇火，登时燃烧起来。

众武士东倒西歪，乱纷纷鼓噪起来。冲大师气贯双腿，一个马步钉在船上，抬头看去，烟火中倩影晃动，叶灵苏当先跳上大船，青螭剑乌芒吞吐，所过之处鲜血飞溅。

明斗大喝一声，赶上前去，操一口鬼头大刀，唰唰唰卷起一片白光。叶灵苏反剑相迎，两人各逞其能，刀光风生水起，有如浪涛推拥，剑光如龙如蛇，游戏于沧波之间。

冲大师左右瞧瞧，抓起一只铁锚，扫向刀光中那一抹白影。叶灵苏抵挡明斗已觉吃力，忽觉狂风压来，躲闪已是不及。

忽听长笑震耳，烟火两分。席应真蹿了出来，褪下道袍抖成一束，嗖地缠住铁锚，跟着潜运内力，如挽缰勒马，将铁锚硬生生拉扯过去。

铁锚贴着席应真的脚下扫过，将一个蒙古武士打得头开脑裂，锚上力道不衰，砰，又将一根桅杆击断。桅杆轰然倒下，船帆过火，腾腾腾燃烧起来。

冲大师好容易收住铁锚，凝目看去，几个东岛弟子跟着席应真跳上船来，舞刀弄枪，正与本船水手搏杀，当下一拧身，挥出手中铁链。铁链细细长长，势如一条毒蛇，东岛弟子一被扫中，登时口喷鲜血，翻着跟斗落进海里。

席应真救援不及，动了真怒，手中长袍一抖，将一支刺来的长枪卷在其中，使枪的汉子虎口剧痛，长枪登时易手。这时铁锚又来，席应真以枪代剑，凌空挑出，枪尖挑中铁锚，枪杆有如弯弓，两股力道一刚一柔，相持不下。席应真陡然双眼圆睁，发出一声锐喝，枪杆应声绷直，"嗡"的一声将铁锚弹了回去。

叶灵苏抵挡明斗，渐感吃力，明斗的刀法不足为惧，刀中夹掌却很难防，叶灵苏稍有疏忽，明斗一刀挡开软剑，左手食指突出，"滴水劲"点向少女的小腹。叶灵苏忙使"水云掌"拆解，指掌相接，锐劲点少女手腕，叶灵苏只觉痛麻入骨，半个身子失去知觉。

明斗一招得手，人刀合一，滚雪流银一般杀来。叶灵苏强忍不适，想以宝剑之利斩断大刀。明斗深知"青螭剑"锋利莫比，不敢与之硬接，刀法虚虚实实，引开叶灵苏的剑势，左手蓄满劲力，呼地劈向少女胸口。

这一掌刁钻狠辣，叶灵苏回剑不及，脑中一片空白。正绝望，忽听明斗一声怒吼，掌到半途，向后扫去。叶灵苏想也不想，纵身跳开，定睛看去，乐之扬手挥玉笛，正与明斗苦斗。

原来乐之扬眼看叶灵苏遇险，围魏救赵，抢到明斗身后，纵笛点他背心。明斗觉出风声，只好丢下少女，回掌抵御。他右刀左掌，刀如飞雪，掌似惊雷，杀得乐之扬连连后退。顷刻间，明斗虚晃一掌，拍向他的面门。乐之扬抬起玉笛格挡，冷不防鬼头刀化作一道电光，向他腰间缠绕过来。

忽听"叮"的一声，一道乌光飞来，缠住鬼头刀大力一绞。大刀断成两截，断刃仍向前飞，与乐之扬擦身而过，噗地插入了一个蒙古武士的胸腔。

乐之扬吓出一身冷汗，明斗心中咒骂，收回断刀护身。叶灵苏纵剑抢攻，剑随人飞，人随影动，乌芒流光，幻影重重。明斗为剑势所迫，一时连连后退。乐之扬手持玉笛，上前夹攻，叶灵苏见他玉笛挥洒之间，招式颇为眼熟，细看几招，与自己的剑招有些相似。少女的心里不胜疑惑，可是大敌当前，来不及多问。

拆了十余招，乐之扬发现明斗刀来刀去，有意无意地避开玉笛，心想这老小子贪得无厌，莫非对"空碧"还没死心？想着伸出玉笛，故意撞向刀锋，明斗果然横拖断刀，匆匆避开玉笛。

乐之扬暗暗好笑，当下略无顾忌，玉笛招招向前，每一下都向刀锋上磕碰。明斗大大犯难，他贪财之心至死不改，纵在危急之时，依然舍不得毁坏这一件稀世奇珍。他当即挪开刀锋，不愿和"空碧"硬碰，这么一来，反被乐之扬步步紧逼，搅得刀法大乱。叶灵苏趁机发难，喝一声"着"，软剑突破刀幕，扫过明斗的左胸。血光迸现，明斗踉跄着向后跌出，立足未稳，乐之扬玉笛飞来，笃的一声点中了他的右边腰胁。

明斗半身麻木，逆气上冲，慌忙纵身疾退。叶、乐二人连番得手，气势大振，攻势越发凌厉，明斗且战且退，渐渐靠近了身后的大火。

阳景、和乔眼看师父形势不妙，各自丢下对手，双双抢了上来。叶灵苏的左手已经恢复了知觉，眼看两人逼近，抖手发出"夜雨神针"，那两人一不留神，双双中针倒地。

明斗又惊又怒，大吼两声，挥刀猛攻，将叶、乐二人逼退，正要去看两名弟子，剑与笛一齐杀来，又将他的去路封死。

这时火势更旺，甲板之上浓烟滚滚。叶灵苏见此情形，心头一动，右手使剑缠住明斗，左手用"天星点龙"的手法发出"夜雨神针"，专射蒙古武士。这时烟火弥漫，人物难分，更别说细小金针，一时"扑通"之声不绝，接连有人中针摔倒。

冲大师觉出不妙，心想任由叶灵苏发针，今日必将全军覆没，一时心急，抢起铁锚奋力抢攻。可他越是猛攻猛打，席应真越是镇定自若，长枪扫中铁锚，铁锚向左荡开，席应真抖起枪花，嗖地刺向冲大师的心口。

冲大师缩身后退，抢起铁链，抽向席应真头部，这一下攻其必救。席应真果然收回长枪，左手一扬，抓住了扫来的铁链。冲大师想要夺回铁链，谁知一夺之下，席应真附在铁链上面，飘如云絮，随之向前，唰唰唰一连数枪，冲大师躲闪不及，左臂挨了一枪，登时血流如注，无奈放开铁链。

兵器一丢，席应真的长枪飞花弄影，杀得冲大师后退不迭。眼看不支，忽听"咔嚓"一声，船身突然歪斜，向着左侧徐徐翻转。原来，"千里船"在大船上撞了一个窟窿，起初船身堵住缺口，海水不能进入，可是燃烧已久，"千里船"龙骨崩坏，这缺口暴露出来，海水汹涌灌入，船只大有沉没之势。

船上的水手、武士乱成一团，纷纷去抢救生小艇，还没冲近，船舱里蹿出一人，连环数掌，劈倒数名武士。

众武士看清来人，纷纷叫道："竺先生，你疯啦？"来人正是竺因风，他脸色苍白，左手挟着释王孙，右手抓起一艘小艇，嗖地掷入海中，纵身跳了下去。

众人只一呆，也纷纷冲上去抢船。小艇不过四艘，船少人多，为了抢船，众人大打出手。

冲大师瞥眼看见，快步冲入人群，双手抓住两人，头也不回，反手掷向席应真。席应真心想如果躲闪，这两人势必落入海里。老道士侠义襟怀，丢下长枪，接住两人，谁知刚一着手，巨力陡然涌来，席应真后退两步，方才站稳，"大金刚神力"余劲难消，激得他气血翻腾。

不及调息，冲大师又抓两人掷来，席应真如法接住。冲大师哈哈大笑，双手此起彼落，接连抓着艇前之人掷向席应真。众人又惊又怕，呼啦一声纷纷散开。

冲大师趁机冲上，呼呼两拳，两艘小艇应手而碎。众人正觉不解，忽见他抓起仅存一艘小艇，高叫道："真人后会有期。"说完抛船入海，纵身跳了上去，双手各持一只木桨，左起右落，右起左落，小艇有如一只活鲤，飞快地跳跃向前。

席应真赶到船边，冲大师已在十丈之外，老道士惊怒交加，暗骂这和尚心肠歹毒。冲大师夺走一艇，却将其他的小艇击碎，剩下的无论敌我都会随船沉没。

大船上的人无不绝望，纷纷破口大骂。席应真左右看看，抓起地上铁锚，奋起全身之力，对准冲大师的小艇掷了过去。

冲大师自顾划船，忽觉恶风压顶，慌忙侧身躲闪，但听"砰"的一声，铁锚钩住船尾。席应真用力一拽铁链，将小艇拉回数丈。

冲大师怒哼一声，卸下铁锚，冷不防席应真丢开铁链，纵身向前一跃，飞将军一般跳向小艇。

冲大师来不及掷出铁锚，席应真已经到了上方，他只好抡起木桨向上乱扫，席应真枪如游龙，倏地绕开木桨，"砰"地刺入小艇。

老道士扶着枪杆盘旋而下，双脚连环踢出，逼得冲大师无法靠近。陡然间，他双脚落地，手扶长枪，厉声叫道："大和尚，再逞强，大伙儿一起没命。"

他只要一踩脚，船底必然粉碎。冲大师投鼠忌器，手握木桨，瞪眼不语，这时忽听吱嘎嘎一阵响，大船四分五裂，徐徐沉入海底，船上的人纷纷落水，求生呼叫之声此起彼落。

席应真挂念乐之扬等人，心中忐忑，回头望去，波涛中人头起伏，乐之扬抱着一块船板，从海水里冒了出来。叶灵苏在他身边，一手抱着木板，另一只手握着青螭剑不放。距离两人不远，明斗也抱着一块木板载沉载浮。

除了三人，还有若干蒙古武士、东岛弟子抱着断板残木求生，眼看小艇在前，纷纷游了上来。席应真暗暗心惊，小艇只有一艘，船少人多，必然沉没。

正犯难，冲大师抡起铁锚，扫向一个蒙古武士，那人躲闪不及，登时头破血流，翻着白眼沉了下去。席应真怒道："大和尚，你怎么伤人？"冲大师冷冷道："这些人上了船，咱们都得完蛋，真人如果另有妙计，贫僧愿意洗耳恭听。"

席应真不及说话，冲大师挥舞铁锚，又将两名靠近之人击毙。席应真厉声道："住手。"冲大师笑道："不住手又怎样？"席应真哼了一声，说道："若不住手，休怪我出手无情。"

冲大师暗自琢磨，席应真武功虽强，却有妇人之仁，这一艘小艇长不过一丈，宽不过五尺，如此逼仄之地与他交手，一来胜算甚微，二来即便胜出，也逃不出船破人亡的绝境。

心念数转，冲大师从容笑道："真人宅心仁厚，贫僧十分佩服，但眼下船少人多，如果人人上船，还不如一起跳海干净。贫僧有一个计谋，不知席真人愿不愿听。"

"什么计谋？"席应真也不愿当真翻脸。

冲大师说道："此船至多能载六人，除了你我，还有四人可以登船。为了公平起见，不如你我各挑两人，凑齐六人之数如何？"他以中气发声，这一番话传遍海上，人人均可听见。

席应真大皱眉头，摇头说："只挑四人，其他人怎么办？救下一人，必杀数人，救人杀人，何其残忍？"冲大师扫视海上，幽幽地说道："如果只剩下四人就好了！"

忽听一声惨叫，席应真应声望去，不禁骇然，一个蒙古武士抓住身边同伴，醋钵大小的拳头猛击对手头部，遭袭之人口鼻流血，武士连击数拳，忽一放手，那人四肢摊开，咕嘟嘟沉入海里。

海面上沉寂片刻，众人如梦方醒，纷纷动手袭击身边之人，只因生死在即，下手均不留情，一时惨叫四起，不少人遇袭伤亡，沉入海底。

乐之扬身在水中，还没回过味儿，便觉一股潜流直涌过来。他胸口一闷，气血上冲，忽而放开船板，石头一般向海底沉去。乐之扬举手挣扎，可是身软无力，海水灌入口中，真是又咸又苦。

绝望中，一只素白手掌从旁伸来，抓住他的手腕，将他向上拎起。乐之扬回头看去，叶灵苏漂浮一边，秀发冲天而起，像是一丛乌黑的水藻。她左手挽住乐之扬，右手长剑乱刺，剑刃破水，带起一道道激流。

剑尖之前，明斗忽进忽退，不时挥掌拍来，每出一掌，便生出一股潜流，落到叶、乐二人身上，直如铁锤撞击。

"鲸息功"本是"西昆仑"梁萧悟自海中，内力随波汹涌，威力更胜陆地。乐之扬中掌在先，叶灵苏的长剑又不能及远，一时之间，被明斗逼得连连后退。明斗的两个爱徒随船沉没，起因就在叶灵苏，他心中恨极了二人，只想杀之而后快。

他杀得兴起，连连逼近，冷不防叶灵苏收起长剑，素手一挥，水中出现了几道细白的水痕。明斗慌忙躲闪，仍是慢了一步，左腿、右胸各中一针，尽管受水流所阻，金针力道减弱，可是钉在身上，仍是又痛又麻。明斗呛了一口水，奋力蹬水后退，退到两丈之外，定睛一看，叶、乐二人已经游远了。

明斗又惊又怒，侧目看去，不远处有两人正在搏斗，当即冲上去一掌一个尽数打死，发泄胸中怒气。

孤岛无双

第十二章

落水者自相残杀，海水里成了屠场。席应真纵然身经百战，也未见过如此情景。他连声喝止，可是无人理睬。幸存者为了摆脱绝境，无不舍生忘死，极力击杀同类。

席应真只觉心寒，瞥了冲大师一眼，和尚敛眉合十，仿佛参禅入定，席应真不由暗叹了一口气，心想："这和尚不但心狠手辣，操弄人心的本事更是远远胜过他的武功。"

他极目望去，见乐之扬遭到明斗偷袭，心中大为担忧，又见叶灵苏将他救起，方才松了一口气。本意上前相助，可他一旦离开小艇，冲大师必定驾船远去。犹豫之际，忽见叶灵苏拉着乐之扬潜到远处，手里扣着夜雨神针，但凡明斗靠近，便发金针将其逼退。

明斗奈何不了叶灵苏，便拿其他人出气，他左一掌，右一腿，所过之处非死即伤。众人齐发一声喊，纷纷上前围攻。明斗夷然不惧，拳脚乱出，搅起数尺高的浪头，势如虎入羊群，左冲右突，无人可挡。他的身边人体翻滚、血水涌溅，不过两炷香的工夫，惨叫声忽地停了下来，偌大的海面空落落的，静得让人心生寒意。

明斗杀红了眼，又向一名东岛弟子游去，那人眼看明斗逼近，心胆欲裂，结结巴巴地说："明师叔，人、人够了。"

明斗应声一愣，掉头看去，加上叶灵苏和乐之扬，果然只剩下四人。他眼珠一转，招手笑道："好哇，咱们一起上船。"那弟子如释重负，返身游向小艇，眼看船舷在前，冷不防明斗无声逼近，扑地一掌拍在他的头顶。那人头颅破碎，登时沉了下去。席应真又惊又怒，叫道："明斗，人数已够，你为何还要杀人？"

明斗扳住船尾，跳上小艇，笑嘻嘻说道："少一个人，船不是驶得更快？"说到这儿，他扫了冲大师一眼，目光甚是阴沉，冲大师知道他的心思，呵呵笑道："贫僧丢下明兄实有不对，但若换了明兄，想来也跟贫僧一样。"

明斗想了想，点头说："不错，把我丢船上，好歹替你挡住了几个敌人。哼，换了是我，那也一样。"冲大师合十笑道："善哉，善哉。"说完这话，两人对望一眼，双双拍手大笑。

席应真暗自警惕，这两人以一对一，均非自身之敌，但若串通一气，大有可虑之处。正想着，乐之扬、叶灵苏游了过来，爬上小艇之时，均是筋疲力尽。一时间，船上五人分成了两部，席应真三人占住船头，冲大师二人占住了船尾。双方均是恨极了对手，可是一旦开打，必然船破人亡，故而暂且休兵，遥相对峙。

乐之扬挨了明斗一记"滔天炁"，面色苍白，内息紊乱。席应真潜运内劲，在他背上推拿，老道士内力洪劲，很快冲开淤滞。乐之扬气脉贯通，长吐一口气，说道："多谢道长了。"席应真摇头说："若要谢，就谢小姑娘，若不是她，你早就死了。"

乐之扬看向叶灵苏，见她神色淡漠，望着一边，当下苦笑道："叶姑娘，多谢相救之恩。"叶灵苏默然不答，明斗冷笑一声，忽道："叶丫头，你的金针还剩多少？我就不信，那玩意儿用不完。"

叶灵苏盯着他双眼喷火："大叛徒，我有多少金针，你一试便知。"两人彼此叫阵，一触即发，冲大师忙说："二位消消气，大伙儿好不容易逃出生天，理当同舟共济。这船上一无粮，二无水，待在这儿不是长久之计，大伙儿想一想，可有什么好去处？"

"装什么好人？"叶灵苏啐道，"你这样的贼子全都死光，天底下才会太平。"

冲大师笑道："姑娘何必咒我？如有得罪之处，贫僧给你道歉。"

叶灵苏还要讥讽，席应真止住她说："竺因凤和释王孙呢？他们上哪儿去了？"冲大师和明斗对望一眼，目光甚是阴沉，冲大师漫不经心地说："是啊，他们去了哪儿，我也正纳闷呢。"

"大和尚，你还在乱打诳语。"席应真白眉皱起："我问你，你到这儿来干什么？"

冲大师笑道："当然是回中土了。"

"撒谎！"叶灵苏抢先说道，"这一条海路，根本不是回中土的道。"

冲大师笑道："大海微茫，行差走错也是难免。"叶灵苏看了明斗一眼，冷笑说："你走错了也罢。明斗往返中土不下百次，难道猪油蒙了心，成了睁眼的瞎子？"

明斗腾地站起，怒道："小丫头，你敢骂人？"叶灵苏道："我骂狗呢，谁说我骂人了？"

明斗一跺脚，小艇摇晃起来。冲大师慌忙拉住他的衣袖，笑嘻嘻说道："叶姑娘只知其一，不知其二，你说的海路前往江南，我们走的海路乃是前往北方。"

席应真"哼"了一声，说道："大和尚好本事，撒谎脸都不红。"冲大师道："何出此言？"席应真说道："鄙人稍知海图，这条海路若是向前，必然到达一座孤岛。"

冲大师和明斗应声变色，对望一眼，神色惊疑。冲大师沉默一会儿，徐徐说道："席道长怎么知道前面有孤岛？"席应真说："这个你不用管，但我知道，那岛屿跟释家有关，如不然，竺因风也不会带上释王孙逃命！"

冲大师抬起头来，两眼精光射出，在席应真脸上转了一转，忽地合十笑道："善哉，善哉，席真人也知道印神古墓？"

"印神古墓？"其他三人均是一呆，冲大师察言观色，知道对方并不知道此事，心中一时懊悔不迭，可是话已出口，只好硬着头皮说："诸位不知道吗？席真人所说的孤岛，正是灵鳌岛之祖、一代奇人释印神的埋骨之所。"

乐之扬想起赵世雄说过的往事，心子突突直跳。席应真也捋须沉吟，半晌方道："大和尚，你去人家的墓地干什么？"冲大师道："席真人听说过'大象无形拳'吗？"

"略有耳闻！"席应真说道，"那门武功与'无相神针'、'乘风蹈海'并列灵鳌岛三大绝技，但数百年以来，并未听说精擅这一路拳法的高手。"

"没听说也不奇怪。"冲大师微微一笑，"只因东岛自古以来，从无一人真正练成过这门武功。"

席应真冷笑道："莫非这拳法在释印神的墓地里面？"冲大师笑道："不无可能。"

"好个不无可能。"席应真一拍船舷，"只凭你一句话，就要去盗古人的陵墓？"

冲大师哈哈大笑，席应真皱眉道："你笑什么？"冲大师笑道："大师有所不知，盗墓之计并非出自贫僧，而是来自释家。"

"释王孙？"乐之扬冷笑道，"老小子要挖自家的祖坟？贼秃驴，你骗鬼吗？"

冲大师含笑道："此人年事已长，又不会武功，对于墓中的武学秘笈不感兴趣，但听说其中除了武学秘笈，还有许多奇珍异宝，若能从中取出，当可富甲一方。"

"鬼话连篇！"叶灵苏讥讽，"他是武学世家后裔，怎么会不爱武功？分明是你诓骗他自挖祖坟，教人做贼，其心可诛。"

"姑娘冤枉贫僧了。"冲大师故作委屈，"见了释王孙，你尽可以问他。贫僧不过教他来东岛称王，决计没有教他盗窃祖宗之墓。"

席应真将信将疑，说道："若你所言属实，释印神有此子孙，真是莫大的不幸。"他目光扫过明斗，"明尊主，你在东岛一人之下，千人之上，为何要引入外敌，背叛本岛？"

明斗面皮抽动数下，冷冷说道："千人之上固然好，一人之下却没意思。"席应真点头说："只要逼走云虚，扶正了释王孙，你便可拉虎皮当大旗，把持东岛大权，跟蒙元一南一北遥相呼应。"

明斗"哼"了一声，并不回答。乐之扬眨了眨眼，笑嘻嘻说道："席道长说差了，明先生这样做，未免有些名不副实。"席应真奇怪地道："怎么名不副实了？"

乐之扬笑道："明先生叫作明斗，理应是正大光明之辈，就算与人相斗，那也是斗在明处。但如席道长所说，岂不是叫作暗斗？暗斗的不是茅坑里的蛆虫，就是地洞里的鼠辈，藏在阴暗之地，终年不见天日。明先生倘若这样做了，岂不是名不副实吗？"

"副你妈的。"明斗勃然暴怒，呼地一掌扫向乐之扬。席应真看得分明，举手相迎，掌力未接，冲大师呼呼两拳击向两人。二人只好回掌自保，不料和尚一发便收，轻轻收回拳劲，合十笑道："二位还请罢手，这区区小船，可经受不起二位的神功。"

明斗怒哼一声，瞪着乐之扬，恨不得将他一掌拍死。原本这次论剑，明斗胜券在握，谁知道乐之扬横插一脚，叫他美梦成空，被迫离岛远走。此恨可比天高，明斗暗暗发誓，只要乐之扬落到自己手里，必要将他剁成肉泥。

冲大师左顾右盼，衡量形势，口中笑道："席真人，如你所言，应该知道印神古墓的方位吧？"

席应真看他一眼，笑道："你不知道吗？"

"说来汗颜。"冲大师叹一口气，"释王孙害怕我得到海图弃他而去，始终不肯言明古墓的所在。竺因风趁乱将他掳走，此时必然前往岛屿，如果我们去得太晚，姓竺的一定会先闯入墓穴，得到释印神的真传。"

竺因风淫邪狠毒，又是燕然山弟子，得到东岛秘笈，的确大有可虑。席应真犹豫未决，乐之扬抢先说："带你们去古墓也行，但要有一个抵押。"

席应真见他答应，面露不快，忽见乐之扬冲他使个眼色，只好按捺性子，看他有何图谋。

"抵押？"冲大师皱眉道，"抵押什么？"

　　乐之扬笑道："二位人品太差，眼下所以老实，不过同处一船。一旦弃船登岸，必定翻脸动手。大和尚，你交出《天机神工图》作为抵押，如果二位翻脸，我就毁掉这一部机关秘图。"

　　冲大师一听这话，心头火起。他费尽周折才得到《天机神工图》，此图关系复国大计，岂能轻易与人？他心中发怒，脸上却不动声色，明斗按捺不住，厉声高叫："乐小狗，你放什么狗屁？冲大师跟席应真说话，轮得到你说三道四吗？"

　　明斗心中失意，不由愤世嫉俗，变得暴躁易怒。不料乐之扬的话正合席应真心意，老道士笑道："乐之扬说得不假，岛屿的方位贫道的确知道，但二位人品可疑，届时一旦登岛，必然联手出击。贫道打不过你们，与其死在岛上，还不如死在海里。"

　　"不错。"叶灵苏接口说，"我们宁可一死，也不让你们盗墓得逞，惊扰释前辈的英灵。"

　　明斗气得面皮发紫，握着拳头浑身发抖。冲大师沉吟时许，探手入怀，摸出一本厚厚的图书，笑着说："抵押就抵押，这部书交给真人好了。"说完随手抛来。席应真知道他狡计百出，只恐有诈，并不伸手去接，直到落在船上，方才慢慢拾起。他精通阴阳术数，对于机关之道也颇有见解，翻看数页，但觉无误，方才揣入怀中笑道："和尚能取能舍，倒也还算洒脱。"

　　"不敢。"冲大师笑道，"道长得了抵押，还请指点一条明路。"

　　席应真正要开口，忽觉有人拉扯衣袖，回头一看，乐之扬凑近他的耳根说："书已到手，不用跟他们客气，眼下大海茫茫，分不清东南西北，就算带他们去灵鳌岛，这两个狗贼也一定蒙在鼓里。"

　　冲大师练就天耳神通，百步之内落叶可闻，乐之扬声音虽小，他却听得一清二楚，心中登时大怒，恨不得将这小子一拳打死。明斗也觉可疑，厉声高叫："乐小狗，你鬼鬼祟祟地说什么？"

　　乐之扬咳嗽一声，说道："我说明尊主是个大好人，可惜屎吃多了，说话比放屁还臭。"明斗听了前半句只觉惊疑，听了后半句，登时暴跳如雷。

　　席应真摆手笑道："明尊主不要动怒。乐之扬的确了一条计谋，对你们大大不利。但贫道已经答应了二位，'君子一言，驷马难追'，贫道说话算话，决不食言。"

　　乐之扬心中大急，连扯他的衣袖，席应真故作不知。叶灵苏冷冷说道："乐之扬，别闹了，你没听见吗，人家可是堂堂君子，岂是你这样的小痞子可比。"乐之扬也知席应真心意已决，无奈放手，长长叹了一口气。

　　冲大师尽知前因后果，暗暗松一口气，拱手笑道："席道长风光霁月，和尚佩服佩服。"

　　席应真道："你不用口是心非地拍马屁，这艘船无粮无水，除了那座孤岛，也到不了别的地方，但我有言在先，你若侵犯释印神前辈陵寝，老道我绝不会袖手旁观。"

　　"好，好。"冲大师笑嘻嘻说道，"这个自然。"

　　席应真抬头看了看天，忽道："海水茫茫，须以日头定位。"说罢竖起长枪，太阳映照之下，长枪拖出一条长长的影子。

　　冲大师拍手笑道："日晷定位，妙极，妙极，久闻席真人通晓阴阳，谙熟易理，今日一见，果然名不虚传。"

　　席应真看他一眼，淡淡说道："和尚说话矫情，这点儿雕虫小技，哪儿放在金刚传人的眼里。"一边说，一边盯着简易日晷，掐指默算岛屿的方位。

　　乐之扬计谋未遂，心中老大失落，见状忍不住又上前耳语："老头儿，你不是唬人的吧？你以前去过印神古墓？"

　　"没去过。"席应真微微摇头，"你还记得那天晚上在石像下面发现的海图吗？"乐之扬一愣，吃惊道："那幅海图就是释印神的陵墓？"

　　席应真点了点头，拔出长枪，遥指远处："就在那方！"

　　冲大师和明斗精神一振，各拿一片木桨，卖力地划起水来。乐之扬见了，忍不住笑道："二位不只武功高，划船的本事更高，老子坐在船上，比坐八抬大轿还要舒服。"

　　"吹牛。"叶灵苏接口说道，"你这小痞子也坐过八抬大轿？"

　　乐之扬挥手说："八抬大轿算什么，里面坐的不是贪官就是污吏，藏垢纳污，臭不可闻，偶尔有个把清官，又大多酸气冲天，说的话不是孔孟就是圣贤，你要一坐进去，不被活活臭死，也要酸掉几颗大牙呢！"

　　叶灵苏又好气又好笑，说道："没本事坐就是了，哪儿来这么多歪理？"乐之扬笑道："你不要瞧不起人，没准儿皇帝老儿一高兴，也赏我一顶轿子坐坐。"叶灵苏道："朱元璋赏你轿子？阎王爷的轿子还差不多，不用砍头，直接送进阴曹地府。"

　　乐之扬哈哈笑道："管他谁的轿子，能坐就是好的。叶姑娘，到时候还请你陪我同坐。"叶灵苏道："我干吗要坐？"乐之扬笑道："早说了，那轿子又酸又臭，需要别的气味来调和调和。有道是'国色天香'，姑娘既有国色，必有天香，只要你往轿子里一坐，什么臭气酸气统统一扫而光！"

　　"一派胡言！"叶灵苏口中呵斥，心里却隐隐欢喜。她天生丽质，从小听惯了称颂之词，对此早已厌烦腻味，可是不知为何，这些阿谀奉承的话从乐之扬嘴里说出来，却是别有一番滋味，心里模模糊糊，只盼他多夸奖几句才好。

乐之扬不知她小女儿的心思，转念之间，又去挖苦两个划船的苦力："大和尚，你这抢桨的样子，很有'黑虎掏心'的架势。说到'黑虎掏心'，也不知是大师的心黑，还是黑虎的毛黑，我看多半是心黑一些。哎，明尊主，你这一下莫不是'鲸息功'里的绝招？头在前，臀在后，扭肩摆胯，忽上忽下，三分像鲸鱼，七分像王八。哎，是了，听说'鲸息功'有六大奇劲，不知道有没有'王八之气'这一说？"

冲大师听如不闻，明斗却气得两眼直翻，费了好大气力，才把挥桨打人的冲动按了下去，心中暗暗发狠："你小子只管说，将来落到老子手里，老子拔了你的舌头喂王八。"

行驶了两个时辰，仍是汪洋一片。换过席应真和乐之扬划桨，又划了两个时辰，天边出现了一道黑线。小艇悠然向前，一座孤岛徐徐展现，岛如圆盘，内外三层，外层礁石林立、苍黑墨染，内层草木葱茏、绿意参天。内外两层有如乌珠翡翠，环绕一座奇峰，那山峰危崖耸立，峭壁如削，形如古神巨灵，俯瞰苍茫大海。

冲大师站起身来，合十笑道："善哉，善哉，这就是无双岛了。"

"无双岛？"乐之扬笑道，"好大的口气。"

"你懂个屁。"明斗冷笑一声，说道，"当年释印神自号'天下第一人，世间无双道'，打遍中土全无敌手。后来不知从哪儿冒出来一个厉害道士，两人一战之后，释印神折了威风，离开中土，创立了灵鳌岛一脉。相传他后半生郁郁寡欢，一直思索打败那道士的法门，直到晚岁方有所得，故而将这岛屿叫作'无双岛'。岛、道谐音，应是释印神自负无双之道，找到了克制道士的法子。"

席应真冷不丁说道："明尊主，你说的那个道士可是单名一个'灵'字？"

"正是他！"明斗点头说，"他有一只'灵道石鱼'，相传载有无上神功，后来几经流传，不知所终。江湖上传言，朱元璋攻破平江之时，那石鱼曾经出现过一次。席真人，你跟姓朱的交情不浅，可曾听说过这个消息？"

"略有耳闻。"席应真漫不经心地说，"那时张士诚新破，人心不安，流言甚多。"

明斗哼了一声，冷笑说："席道长何必隐瞒，那东西就在朱元璋手里吧？"

席应真只是笑笑，懒得争辩。乐之扬的心子却是咚咚乱跳，望着那座岛屿，遥想释印神、灵道人惊天一战，一时心神恍惚，忘了身在何处。

驶近孤岛，四周巨石磊磊，均有数人来高，其间水道纵横，萦绕迂回。小艇驶入其中，巨石遮天，晦暗不明，两侧危崖如倾，一如狰狞巨兽，直要扑将过来。

水道中十分寂静，浪涛冲击岩石，发出沙沙响声，时如千蛇吐芯，时如百鬼私语，一股诡秘之气弥漫四周，使人神魂摇荡，生出恍惚之想。

船行半晌，四周越发晦暗，沙沙之声越发纷繁，俨如耳畔低语，不断催人入睡。也不知是太过疲惫还是别的缘故，乐之扬迷迷糊糊，身子如负千钧，只想趴在船上大睡一场。

睡意方起，乐之扬体内的真气便活跃起来，应着耳边异响，东一钻，西一蹿，快如流电，慢如蛇蚓。他陡然清醒，环顾四周，黑漆漆、阴森森，不似人间之地，倒似阴曹地府。突然间，他打了个寒战，心中生出一丝迷惑：这条水道为何如此之长，小艇行驶许久，迟迟不见抵岸？

四周安静得古怪，乐之扬转眼看去，叶灵苏双手抱膝，美目半闭，浓长的睫毛一闪一动，雪白的面颊沁染红霞，瑶鼻微微皱起，呼出的气息轻细绵长，含有一股动人的甜香。

乐之扬越发惊讶，转眼再看，席应真盘膝端坐，双眼半开半合，透出呆滞光芒。乐之扬只觉不妙，想要张口叫喊，不知为何，话到嗓子眼儿里，忽然心生慵懒，一个字也不想多说。

再看冲大师和明斗，两人亦是一般情形。冲大师尤其古怪，两眼紧闭，俊秀的面孔像是一张白玉雕刻的面具，礁石的暗影从他脸上滑过，越发叫人毛骨悚然。

乐之扬越看越怪，仿佛陷入了一场无涯的噩梦，其他人就在眼前，分明触手可及，但又不知为何，脚不能抬，手不能动，唯有体内的真气随着沙沙之声流转。

他与睡魔较量，恨不得一死了之，但以仅存意识，任由沙沙之声引导那一股真气，上抵百会，下至涌泉，走了三五个大周天，睡意稍稍减退，胸中气息流转，越积越厚，不吐不快。

突然间，他抬起头来，仰天长啸，啸声受阻于礁石，传来一阵阵回响。

听到啸声，其他四人张开双眼，神情迷茫，席应真看了看四周，冲口叫道："我们进来多久了？"乐之扬忙说："进来老半天了，可是还没靠岸。"

"胡说……"明斗正要呵斥，冲大师拦住他说："明兄没发现吗？刚才咱们着了道儿。"明斗一愣，冲大师忽地扯下两片僧袍，塞住两个耳朵，席应真也如法照做。两人各持一片木桨，奋力划水向前，水道曲折如故，前方时有岔路。两人兜兜转转，过了半个时辰，忽见前方露出光亮，当即驱使小艇向前，一头冲入汪洋大海。

"咦！"叶灵苏惊叫，"怎么又出来啦？"

"出来算是好的。"席应真摘下耳塞，长吐了一口气，"倘若留在水道，怕是今生今世也出不来了。"

冲大师也放下木桨，看了乐之扬一眼，忽而笑道："老弟好本事，我等四人均已迷失，独你一人清醒无事。"

乐之扬也是莫名其妙，一时答不上来。明斗忍不住叫道："冲大师，你打什么哑谜，我怎么听不明白？"

冲大师叹道："这条水道看似平常，其实是一个迷宫。但若仅是迷宫也罢了，更可怕的还是水道中的声音，听来细微莫辨，却于无形之中迷惑人心。贫僧一时不察，竟为所趁，一度陷入昏睡，若非乐老弟的啸声唤醒，只怕困在水道，永无出头之日。"

其他人听了这话无不骇然。乐之扬也有所领悟，如果众人昏睡是因为水道中的声音，自己没有中招，全是《灵飞经》的功劳，他已练到"地籁"境界，真气随声而动，保住了一线清明。

想着又生疑惑，水道中的沙沙声到底从何而来，天然所致还是后天之物？若是后天之物，不像是释印神的手笔，倒像是灵道人的神通。

忽听席应真说道："这迷阵实在厉害，迷宫、异声且不说，常人跋涉已久，到达此岛，必然急于上岸，不会留意礁石。人心一旦懈怠，外邪便如滴水穿石，悄无声息地侵入神志。大和尚你是禅心不净，故受其扰，贫道冲虚炼气，竟也着了道儿。"

明斗焦躁道："这鸟阵如此厉害，竺因风和释王孙又怎么进去的？"冲大师说道："他们来没来还难说，即便到了这儿，也未必通过了迷阵。"

叶灵苏轻轻皱眉，望着岛上说道："我们还要上岛吗？"冲大师笑道："身入宝山之中，岂可空手而回？这迷阵的可怕在于无知，一旦知道厉害，自可轻易通过。"

乐之扬眼珠一转，拍手道："我知道了，咱们从礁石上面过去。"冲大师含笑道："乐老弟才思机敏，真是一位达人。"

众人抬头看去，礁石虽然巨大，但也难不住五人，当即各自撕下衣服塞住双耳，将小艇驶到一块礁石下面。乐之扬低头看去，透过清澈海水，可见礁石下方的许多细密孔窍，大大小小，连环贯通，海水冲激孔窍，故而发出异响。

仔细瞧来，孔窍太过规整，不像是海水侵袭而成。若说人工凿成，更加匪夷所思，仅是水下凿孔，也不是一年半载可以完成，更别说万千孔洞发出催眠之声，其中音律之妙，已然近乎天道。

这一来，不只乐之扬惊奇，其他人也收起轻敌之心，再也不敢小看这岛上的主人。

　　五人爬上礁石，一眼望去，脚下黑岩交错，百折千回。冲大师若有所思，回头问道："席真人，你精通阴阳易数，敢问这迷宫是天生而成，还是人力所致？"

　　席应真看了一会儿，说道："七分天生，三分人力，释印神将墓地设在此间，其实大有名堂。"

　　"愿闻其详。"冲大师微微笑道。

　　席应真指点说："岛上奇峰，下通海底灵根，上应廉贞穴星，水气蔚蔚，浩风四来，实为风水汇聚之地。但若只是如此，也不过孤山秃岛，灵气随聚随散。偏偏其灵秀所钟，在这岛屿四周生了一大片巨礁，山环水抱、蓄水藏风，好比海龙抱月，将万千灵气困于岛内。你看这岛上万木，凝碧涌翠，生机浩然，若是平常孤岛，岂有如此气象？"

　　众人听得入神，站在礁岩之上，凝望前方山峰，心中生出肃穆之感。冲大师合十笑道："席真人不愧大明帝师，见识果然高明，以你所见，这儿莫非就是东岛的龙脉？"

　　叶灵苏脸色一变，怒道："贼秃驴，我可明白你了，你盗墓取宝是假，断我东岛龙脉是真。"

　　冲大师笑而不语，席应真却摇头说："海上风水不比陆地，中土千山来龙，气脉源远流长，龙脉所向，帝王出焉。此岛有海龙冲天之势，可惜独龙飞天，孤掌难鸣，四面又是无量海水，水为流动之物，灵动有余，坚牢不足。因此种种，东岛之人，空有帝王之机，却无帝王之气，或有帝王之才，但无帝王之志。"

　　叶灵苏听到这儿，默默回想，数十年来东岛争雄天下，死伤无数，结果到底败给了朱元璋，正应了"空有帝王之机，却无帝王之气"的话，可是"帝王之才"与"帝王之志"两句却无佐证。

　　冲大师盯着山峰，沉默良久，忽而笑道："真人高论，可惜风水之术向来虚妄，时运便如海水，亦是流动之物，只要格物致知，未尝不能洞悉天机。更何况，人生百年，终为枯骨，既然终有一死，与其死得默默无闻，不如死得轰轰烈烈，至于胜败之数，胜了固然可喜，败了也无遗憾。"

　　席应真听得大摇其头："大和尚，你身为禅门弟子，却看不破世情，执着于俗务。"

　　冲大师笑道："席真人身为玄门弟子，又何尝放得下俗务？禅门机用，应无所住，只要本性空明，吃喝拉撒均合大道，衣食住行无非禅机。席真人以道法入世，却能辅佐朱氏称帝，贫僧以佛法染尘，又未尝不能助蒙元复国。如果道力不济，陷身尘网，那也是贫僧自作自受；若是道力俱足，以征伐为修行，变战场为道场，未必不能了凡证果，参悟大道。"

席应真一时语塞，他纵有千百道理，辅佐朱元璋一事却是板上钉钉，同为出家之人，他若责备冲大师，大有贼喊捉贼的嫌疑。

冲大师看出他的心意，哈哈大笑，踩着礁石，足不点地般向岛上行去。明斗也紧随其后，乐之扬忙道："快，别让他们抢先了。"

席应真折损机锋，灰心丧气，叹道："小家伙，我们上了岛又能怎样？"乐之扬一愣，叶灵苏说道："我们若不上岛，这些人岂不得逞了吗？"乐之扬也说："是啊，如果印神古墓里真有厉害武功，落到这和尚手里，那还不是如虎添翼？"

席应真听了冲大师一席话，回顾平生功业，多是征伐杀戮，尔虞我诈，大大违背了"清静无为"的道家宗旨，故而心灰意冷，一时只想置身事外。但听乐之扬一说，心想冲大师包藏祸心，本领越强，祸害越大，若释印神的武功落到他的手里，后果实在不堪设想。

想到这儿，席应真打起精神，带着二人跟了上去。五人下了礁石，才走几步，忽听前方传来人语。上前一瞧，前方空地上站了两人，探头探脑，正在东张西望。

两人听见动静，双双回头看去，释王孙看见五人，冲口惊呼："啊呀，你们怎么通过'海音梦蝶阵'的？"

冲大师笑道："原来那石阵叫作'海音梦蝶阵'？看释先生的样子，我们通过石阵，你倒有些失望。"

释王孙愣了一下，赔笑道："哪里话？大师通过石阵，我高兴还来不及呢！"冲大师看他一眼，又向竺因风笑道："竺老弟真是聪明伶俐，夺船逃走不说，还将释先生一并带走。贫僧如果气运稍差，怕是见不着二位了。"

他谈笑风生，甚是客气，竺因风却觉字字刺心，干笑道："常言说'夫妻本是同林鸟，大难来时各自飞'，夫妻尚且如此，大和尚又何必太过认真。我若不走，难道陪你淹死烧死吗？"

冲大师摆了摆手，说道："此事暂且不提，释先生，你安然通过了石阵，想必也知道墓穴的入口吧。"

"惭愧，惭愧。"释王孙一脸颓丧，"家父去世之时，只告诉我岛屿方位和入岛之法，意思是让我来此祭奠，压根儿也没想到我会进入墓穴。唉，说实话，没有大师指点，我也想不到墓穴中藏了宝贝。"说到"宝贝"二字，他的呼吸微微急促，眼里闪动贪婪光芒。

叶灵苏见他丑态流露，怒不可遏，说道："释王孙，天底下哪有你这样的儿孙，带着外人来挖自己的祖坟？"

释王孙面红耳赤，梗起脖子说："我挖自家的祖坟，又关你什么事？"

叶灵苏无言以对，心想："是啊，他挖自家的祖坟，与我又有什么关系？"席应真也是连连摇头，叹气说："释王孙，你一定是听了这和尚的蛊惑，才会鬼迷心窍，打自家祖坟的主意。"

"牛鼻子你懂个屁！"释王孙气势嚣张，"我爹给我取名王孙，你看我有半点儿王孙的样子吗？我倒了半辈子的霉，受了半辈子的穷，老祖宗保佑过我一次吗？冲大师说得对，老祖宗如果在天有灵，一定会保佑我发财，如果我发了财，又何必来挖他的坟墓呢？"

此人不但贪鄙，而且蠢笨，反驳之余，竟把冲大师的蛊惑之词也一一说出。教人自掘祖坟，绝非光彩之事。冲大师脸皮虽厚，也不禁微微发热，咳嗽一声说道："释先生，这些事自己明白就好，跟这些俗人多说无益。"

释王孙眉开眼笑，冲着他连连点头："对，还是冲大师高明，说什么都是虚的，宝贝到手那才是实的。"

众人见他模样，均是哭笑不得，不想世间竟有如此蠢货，居然会相信冲大师的鬼话。墓穴中有无宝贝先不说，纵然真有宝贝，释王孙无谋无勇，得到以后也休想保全。

席应真宅心仁厚，本想劝说此人迷途知返，但见他固执神态，又不由为之气结，想了想问道："释王孙，你出身武学世家，怎么不会武功？"

释王孙不料他提及此事，愣了一下，随口答道："不只我不会武功，我爹也不会。听他说，祖父死得早，释家的武功一招也没传下来。"

席应真暗暗叹气，心下不胜惋惜，遥想释印神、释天风当年的威势，谁又想象得到他们的子孙会落到如此田地。忽听冲大师笑道："席真人，你知道他的祖父释休明为何会死吗？"

"为何？"席应真问道。

"当年鳌头论剑，释休明输给云殊之子云霆，丢了岛主之位。释休明一怒之下，带着娇妻弱子离开东岛。为了卷土重来，他强练一门上乘内功，可是论剑之时，他已受了暗伤，内伤未愈又强练神功，结果走火入魔，一命呜呼。那时他新婚不久，儿子释大方不过三岁，释休明去世之前，将妻儿托付给家师。家师将他们安置在寺庙之旁，暗中加以保护。释休明的妻子为人浅薄无知，害怕儿子习武逞强，重蹈丈夫的覆辙，故而烧毁了祖传秘笈，以至于释家后代无人再会武功。"

席应真望着释王孙，心里百味杂陈，点头说："原来如此，无怪他会落到你的手里，成为对付东岛的一枚棋子。"

"真人又说差了。"冲大师笑了笑，"贫僧此举，不过替天行道。想当年天机宫遭劫，花、云两家无处可去，多亏释天风夫妇收留，方才逃脱我大元的追捕。怎料时过境迁，这两家鸠占鹊巢，竟将释家赶出东岛，云家摇身一变，成了灵鳌岛的主人。这般行径无耻透顶，若不讨还公道，试问天理何存？"

席应真还没回答，叶灵苏早已听不下去，大声说："臭秃驴，你口口声声替天行道，其实不过都是为了你的私欲，你若当真为释家着想，又为何怂恿释王孙挖自己的祖坟？"

"你小姑娘又懂什么？"冲大师笑道，"人死坠入轮回，所余不过皮囊，故而佛门弟子大多荼灭，不留肉身。我蒙古人死后埋入地下，万马践踏，也不会留下什么坟墓。汉人修造坟墓，不过劳民伤财，宝物随之落葬，更是大大地浪费，与其留给死人为伴，不如留给活人享用。"

"对，对。"释王孙眉开眼笑，望着冲大师，大有知己之感。

席应真不觉苦笑："大和尚，不论什么歪理，到了你的嘴里，都会变得振振有词。"

"道长说得对。"乐之扬不待冲大师回答，笑嘻嘻说道，"这就好比种花，埋进去的是屎，长出来的是花。不管什么臭狗屎到了这位大师嘴里，都能变成香喷喷的花儿长出来。"

"乐老弟过奖了！"冲大师不急不恼，"我佛视红粉为骷髅，贫僧以屎尿变鲜花，美丑如一，香臭同源，佛法妙谛，莫过于此。"

乐之扬又好气又好笑，说道："原来吃屎也是佛法，看来做狗也能成佛了。"他话里有话，暗骂冲大师是狗。冲大师若无所觉，笑吟吟答道："佛曰众生平等，六道之内均可成佛，狗为畜生道，升天成佛何足为怪？"

乐之扬纵然能言善辩，到此地步也无话可说，只好说："好和尚，算你厉害，要比下流无耻，我乐之扬甘拜下风。"

冲大师哈哈大笑，目光扫过众人，合十说道："大家一路辛苦，不如找个地方休养生息，待到精力养足，再来寻找墓穴入口。"

经过一番折腾，众人均感饥渴。岛上苍林飞烟，清泉漱石，飞鸟走兽时有出没。明斗用石块打死了一只山羊，在一条溪水边支起篝火，烤得油脂横流、肉香四溢。

冲大师等人围着羊肉分食，席应真则在一边打坐。冲大师不见乐之扬和叶灵苏，笑道："席真人，那两个小的上哪儿去了？丢下前辈挨饿，可不是做晚辈的规矩。"

席应真淡淡说道："大和尚又来挑拨离间了，正好相反，他们怜我老迈，让我待在此间，等着吃现成的美餐。"

忽听远处飞鸟哀鸣，夹杂扑翅之声，不一会儿，叶灵苏婷婷袅袅，拎着一对锦鸡走出林子，随手丢在地上，双手抱膝，坐到一边，盯着溪水悠悠出神。席应真问道："乐之扬呢？"

"不知道！"叶灵苏摇头说，"商量好了的，我捉鸡，他做饭，可我一转眼，他就不知上哪儿去了。"

正说着，乐之扬笑嘻嘻走出林子，上身赤裸，裤腿高高卷起，双脚沾满泥巴，头上撑着两张清新水绿的大荷叶，右手抓着一根长长的莲藕，左手衣裳打结，包着花花草草。

乐之扬到了溪边，二话不说，挽起袖子杀鸡洗剥，又将带来的果子、花草、树皮、莲藕等物塞入鸡腹，用荷叶包裹得严严实实。

叶灵苏在一边看得皱眉，忍不住问："乐之扬，你闹什么鬼？"

"做叫花鸡啊！"乐之扬笑着回答。

叶灵苏"呸"了一声，说道："谁问你鸡的事情？我问的是花和果子，乱七八糟的，谁知道有没有毒。"

乐之扬一面在莲叶上涂裹软泥，一面笑着说："不打紧，如果有毒，你吃我好了。"叶灵苏又羞又气，俏脸上染了一抹绯红，她一拍礁石，起身喝道："乐之扬，你、你再嚼舌头，我把你、我把你踢到水沟里去。"

乐之扬吐了吐舌头："好，好，我不说了，人肉又腥又臭，哪儿比得上鸡肉好吃……"

"你还说！"叶灵苏狠狠跺脚，作势欲上，乐之扬慌忙逃开，燃起一堆篝火，将裹好的整鸡在火上炙烤，不久层泥干枯，皲裂开来。乐之扬剥开泥层，一股浓香弥漫开来，勾得众人馋涎欲滴。

乐之扬将鸡肉分成三份，叶灵苏将信将疑，取来一只鸡腿，轻轻咬了一口，但觉嫩滑软糯，肉汁饱满，鲜美中带着一股甜香，咀嚼数下，回味悠长。

"叫花鸡"本是吴越名菜，叶灵苏从小到大吃过不少，但这只鸡滋味奇妙，有生以来从未尝过。她偷偷瞥了乐之扬一眼，心里闪过一丝诧异。

席应真身为道士，但也不忌荤腥，风卷残云，将大半只鸡一扫而光，一边吃一边叫好："这鸡做得很好，嫩滑多汁，香气馥郁，鲜中带甜，大有回味。好小子，这一只叫花鸡，京城摘星楼的厨子也比不上你。"

乐之扬笑道："席道长若不嫌弃，我以后天天烤给你吃。"席应真抹去嘴边油渍，笑着说道："你小子做了厨子，岂不是大大屈才？唔，鸡肚子里的香草都是岛上的吗？"

"说也奇怪。"乐之扬笑道，"这岛上种了不少香草，我刚才看见也吓了一跳，那边还有一个池塘，塘里种了莲花。来来来，尝尝这个莲藕，又甜又脆，少有之鲜美。"

席应真洗净莲藕，尝了两口，也是连连叫好。叶灵苏也取来一段，用剑刮去泥皮，细嚼慢咽，微微点头。

冲大师一伙见他们吃得香甜，均是口舌生津，馋涎涌出，手里的羊肉突然变得又膻又硬，简直难以下咽。竺因风放下手中羊腿，瞅了瞅明斗，眼中不无责备之意。

明斗怒道："他妈的，姓竺的，你两只骚眼睛看老子干什么？老子宰羊烤羊，难道还有错了吗？要吃好的，自己做去。"说完抓起烤羊，"扑通"一声丢进水里。

竺因风勃然大怒，腾地站了起来，怒道："明斗，你一条丧家狗，在爷爷面前逞什么威风？爷爷吃羊肉是看得起你，惹恼了爷爷，我叫你寸步难行。"

明斗脸色阴沉，森然道："好啊，光说不练是王八蛋，我倒要看看，你怎么让我寸步难行。"

如果身上无伤，竺因风并不惧怕明斗，但带伤交手，胜算大大削弱。他的内伤一半都是拜乐之扬所赐，想到这儿，忍不住又掉过头瞪视少年，只见叶灵苏与他并肩而坐，男俊女美，相映生辉，竺因风痛恨之余，又生出一股妒意，恨不得将他剥皮挖心，方能称心如意。

明斗见他神情古怪，冷笑说："害怕了吗？要是没胆子动手，那就叫我三声'好爷爷'，我看铁木黎的面子，今天放你一马。"

竺因风大怒，挺身要上，不防冲大师站起身来，拦住两人道："大家都是同道中人，何苦为了一只烤羊伤了和气。你们如果打起来，胜负姑且不论，敌人看在眼里，岂不笑掉大牙？"

明斗看了席应真一眼，脸色越发阴沉。竺因风却痴痴地望着叶灵苏，心想自个儿胜了还好，如果不幸输了，当着这小美人的面，岂不是大大地丢脸？想到这儿，悻悻坐下。明斗口气虽硬，心里也忌惮燕然山的权势，见他让步，也不好过分相逼。

冲大师俯下身子，洗净双手，起身说："吃饱喝足，咱们去找一找墓穴的入口。"说罢大步流星，领着明斗等人向山峰走去。

乐之扬一跳而起，说道："快，快跟上去。"叶灵苏迟疑未决，席应真淡淡说道："跟上去干吗？"

"干吗？"乐之扬瞪着他奇怪地道，"他们找到墓穴入口怎么办？"

"哪儿有这么容易？"席应真摇头笑道，"释印神精通风水之术，这座坟墓依山望海，借形于天。你也见识过那'海音梦蝶阵'，试想一下，仅是上岛都如此凶险，寻找墓穴入口，又谈何容易？"

乐之扬但觉有理，挠头问道："那我们现在干什么？"席应真道："先找一个住处，慢慢设法离岛。"乐之扬一惊，冲口而出："墓里的武功呢？"

席应真看他一眼，不快道："什么武功？你真想闯入人家的坟墓？"乐之扬笑道："我好奇罢了。"

"好奇害死人。"席应真摇头了摇头，"我们此来只为《天机神工图》，书已到手，别的事就不要多想了。"

他的语气柔中带刚，说完以后，掉头就走。乐之扬无可奈何，吐了吐舌头，闷闷地跟在后面，忽听叶灵苏轻声说："笨蛋，活该。"乐之扬转眼一瞧，少女容色清冷，殊无笑意，一双杏眼朝向别处。乐之扬笑道："好，我是笨蛋，你是聪明蛋，一个蛋壳长两个黄儿，刘阿斗吃了也要变成诸葛亮。"

叶灵苏血涌双颊，白里透红，倍添娇艳，狠狠啐了一口，骂道："你呢？大笨蛋一个，诸葛亮吃了也要变成猪一样。"忽见乐之扬嬉皮笑脸，自觉失态，匆匆抿嘴瞪眼，又把头扭向一边。

三人在海边找到一处洞穴。洞里住了一群麋鹿，乐之扬大呼小叫地将其赶出，又见洞内脏乱潮湿，笑着说道："二位打扫一下洞穴，我去找一些干草回来铺地。"

说完溜出洞口，走走停停，扯了几根干草在手里玩耍，磨蹭了一会儿，看看四周无人，拨开草木向山峰奔去。不久到了山前，乐之扬爬到一棵大树上面，探头探脑地向前张望。

看了一会儿，忽觉肩头一痛，叫人拍了一掌。乐之扬惊得跳起三尺，几乎从树上栽下去。他回头看去，叶灵苏站在身后，俏脸微沉，冷冷说道："你不是拔草吗？跑到树上来干吗？"

乐之扬的谎话张口就来："干草太少，我来折几根树枝。"叶灵苏哼了一声，骂道："撒谎精！"乐之扬假装咳嗽，说道："叶姑娘，你来干什么？"叶灵苏白他一眼，说道："席真人知道你会来惹事，派我逮你回去。"

乐之扬叹道："叶姑娘，你想看着那些王八蛋盗取释印神的武功吗？"叶灵苏白他一眼，说道："当然不想。"乐之扬大喜过望："好姑娘，咱们果然是一条心。"叶灵苏俏脸涨红，啐道："谁跟你一条心？"

"算我失言。"乐之扬说道，"既然咱们想法一样，那就给他添添乱。"

"怎么添乱？"叶灵苏问道。

乐之扬道："眼下还没想好，总之不让那些人好过。"叶灵苏道："大言不惭，就你这点儿微末功夫，送上门去，还不够人家塞牙缝呢。"乐之扬笑道：

"大丈夫斗智不斗力。"

"什么大丈夫？"叶灵苏冷哼一声，"奸险小人还差不多。"

乐之扬说："你没听人说过吗？恶鬼也怕小人呢！"叶灵苏奇怪地道："谁说的？"乐之扬道："不是别人，正是区区。"

叶灵苏"呸"了一声，几乎想笑，但不知怎的，心中如压铅铁，说什么也笑不出来，于是转眼看海，抿嘴不语。

乐之扬知道她还在为身世困扰，不由心想："须得想个法儿，叫她欢喜起来。"

忽听叶灵苏"咦"了一声，转眼看向山崖，乐之扬循她目光看去，双目一亮，高叫："麻云！"

不远前方，山腰岩石之上，一只大鹰埋头耸翅，正在啄食野兔，看其毛色，正是海鹰麻云。

叶灵苏见了鸟友，喜道："这下好了，有了麻云，我们就能给灵鳌岛送信，让他们派船来接引我们。"说着圈起手指，放在口唇之间，提起丹田之气，发出一声长长的呼哨。

麻云应声抬头，昂然四顾，它鹰眼锐利，登时看见主人，一时振奋莫名，展开翅膀向二人冲来。说时迟，那时快，呼啦啦一声，丛林中蹿起一道白影，快比闪电，撞上灰麻色的海鹰。刹那间，败羽横飞，哀鸣突起，一白一麻两团影子上下翻腾，一时难分彼此。

树上两人先是一惊，跟着发现，那团白影也是一只鹰隼，飞羽胜雪，勇猛神速，不过两个照面，麻云落入白隼爪下，只有挣扎之功，再无还手之力。

叶灵苏娇叱一声，扬手发出金针，谁知金针未至，白隼放开麻云，冲天而起，金针化为流光，从它爪下掠过。

麻云东倒西歪，从天上摔了下来。乐之扬看准落势，跳下大树，将海鹰接在手里，但见它耷拉脑袋，脖子已被拧断，头顶多了一个孔洞，脑浆迸出，已经气绝了。

乐之扬正觉骇异，忽听叶灵苏厉声娇呼，抬眼看去，白隼俯冲而下，冲着少女连抓带啄。叶灵苏挥掌迎击，可白隼十分灵动，掌风一到，即刻远扬，少女破绽一露，它又纵身扑来，进退之间，竟有大高手的风范。

乐之扬目瞪口呆，望着树上一人一隼搏斗。双方来去如风，间不容发，叶灵苏连发数枚金针，均为白隼躲开，于是巧使诡招，脚下踉跄，摇摇欲倒，白隼终是禽鸟，不知人世间的诈术，当即拍翅赶来。叶灵苏的左掌虚晃一下，白隼忌惮她的掌风，腾身闪开尺许，冷不防叶灵苏右手一扬，金针激射而出，嗖地钻入那一团白羽。

白隼发出一声哀鸣，冲天蹿起，形如脱弦之箭，飞到高崖之上，闪了一闪，忽然不见。

乐之扬吃过"夜雨神针"的苦头，金针入体，人也难当，更何况一只鸟儿。白隼中针之后，还能冲天高飞，如果不是钢筋铁骨，那就一定是海上的妖魅。

叶灵苏抬头望天，也是发愣，乐之扬跑到她身边，仔细一瞧，接近峰顶的地方竟有一个岩洞，但为凸石遮挡，若不细看，绝难发现。

"好厉害的鸟儿！"乐之扬连连咂舌。

"那是鹰吗？"叶灵苏心神恍惚，"真是快得邪乎。"

乐之扬笑道："再快也快不过'夜雨神针'。"叶灵苏看他一眼，黯然问道："麻云呢？"

乐之扬努了努嘴，叶灵苏跳下树来，望着鸟尸怅然若失，过了一会儿，拔剑挖了个坑，将死鹰埋了。乐之扬望着那个小小土堆，心里也是一阵难过，麻云一死，求援的路子也断了，要想离开此岛，还得另想办法。

忽听叶灵苏说："走吧。"她心绪极坏，掉头就走，乐之扬不敢触她霉头，垂头丧气地跟在后面。

两人沿途拾了一些干草树枝，走到石洞附近，忽听传来人语。乐之扬心头一动，向叶灵苏打了个手势，两人潜上前去，拨开灌木一瞧，只见冲大师、明斗和席应真三足而立，正在洞前对峙，叶灵苏芳心一紧，挺身欲上，但被乐之扬扯住衣袖。

叶灵苏回头怒视，忽见乐之扬伸出食指在地上写道："躲在暗中，用飞针招呼。"叶灵苏微微皱眉，"夜雨神针"虽是暗器，但威力甚大，自她练成以后，从来正面发针，极少背后偷袭，乐之扬计谋虽好，但却不算光明磊落。

犹豫间，忽听冲大师笑道："席真人，你真的不肯说出墓穴入口？"两人应声一惊，均想席应真如何知道墓穴入口。

老道士沉默时许，忽而笑道："大和尚，你为何断定我知道入口？"

"你一上此岛，就大谈风水之道。我刚才寻找入口，遍寻不获，忽然想到了一件事。倘若释印神迷信风水，那么墓穴入口当与风水有关，可惜我平生自信，从不迷恋外物，对于风水之学知之有限。久闻席真人精通阴阳数理，和尚只好来求真人指点迷津。"

乐、叶二人听到这儿，心中齐骂："贼秃驴脸皮真厚，就算席真人知道，又为何要说给你听？"

但听席应真笑道："大和尚，你来问我，真的没有问错人吗？"

"哪里话。"冲大师笑嘻嘻地道，"席真人，咱们做个交易，如果印神古墓真有秘笈奇珍，我们二一添作五，也算你一份如何？"

"笑话。"席应真冷冷说，"我若想要，自己拿了就走，又何必告诉你呢？"

冲大师沉默一时，忽而笑道，"席真人，你知道我为何要把《天机神工图》给你吗？"

席应真道："被迫无奈罢了，难道还有什么玄机？"

"非也，非也。"冲大师摇头说，"和尚平生行事，从不受制于人。席真人，你信不信，我能把书给你，也就能取回来。"

席应真道："我若不信呢？"

"那好。"冲大师微微一笑，合十说道，"那么咱们四日之后见。"

席应真脸色一变，双眉陡立，乐之扬也是心头一震，回望叶灵苏，少女咬着嘴唇，俏脸微微发白。

沉默时许，席应真徐徐说道："大和尚，你也知道'逆阳指'的事？"

"真人赶来之前，明尊主就已经原原本本地告诉我了。席真人身受奇伤，如果无人施救，只有七日可活。明兄仔细算过，上一次施救是在三日之前，距离发作之日还有四天。这施救之法，天底下只有两人会用，一个远在昆仑，一个不知所终，贫僧耐心很好，只要挨过四天，那本书自然而然就归我了。"

席应真冷哼一声，说道："这四日之内，我随时可以毁掉此图。"

"随真人的意。"冲大师笑了笑，"但那时真人驾鹤西归，没有《天机神工图》的庇护，你手下的一男一女只怕有些不妙。"

席应真沉默半晌，长叹道："大和尚，你这么说，竟是要逼我杀你了？"

冲大师笑道："真人宅心仁厚，若要杀我早就杀了，又何必等到现在？"

席应真一言不发，过了半晌，徐徐说道："和尚，你根性猛利，智慧渊明，令师挑你为徒，的确没有走眼。可惜才归才，德归德，有道是'才为德之资，德为才之帅'，若无德行，空有才华，只会作恶更甚。大和尚，你要是还有半分良知，便应该临头收手，不要辜负令师的苦心。"

冲大师点了点头："席真人，你我相交虽浅，但我敬你三分。可惜复国事大，有进无退，真人一味固执己见，和尚只好再等四天，四天之后，必来请教高招。"

乐之扬听到这儿，忍不住跳了出来，大声说："贼秃驴，只要我乐之扬有一口气在，你休想损伤席道长一根汗毛。"

明斗冷笑道："狗崽子本事不大，口气却不小。"乐之扬反唇相讥："我是狗崽子，你就是狗腿子，天天跟着贼秃驴，等着吃他拉的驴屎。"

明斗脸涨得通红，挺身欲上，忽见冲大师转身就走，唯恐其丢下自己，恶狠狠地瞪了乐之扬一眼，亦步亦趋地跟了上去。

叶灵苏按捺不住，大声说："席道长，跟这些恶人客气什么，我们三人合力，未必就会输给他们。"

席应真面沉如水，摇头道："进洞再说。"

三人进洞，乐之扬铺好柴草，席应真沉默半晌，忽道："乐之扬、小姑娘，正如和尚所说，我只有四日好活，有些后事必须交代……"

乐之扬心里一阵翻腾，大声说："席道长，你别灰心，天无绝人之路，一定可以想出法子。"

席应真摇头说道："逆阳指发作起来，与人体气血相逆，除非让浑身气血倒流，要么休想破解。人体气血运行，本有一定次序，但要使其倒流，就好比日月逆行、天地反复一样不可思议。"

乐之扬一听，心生绝望，忽听叶灵苏沉吟道："气血倒流也不是不行，当年'西昆仑'梁萧，曾经创出一种'转阴易阳术'，能够颠倒五行，逆转阴阳。"

"姑娘说得是。"席应真笑道："'逆阳指'出自'转阴易阳术'。西昆仑一生意气用事，从来不计后果，他创出'逆阳指'，本意是探究武学，结果传之后世，竟然成了折磨敌人的酷刑。"

乐之扬忙问："叶姑娘，你是云岛王的女弟子，就没有学过这个'转阴易阳术'吗？"他一时口快，几乎说出"女儿"两字。

叶灵苏轻轻摇头："这门内功，梁萧并未流传下来。"

"可惜，可惜！"乐之扬捶胸顿足。

"可惜什么？"席应真坦然一笑："天意昭昭，强求不得，也许贫道注定命丧此岛。庄子丧妻，尚且击缶而歌，生生死死，那又算得了什么？"

他越是达观知命，乐之扬的心里越是难过，想到两年中朝夕相处的情谊，胸中大恸，几乎淌下泪来。

忽听席应真又说："我活着一日，冲大师不敢来犯，我死了以后，他一定会千方百计地对付你们。好在乐之扬机灵，逼他交出了《天机神工图》。此书关系蒙元的复国大业，可以挟制于他。乐之扬，此书由你保管，无论如何也要保护叶姑娘的平安。"

老道说到这儿，取出图书递给少年。叶灵苏心中有气："这部书是我东岛之物，为何要交给这个撒谎精？他除了吹牛说谎，又有哪一样本事拿得出手？哼，再说了，他又何德何能，可以保我平安？"

正感不平，忽见乐之扬并不接书，席应真不悦道："小子，呆着干什么？"

乐之扬摇头说："道长，你一日不死，我们就想一日的法子，只要你还有一口气在，这本书就由你保管。"

席应真大皱眉头，说道："小子，你向来聪明，怎么紧要关头却不识大体？"

"道长高看我了。"乐之扬叹一口气，"我只是秦淮河边的小痞子，又识什么大体小体？我若接了书，岂不是认为你一定会死？以道长之死换我二人之生，乐之扬万万做不出来。"

席应真又气恼，又感动，连连摇头说："你这小子，真是自欺欺人。"说着闭上双目，再不作声。

乐之扬退出洞外，遥望大海，心中大为烦恼。忽觉幽香入鼻，转眼看去，叶灵苏悄无声息地来到一边。她眸子清如水晶，默默看他时许，忽道："你刚才做得对。"说完这句，俏脸微微一红，拂了拂衣袖，转身走向远处。

过了一会儿，她又回来，手里捧了许多黏土，放在地上，捏成碗碟形状。乐之扬振作精神，前来帮忙，两人均不说话，相对捏土为陶，做成大盘小碗、盂盆之类，而后筑起火炉，烧制陶器。

烧陶完毕，乐之扬捉来一只山羊，又向叶灵苏讨了一枚金针，拧成鱼钩，抽丝为线，钓上来两只大鱼，将羊肉剁碎，裹在鱼腹里面，经过精心烹调，做了一盆"鱼羊鲜"端入洞中。

原本鱼腥羊膻，经这一番炖煮，不但腥膻尽去，香气芳浓，入口更是鲜美出奇，因是海中之鱼，细细咀嚼，还有一股淡淡的咸味。席应真吃得赞不绝口，忘了先前不快，笑着说："鱼羊二字合为'鲜'，古人诚不欺我也。乐之扬，你做了这一道菜，可知道它的来历吗？"

乐之扬笑道："我是个草包，只管做了就吃。"

席应真说道："北以羊为鲜，南以鱼为鲜，这两样东西，本是风马牛不相及。谁知到了春秋时期，齐国出了一个烹饪奇才，名叫易牙，是齐桓公的厨子……"

"我听说过这人！"叶灵苏蛾眉轻皱，"他不是个大大的奸臣吗？"

"烹饪无关忠奸。"席应真摆了摆手，"自古以来的奸臣，大多是极聪明的人物。赵高精于律令，蔡京书法了得，秦桧是大宋的状元，文章自然也是极好的。这个易牙人品不佳，烹饪上却有天分。他用独特法门，将北羊南鱼混合起来，鱼腹藏羊，调制出了一等一的美味。齐桓公一尝连连称妙，从此对其信任有加。有道是'鱼腥羊膻'，这道菜最难的地方，就是去除腥膻而又不伤羊和鱼的本味，二美兼得而又泾渭分明，是鱼是羊，一尝便知。"

乐之扬忙问："道长看我这一道菜如何？"

"不坏。"席应真拈须笑道，"我只奇怪，你这小子，从哪儿学会一手好菜的？"

叶灵苏听了这话，也觉好奇，目光略略一转，偷眼看向乐之扬，却见他笑嘻嘻说道："哪儿是学来的，全都是饿出来的呢！我老爹四体不勤、五谷不分，宁可饿着肚皮看书，也不肯摸一摸锅铲把儿，我要不会做饭，那可活不下去。加上手头太紧，买不起集市里的猪羊，便常和江小流去郊外弄一些野味，学着青楼的厨子瞎做一通，日子一久，倒也学会了几样菜肴。"

说到这儿，自觉好笑，但看其他二人，均是呆呆望着自己。乐之扬明白二人之意，但他性子刚强，最讨厌受人怜悯，故意说道："二位，这道菜得趁热吃，如果冷了，腥膻之气发散出来，那可就不好吃了。"

席应真叹道："乐韶凤的手是捉笔弹琴的，让他操持家务实在屈才。奇怪了，他落魄至此，连自己也顾不上，又为何要收养你这个义子？"

这一说，乐之扬又想起怀中的金叶玉玦，乐韶凤遗书上的字迹也历历在目，无数疑团涌上心头，有如大海波涛一样上下起伏，他心中愁闷，略略吃了几口，又向洞外走去。

天色向晚，冰魄银辉跃出海面，映照身后奇峰，有如羊脂玉柱，山前丛林起伏，涸染皎洁月光，如堆银铺雪，连接滔滔海浪。

乐之扬见这景象，心中块垒消除，抖擞精神，一口气爬到礁石上面，环视四周，木石环抱，一阵海风穿林而过，声音忽大忽小，大如狮虎怒号，小如鬼语啁啾。

乐之扬闭上双眼，各种洪声细响，源源钻入耳孔，风声也罢，涛声也罢，乃至于落叶飘零、鱼龙跃波，糅合"海音梦蝶阵"中的沙沙之声，一丝不落地冲击耳鼓。

不知不觉，他的思绪飘浮起来，穿梭于星海之间，奇思妙想一涌而出，拼凑融合，自成一体。这境地似梦非梦，妙不可言，从小到大一直藏在他的心里，每当他沮丧泄气、悲伤烦恼时，只要进入其间，就能高兴起来。

过了好一阵子，乐之扬张开双目，身子绵绵软软，俨然十分慵懒，可是心思活跃，敏锐异常。他凝望大海，只见波涛起伏，宛如一匹乌黑光亮的绸缎。瞧了一会儿，他横起笛子，先吹《阳明清胃之曲》，再吹《太阴安脾之曲》，吹到一半，通身上下似乎浸入热水里，热乎乎，暖洋洋，气机贯注毛端，一根根汗毛似要飞扬起来。

突然间，乐之扬心中灵光一闪，生出了一个惊人的念头："要破'逆阳指'，须让气血逆流，如果把《周天灵飞曲》颠倒过来，不吹《阳明清胃之曲》，先吹奇经八调中的《阳跷调》，能不能也让气血逆转呢？"

《周天灵飞曲》共有二十二支曲子，应合十四经与奇经八脉，依次吹来，气血随乐流转，依循经脉运行的正道。依照这个道理，如果将二十二支曲子颠倒吹奏，真气运行，也应该逆转过来。

　　一念及此，乐之扬激动莫名，前方黑暗中出现了一丝光亮，如果能用笛声逆转气血，那么"逆阳指"的难题也就能迎刃而解。

　　他打起精神，从最末的《阳跷调》开始，将二十二支曲子颠倒吹出。《阳跷调》尚无异样，吹到第二支《阴跷调》，忽觉真气灼热起来，在"阳跷""阴跷"二脉中左冲右突，冲得经脉穴道隐隐作痛。

　　两条经脉属于奇经八脉，气脉细微，若有若无，练成其他经脉以后，真气充足之下，方可从容引导。故而世间炼气的正宗，"阴跷""阳跷"二脉都是留在最后修炼，乐之扬这样做，根本就是逆天而为。

　　《阴跷调》还没吹完，灼热之气越涨越大，活似一条小蛇，困在二脉之间来回冲撞，经脉胀痛痒麻，难受得无法形容。乐之扬本想放弃，可一想到席应真命不久矣，咬紧牙关，尽力忍住。他将《阳跷调》《阴跷调》两支曲子反复吹了七八个来回，那股真气仍无动静，正感绝望，忽觉阳跷脉突地一跳，真气闪电一般向前窜出，绕过重重阻碍，循由一条前所未有的路径注入了阴跷脉。

　　乐之扬大喜过望，忙又吹奏第三支《阳维调》，以便将真气引入阳维脉。谁知真气至此，忽又停顿不前，只是越来越热。乐之扬不由汗如雨下，他连吹数遍，均是无功，突然一口气泄掉，放下笛子，再也吹不下去。

　　正沮丧，忽听扑棱棱一声，天上掉下来一个白花花的东西。

剑弈星斗

　　乐之扬吓了一跳，抓起笛子向后跳开。借着月光看去，那东西竟是一只极神俊的白隼，雪羽霜翎，疏尾阔臆，刚喙深目，状如愁胡，一双鹰目冷如寒星，于黑夜之中光芒夺人。

　　白隼双爪按地，距离乐之扬不过一丈。乐之扬转念之间，陡然明白过来，这只白隼正是杀死麻云的凶手。他心头火起，低喝一声，作势向前。白隼耸身拍翅，忽又冲天而去，只一闪，就消失在夜色之中。

　　乐之扬大大地松了一口气，定一定神，又吹起《阳维调》，这一次真气更加灼热，有如一团烈火，烧得经脉几欲爆裂。正难过的当儿，又听咕咕之声，乐之扬转眼一瞧，白隼不知何时又来到他的身边，鹰眼如炬，冷冷望来。

　　乐之扬头皮发炸，死死盯着白隼，心想："这是什么鬼东西，来无影去无踪，夜里不睡觉，飞到这儿来干什么？"

　　他停下吹奏。白隼歪着头看了他一会儿，忽地展翅飞起，凌空盘旋不下，发出尖厉的鸣叫声。

　　乐之扬听见鹰唳，生出一个古怪念头，为了印证所想，他又吹起笛子，笛声上冲天宇，不一会儿，便听扑棱棱一阵响，白隼俯冲而下，飘然停在他的面前。

　　乐之扬的心子突突乱跳，为了再次印证，他又放下笛子。笛声一停，白隼歪头转眼，纵身飞去，乐之扬再吹玉笛，它又应声而来。

　　反复试了几次，乐之扬盯着白隼，心中暗暗称奇："这只鹰喜欢听我吹笛子？哈，古人吹箫引凤，我吹笛引来白鹰，比起古人也差不多了。"想着大为得意，使出浑身解数，吹得意兴洋洋。白隼听了一会儿，忽地拍翅飞起，应和笛声节拍，绕着少年盘旋起舞。

乐之扬看得目瞪口呆，笛子荒音走板，吹得断断续续。白隼打了个圈儿，忽又降落下来，一双星眸注视少年，俨然透出责怪之意。乐之扬越发惊奇，心想："这鸟儿还能分辨出曲调好坏？"想着童心大起，停下《灵飞曲》，换了一支《碣石调》，才吹一段，白隼拍翅就走，钻入丛林深处。乐之扬忙又换回《灵飞曲》，片刻之间，白隼又如一支锐箭，从林莽中飞射出来，且飞且舞，欢欣不已。

乐之扬看得有趣，几乎笑出声来，于是打起精神，全力吹奏玉笛。双方一上一下，上对明月，下临沧海，笛声悠悠，舞姿翩翩，婉转动人之处，竟是自古少有的奇景。

吹完一套曲子，乐之扬收笛止声，白隼也翻然落下，鹰目凝注过来，目光融融，已然不如先时的锐利。

回想刚才的情形，乐之扬只疑这只鸟儿不是血肉之躯，而是山精海魅，过了好一会儿，才说："鹰兄啊鹰兄，你干吗要杀死'麻云'呢？要不是你，我们就能离开这里了。"

白隼"环顾左右"，默然不答，乐之扬自觉好笑，心想："我真是一个傻子，跟这哑巴畜生说什么废话？"正要转身离开，忽听咕咕连声，白隼左爪撑地，右爪颤巍巍地抬了起来。乐之扬只觉奇怪，忽见爪上金光闪动，凑上去一瞧，一枚金针贯穿鹰爪，周围的皮肉也肿胀起来。

叶灵苏那一针没有射死白隼，却伤了它的爪子。夜雨神针屈曲而入，勾住筋骨，拔之不出。白隼纵然灵通，自行拔针亦有不能，它雄踞此岛，称王称霸，羊鹿狐兔望风而逃，但却没有任何生灵可以为它解除这个烦恼，这时受了笛声的吸引，对于吹笛的乐之扬也生出了好感，故而一扫傲气，探出爪子向他求助。

乐之扬问道："鹰兄，你要我为你拔出针儿吗？"白隼眼珠转动，胸臆间咕咕作响。

乐之扬看着金针，想起自己被张天意金针刺心、受尽折磨的往事，登时感同身受，点头说："我帮你拔针，你可不要乱动。"说着徐徐上前，走到白隼身边。

白隼体格雄奇，蹲在地上足有两尺多高，锐目盯着乐之扬，期冀之余，亦有警惕。乐之扬见过它抓毙麻云的神威，暗想这鸟儿剽悍凌厉，一啄一抓均可致命，若是拔针之时突然发难，自己岂不是要倒大霉。

迟疑一下，乐之扬蹲下身子，伸出二指，拈住针尾，但觉白隼簌簌发抖，他的一颗心也提到嗓子眼儿上，当下避开白隼的目光，喃喃说："鹰兄莫怕，鹰兄莫怕……"说到第三遍，力贯指尖，奋力一拔，金针应手而出，随之溅出一股脓血。

白隼发出一声哀叫，利嘴起落如电，狠狠啄在乐之扬的手背上面。乐之扬大叫一声，纵身跳起，忽见白影晃动，白隼冲天而起，一眨眼就消失了。

乐之扬察看手背，伤口甚深，血流如注，心中不胜懊恼，畜生到底是畜生，全无恩义之心，野性难驯，动辄伤人。

忽听有人笑道："好小子，知道厉害了吗？"乐之扬回头看去，席应真背负双手，从一块礁石后面转了出来，心知方才的情形一定被他看见，登时面红耳热，不胜羞愧。

老道看他一眼，笑道："小子，你知道这鸟儿的来历吗？"乐之扬摇头，席应真一捋胡须，又问："听说过海东青吗？"

乐之扬一愣，冲口而出："《海青拿鹅》？"席应真笑道："不错，正是《海青拿鹅》。"

《海青拿鹅》是一支乐曲，曲中的海青就是海东青。海东青被女真人称为"万鹰之神"，生于东北海边，高飞疾走，快如闪电流星，能够击落九天之上翱翔的天鹅。

自古北方蛮族视海东青为神物，驯化以后上击飞禽，下逐百兽，来去千里，无往不服。《海青拿鹅》这支曲子乐之扬吹过千百遍，真正的海东青还是第一次看到，想到白隼的厉害，一颗心突突直跳。

席应真目视前方，徐徐说道："我当年游历辽东，见过的海东青都体格瘦小，这样大的鸟儿，我活了七十岁还是第一次见到，想是岛上风水所聚，天造地设，方才出了这一只异种。"

乐之扬看着手背，悻悻咕哝："什么异种？就是一只臭鸟。"席应真哈哈大笑："你这小子，胆也忒大，海东青能以小搏大，就连大雕也让它三分。你离它如此之近，伤了手还算运气，这一啄落在脸上，连你的眼珠子也会叼出来！"

乐之扬叹道："道长见笑了。"席应真瞥他一眼，笑道："我可没有嘲笑你的意思，你这孩子心怀慈悲，泽及鸟兽，很好，很好，老道我没有看错你。"

乐之扬撇嘴说："可惜好心没好报。"席应真摇头说："行善乃求心之所安，如求回报，反而落了下乘。"

"道长说得是，小子受教了。"乐之扬说到这儿，又觉奇怪，"席道长，你不歇息，来这儿干吗？"

"听见笛声，出来走一走。"席应真坐在一块石头上面，手拈长须，遥望大海，过了一会儿，徐徐说道，"乐之扬，你想学我的'弈星剑'吗？"

乐之扬一愣："道长何出此言，你不是不能收我做弟子吗？"席应真摇头道："我没说收你做弟子，问你想不想学剑法。"

"这有什么分别？"乐之扬只觉糊涂。

席应真瞪他一眼说道："你这小子，平时洒脱，紧要关头又婆婆妈妈起来了？事急从权，如今大敌当前，我又寿命不久，以你的武功，怎么对付得了这几个恶人？"

乐之扬心中敞亮，席应真破除门户之见，决意传给他"弈星剑"，以便来日和冲大师周旋。想到这儿，他心中滚烫，眼泪也几乎掉了下来。

席应真故作不见，起身说道："'弈星剑'和东岛的'飞影神剑'一样，都是出自前辈大剑客公羊羽的'归藏剑'。这一路剑法暗合先天易理，其中的学问十分精深，后来习练的人虽也不少，登堂入室的却没有几个。公羊先生殁后，得其真传的也不过云殊大侠、'西昆仑'梁萧、'镜天'花镜圆和本派的了情、百哑两位祖师。云大侠当年抗击元军，嫌'归藏剑'修炼不易，为了让更多人习练，取其神意，简而化之，创出了'飞影神剑'。这一路剑法，练到绝顶处，飞影乱神，虚若梦幻，的确是一等一地厉害。'飞影神剑'比'归藏剑'上手容易，但练到一定地步，会遇上重重阻碍，如要更上一层，仍需精研易理，从本源上下功夫。

"后来梁萧远赴海外，花镜圆不知所终，本派的了情祖师虽是女流，但心思灵慧，尤胜男子。她晚年将星象纳入剑法，传到家师手上，又将弈道融入其中，同时去芜存菁、熔炼变化，由'归藏剑'之中化出了九路剑法，名为'弈星剑'。弈星剑从星象、棋道入手，远比从术数容易，所以我才敢传授给你，要是换了'归藏剑'，光是讲解阴阳术理，也要花费几个月的时间呢。"

乐之扬听得咂舌，席应真看他神情，笑道："你也别高兴太早，'归藏剑'固然耗时费力，'弈星剑'也不是三五天能学会的，我只能尽量传授，能学多少，全看你的造化了。"说着摊开右手，说道，"借你玉笛一用。"

乐之扬送上玉笛，席应真接过，轻轻掂量一下，碧玉玲珑，映月生辉，有如一泓秋水，在老者的手中脉脉流转。

席应真握笛在手，仿佛变了一人，神采焕发，有如苍松老柏。他仰望长天，只见银河清浅，星斗斑斓，密如恒河之沙，微茫不可计数。

席应真豪情迸发，发出一声轻啸，叫声："看好了，这是'天冲式'！"纵身出剑，玉笛流光，碧芒散落，乱如飞萤，口中长声念道："天河倚长剑，冲霄有飞星，七精从中出，五帝洒流铃，焕然掷电光，奔走如雷霆，左剑挽月华，右手接日景，光明耀十方，鬼魅尽遁形……"

他长吟出剑，纵横刺击，高起低落，来去如风，每一剑均是劲力内蕴，长风穿过笛孔，发出诡异颤鸣。老道起初为了让乐之扬看清，出剑较为缓慢，渐渐使得兴发，人影相乱，分合不定，融入茫茫夜色，仿佛两个席应真相对起舞，玉笛盘旋其间，有如一道碧莹莹的闪电。

乐之扬耳听目视，但觉字字入耳，振聋发聩，人剑飞驰，叫人眼花缭乱。他瞪大双眼，极力想要跟上席应真的身形，可是越看越觉模糊，不觉心烦欲呕。正难受的当儿，忽听一声长啸，席应真收光罢影，悄然凝立，双目凝视星空，俨然不曾动过。

乐之扬拍手喝彩："好剑法，厉害，厉害。"席应真看他一眼，问道："好在哪儿？"乐之扬一愣，说道："好在出剑很快。"

"不对。"席应真摇了摇头："若要比快，谁也比不上'飞影神剑'。"

"可是……"乐之扬低头想了想，忽又拍手笑道，"对了，快的不是剑，而是步法。"

席应真面露惊讶，点头道："好小子，你居然看出来了。不错，'弈星剑'的剑招大多化自'归藏剑'，独有这'紫微斗步'是本派的独创，暗合斗数，摇光泛彩，十步杀人。说到底，剑客出剑不在多少，只要你身法够快，步法够准，绕到敌人薄弱之处，只出一剑，便可分出胜负。"

乐之扬似懂非懂，连连挠头，席应真笑道："你不用烦恼，饭要一口一口地吃，剑法也要一招一招地练。急也急不来，你过来，我慢慢教你。"

乐之扬应声上前，席应真口说手画，讲解"弈星剑"的精要，这一门剑法与星象有关，学剑之前，先要通晓天文。此时繁星满天，对天说法，正是绝好的机会。席应真遥指星斗，阐述天道，天星远近疏密，隐含许多奥妙，化入步法，颇见奇效。

"弈星剑"分为九大定式，席应真先从"天冲式"讲起，讲了一个时辰，乐之扬有所领悟，踩星步斗，应机挥笛，身与剑合，相生无穷。

太昊谷一派的武功极重悟性，悟性不到，一生无望，悟性到了，上手极快，只是易学难精，练到五更天时，乐之扬也只将"天冲式"学会了一半，使起来绊手绊脚的，十分别扭。

一教一学，不觉星月隐去，东方渐白，两人一身倦怠，返回洞中。叶灵苏倚墙盘坐，只怕敌人来犯，故而手握长剑，一听动静，登时睁开双目，见是二人，才又闭目调息去了。

席应真盘膝入定，乐之扬则和衣睡下。刚刚入梦，忽听叶灵苏大声叫唤，他蒙头蒙脑地跳了起来，以为冲大师来犯，攥着笛子就冲出洞外，定睛一看，却见日上三竿，天光大亮，叶灵苏对着地上几只死兔子发呆。

席应真也走出石洞，问道："什么事？"叶灵苏指着兔子："我一出洞，就看见这些兔子。"乐之扬没好气道："几只兔子，有什么大不了的？叫这么大声，我还当你见了鬼呢！"

"你才见鬼呢。"叶灵苏瞪他一眼，"兔子怎么会死？又怎么落在这儿？"乐之扬想了想，笑道："准是冲大师送来的，里面下了迷药，吃了兔肉登时昏倒。"叶灵苏一听，大觉有理。

席应真拎起死兔，看了看，笑道："这东西的脖子断了，但不是人类的手法。"乐之扬接过一看，兔皮上爪痕宛然，登时有所领悟，拍手道："我知道了……"还没说完，头顶风响，他慌忙跳到一边，但见一只锦鸡从天而降，"啪"地摔在他的面前。

乐之扬抬眼望去，一道白影如风似箭，掠空而过。叶灵苏叱咤一声，举手便要发针，乐之扬慌忙将她拦住，白隼一闪即没，钻入林莽之间。

叶灵苏手扣金针，瞪着乐之扬两眼出火。乐之扬忙道："叶姑娘别恼，这只海东青受了我的恩惠，所以捉了鸟兽来报答我们。"

"恩惠？"叶灵苏神色疑惑，"它受了你什么恩惠？"

乐之扬略略说了一遍，叶灵苏咬着嘴唇，默默听完，忽地咬牙道："好呀，我用针射它，你却帮它拔针，我做恶人，你做好人，你的是恩惠，我的又是什么？麻云、麻云真是白死了……"说到这儿，双目泛红，急扭过头，一道烟似的跑了。

乐之扬挨了一顿数落，只觉莫名其妙，看看少女背影，又瞧了瞧席应真，讪讪说道："唉，小丫头尽说胡话。"席应真苦笑道："傻小子，她伤了海东青，你救了海东青，这么一来，岂不是违逆了她吗？"

"不就是一只鸟吗？"乐之扬没好气道，"又不是敌人，救不救有什么关系？"

"你懂什么？"席应真连连摇头，"女孩子心思细密，若是中意某人，必然想他时时处处都与自己同心同意，你和她立场相左，她当然不会高兴。"说完笑了笑，抓起死鸡死兔，逍遥进洞去了。

乐之扬愣在当场，席应真的话在他心中盘旋，不由暗想："老头儿口无遮拦，中意某人岂是随便说的？叶姑娘与我只是音律之交，除此以外并无私情。"尽管这么设想，可也无法说服自身，又想到叶灵苏离开时眉眼泛红、泫然欲泣的神情，心中大为烦乱，又想："她身世凄惨，难免多思多虑，须得想个法儿，好好地开导她一下。"

想到这里迈开大步，向叶灵苏消失处走去。走了一阵，不见有人，正要另觅他路，忽听前方传来呼喝之声，拨开草丛一看，叶灵苏正与明斗苦斗，竺因风站在一边，阴阳怪气地说："美人儿，别做困兽之斗啦，要是伤了你，我的心里也不好受。还是乖乖放下宝剑，哥哥我带你回去享福，不是我吹牛，只要你做了我的女人，包你欲死欲仙，死也不肯离开我呢……"

乐之扬大急，想也不想，跳出来大喝："你们两个大男人，欺负一个女人不害臊吗？"

竺因风和他仇人相见，分外眼红，阴笑道："好哇，又来一个送死的。"

叶灵苏一扬手，射出几点金光，明斗慌忙躲闪。叶灵苏趁机退到乐之扬身边，横剑说道："你来干什么？"乐之扬心想："我若不来，你可糟了。"嘴里却说："我凑巧路过。"又向明斗叫道，"冲大师呢？"

明斗"哼"了一声，冷冷不答。竺因风笑道："那和尚谨小慎微，非要等什么四天之后。他妈的，老子可没这个闲工夫，只要逮住你们两个小崽子，席应真那牛鼻子想不就范也难了。"他向乐之扬说话，眼睛却直勾勾盯着叶灵苏。

叶灵苏恨他无礼，也不作声，挥剑刺向竺因风的心口。剑到半途，明斗纵身抢出，呼地一掌拍向少女，叶灵苏横剑下削，明斗手腕一翻，食中二指闪电弹出，"嗡"的一声，正中青螭剑的剑脊。

这一弹带了"滴水劲"，震得叶灵苏半身发麻，一口软剑几乎脱手。

稍一迟慢，明斗又是两掌拍了过来。叶灵苏纵身后跃，右手挥剑御敌，左手向囊中一摸，谁知这一摸空空如也。少女心中"咯噔"一下，这几日连番苦斗，一袋夜雨神针已然用光了。

她心中一乱，明斗乘虚而入，食指点向少女的"膻中"穴，眼看得手，不防一支碧玉长笛横来，轻飘飘地点向他的小腹。

这一招出自天冲式，虚虚实实，暗藏杀机。明斗不知深浅，左手运指如故，右手随意一挥，抓向那支玉笛。不想乐之扬手腕一抖，玉笛挽了一个花儿，绕过明斗的爪子，捅向他的下身要害。

明斗吃了一惊，慌忙收起指力，向后跳开数尺。乐之扬一击不中，左侧劲风突起，竺因风撮掌如刀，向他左肩劈落。这一招近乎偷袭，乐之扬全力攻击明斗，势子已然用老，情急之下沉肩拧腰，极力闪避，可惜为时已晚，竺因风掌风凌厉，将他半身笼罩。

竺因风恨极了乐之扬，这一掌倾力而出，存心要砍掉他一条胳膊，正要得手，眼前闪过一片青光。他慌忙收手，如风后掠，青螭剑贴身而过，将他的上衣挑破了一条长长的口子。

竺因风惊出一身冷汗，不及转念，叶灵苏后招已出，这时乐之扬也缓过气来，脚下斗转，绕到他身侧，锐喝一声，玉笛点向他的左胁。

竺因风背腹受敌，不胜狼狈，左手使出"大玄兵手"，五指叉开，横扫而出，挑开青螭剑，身子古怪扭曲，躲过玉笛一击，他一个跟斗向后翻出，落地之后，"噔噔噔"连退三步。

"飞影神剑"，剑比影快，叶灵苏不容他喘息，剑光呼啸射出，乐之扬身影闪动，也随剑光向前。

竺因风手忙脚乱，左右遮拦。正吃紧，两股狂飙扫来，一道攻向叶灵苏，一道劈向乐之扬，明斗掌力雄奇，叶、乐二人不敢大意，放过竺因风，转身避其锋芒。两人甚有默契，双双脱出掌风，忽进又退，剑笛齐出，一左一右地攻向明斗。

叶灵苏剑法凌厉，乐之扬出笛的角度却很巧妙。明斗陷入两难，倘若抵挡剑法，必被玉笛点中，只好撤步后退，怒道："竺因风，你长着眼睛出气的吗？老子要是栽了，你又有什么好果子吃？"

竺因风跟他不和，存了观望之心，闻言冷笑道："明老头，你对付妞儿，我对付小子，大家一个对一个，不要乱了对手。"说着纵身上前，冲着乐之扬一阵猛攻，叶灵苏欲要相助，明斗的掌风已然涌至。

两个恶人联手，威力非同小可，乐、叶二人被逼分开，双双陷入险境。竺因风掌力锋锐，乐之扬稍不留神，掌风掠过肩头，衣衫开裂，皮破血流，只好使出"灵舞"游走躲闪。

竺因风内伤未愈，不如先前矫捷，屡次行将得手，总被乐之扬躲开。斗了数个回合，忽见乐之扬举起笛子，横在嘴边，想起"鳌头论剑"时吃的大亏，慌忙呼呼两掌，逼得乐之扬无暇吹笛。

两人团团乱转，周旋数招，乐之扬情急想道："'弈星剑'讲究步法，灵舞也有步法，'紫微斗步'我还没学全，如以'灵舞'的步法使出'天冲式'，不知道会有什么结果？"

想着脚踏奇步，滴溜溜转了一圈，假意横起玉笛。竺因风怕他吹笛，不顾内伤，出招猛攻，无意之间，腋下露出了一丝破绽，乐之扬看得真切，灵舞发动，身如迎风折柳，笛子绕过竺因风的右掌，点向他的腋下三分。

这一剑正是"天冲式"里的"月生沧海"，有日月升腾之象。竺因风临危不乱，急拧腰身，玉笛贴身而过，扫中了他的"天池"穴。竺因风半身俱麻，脚下微微踉跄，乐之扬一招得手，心生狂喜，正要收回玉笛，冷不防竺因风右手一转，扣住了他的脉门。

这一下异变突起，胜负顷刻逆转。乐之扬半个身子顿时软麻，玉笛"啪"的一声掉在地上。竺因风本欲拧断他的手腕，可是要穴受了重创，右手力道不足，当即大喝一声，左手掌起掌落，斩向乐之扬的脖子。

乐之扬眼看掌来，躲闪不了。这时狂风压顶，一团白影从天而降，竺因风还没缓过神来，便觉头顶剧痛，登时发出一声惨叫，他放开乐之扬，双掌冲天乱劈，但那白隼一击便走，掌风掠身而过，不过削断了几根白翎。

乐之扬死里逃生，就地便滚，抓起玉笛，翻身跳起，忽见竺因风捂着额头嗷嗷狂叫，指间鲜血涌出，五道爪痕深可见骨。

白隼得势不饶人，盘旋一周，又俯冲下来。竺因风觉出风声，一手捂着伤口，一手挥掌击鹰，他顾此失彼，乐之扬趁势而上，玉笛戳中他的小腹。竺因风发出一声惨叫，一手抱头，一手捂着小腹，跌跌撞撞，转身就逃，一阵风似的钻入丛林，消失得无影无踪。

明斗本已占了上风，存心活捉少女，忽见竺因风落荒而逃，一时不知发生何事，又见乐之扬跃身赶来，与叶灵苏剑笛合璧，左右夹击。

竺因风惨叫在耳，明斗无心恋战，匆匆挡了两招，冷哼一声，转身就走，大步流星地走进树林。

叶灵苏本已难支，敌人突然退走，委实大感意外。她收起软剑，看了看乐之扬，又瞧了瞧天上的白隼，抿了抿小嘴，轻哼一声，转身向海边走去。

乐之扬怕她落单，跟上去说道："叶姑娘，岛上坏人多，不要走远了。"

叶灵苏默不作声，脚步却已放缓。两人并肩而行，半晌走到海边。少女坐了下来，拈起一枚贝壳，握在手里把玩。乐之扬站在一边，忽觉手腕剧痛，定睛一看，竺因风抓过的地方多了五个乌黑的指印，伸手一碰，咝咝咝地倒吸冷气。

忽听叶灵苏说道："伸过来给我瞧瞧。"乐之扬强笑道："没什么，一点儿小伤。"叶灵苏头也不抬，冷冷说道："燕然山的'太阴真炁'十分阴毒，循血而行，攻入五脏，再迟一些，大罗金仙也救不了你了。"

乐之扬半信半疑，低头上前，叶灵苏又哼一声，说道："你是木头人吗？呆站着干吗？"乐之扬被她一顿数落，头昏脑涨，悻悻道："我、我……"叶灵苏不待他说完，轻轻一拍身边的礁石："坐到这儿来！"

乐之扬只好坐下，叶灵苏又说："把手伸出来。"少年无法，伸出手腕，叶灵苏忽地举手，将他伤手握住。

乐之扬吃了一惊，想要挣扎，忽听叶灵苏喝道："别动。"说到这儿，雪白的面孔微微一红，头也不抬，剪水双瞳凝注在手腕的伤处，娇小白嫩的手指在患处轻轻地摸弄。

乐之扬有生以来，除了朱微之外，再未与第二个女子牵过手，一时心跳加剧，口干舌燥，但觉叶灵苏素手所过，一股暖流注入手腕，顺着手臂徐徐向上，流过周天诸大经脉。也不知是心情紧张，还是因为这一股真气，乐之扬全身上下热烘烘的，出了许多细汗。

叶灵苏起初手法甚轻，渐渐指力加重，可也奇怪，刚才的伤处一触便痛，这时只有少许痒麻，黑气渐渐退去，肌肤生出了红润光泽。

又过片刻，叶灵苏放开纤手，乐之扬挥了挥手，但觉一切如常，欢喜道："多谢叶姑娘……"回想素手摩挲的情形，心湖涟漪荡漾，浑身大不自在。

叶灵苏把玩贝壳，默默不语。乐之扬天性跳脱，看她这一副样子，说道："叶姑娘，算我不好，你要骂就骂，要打就打，这样憋在心里，还不急死人吗？"

叶灵苏扫他一眼，问道："你怎么不好？"乐之扬一愣："你不是怪我救了那只海东青吗？"

"海东青？"叶灵苏抬起头来，望了望天上的白隼，"你说它？"说到这儿，无奈摇头，"它救过我们，我不跟它计较了，但它害了麻云，哼，我也不会理睬它。"

乐之扬眼珠一转，笑道："你猜我怎么认识它的？"

"我哪儿知道？"叶灵苏口气冷淡，眼里却透出一丝好奇。

乐之扬口说手画，绘声绘色地将夜里的事情说了一遍。叶灵苏听得秀目圆睁，说道："撒谎精，一个扁毛畜生，哪儿能听懂《周天灵飞曲》？"

她说这话时，双颊绯红，柳眉斜挑，又恢复了往日情态。乐之扬笑道："你不信？好，我就'大师傅上街，现炒热卖'。"横起玉笛，吹起灵曲。

白隼应声盘旋，圈圈应节，吹到一半，它从天上落下，歇在一块礁石上面，瞪着一双鹰眼，定定地望着二人。

叶灵苏不胜惊讶，可又羞于认错，白了乐之扬一眼，没好气说："这有什么了不起，'瞎猫儿咬中死耗子'，凑巧罢了。"

乐之扬一笑，放下笛子，没了笛声，白隼"扑"地一声又蹿上天去。叶灵苏目瞪口呆，乐之扬却不识趣，又吹起笛子，引得海东青下降，就在两人头顶盘旋。

叶灵苏又羞又气，噘起小嘴，抓起一把沙子冲乐之扬撒来。乐之扬闪身躲过，仍是吹笛不辍，叶灵苏又将手里的贝壳掷出，乐之扬就地打了个滚儿，躲开贝壳，还是呜呜呜地吹个不停。

叶灵苏气恨不已，扑上来抢他的笛子。乐之扬满地乱滚，双腿踢起沙子，箭镞般射向少女，口中的长笛一丝不乱，吹得更加婉妙动人。

叶灵苏绕着他转来转去，进也不是，退也不是，欲要上前，又怕沾上泥沙，正当无可奈何，乐之扬忽地止住笛声，抬眼看来。两人四目相对，叶灵苏见他满头泥沙，神情狼狈，忽地矜持不住，捂着胸口咯咯咯地笑了起来。

这一笑，好比春冰乍破、雪莲花开、骀荡生情、天地失色，乐之扬与她相识以来，还是第一次见到这样的媚态，一时坐在地上，看得呆了。叶灵苏笑了几声，见他神色有异，登时踢他一脚，喝道："你看什么？"

乐之扬想也不想，张口便道："你笑起来还真好看。"叶灵苏一呆，目有怒色，咬了咬嘴唇道："你、你……"忽然眉眼一红，流下泪来。

乐之扬好容易引她发笑，不想转眼之间，少女又哭了起来，一时既泄气又迷惑，起身问道："你哭什么啊？若是我的不对，我跟你认错好了。"

他说得越多，叶灵苏的眼泪越多，多日来的屈辱、伤心、迷茫、愤怒，统统化为泪水付之一哭，到了后来，将脸埋在膝间，号啕大哭，似乎要把所有眼泪哭干。

乐之扬纵然机巧，也觉束手无策，连声说："唉，哭什么呀？有话好说……"他不停地絮絮叨叨，叶灵苏听得烦恼，抬起头来，愤怒道："你懂什么，你什么都不懂的……"

乐之扬一愣，叶灵苏自觉失态，低下头，幽幽地说："我、我是一个孽种，根本、根本不该活在这个世上……"说完自怜自伤，又流下泪来。

东岛礼教森严，如今叶灵苏的身份不明不白，既不是叶家的女儿，也算不上云家的小姐，只是私通所生，处处叫人轻视，叶灵苏只要一想到，便觉不胜烦恼。过了一会儿，她稍稍平静，抹泪说："乐之扬，我不是有心骂你的。不知怎么的，一想起那些事，我的心里就很难过。"

"那就别想了呗。"乐之扬满不在乎，"你要不开心，我再吹笛子，让这只大鸟儿给你跳舞解闷儿。"叶灵苏看了一眼歇在远处的白隼，无精打采地说："这两天，我一直梦见妈妈。"

乐之扬心中又"咯噔"一下，忙说："过去的事就别想了。"叶灵苏叹一口气，摇头说："不去想又谈何容易？说也奇怪，妈妈样子我都记得，就像是烙在心上一样，也许、也许她生得太美，看一眼就忘不了。我还记得，她特别爱笑，总是笑眯眯地看着我，说起话来细声细气，在我记忆里面，她从来没骂过我，也没对我发过脾气……"

说到这儿，勾起回忆，叶灵苏的眼泪又落了下来。乐之扬也觉伤感，挠了挠头说道："叶姑娘，你好歹还能记得妈妈的样子，我连我妈是谁都不知道。不过那样也好，一了百了，倒也少了许多烦恼。"

叶灵苏瞥了乐之扬一眼，心想："我尽管名分不正，也好歹知道父母是谁，撒谎精却是个孤儿，比起我来可怜多了。"想到这儿，悲苦散去，怜悯大生，叹道："撒谎精，你可曾想过去找自己的亲生父母吗？"

"想过。"乐之扬笑嘻嘻说道，"老爹告诉我身世之后，我也难过了好几天。有一天我偷偷离家，想去找我父母，结果年纪太小，以为京城就是天下，天下就是京城。我从南门出城，绕着城墙走了一圈，又进了北门。那时又累又饿，天也黑了，我蹲在屋檐下打盹，一个醉汉打那儿经过，冲我撒了一泡臭尿，气得我哇哇大叫。天幸那个醉汉心肠不坏，吃我一吓，酒也醒了，见状过意不去，带我沐浴更衣，又把我送回家里，临走前还送了我两个糖人儿。一泡尿换了两个糖人儿，江小流一听大觉划算，找了个墙角蹲守三天，结果一泡尿也没等到。"

叶灵苏听了这话，哭笑不得，伸手揉了揉眼角，骂道："撒谎精，什么事到你嘴里都变了味儿。我只听说过守株待兔的，哪儿又有守着墙角等尿的傻人？"

乐之扬哈哈大笑，叶灵苏也觉好笑，可又不便表露，忍着笑问道："乐之扬，刚才交手之时，我看你的剑法眼熟，可是我东岛的武功吗？"

乐之扬心怀鬼胎，慌忙摆手："不是，这是席道长教给我的。"

"什么？"叶灵苏不胜吃惊，"他把'弈星剑'教给你了？"乐之扬道："他怕自己有个三长两短，你我无法应付强敌。"

叶灵苏听了这话，也是暗生愁意，抬眼看去，海东青在海面上盘旋，忽地收翅如箭，射入水中，再起之时，已抓起一条大鱼，鳞片银白，约有二十来斤。

白隼拎着大鱼，来到一块礁石之上，啄得银鳞进溅、赤血横飞，俄而抬头顾盼，气势雄奇不凡。

叶灵苏看到这儿，心中一动，冲口而出："我有一个法子。"乐之扬好奇地道："什么法子？"

叶灵苏指着那只白隼："我们要离此岛，全在这只鸟儿身上。"

乐之扬何等机灵，闻弦歌而知雅意，拍手叫道："你是说驯服这只海东青，如麻云一样回东岛送信？"忽见叶灵苏微笑不语，忙又一拍脑袋，"我糊涂了，它连东岛在哪儿也不知道，怎么能够回去送信？"

叶灵苏说道："它不知道东岛何在，但能远扬百里，极目四方，岛屿附近只要有船只经过，一定逃不过它的眼睛。"

乐之扬的心子怦怦直跳，说道："这个主意很好，但如何驯服它呢？"

"驯服海鹰，先要熬鹰，使其不眠不休，方能令其臣服。但这只海东青大有灵性，知音解语，会听你的笛声调遣，所以熬鹰的一关大可免除。有了这个根基，我再传你'驭鹰'之术，不过数日工夫，便可让它学会鹰语。"

乐之扬大喜过望，急忙讨教，叶灵苏知无不言，将"驭鹰术"倾囊传授。东岛数百年驯鹰，对于鹰隼的脾性了解至深，因此钻研出了许多稀奇古怪的法门。两人因那白隼爱听《周天灵飞曲》，故而加以改进，将口哨变为笛声，红手帕变成翠绿色的玉笛，用挥笛的手法表现"鹰语"。

白隼吃过"夜雨神针"的苦头，对叶灵苏记恨在心，故而只听乐之扬的招呼，对于少女不理不睬。叶灵苏看出它的敌意，又恨它杀死麻云，只是传授"驭鹰术"，决不插手驯服白隼。

两人白天一起驯鹰，到了夜里，席应真又找乐之扬传授"弈星剑"。乐之扬昼夜不眠，大为辛苦，可惜剑道精微，进步缓慢，练了两天，"天冲式"练了个马马虎虎，"天门式"压根儿就没有入门。

第三天晚上，乐之扬使一招"紫府朝垣"，连使三遍，均未把握住剑招中的精妙，待要使出第四遍，忽听席应真叹道："小子，收剑吧！"

乐之扬收起玉笛，席应真灰心丧气，摇头说道："这么练下去，纵然学了个马马虎虎，对敌之时也未必管用。"乐之扬暗生惭愧，低声说："都怪我没用，辜负了道长的苦心。"

席应真摇头说："与你无关，全是我急功近利，武学之道当循序渐进，哪儿有什么终南捷径？要你四天学成'弈星剑'，不过痴人说梦。"说到这儿，手拈长须，仿佛在思索什么难题，乐之扬站在一边，屏气凝神，一句话也不敢多说。

过了半晌，席应真开口说道："事到如今，不可半途而废，这样吧，我把剑诀传授给你，将来能够领悟多少，全看你的造化了。"

乐之扬一听这话，心中憋闷难受，忙说："席道长，你再说这样的话，我宁可不学了。"

席应真看他一眼，笑道："你这小子，诸般都好，就是太过自欺欺人。天地万物，生死有命，与其贪生怕死，不如坦然受之，我都不怕，你又怕什么？"

乐之扬鼻间酸楚，席应真拍拍他的肩，笑道："好孩子，我知道你的心意。世事如意者少，不如意者多，与其执着，莫如放下，你好好听我说剑诀，谨记在心，不可忘却，不然我死了也有遗憾。"

听了这话，乐之扬打起精神，听席应真念诵口诀。老道士一边朗诵，一边演示，看了二十余招，乐之扬忽觉席应真的剑招有一些眼熟，仔细回想起来，竟与《飞影神剑谱》里的招式有一些神似。不过详加比较，却又颇有分别，好比左膀右臂，尽管各有不同，但又同属一体。这么两相印证，居然大有所悟，喜得他眉飞色舞，恨不得跳上前去比画一番。

"弈星剑"九大定式，三日来，乐之扬只学了两大式。其中天冲式主攻，天门式主守，另外七式，分别是武曲、文曲、天机、天相、天元、破军、北斗。

席应真说完一段剑诀，就让乐之扬背诵，剑诀藏于五言律诗，漫如歌吟，饶有旋律。乐之扬记性绝佳，过耳不忘，背完九段剑诀，几乎不用重复。

席应真听他背完，连连点头："好小子，我生平阅人无数，但说到记性，没有一个及得上你。你有这样的能耐，不去读经书、考状元，真是有点儿可惜……"说到这儿，忽又打住，心中暗想：说起考试，本朝八股取士，拘泥不化，愚弄人心，纵然点元高中，也是了无趣味。这孩子明秀通脱，本是流云散仙一类的人物，应该逍遥于天地之间、放情于江湖之上，那官场俗气熏天、污浊遍地，叫他考试做官，还不是作践人吗？

想到这儿，打量乐之扬一眼，又想：这孩子与我性情相投，若能入我玄门，倒也是个可造之材，可叹我命不久矣，此时收他为徒，不过误人子弟。再想师祖遗训，也是违抗不得，只好叹一口气，打消收徒念头，继续说："九大定式分别使来，只是小有威力，唯有交替合用，方能发挥绝大神通。"

乐之扬奇怪地问："怎样才能交替合用？"席应真笑了笑，答非所问："我有一篇总纲，你猜出自何处？"

"总纲？"乐之扬想了想，冲口说出，"是棋道吗？"

"好小子，真是鬼灵精。"席应真拍手大笑，"'弈星剑'三字各有所指，剑为'归藏剑'，星为'紫微斗步'，二者相合，便成九大定式，但要融合九者，却非得第一个'弈'字不可。"

他说到这儿，沉吟时许，说道："小子，我将总纲传你，你记牢了。"

乐之扬点了点头，席应真略略一顿，轻声念道："其星如子，其道如弈，有先而后，有后而先，意在步先，步在剑先，宁让一步，不失一先，击左而视右，攻前而顾后，阔不可疏，密不可促，不恋弃子，固而自补，彼众我寡，先谋其生，我众彼寡，务张其势。善胜者不争，善阵者不战，善战者不败，善败者不乱，无事自补，孤虚侵绝，舍小图大，高下在心……"

乐之扬边听边记，只觉一头雾水，席应真所言，多是围棋之道，少有武学精要，难道说跟人打架，还要一手握着宝剑，一手拿着棋子，出一剑，落一子？说起来，棋子坚圆，倒可以当作暗器，但对手不纵不横，并非一张棋盘，这棋子如何来下，倒是一个大大的难题。

尽管疑惑，乐之扬仍是默默记诵，席应真念完一遍，未及详加解释，天色已然发白。两人只好返回洞中，乐之扬记了一脑子剑诀，思绪纷纭，辗转反侧，唯恐日后遗忘，又将剑诀背诵了一遍，方才昏沉沉地睡了过去。

这一觉直睡到正午，刚一醒来，就闻到烤肉香气，出洞一看，洞前多了一只小野猪，惨被鹰爪撕破肚皮，五脏横流，不忍目睹。叶灵苏架起篝火，正在烧烤一只野兔。乐之扬打起精神，将野猪剥皮去骨，整了一锅肉汤，吃得席应真赞不绝口。老道士吃饱喝足，自去盘膝打坐，乐之扬看他身影，但觉时光紧促，心中不胜烦恼。

叶灵苏看出他的心思，说道："席道长不是坐以待毙的人，他静坐入定，是在思索逆转阴阳的法子，我们与其留在这儿，扰乱他的思绪，不如去驯服那只海东青。"

驯鹰之事，关乎离开孤岛。乐之扬收拾心情，随少女来到海边，吹笛引来白隼，调教了一个时辰，白隼学会了若干"鹰语"，乐之扬挥动玉笛，它也随之转圈，但随挥笛快慢，慢则圈小，快则圈大，连试数次，都是应验不爽。

叶灵苏难掩喜悦，拍手赞道："这鸟儿真聪明，我见过的鹰隼也不少，但没有一只学得这么快的。"她向来矜持，少有欢颜，这时眉眼含春，笑意融融，乐之扬一边看着，也觉心怀疏朗，禁不住放下笛子，哈哈大笑起来。

他两人相对而笑，天上的白隼不明所以，收翅落了下来，蹲在一块礁石上冲着两人打量。叶灵苏见它神俊模样，甚想伸手去摸，但想到这鸟儿的厉害，又将亲近之心按捺下去，沉吟道："乐之扬，你驯了它半天，还没给它起一个好名字呢！"

乐之扬看了看白隼，笑道："它天性通灵，白毛胜雪，叫它'灵雪'好了！"

叶灵苏微微有气，说道："你又要鬼心眼儿了，我叫灵苏，它叫'灵雪'，别人一听，还当它是我什么人呢！"

"天地良心。"乐之扬赌咒发誓，"我只是随口说说，万无攀扯你的意思。"

"谅你也不敢。"叶灵苏轻哼一声，"但这个'灵'字就是不好，哼，鹰是飞翔之物，叫它'飞雪'好了。"

乐之扬虽觉"灵雪"更佳，可又不便拂逆少女，只好点头说："好，好，就叫飞雪。"说完面朝白隼，发号施令，"鹰兄，你如今有名字了，大号'飞雪'，飞翔的飞，飘雪的雪，千万记住，不要忘了。"

他说得煞有介事，白隼竟也凑趣，眼珠连转，频频点头，叶灵苏一边瞧着，忍不住又笑起来。

笑了一会儿，叶灵苏又问："乐之扬，你的剑法练得怎样了？"乐之扬一听，好心情一扫而光，苦着脸说："别提了，练了两个晚上，不过学会了几招。席道长失望得很，让我背了剑诀自行参悟。"

叶灵苏想了想，说道："大侠云殊曾说过，'深山苦练十载，不如沙场三天'，任何武功绝技，若无对手印证，都是纸上谈兵。剑法本是搏斗之法，你独自参悟，明白不了其中的奥妙，若是有人陪练，一定精进不少。"

东岛和太昊谷，剑法同出一脉，修炼的路子却大不相同。"飞影神剑"讲究临敌应变，于搏杀中参悟玄机。太昊谷历代多是玄门修士，淡泊自许，不好争斗，讲究悟道在先，练剑在后，一旦领悟剑道，剑法自然水到渠成。

乐之扬一来时间不多，二来不是玄门中人，对于玄门之理知之甚少，道理不通，练起剑来也阻碍重重。

叶灵苏说完，折了一根树枝，捋去枝叶，笑吟吟说道："你用'弈星剑'来攻我试试。"

"不敢！"乐之扬吐了吐舌头，"我哪儿打得过你呢？"

"胆小鬼！"叶灵苏目透轻蔑，"你怕什么？这是树枝，又杀不了人。"

"也罢！"乐之扬摊开手，"那我来了哟！"

叶灵苏一手按腰，扬起脸来："要来便来，废话什么？"

乐之扬挥了挥笛子，正要出击，忽又想起一事，回头说："飞雪，这位叶姑娘是我的好朋友，我跟她闹着玩儿，你可别伤了她。"白隼俨然听懂，频频点头。

叶灵苏听了这话，心中一阵酥软，口中却说："你少卖人情，就算你俩一起来，本姑娘也不怕。"

乐之扬笑道："好，好……"说到这儿，扬起玉笛，嗖地刺出，存心出其不意，杀叶灵苏一个措手不及。

叶灵苏略退半步，拧腰出招，树枝搭上玉笛，轻轻顺势一拨。乐之扬顿觉虎口发热，玉笛几乎脱手，慌忙用力攥住。他一心都在笛子上面，不意疾风扑面，叶灵苏纵身刺来。乐之扬急要闪避，但"飞影神剑"何等神速，左胸微微一痛，已被树枝点中。

乐之扬出了一身冷汗，万幸只是树枝，换了真剑，这一个照面就有穿胸之厄。抬眼一看，少女站在那儿，三根玉指拈着一根树枝，含笑把玩，娇态流露。

乐之扬打起精神，脚踏斗步，忽左忽右地绕到叶灵苏身边，使一招"天冲式"，刺向少女肩头。叶灵苏树枝斜挑，撩开玉笛，反剑回刺。乐之扬脚下转动，退如狂风，半途中横笛在前，使一招"天门式"，竟将树枝挡开。

叶灵苏叫一声"好"，身形略矮，失去踪迹。乐之扬慌忙转身寻找，但见人影缥缈，已到身后。他不及回身，那一根树枝幻化出蒙蒙幻影，仿佛十余人同时向自己刺来。乐之扬左肩、后背仍是各中两下，火辣辣疼痛不已。

乐之扬大喝一声，移步转身，瞥见叶灵苏的影子，挥起玉笛奋力刺出。少女身形晃动，如瑶花弄影，又似翠竹迎风，乐之扬眼中迷乱，玉笛登时落空。叶灵苏嫩枝挥洒，扫向他的脉门，乐之扬半身软麻，忙乱中使出"灵舞"，手舞足蹈，风车一般蹿出丈许。立足未稳，叶灵苏追踪而来，细细长长的树枝带起漫天剑气，疾风骤雨般袭来。乐之扬使出"天门式"，仍然挡不住泼风荡雨的攻势，一时又中了两剑。

乐之扬连连中招，反而冷静下来，席应真的教诲有如汩汩清泉流过心田，不但天冲、天门二式领悟更深，其他各式也有所涉及，进退攻守之间，不时使出"武曲式"和"文曲式"中的招数应敌。"武曲式"猛锐异常，但刚中带柔；

"文曲式"招法缠绵，却柔中带刚，二者交替使出，文武相生，刚柔并济，勉强挡住了少女光耀电闪一般的快剑。

双方你来我往，斗到红日平西，霞光映照碧海，描红染紫，绚烂瑰丽，白隼掠过海面，发出一声清越的长鸣。

又拆数招，乐之扬腰间中剑，不胜痛麻，脚步为之混乱，叶灵苏乘胜追击，一轮快剑压得他抬不起头来。乐之扬步步后撤，退到一块礁石前面。叶灵苏腾身而起，抖动枝条刺来。乐之扬背靠石墙，无路可退，只好举起玉笛，使一招"武曲式"里的"日照雷门"，以攻对攻，奋力反击。

双方剑势一交，树枝变刚为柔，倏地向后卷回，叶灵苏喝一声："撒手！"乐之扬虎口剧痛，玉笛登时脱手，叶灵苏反手接过，树枝向前一指，轻轻抵住他的咽喉。

乐之扬望着少女脸色发白，叶灵苏把玉笛递还给他，说道："你的剑法还算马马虎虎。"

"马马虎虎？"乐之扬摸着身上的痛处，没好气地说道，"你要换了真剑，我都死了十七八次了。"

"我这也不算什么。"叶灵苏漫不经心地说，"'飞影神剑'练到绝顶，惊影迷形，亦幻亦真，当年创出这剑法的云殊祖师有一个绰号叫作'一剑勾九命'，相传他在战场上跟元军对垒，一剑刺死过九个鞑子。"

"骗人吗？"乐之扬连连吐舌，"别说九个人了，就是九只癞蛤蟆，一把剑也串不下。"

叶灵苏恶狠狠地剜了他一眼，怒道："谁说把人串在剑上了？这'一剑勾九命'，只是形容其快，九剑刺出去，旁人看起来就跟一剑差不多。"

乐之扬松一口气，笑着说："这么说起来，还是九剑刺死九个鞑子。"少女俏脸绯红，一时气结，咬着牙说："乐之扬，你这个死脑筋，真是不知所谓。"

乐之扬笑道："死脑筋总好过牛皮筋，'一剑勾九命'算什么，我一气吹出去，可以吹死九头牛，这也有个绰号，叫作'一气吹九牛'，吹死八头牛也不算本事。"

叶灵苏的脸色红了又白，忽一跺脚，转身便走。乐之扬话一出口，便觉后悔，忙说："叶姑娘，我说笑话儿呢，你可别在意。"

叶灵苏头也不回，自顾自走到石洞前，眼看席应真仍在入定，于是恨恨坐下，闭目打坐。乐之扬跟到洞里，向叶灵苏大赔不是，少女正在气头上，压根儿也不理会。

乐之扬无可奈何，起身做饭。席应真心事重重，气色不佳，吃了少许，又去入定，叶灵苏赌气不吃，直到炙残汤冷，也不见她起身。

乐之扬老大无味，躺在地上，心里尽是白天斗剑时的情形。当下走出石洞，找了个僻静所在，就着月光使出"弈星剑"，一面出剑，一面回想与叶灵苏拆招时的情形，心中灵思泉涌，但觉领悟良多。

乐之扬大觉惊奇，回顾《剑胆录》的剑谱，"飞影神剑"就如一面镜子，将"弈星剑"的一招一式照得清楚明白，以往难以领悟的地方，渐渐也可以融会贯通。

这两路剑法同出一源，都是"归藏剑"的余绪旁支，尽管剑理不同、风格迥异，其中的剑意却是一以贯之的。有时候，"飞影神剑"中艰难的地方，放在"弈星剑"里反而容易明白。"弈星剑"里的深奥之处，以"飞影神剑"的心法来看，又并非不能领会。

两大剑派分流以来，从无一人同时得到这两门剑法的法诀，强如席应真和云虚，也不知道两派的剑法有水火相济之功、随圆就方之妙。乐之扬对照"飞影神剑"习练"弈星剑"，相生相长，精进神速。

正练得高兴，忽听有人说道："你何时学了'飞影神剑'？"回头望去，席应真站在不远，手拈胡须，目光清冷。

乐之扬心头一跳，便将从张天意手里得到《剑胆录》的事掐头去尾说了一遍。

席应真听说张天意去世，闷闷地道："这么说来，张士诚也绝后了吗？"想象英雄凋零，不觉有些惆怅。

乐之扬又说："席道长，不知怎么的，我觉得'飞影神剑'和'弈星剑'可以互相印证。"说完将两种剑法各使几招，说出其中心法、剑招的互补之处。

席应真听得双眉连挑，取过玉笛，比画数下，忽然呵呵笑了起来，问道："乐之扬，你见过黄河长江吗？"

乐之扬说道："长江见过，黄河只听说过。"席应真说道："江也好，河也罢，都是起源于西方不毛之地，流经万里，同归大海，江河一旦入海，其水更广，其势更强，这就叫作合久必分，分久必合。"

"道长说这个干吗？"乐之扬问道。

席应真说道："'飞影神剑'和'弈星剑'都是出自'归藏剑'，可是路数不同，一刚一柔，一主攻，一主守，一个进取，一个谦退，但因同出一脉，尽管路数相反，却能弥补对方的缺陷，发挥出更大的威力，好比长江、黄河，入海之后，水势更加了得。"

乐之扬沉吟道："道长莫非是说，可将两种剑法合在一起轮番使出？"

"不是。"席应真摇头，"这两种剑法南辕北辙，冰火不能同炉，混合使出，心法不易转换，反而大大有害。"

乐之扬挠头道："又是江河入海，又是冰火不能同炉，道长你把我也闹糊涂了。"

"一人使两种剑法不行。"席应真微微一笑，"如果两人各使一种剑法，配合无间，同时攻敌，或许能够生出奇效，发挥莫大威力。"

乐之扬双眼一亮，说道："道长的意思是说，我用'弈星剑'，叶姑娘用'飞影神剑'？"

席应真哈哈大笑，不置可否，转身就走，走了几步，忽地定住。乐之扬跟上前去，刚到他身后，忽见老道士双腿一软，"扑通"一声摔倒在地。

这一下事出突然，乐之扬吓了一跳，低头看去，席应真双拳紧握，浑身抽搐，两眼紧紧闭合，嘴角流出一缕白沫。

"席道长，你怎么了……"乐之扬慌忙扶起老道，但觉他身子颤抖，有如风中枯叶，正要询问，忽听席应真牙缝里迸出字来："扶我……进去。"